Jean Pierre Marie
Carmelle

NATACHA

DU MÊME AUTEUR

DANS PRESSES POCKET :

LE MÉDECIN DE STALINGRAD
BATAILLON DISCIPLINAIRE
NATACHA
LA MAISON DES VISAGES PERDUS
LE RETOUR TRAGIQUE
LA ROUTE SANGLANTE
SYMPHONIE RUSSE
LE DERNIER PRISONNIER
LE CŒUR DE LA VIe ARMÉE
NUITS D'AMOUR DANS LA TAIGA
ILS SONT TOMBÉS DU CIEL
DANS UN MONDE INCONNU
MÉDECIN DES ESPRITS PERDUS
LES FRUITS SAUVAGES DE LA NUIT
NOCES DE SANG À PRAGUE
LE DESTIN PRÊTE AUX PAUVRES
JE GUÉRIRAI LES INCURABLES
BEAUCOUP DE MÈRES S'APPELLENT ANITA
AMOUR ET SABLE CHAUD
MANŒUVRE D'AUTOMNE
LE MÉDECIN DU DÉSERT
LA FILLE DU DIABLE
JE RÉCLAME LA PEINE DE MORT
LE DÉFI DES HOMMES
LE CANAL SILENCIEUX
L'ENFER VERT
L'HOMME AU VISAGE D'ANGE
UNE DÉESSE NE PLEURE PAS
LE MÉDECIN DE LA VALLÉE
L'ANGE DES OUBLIÉS
LA MENACE
LE FILS DU SOLEIL
LA ROUTE INFERNALE
LASKA
FOLLES VACANCES
AUSWEISS POUR LA NUIT
DEUX FILLES EN LIBERTÉ
LA GRANDE PEUR VENUE DU CIEL
UN ÉTÉ PAS COMME LES AUTRES
ALARME
UN HEUREUX MARIAGE
LE CŒUR TRIOMPHANT
LA CLINIQUE DES CŒURS PERDUS
LES MASQUES DE L'AMOUR
JUSQU'AU BOUT DE L'AMOUR
ILS ÉTAIENT DIX
LE SCANDALE

HEINZ G. KONSALIK

NATACHA

PRESSES DE LA CITÉ

Le titre original de cet ouvrage est :

RUSSISCHE SINFONIE

Traduit de l'allemand par Gilberte MARCHEGAY

La loi du 11 mars 1957 n'autorisant, aux termes des alinéas 2 et 3 de l'Article 41, d'une part, que les *copies ou reproductions strictement réservées à l'usage privé du copiste et non destinées à une utilisation collective*, et, d'autre part, que les analyses et les courtes citations dans un but d'exemple et d'illustration, *toute représentation ou reproduction intégrale ou partielle, faite sans le consentement de l'auteur ou de ses ayants droit ou ayants cause, est illicite* (alinéa 1er de l'Article 40).
Cette représentation ou reproduction, par quelque procédé que ce soit, constituerait donc une contrefaçon sanctionnée par les Articles 425 et suivants du Code Pénal.

© *H. G. Konsalik et Presses de la Cité*, 1964.

ISBN 2-266-00113-2

FEDJA Iwanowitsch Astachow jurait, ramassé sur lui-même, derrière le pare-brise recouvert d'une couche de glace. A ses pieds, séparé par une mince plaque de tôle, son moteur ronflait. Tout alentour, les nuages s'étaient déversés sur le sol, les vents hurlaient, poussant devant eux des montagnes blanches, scintillantes. Tempête de neige. De la Taïga, la mort mugissait vers la steppe son chant saisonnier. Les forêts, les villages, les gares, les collines, les vallées disparaissaient, engloutis dans le même tourbillon niveleur. Les humains, tapis dans leurs huttes, collaient des journaux roulés serrés sur les jointures des portes et des fenêtres. Le bétail, couché en leur compagnie, avait l'œil triste, interrogateur, la tête basse. De temps à autre, des craquements sinistres retentissaient dans la forêt. Des troncs d'arbres éclataient sous l'action du gel pénétrant leur moelle. Seuls les loups circulaient encore, le poil râpé, maigres, hurlants, faméliques. Ils se couchaient devant les maisons, les écuries, rôdaient autour d'une piste dont l'odeur leur révélait le passage d'un homme ou d'une bête, restaient étendus contre une cheminée d'où s'échappait de la fumée et qui pointait seule, hors de la neige.

— C'est beau, vraiment! — Fumier de pays, fumier de commandant, fumier de vie... Le diable l'emporte!

Fedja arrêta le moteur, coupa le contact et serra les bras dans son épais manteau de peau de mouton. Il restait donc bloqué dans la steppe, au volant de sa petite voiture, point sombre minuscule, dans l'immensité blanche. Derrière lui, sur la banquette, il y avait une carte. C'était tout. Mais le commandant de l'unité lui avait dit, sévère : « Sous-lieutenant Fedja, cette carte est très importante! Elle est secrète! Tu sais ce que cela signifie pour l'avoir appris à l'École de Guerre de Moscou : *Secret* veut dire que cela a plus d'importance que ta propre existence! Il s'agit de la porter au camarade colonel à Smolensk! Le camarade colonel fait partie de l'état-major général. Tu ne la remettras qu'à lui seul. Si quelqu'un t'arrêtait en chemin — il existe encore des éléments réactionnaires chez nous, si incroyable que cela paraisse en 1938 et il conviendrait de les détruire! — ainsi, si cela devait t'arriver, il faudrait t'arranger pour bouffer les papiers! Ne les perds jamais de vue! Veille sur eux comme sur ta petite mère, dors en les étreignant comme ta fiancée, couche-toi dessus... ha! ha! ha! — Enfin, amène-les à bon port. Maintenant, en route pour Smolensk! Dawaï! »

Le sous-lieutenant Fedja Astachow avait démarré aussitôt. Mission de confiance. Habituellement, seuls des officiers supérieurs se chargeaient du transport de ces courriers secrets. Mais Fedja était un bon soldat, le meilleur de sa promotion à l'école de guerre. Il avait même écrit deux petits articles parus sous sa signature dans l'*Étoile Rouge*, le journal des soldats. Il en éprouvait une grande fierté, tellement qu'il portait sur lui, comme une décoration secrète, ces deux articles dans une poche de poitrine intérieure de son uniforme. Le camarade général avait déclaré : « Fedja, on fera quelque chose de toi! »

Heureux, Fedja s'était jeté dans une vieille voiture faite pour les courses dans les chemins campagnards et il avait placé, sur la banquette arrière, le précieux portefeuille contenant les papiers secrets. Louka l'accompagnait. C'était, bien que déjà âgé de trente ans, un simple soldat originaire de Bordjansk, patelin en bordure de la mer d'Azow. Il n'avait jamais pu monter en grade... On l'appelait généralement « Louka l'idiot ». Mais il était puissant comme un ours des cavernes de l'Oural, ce colosse dont les muscles saillaient sous la peau comme des têtes de massue. Son large visage inspirait la terreur, même lorsqu'il grimaçait un sourire. Il était l'ordonnance du commandant et si, par aventure, un véhicule s'enlisait, on s'écriait : « Où est cet idiot de Louka ? » Il apparaissait alors, crachait dans ses paumes, larges comme des roues de moulin, empoignait et arrachait la voiture à l'étreinte des boues hivernales.

Ainsi, Louka était encore de ce voyage. Il devait surveiller le portefeuille et un peu aussi... Fedja Astachow. Sait-on jamais ? Fedja était un garçon solide mais mince, élancé, presque trop finement construit, âgé de vingt-deux ans, et qui ne se rasait qu'une fois la semaine. Le commandant prétendait, par un de ces aphorismes sans réplique, qui lui étaient habituels, qu'un homme digne de ce nom doit faire gémir son rasoir !

Aussi, avait-on planté Louka l'idiot près du portefeuille, sans oublier de le munir d'un flacon de vodka. Le diable lui-même serait donc forcé de terrasser le géant s'il prétendait s'en emparer !

A présent, Louka ronflait, affalé sur le siège arrière. De sa bouche ouverte, un filet de salive coulait sur le col de sa pelisse et gelait à mi-chemin de celle-ci. « Quand un idiot dort, c'est en conscience. » Encore une des vérités premières émises par le commandant Fedor Viktorowitsch Kusnezow qui, décidément, était un ironiste.

— Fumier ! répéta Fedja. Derrière lui, Louka ne broncha pas. Ayant fait honneur à la vodka, il rêvait à Daria, une grosse fille employée aux cuisines du régiment et, Dieu nous pardonne, un vrai petit cochon ! Mais Louka l'idiot l'aimait avec une frénésie telle, qu'il était indifférent au fait que d'autres hommes que lui s'abreuvaient à cette source de délices; il en retirait même une certaine fierté. Les camarades se payaient sa tête, mais, quand le soir venait, c'était Louka qui riait; Daria n'était qu'à lui seul... toute la nuit et nul n'eut osé voler ces heures nocturnes à Louka le géant.

Ainsi, Louka rêvait de sa bien-aimée et soupirait dans son sommeil. Fedja Astachow se tourna vers lui :

— Heij! Louka! Réveille-toi animal, l'axe avant est rompu : nous voilà en panne!

Louka ouvrit les yeux et cracha d'abord, car il rêvait que sa Daria lui enfonçait une betterave pelée dans la bouche; or, on ne répond pas à un supérieur avec une betterave dans le bec! Il cracha donc, avant de regarder autour de lui l'immense étendue où tourbillonnait, chassée par la tourmente, la neige, la neige, et encore la neige.

— C'est un sale coup, camarade sous-lieutenant, dit-il. Sa voix rappelait le grognement de l'ours courtisant sa femelle au fond d'un antre. « L'axe fichu... Que faire? »

— Que faire? Fedja serra les genoux et s'enveloppa les jambes de son épaisse fourrure. Le pare-brise se recouvrait entièrement de glace. Contre la portière gauche, un rempart de neige s'amoncelait. « Ça peut durer une semaine, deux, que sais-je? Mais il faut porter les documents au colonel Werjowkin à Smolensk. »

Fedja tira de la poche de la portière une grande carte automobile. De l'index, il souligna des noms de lieux, des lignes bleues, rouges, vertes. Louka se pencha pour regarder par-dessus l'épaule de son supérieur.

— Notre régiment se trouve là, reprit Fedja, qui avait posé son doigt sur Schamowo! Il faut y aller par Tatarssk... On nous donnera là-bas un nouvel axe, il y a un dépôt de pièces détachées, c'est à quelques vingt kilomètres d'ici!

— Loin? demanda Louka.

— Par cette tempête de neige, c'est aussi loin que la lune! Vingt kilomètres de vent glacé, de loups... un pays infect!

Louka mâchait un petit morceau de sa salive gelée, il réfléchissait. — On doit pouvoir s'y rendre à pied! dit-il enfin, tandis que Fedja étudiait la carte inutilement. — Il n'y a donc personne par ici?

— Si, un kolkhose avec quelques huttes, mais où? Sommes-nous encore sur la route? Fedja posa une boussole sur la carte, l'aiguille magnétique tremblait et, de quelque côté qu'il la tournât, elle suivait le mouvement. En jurant, il lança la boussole contre le tableau de bord, entrouvrit la portière et scruta la tourmente. La neige le fouetta au visage, lui boucha les narines, bloqua brutalement ses yeux. Fedja referma vivement la portière. Soudain, il eut peur et tenta de dominer cette panique intérieure, mais tout au fond de sa pupille sourdait le désespoir, la solitude de la steppe.

Louka saisit le précieux portefeuille et le mit sous son épaisse pelisse, serré contre sa poitrine. D'un coup de pied chaussé d'une haute botte de feutre, il heurta rudement la portière droite et sauta dehors dans la tempête rugissante. Aussitôt, il fut recouvert d'un linceul qui collait à ses cheveux, à sa fourrure, encroûtait son visage et son bonnet fourré.

Fedja hésitait. Mais il semblait absurde de rester à attendre dans cette voiture immobilisée. Évidemment, nul ne passerait auprès et ne lui demanderait : « Alors, petit frère, comment va? Puis-je te secourir? »

Fedja s'y connaissait en tempête de neige. Il était né à Ouglitsch, au nord de Moscou, où la jeune Volga se jette dans le bassin de Rybinsk. Une tempête de neige pouvait durer des semaines. Dans son enfance déjà, il ne comprenait pas d'où venait toute cette neige et le vent, le froid, l'impitoyable cruauté de la nature. « Dieu n'a jamais aimé la Russie », lui avait jadis dit son père. A l'école du Komsomol, on lui avait affirmé : « Il n'y a pas de dieu! L'homme seul crée son univers. » Mais la provenance de la neige demeurait un mystère.

Louka restait planté dans la tempête, la tête levée comme

un loup qui évente une voie. Il fit signe à Fedja, lorsque celui-ci sauta de la voiture penchée de côté, pour s'enfoncer dans la neige jusqu'aux reins.

— Une maison! cria Louka à travers le vent.
— Où?
— Près la forêt, je vois la fumée!

« Quel animal, pensa Fedja. — Il devine la présence de l'homme comme un loup. »

— Loin? demanda Fedja.
— Une demi-heure, camarade! hurla Louka en réponse — je t'ouvre le chemin et tu me suis...

Louka se retourna au bout de quelques mètres.

— Viens, camarade, marche sur mes talons, en une minute tout se rebouche derrière moi!

Fedja Astachow courut à la suite du géant. A l'abri de son large dos, il faisait presque tiède, on se trouvait protégé du vent. Il marchait dans ses pas, tête baissée, les yeux mi-clos, pour ne pas être aveuglé par la neige.

— Ce n'est plus très loin, dit Louka au bout d'un temps assez long. Il s'arrêta, silhouette informe, hérissée de glaçons.

— Je sens déjà la fumée.

Fedja se serra contre l'énorme bloc tiède, il était gelé. Le froid pénétrait sa pelisse, s'attaquait à ses os.

— Vite, marchons... ne nous arrêtons pas, Louka... je, je...
— Nous arrivons, camarade sous-lieutenant! Mais il faut marcher lentement... surtout éviter de transpirer... Transpirer, c'est la mort...

Fedja titubait à sa suite. C'était à peine s'il distinguait encore le sentier ouvert par Louka. Puis il sentit comme une odeur de saucisses et de lard frit et vit la fumée... un mince panache déchiqueté, au-dessus d'une montagne de neige, à la lisière de la forêt.

Il voulut alors précéder Louka, mais le géant le retint :

— Stoij! petit frère! Il mit un bras autour des épaules de Fedja et le serra contre lui. — Tu veux donc arriver par le toit? Reste ici, attends...

Il quitta Fedja et marcha droit sur la fumée.

Frissonnant, le sous-lieutenant vit le colosse avancer en titubant à travers la tempête, et s'agenouiller contre la cheminée, puis il l'entendit crier à travers la fumée, vers l'intérieur de la maison :

— Ouvrez, avortons, où donc trouve-t-on votre porte? Nous sommes deux militaires de l'Armée Rouge... un sous-lieutenant, un soldat...

**

Lorsque la tempête de neige avait commencé, Nikolaï Igorowitsch Tschougounow s'y attendait ayant vu du nord, en toute hâte, à travers la forêt, une bande de putois, tandis que quelques loups gris, au poil hérissé, grondaient près des pièges qu'il avait posés, et dont ils venaient de dévorer la capture. Ainsi, lorsque les nuages passèrent, rapides, au-dessus de la forêt, que le ciel devint une mer grise insondable et finalement prit un aspect laiteux, Natacha et Olga s'étaient hâtées de calfeutrer les fenêtres avec des journaux roulés en boudins, qu'elles collaient aux jointures. Pendant toute l'année, on avait mis de côté chaque numéro de la *Pravda*, ainsi que la publication destinée à la jeunesse *Komsomolskaja Pravda* que lisait Natacha. Ces journaux se trouvaient amoncelés près du poêle d'argile.

— Demain nous y serons! dit Olga Tschougounowa. Elle avait presque atteint la cinquantaine et, lorsqu'on la regardait, on se disait : « C'est une petite grand-mère! Elle est ridée comme une vieille pomme de terre et blanche comme un petit cheval blanc, elle a beaucoup trimé dans sa vie et a beaucoup vu... Le tzar — Dieu le maudisse! — la grande guerre, la belle révolution rouge, les cosaques tantôt blancs, tantôt rouges, mais qui pillaient, assassinaient, brûlaient, violaient avec la même désinvolture... »

Puis, tout s'était apaisé. Petit père Nikolaï Igorowitsch perdit sa propriété, car il devint socialiste et la rendit au kolkhose. On ne prit d'ailleurs pas de temps à le lui demander. L'ayant gratifié d'un coup de pied au cul, on avait attaché une étoile rouge au-dessus de la porte d'entrée de la maison et on lui avait déclaré :

— Tout ce que tu récolteras dorénavant appartient à l'État, au peuple. Compris, camarade Tschougounow ?

Il avait compris et continué à vivre en tant que kolkhose, tout en élevant sa Natacha, un merveilleux oisillon à la longue chevelure noire, la consolation de ses vieux jours.

Nikolaï, prévoyant, avait pris la précaution de mettre dans son saloir des lièvres et deux chevreuils. Il y avait dans l'écurie des tonneaux emplis de kapousta, des pommes de terre y étaient recouvertes d'un lit de paille; trois sacs de mil se trouvaient également en réserve, avec de la farine et de la marmelade de betteraves, du poisson séché, ainsi que deux morceaux de lard. Mais ceci était un secret : le soviet du village de Krassnoje Mowona l'ignorait. Une truie ayant mis bas douze porcelets — qui eut contrôlé ce fait ? — Nikolaï, ce malin, n'en avait déclaré que onze, puis il avait élevé au fond de la forêt, dans une cabane, l'animal subtilisé et l'avait tué d'un coup de hache sur le crâne... On appelle cela « sabotage » et on peut être envoyé pour un tel méfait à Karaganda, dans les mines des montagnes du Kasakhstan... Mais Nikolaï était futé et nul n'avait soupçonné l'existence du porcelet.

Ainsi, l'hiver pouvait venir, la famille Tschougounow était bien pourvue pour l'affronter. L'eau était fournie par la neige fondue, le bois crépitait dans le poêle, l'écurie était réchauffée par la présence des animaux et, si l'atmosphère s'épaississait dans leur retraite, il n'y faisait que meilleur.

Il neigeait depuis quatre jours déjà. La tempête ouvrait des brèches dans la forêt. Sous les branchages, les loups se couchaient pour dormir ou ronger les écorces dures comme pierre. Nikolaï avait enfin le temps de réparer ses filets,

assis sur le banc du poêle, dans la grande salle et de réviser
une machine à écrire, que le comité du district de Tatarssk
avait mise à sa disposition. Le kolkhose de Nikolaï était
si étendu qu'il lui fallait chaque mois rédiger un rapport.
D'autre part, il était l'auteur d'intéressants articles, concernant l'économie rurale collective et l'élévation des normes
par la rationalisation du travail, qui paraissaient dans le
journal des paysans, *Selskoje Chosjaistwo*. Son activité
était estimée suffisamment importante pour qu'on lui
confiât une vieille machine à écrire, en le nommant même
secrétaire du sovkhose *Krassnoje Mowona*.

Natacha était occupée à frire du lard dans une poêle,
— Nikolaï le lui avait permis car, par ce temps, nul ne
viendrait renifler alentour — lorsque le chien de la maison
leva le nez et gronda. Olga Tschougounowa posa la cuiller
de bois avec laquelle elle tournait une pâte de farine
Nikolaï lui ayant demandé un gâteau au lard.

— La paix! cria Olga au chien. D'un geste brusque
Natacha ôta la poêle du feu et la glissa sous le four dans
une ouverture pratiquée dans le bloc d'argile. Nikolaï
se gratta la tête :

— Impossible que l'on vienne jusqu'ici par ce temps!
Ce doit être un loup qui se trouve sur le toit!

Le chien, dont le poil se hérissait, leva le nez vers le
plafond :

— Voyez! c'est bien un loup, dit Nikolaï satisfait. —
Diable, ça va donner un rude hiver, quelle chance que nul
ne connaisse la présence de ce porcelet que j'ai mis en
réserve....

A l'instant même, un grondement se fit entendre dans la
cheminée. Le chien bondit sur le poêle comme s'il avait
affaire à un ours. Natacha sauta en arrière et saisit un fusil
chargé, accroché à un gros clou sur la muraille opposée. A
nouveau, on entendit un grondement dans la cheminée, cela
ressemblait à une suite de paroles... Olga ouvrit le clapet
du regard qui permettait de ramoner la cheminée. A présent, on entendait nettement une voix humaine hurler :

— ...un sous-lieutenant, un soldat!

Nikolaï fut saisi par l'angoisse. « Des soldats, pensait-il, que viendrait faire par ce temps, devant ma datscha, un soldat, s'il n'était chargé d'une mission précise? Aurait-on tout de même eu vent du porcelet manquant? Mais pourquoi tout de suite *des soldats?* Le camarade du soviet du village n'était pas si... on pouvait s'arranger en sous-main par quelque bon morceau de lard, un jambon tiré du saloir... Mais des soldats et même un sous-lieutenant, voilà qui demande de la présence d'esprit, car ils sont sans merci ces jeunes, frais émoulus de l'École de Guerre : ils ne portent pas seulement l'étoile rouge sur leur calot, mais aussi leur cœur tout entier n'est qu'une étoile rouge... »

— Qui est là? cria Nikolaï Igorowitsch par le regard à clapet de la cheminée, tout en faisant signe à Natacha qui glissa le canon de son arme à l'intérieur du conduit et attendit.

— Où est votre porte? brailla sur le toit Louka l'idiot, affalé contre l'ouverture de la cheminée.

Nikolaï hésitait. S'il n'ouvrait pas à des soldats, cela pouvait donner des complications qui iraient jusqu'au camarade commissaire du district. S'il s'agissait de vagabonds, il y aurait de la casse! Ah! un tel hiver était dur à vivre. Nikolaï passa la tête dans le regard.

— La porte se trouve du côté de la forêt! cria-t-il vers le haut — exactement sous la cheminée, j'ouvre! As-tu une pelle?

— J'ai faim! lança Louka et, laissant la cheminée, il recula à quatre pattes. Derrière lui, Fedja Astachow claquait des dents, le visage métamorphosé en un étrange glaçon.

— Tout de suite, camarade sous-lieutenant, dit Louka d'une voix réconfortante, en agitant ses grosses pattes. — Tu pourras t'asseoir sur le poêle et je te préparerai du *kasha*, dussé-je étriper le gars qui gîte là-dessous!

Sous le toit, du côté de la forêt, la neige fit soudain irruption; une muraille de neige s'effondra dans la salle.

Nikolaï avait ouvert de l'intérieur. D'en haut leur parvenaient des voix, la résonance ouatée des pas. Nikolaï forait, à l'aide d'une pelle, un tunnel dans la montagne de neige. Tel une taupe, tandis que les cristaux de neige s'agglutinaient à nouveau, il se mit à avancer dans ce passage, à la rencontre du ciel, de la tempête, des flocons dansant la sarabande. A un mètre devant lui, un homme surgit soudain de la neige : un géant, un monstre couvert de glaçons. Nikolaï serra le manche de sa pelle dans ses mains et éleva la pelle, prêt à frapper. Derrière lui, Natacha mettait son fusil en joue. Olga avait saisi le chien par la peau du cou et attendait que Nikolaï crie : — Vas-y Wolschiza, mords !

— Nous y voici, camarade sous-lieutenant, s'écria Louka. Il tirait à sa suite, dans le tunnel, un homme plus petit, moins puissant, également encroûté de glaçons. Nikolaï abaissa sa pelle, élargit le passage et s'effaça lorsque les nouveaux venus pénétrèrent dans la tiédeur de la salle. Natacha avait aussitôt balayé la neige tombée à l'intérieur, où elle fondait rapidement ; l'eau s'écoulait par un trou communiquant sous la maison avec la fosse à purin. C'était une canalisation due à l'ingéniosité de Nikolaï qui s'en montrait fier et dont il avait même fait la description dans la *Selskoje Chosjaistwo*. Olga s'était assise sur le banc du poêle. Ses amples jupes cachaient l'ouverture au ras du sol dans laquelle Natacha avait glissé la poêle contenant le lard. Elle s'était remise à la confection de sa pâte.

En titubant, Fedja se dirigea vers un banc de bois sur lequel il se laissa tomber. Il écarta les jambes, étendit les bras, tandis que les glaçons se détachaient de lui. Avec précaution, il décolla le masque de glace recouvrant son visage qu'il frictionna ensuite avec la neige que Louka secoua de ses gants gigantesques. Alors, seulement, il regarda tout autour de lui et aperçut Natacha. Ce fut pour lui la révélation et la contemplation simultanées de la beauté, tandis que son cœur éprouvait une douleur violente et délicieuse.

— Excusez-moi d'abord, dit-il en se relevant pour s'incliner devant Nikolaï, Olga et Natacha qu'il dévora du regard. Devant le poêle, Louka ôta sa fourrure qu'il jeta sur une corde tendue du poêle à l'un des coins de la salle. Autrefois, une belle icône dorée représentant la vierge noire de Tschenstauchau était suspendue là-bas. Le père Igor et le père de celui-ci, Waléri, avaient soigneusement entretenu la veilleuse qui l'éclairait... Hiver comme été, durant cent vingt ans. Mais Nikolaï Igorowitsch avait dû changer l'icône : à présent, c'était Staline qui se trouvait suspendu au mur du fond de la salle, mais sans lampe éternelle : c'était la vengeance secrète de Nikolaï...

— Nous allons à Smolensk, mais non loin d'ici l'axe avant de notre voiture s'est rompu : la tempête — maudite soit-elle! — nous avait fait dévier de la route. Par bonheur, Louka a vu la fumée de cette demeure, autrement nous serions morts...

— Ç'eût été dommage : un si jeune officier! dit Natacha poliment de sa voix haute et claire d'oisillon.— Lorsqu'elle rit, on doit entendre comme des gouttes d'eau tombant sur des graviers polis, pensa Fedja dans le ravissement. Il se débarrassa à son tour de sa fourrure ruisselante. L'uniforme lui allait bien, il était de taille élancée, avec des hanches étroites et de larges épaules. Ses jambes rectilignes ne pouvaient se comparer à celles arquées des cavaliers de la steppe qui, descendus de leur monture, ressemblent à des poissons tirés de l'eau.

Fedja Astachow, le sous-lieutenant, prit la serviette que lui offrait Louka et s'essuya le visage et les cheveux. Bien qu'il eût la tête presque rasée, on voyait qu'il était blond. — Un Russe du Nord, pensa Nikolaï, encore presque adolescent : une jeune feuille poussée par le vent. Mais là, contre le poêle, qu'est-ce que ce monstre? D'où vient-il?

Louka s'assit sur le banc d'argile. Son gros nez se dilata :

— Ça sent le lard frit, petite mère, dit-il péremptoire — je te casse les os des pieds à la tête si tu ne m'avoues pas que c'est vrai! — Il se retourna et posa sa patte sur l'épaule effacée d'Olga. — Allons, vieille sorcière, scarabée séché par les ans... Où est ce lard?

Natacha avait pris la pelisse de Fedja. Elle vira vivement sur ses talons en entendant les propos de Louka :

— Est-ce là le langage nouveau de la grande Armée Rouge, camarade sous-lieutenant? — D'un geste furieux, elle écarta de son visage les longues mèches noires de sa chevelure. Ses grands yeux sombres brûlaient. « Ses yeux sont des lance-flammes, constata Fedja, ils me brûlent! » Il avança d'un pas, passa ses pouces dans son ceinturon et, comme sur le terrain d'exercice, il se dressa, élancé comme une baïonnette d'acier :

— Louka! commanda-t-il, arrière! Il n'y a pas de lard ici! — Bien qu'il sentît la présence du lard comme Louka et aperçut même la poêle cachée, car Olga émue dissimulait à demi seulement, avec ses jupes, l'ouverture pratiquée sous le poêle.

— Mon sous-lieutenant est jeune encore, répondit Louka doucement, moi, j'ai été élevé en Sibérie... et j'entends parler les arbres... l'herbe... les oiseaux! et quand je sens l'odeur du lard...

— Louka! lança Fedja sévèrement.

On ne saurait tromper qui entend parler les arbres et les oiseaux, Natacha se pencha et retira la poêle de sa cachette :
— Il y a en effet du lard et un gâteau pour l'accompagner et si cela devait vous être agréable, camarade sous-lieutenant, il y a même du vin d'églantines dont j'ai cueilli moi-même les baies...

Fedja la regardait radieux : — Le goût doit en être meilleur encore que celui du *jushnobershnyi* rose où flotte l'arôme de la rose thé de Kasanlik!

Natacha se détourna pour replacer la poêle sur le feu. Elle avait rougi, ou était-ce le reflet de la flamme du foyer? Nikolaï ne savait qu'en penser, mais ces derniers propos lui déplaisaient. Il se dirigea vers le vaisselier, en sortit cinq assiettes, autant de verres, de fourchettes et de couteaux et fit signe à ses hôtes inattendus : — Venez vous asseoir, camarades, et voyons comment vous pourriez poursuivre votre voyage ! Un axe rompu, dites-vous ? Voilà qui est grave, très grave !

— Il nous faut tenter de rejoindre Tatarssk au plus tôt. Avez-vous le téléphone par ici ?

— Non, on doit l'installer. On l'avait prévu pour le précédent plan de cinq ans... A présent, c'est pour le nouveau plan... Cela arrivera-t-il ? Qui sait ? Le camarade Staline a d'autres soucis que la ligne téléphonique destinée à Nikolaï Tschougounow.

— Il y a à Tatarssk un dépôt de pièces de rechange, dit Fedja.

Nikolaï secoua la tête :

— On l'a déplacé pendant la mise en vigueur du plan de concentration, voici deux mois. A présent, il se trouve à Trojany, mais de Tatarssk on peut aller plus loin : il y a un chasse-neige sur la route !

— Quelle guigne ! dit Fedja en appuyant son menton sur ses mains jointes. Devant l'âtre, Natacha faisait d'épaisses crêpes dans une autre poêle, puis elle emplit une cuiller de lardons qu'elle éparpilla sur la pâte qu'elle roula ensuite dans la poêle. L'odeur de l'huile chaude de tournesol, de la pâte fraîche et du lard se répandit dans la pièce ; Louka étendit ses jambes d'un air satisfait.

— Ça devient sympathique ! déclara-t-il à haute voix. — On en arriverait à souhaiter qu'il neige et vente pendant six semaines !...

— Mais notre portefeuille, Louka ! Le colonel Werjowkin l'attend !

— Et s'il neige, camarade sous-lieutenant ?

— Nous sommes chargés de mission, Louka ! Rien de plus sacré pour un soldat que l'accomplissement de la tâche qu'on lui a confiée ! Il nous faut gagner Tatarssk dès demain !

Le bon repas les mit de belle humeur. On but le vin de baies d'églantine et, lorsque Louka se mit à rouler les yeux en appelant Olga « ma colombe », il fut temps d'aller se coucher. Tout contre la salle, dans l'écurie, sur une litière de paille, Natacha étala des couvertures et posa une lampe à pétrole auprès. Olga et Nikolaï étaient déjà grimpés sur le poêle, lieu de repos privilégié de la famille pendant l'hiver. L'odeur âpre et légèrement corrosive de la sueur réchauffée se propagea. Natacha passa encore un moment à tout ranger, puis elle noua ses cheveux et grimpa à son tour sur la plate-forme du poêle. Les yeux grands ouverts, elle regardait le plafond tout proche, enduit d'argile et ses grosses poutres ployées et crevassées par les ans.

— Fedja Iwanowitsch Astachow, pensait-elle... Il a des dents comme les hommes des réclames du grand journal communiste *Mesdounarodnaja Shisn* que Nikolaï a ramené une fois du soviet du district. Et puis il est blond, intelligent, beau, poli et tellement sans défense, dans cette neige, au sein de la tempête, sur l'étendue déserte qu'il faut franchir jusqu'à Tatarssk! Dort-il le beau sous-lieutenant Fedja? Ou pense-t-il à moi? Oui, je t'en prie, je t'en prie, pense à moi... pense à Natacha, moi aussi je pense à toi Fedja... toute la nuit : mon cœur bat si fort et il galope comme les chevaux ailés de Kotowskaja...

Natacha posa une main sur sa poitrine pour contenir le martèlement de son sang. Elle était indiciblement heureuse. Appuyant son front contre la cheminée, elle écouta le hurlement de la tempête qui lui parvenait assourdi :

— Hurle, pensait-elle, hurle demain, après-demain, ne cesse pas de hurler, alors il restera : Fedja doit rester... ne t'arrête pas, tempête, anéantis le monde mais retiens Fedja ici. Dort-il déjà?

Non loin d'elle, dans la paille, enroulés dans les couvertures, reposaient Fedja et Louka. Le géant avait soufflé la lampe et s'était mis sur le côté pour ronfler consciencieusement. Dans la paille, les souris trottinaient, puis filaient sur les couvertures. Elles aussi cherchaient refuge contre la tempête, ainsi que la chaleur et la nourriture.

Fedja Iwanowitsch Astachow restait immobile, couché sur le dos. Les yeux grands ouverts, il tendait l'oreille vers la pièce voisine. Rien ne bougeait là-bas. De temps à autre seulement, Nikolaï toussait.

— Dort-elle déjà? pensait-il aussi en se disant qu'il eût volontiers couru dehors pour serrer la tempête sur son cœur : — Par elle j'ai connu Natacha, j'aimerai désormais toutes les tempêtes de Russie parce que Natacha est en elles.

— *Prokojnoj notschi Natacha...*
— Je rêverai de toi.

**
* **

Le lendemain matin — on sut que la nuit était passée parce que le chien courait en tous sens et demandait à pénétrer dans l'écurie où il avait choisi un coin pour faire ses besoins — la tempête avait un peu diminué de violence. Elle se contentait de gémir et ne hurlait plus. Mais la neige n'avait pas cessé de tomber pour autant. Si elle ne fouettait plus le sol, elle se livrait à une danse macabre aérienne fantasmagorique.

Natacha descendit du poêle pour s'accroupir devant l'âtre et souffler le feu. Elle mit un chaudron au-dessus de la flamme, entrouvrit la porte de la salle, poussa de la neige dans un seau dont elle déversa ensuite le contenu dans le chaudron. Lorsque l'eau se mit à bouillir, elle y jeta une poignée de feuilles de thé et tourna la décoction avec une grande cuiller de bois. Soupirante, Olga s'arracha au poêle tiède, tandis que Nikolaï toussotait. Chaque matin, il avait le gosier encombré de mucosités qu'il mettait quelque temps à expectorer.

Fedja Astachow parut, venant de l'écurie. Il avait l'air gai et reposé. Son uniforme était bien un peu fripé, mais l'éclat de ses yeux compensait tout. Du moins, ce fut l'opinion de Natacha. Elle versa le thé dans un pichet de grès et disposa des tasses sur la table où se trouvaient déjà du pain noir et un saucisson sec à quoi l'on ajouta du beurre salé tiré du fût, de la marmelade de betteraves et un morceau de lard fumé.

— C'est donc fête aujourd'hui? demanda Nikolaï en toussotant — prends garde, la table va s'effondrer!

— Le camarade sous-lieutenant a une longue course devant lui... — Natacha posa du sucre sur la table, de gros blocs de sucre roux tiré des betteraves cultivées par la famille. Ce faisant, elle surveillait Fedja. Dirait-il : « Non, je reste »? Mais il ne le dit point et s'assit à table. Louka arriva de l'écurie en trottinant, mal éveillé et de méchante humeur, parce qu'il n'avait pas trouvé à son réveil Daria couchée contre lui. Dès l'aurore, elle apportait une note de douceur dans sa dure existence.

— Aaah! bâilla Louka en s'étirant, quel maudit portefeuille!

— Nous partons dans une heure! lança Fedja.

— Mais comment, camarade sous-lieutenant? demanda Nikolaï.

— N'importe comment! As-tu des chevaux?

— Trois, camarade. Mais par ce temps... avec les loups... Ils le harcèleront, camarade, ton cheval jusqu'à ce qu'il s'abatte dans la neige, les jambes molles de peur. Alors, tu auras beau tirer... il y a plus de loups l'hiver que de cartouches... Et qui me paiera les chevaux si les loups te dévorent? Sans compter qu'on me bottera le derrière en me traitant d'ennemi de l'essor socialiste!

— On pourrait faire le chemin en traîneau, petit père, dit Natacha.

— Et moi, j'irai le rechercher dans la lune avec le cheval!

— Je partirai avec eux et te les ramènerai!

Nikolaï se tourna vers Fedja : — N'est-elle pas folle, ma petite enfant? La voilà qui, par ce temps, veut s'en aller sur la steppe, dans un traîneau ouvert à deux chevaux!

— J'admire son courage... — Fedja but une gorgée de thé chaud qui, pensa-t-il, fut cause qu'il se sentit prendre feu intérieurement — mais elle restera ici, Nikolaï Igorowitsch.

— Et comment irez-vous à Tatarssk, camarade sous-lieutenant? — Natacha versa encore du thé que Louka but comme un cheval s'abreuve au seau.

— Je l'ignore vraiment, Natacha Tschougounowa. Fedja haussa les épaules. Il mâchait une rondelle de saucisson et réfléchissait. Il fallait amener ce portefeuille à Smolensk : impossible de se dérober; le colonel Werjowkin attendait ces papiers secrets qui ne devaient pas lui parvenir par la poste, mais par courrier spécial. On se moquerait de lui s'il osait dire : impossible d'avancer, camarades, la neige était trop forte! Certes, on le dégraderait! Un sous-lieutenant de l'Armée Rouge qui va se terrer pendant la tempête de neige! Fedja avala le saucisson rétif et se leva.

— J'irai à cheval, donne-moi une monture, Nikolaï Igorowitsch!

— Quand me la rendras-tu?

— On te la ramènera avec les pièces de rechange.

Natacha se tenait contre le poêle, ses yeux étaient sombres.

— Vous voulez chevaucher tout seul, camarade sous-lieutenant?

— Oui.

— Connaissez-vous le chemin?

— J'ai une carte.

— Une carte! Elle est tout juste bonne à servir de torche-cul par ce temps, petit frère! — Louka mâchait à grand bruit, la bouche pleine, engloutissant la moitié du saucisson, cet ours. Olga le regardait, éberluée.

— Nous prendrons tout de même le traîneau, petit père! — Natacha passa en courant devant Fedja et Nikolaï pour s'engouffrer dans l'écurie. Nicolaï se tordit les mains.

— Un diablotin, vous dis-je! Raisonnez-la, camarade sous-lieutenant, car elle ne m'écoute pas. C'est ça la jeunesse nouvelle, camarade : indépendante, dure, téméraire... mais mon cœur de père s'angoisse...

Natacha revint, chaussée de hautes bottes. Elle avait mis une culotte et une veste de toile gris bleu matelassée. Elle noua ses cheveux sur le sommet de sa tête et se coiffa d'un haut bonnet de fourrure sous lequel son mince visage semblait plus étroit encore.

Louka se bourra la bouche d'un dernier quignon de pain et se leva brusquement : — Allons-y, camarade sous-lieutenant, s'écria-t-il, — avec un tel guide...

— Tu restes ici, Louka !

— Non ! s'écria Olga — ne nous laissez pas seuls avec ce monstre ! Il dévorera en trois jours toutes nos provisions !

— Louka se comportera convenablement. Fedja se tourna vers celui-ci; Louka baissait la tête, attristé.

— Camarade sous-lieutenant, mendia-t-il.

— Tu restes ici, va-t'en à l'écurie... bouchonne les chevaux et dégage un chemin de sortie.

Fedja jeta un regard à Natacha qui lui apporta son manteau de fourrure et l'ouvrit en le lui tendant afin qu'il puisse le mettre plus commodément.

Une heure plus tard, le traîneau attendait, attelé, devant la maison. La neige ruisselait toujours, silencieusement, d'un ciel laiteux. Le vent avait presque cessé. Dans la forêt, les loups hurlaient. On voyait leurs traces dans la neige molle... de nombreuses pattes griffues qui tournaient autour de la maison et révélaient leur férocité affamée.

Natacha s'était assise sur le siège du cocher. Elle entoura ses jambes de trois couvertures superposées. Nikolaï posa un fusil auprès d'elle, également enveloppé de couvertures. Il y ajouta une caisse de munitions.

— Deux cents coups, dit-il. Tire dès qu'un loup se montre, alors vous aurez la paix, car ils dévoreront d'abord leur camarade abattu avant de continuer leur poursuite !

Il aida Fedja à monter dans le traîneau empli de paille. Fedja s'enfonça dans cette litière protectrice et Louka jeta encore sur son sous-lieutenant une épaisse couverture de fourrure que Nikolaï était allé retirer d'une cache secrète. Olga arriva en courant, portant un gobelet de thé bouillant qu'ils durent boire bon gré, mal gré. Puis, Natacha tira sur les rênes, les éleva, fit claquer sa langue !

— Heij ! Courez, mes trésors, volez comme l'oie sauvage... Heij... Heij...

Les deux chevaux s'élancèrent, les patins du traîneau grinçant sur la glace. Les jambes des chevaux pénétraient jusqu'aux genoux dans la neige ; ils avancèrent, la tête rejetée en arrière, les naseaux fumants comme s'ils affrontaient une muraille qu'il s'agissait de traverser, jusqu'au moment où ils atteignirent la neige plus ferme recouvrant la steppe sur laquelle ils glissèrent, dévorant l'espace.

Fedja fit un geste d'adieu vers ceux qui restaient. Le portefeuille contenant les précieux papiers était auprès de lui. Il vit Louka agiter les bras et Nikolaï esquisser un geste de bénédiction...

Louka remarqua également la main droite levée de Nikolaï et fit la grimace. Un souvenir remontait à sa mémoire fruste : en Sibérie, dans certaine hutte en bordure de la Taïga... une vieille femme agenouillée devant une icône et à côté d'elle le petit Louka, un enfant simple d'esprit qui mâchait une betterave.

Louka baissa la tête en lorgnant de tous côtés, puis il se signa rapidement et se détourna pour courir vers l'écurie... Même un idiot est capable d'avoir honte.

— Heij ! criait Natacha en tenant les rênes d'une main ferme. Le traîneau volait sur la plaine longeant constamment la forêt en direction du nord où devait se trouver Tatarssk. Heij ! Volez hirondelles ! Hâtez-vous, boucs rétifs, dawaï !

— Je vais te relayer, dit Fedja, assis dans la paille tiède, la couverture de fourrure remontée jusqu'au menton.

— Inutile, Ilja et Natalja n'écoutent que moi !

Au bout de vingt minutes, les loups se montrèrent.

Ils surgirent de la forêt, horde aux gueules sanglantes, ayant à leur tête un chef de file qui, tel un oiseau géant

au plumage grisâtre, volait, les précédant sur la steppe.
Les chevaux tremblaient de la tête aux flancs, terrifiés.
Tête basse, ils couraient en soufflant, conscients de fuir
devant la mort.

— Heij! criait Natacha d'une voix aiguë, — Heij!

Fedja se dégagea de la paille, arracha le fusil de ses
enveloppements et défit le cran de sûreté. Puis, il se tourna
de côté. Près du traîneau, aussi légers que des ombres,
les loups glissaient sur la neige. Ils ne hurlaient plus...
Le poil hirsute, la gueule béante, museaux pointus en
avant, ils couraient, les crocs découverts, près des jeunes
gens, menace d'une mort silencieuse et atroce.

Fedja mit son fusil en joue. Il visait juste. Le coup
partit. L'un des loups s'arrêta, l'air surpris... puis il baissa
la tête, cracha du sang et se roula dans la neige. Aussitôt,
sept de ses congénères se jetèrent sur lui pour le déchirer,
vivant encore.

Les autres continuèrent leur poursuite des deux côtés
du traîneau. La faim hurlait dans leur regard.

Fedja tira six fois encore. Bientôt, il ne resta plus que
le grand loup gris qui accompagnait toujours le traîneau,
s'arrêtait par moments pour jeter un hurlement prolongé,
lugubre, puis, par grands bonds, se remettait à les suivre.

— Heij! criait Natacha en fouettant les chevaux.
— Heij! Le traîneau dérapait; Fedja se tenait des deux
mains pour ne pas être précipité dans la neige. Il ne pouvait plus tirer.

— Arrête les chevaux, Natacha! cria-t-il. — Après
tout, il est seul!

Natacha se retourna et vit le regard assoiffé de sang
du solitaire, ses flancs puissants, sa grosse tête. Alors,
elle fouetta davantage encore les chevaux et rendit les
rênes.

— Il bondira plus vite sur nous que tu ne pourras
tirer! cria-t-elle dans le vent de la course. — Tiens-toi
bien, Fedja!

Le jeune homme se cramponna aux bois du traîneau

qui dansait, virait sur la neige gelée comme une feuille dans l'ouragan. Mais le grand loup se rapprochait... Il ne courait plus qu'à deux mètres, parallèlement au traîneau. Son haleine formait des nuages blancs dans l'air glacé.

— Arrête! rugit Fedja en arc-boutant ses jambes dans la paille qu'il piétinait pour la rendre ferme sous ses talons. Puis, il saisit son arme, la rechargea et tenta de viser sa cible, dans le traîneau voltigeant.

— Il faut le toucher à la tête, pensait-il, si je le blesse, il continuera de courir, lèchera son sang chaud, en reniflera l'odeur et deviendra absolument enragé.

Fedja tira lorsqu'il vit la tête du loup sauter devant le canon de son fusil. Mais le loup était rusé, il baissa simplement la tête lorsque Fedja appuya sur la détente. Le coup passa au-dessus du loup qui jeta un hurlement effroyable, triomphant.

— Arrête! cria encore Fedja à Natacha; puis, il prit son fusil par le canon encore chaud et poussa violemment la crosse dans le dos de Natacha. Il répéta son geste inlassablement, mais il avait plus mal que Natacha. — Je la maltraite, criait une voix en lui, alors que je voudrais la couvrir de baisers! Je la bats... et le loup court à mes côtés comme un chien fidèle...

Soudain, Natacha reprit énergiquement les rênes et tourna la tête : Fedja frémit : des larmes gelées restaient suspendues à ses cils, de petits glaçons qui heurtaient ses joues.

— Tire, Fedja! cria-t-elle.

Elle se rejeta en arrière, cramponnée aux rênes, les pieds arc-boutés à la barre transversale, placée à l'extrémité du traîneau. Les chevaux se cabrèrent, elle ferma les yeux.

Fedja se jeta de côté, éleva son arme et, lorsque le traîneau s'arrêta, il fit feu entre les yeux luisants du loup.

Le crâne de l'animal fut agité d'une secousse brusque, le coup lui avait déchiré la nuque. Mais en mourant, le fauve eut encore l'énergie de bondir sur Fedja. Il s'abattit, privé de vie, sur ses pieds, dans la paille foulée.

Natacha avait laissé tomber les rênes et, reprenant son fouet, elle se mit à rouer de coups le corps de la bête. Les chevaux haletants tremblaient, arrêtés dans la neige. Avec la crosse de son fusil, Fedja intercepta le dernier coup de fouet. Il sauta du traîneau et tira Natacha à sa suite.

— Toi... dit-il tout bas en lui ôtant son bonnet de fourrure. Des deux mains, il lui caressa le visage, détacha doucement les larmes gelées au bord de ses cils et réchauffa ses paupières closes au contact de ses lèvres.

— Toi, répéta-t-il, — que pourrait-il exister au monde que j'aime plus que toi?

Elle ne sut que lui répondre, mais se serra contre lui. Il ouvrit alors sa pelisse, en entoura Natacha et la serra contre son corps tiède.

— Oh! Fedja, dit-elle frémissante lorsqu'il l'eut longuement embrassée. Ils s'étaient étreints de toutes leurs forces. Glissant sa main droite dans sa veste matelassée, il avait senti la rondeur et la fermeté de ses seins. — Pourquoi faut-il qu'il neige en ce moment? avait pensé Fedja avec un sentiment de regret désespéré. — Pourquoi ne sommes-nous pas en été, sur la steppe chaude, resplendissante sous le soleil? Ah, qu'il serait beau de voir les champs de tournesols osciller dans le vent venu du désert des Toungouses qui multiplierait par milliers ces petits soleils dansants! Mais il neige, il fait froid, cruellement froid et dans notre traîneau nous avons abattu un loup.

— Je t'aime, Natacha... dit-il en passant ses lèvres sur son visage. Il défit ses cheveux et enfonça ses mains dans ce flot sombre dont l'odeur de camomille l'affola. Il ouvrit alors la veste matelassée de Natacha et serra son visage contre sa poitrine.

— Je suis fou! balbutia-t-il — dis quelque chose... Dis donc quelque chose... Retiens-moi... Je te briserai si tu ne dis rien!

Elle posa ses mains jointes sur la tête de Fedja et le retint contre elle. — Que va-t-il arriver?... Tu sais que je t'aime comme la fleur aime la rosée, ou comme l'oiseau aime le ciel, Fedja, Fedja, Fedja...

Il l'avait prise dans ses bras et, la soulevant, il la porta serrée contre lui, jusqu'au traîneau. Rejetant au loin dans la neige le cadavre du loup, il repoussa la couverture de fourrure, reprit Natacha et la déposa dans la paille protectrice.

— Fedja, cria-t-elle, — nous sommes fous, nous le regretterons... Je le sais... Sois doux, Fedja, je t'en prie, je t'en prie, pourquoi, pourquoi... Je ne pourrais jamais t'oublier, Fedja, jamais!

Tandis qu'ils étaient couchés dans le traîneau, les chevaux reprirent leur course.

Les rênes lâches, tête basse, ils allaient au pas en direction du nord, sur la steppe immaculée.

Quiconque voyait ce traîneau de loin le croyait sans maître, brisé.

La neige tombait plus drue du ciel laiteux.

**

Quatre jours plus tard, Natacha revint de Tatarssk.

Elle détela les chevaux, ôta ses vêtements matelassés et reprit sa place devant le foyer. Nikolaï, tout en bourrant sa pipe, considérait sa colombe avec étonnement. — Que ses yeux ont donc changé, pensait-il, et sa bouche est plus épanouie et sa démarche est plus balancée, diable, diable, que s'est-il passé à Tatarssk? Un jeune sous-lieutenant, même s'il est aussi gentil que Fedja, n'est pas sans inconvénients... Nikolaï était renseigné à ce sujet, ayant lui-même été sergent-major jadis, à Saint-Pétersbourg, où il montait la garde, devant le palais d'hiver des tsars et avait pour habitude de pincer, sous leurs jupes, les chambrières des comtes et des princes! Et il avait vu comment se comportaient les jeunes officiers lorsqu'ils s'en allaient en traîneau clos et chauffé jusqu'à la Néva gelée, après avoir glissé deux roubles au cocher, afin de le rendre momentanément sourd et aveugle.

— Comment cela s'est-il passé? lança-t-il en aspirant la fumée de sa pipe. Louka était à l'écurie et bouchonnait les chevaux. Il s'était bien comporté, aidant aux travaux du ménage, se montrant des plus paisibles, seulement, son appétit était sans bornes, il dévorait autant à lui seul, qu'une troupe de Cosaques : — il va dévorer tout le plan quinquennal! avait dit Olga une fois, et Louka avait ri à faire vibrer les vitres.

— Cela s'est bien passé, petit père, répondit Natacha qui pelait un oignon. Nous étions arrivés le soir même à destination, après avoir abattu, il est vrai, quelques loups. Mais les chevaux étaient fourbus et je suis restée deux jours là-bas.

— Et Fedja Iwanowitsch Astachow?
— Il est reparti le lendemain pour Trojanej.
— Qu'y a-t-il entre vous? demanda-t-il soupçonneux. Il regardait les hanches de sa fille comme si, à travers ses vêtements, il pouvait voir la trace des mains de Fedja.

Olga vint de l'écurie, portant un pot plein de millet qu'elle déposa. La question de Nikolaï vint à la rencontre de ses propres pensées.

— Hé bien, oui, quoi? lança-t-elle.
— Je l'aime, dit Natacha avec simplicité.
— Ainsi... Le premier venu!... J'en atteste les cieux... Je ne t'ai pas élevée ainsi qu'une jument de sang que n'importe quel rosse de charroi peut sauter à son gré!
— J'aime Fedja!
— C'est tout?
— N'est-ce pas assez, petit père?
— Où cela s'est-il passé?
— Dans le traîneau, déjà...

— Je le hacherai menu, je brûlerai ce traîneau! — Il bondit, tremblant de tout son être. Olga restait assise devant le foyer, les mains jointes. Brusquement elle éclata en pleurs :

— Ma fille unique! S'oublier ainsi dans un traîneau! — Puis, comme Natacha passait devant elle, Olga lui envoya un coup de poing dans le ventre : — Ainsi, tu serais une vraie renarde en chaleur? Faut-il que tu ailles traîner, à peine es-tu nubile? On devrait te rosser jusqu'à ce que tu deviennes verte et jaune...

— Vas-y, petite mère, dit Natacha en se plaçant devant Olga, la tête rejetée en arrière, le corps offert : — Bats-moi, rien n'y fera, je l'aime!

— Aussi sauvage qu'une louve! conclut Nikolaï. Que faire? Peut-être tuer ce Fedja Iwanowitsch? Mais voilà, il a disparu soudain...

Il tourna les talons et s'en fut à l'écurie. Natacha attendait les coups de sa mère, mais Olga la poussa de côté et s'en fut remuer le bortsch sur le feu.

— Vas-tu laisser brûler la soupe? N'as-tu plus rien en tête que tes putasseries?

— Fedja passera par ici, lorsqu'il reviendra de Smolensk pour se rendre à Schamowo, répondit Natacha.

— Attendons, gronda Olga.

— Il me l'a promis!

— S'il ne retournait pas... S'il venait un enfant et que ce Fedja reste à Moscou, Alma-Ata ou Stalingrad... où se trouvent toutes ces Dounja, Marja, Axinja, Jelisaweta... Il est lieutenant...

— Alors, j'irai à Moscou! Et je ne voudrais plus rien voir, rien! hurla Natacha.

Elle jeta par terre la cuiller de bois qu'elle tenait à la main et courut vers l'écurie où elle s'abattit dans la paille, près des chevaux, en sanglotant, rageuse.

Doucement, Louka s'agenouilla auprès d'elle. Sa patte géante caressa sa chevelure, mais elle le sentit à peine, tant le cœur de Louka était plein de tendresse.

— Notre petit sous-lieutenant, dit-il doucement, — voyez-moi ça, il s'est comporté comme un homme!

**

Le sixième jour, Louka fut emmené par une colonne venue le chercher avec des pièces de rechange, à Krassnoje Mowona. On traîna l'auto en panne jusqu'à la datscha de Tschougounow où l'on changea l'axe rompu; un sergent-major en profita pour accuser vivement Louka d'avoir subtilisé une fiole de vodka dans les provisions du régiment; enfin, Louka s'assit au volant de la voiture réparée et s'en fut en pétaradant, à travers la steppe en direction de Schamowo, du commandant et de Daria.

— Six nuits sans moi, qu'elle a dû s'ennuyer, pensait Louka avec simplicité.

L'équipe de réparation retourna également à Trojany.

— Non! avait répondu le sergent-major, nous n'avons pas de nouvelle de Fedja Iwanowitsch Astachow. Sans doute, il est passé chez nous, car il a signalé l'axe rompu, mais il a poursuivi son chemin!

Le silence de l'hiver s'appesantit à nouveau sur la datscha de Tchougounow, du sowkhose de Krassnoje Mowona. La tempête reprit, hurla, la neige tourbillonna, tandis que dans la forêt, les troncs gelés des arbres éclataient la nuit avec un grondement de coup de canon et que les loups rôdaient, affamés, autour de la maison et hurlaient contre la cheminée.

Trois semaines... Six semaines... Quatre mois.

Natacha ne parlait plus de Fedja. Cependant, Olga et Nikolaï respirèrent, soulagés, lorsqu'il s'avéra que l'aventure de Natacha n'aurait pas de suites.

— Quelle chance, constatait Olga. — Mais elle sera difficile à marier convenablement! Qui acceptera de mordre dans un gâteau déjà grignoté?

Nikolaï soupirait. Son cœur de père était empli d'amertume. Combien volontiers, il étranglerait ce Fedja! Oui, lui serrer le gosier comme s'il s'agissait d'un chien enragé, jusqu'à ce que la langue sorte bleue entre les dents! Cependant, Natacha restait silencieuse ces derniers temps. Souvent assise à la fenêtre, elle fixait la montagne de neige qui, dehors, s'élevait devant elle. Il arrivait alors qu'elle fermât les yeux en se passant une main caressante sur tout le corps. Elle rêvait des caresses de Fedja... à ces caresses dont il l'avait comblée dans la petite chambre tiède de Tatarssk, devant les fenêtres de laquelle craquaient les glaces de la Gorodna.

— Natacha, avait murmuré Fedja en enfouissant sa bouche dans son aisselle chaude — je crois mordre dans du thym et des raisins muscat... Nous devrions mourir ainsi.

Il y avait quatre mois de cela. Le timbre de sa voix était resté dans ses oreilles comme s'il se trouvait encore étendu auprès d'elle, enroulant autour de ses doigts ses longs cheveux noirs.

Au cours du cinquième mois, en mars 1939, lorsque le froid céda au premier vent du sud et que les fleuves envahirent leurs rives, Louka l'idiot parut à Krassnoje Mowona.

Il portait déjà son uniforme d'été, la blouse verte aux poches rapportées et conduisait une vieille voiturette ferraillante, qu'il arrêta devant la datscha Tchougounow en cornant à rendre sourd.

— Louka! cria Natacha. Elle balayait la salle et avait vu l'auto s'arrêter de l'autre côté de la haie. Elle courut en criant et embrassa la large face hilare, puis, se cramponnant à sa blouse : — Ou est-il? Où est Fedja? Dis-le, dis-le. M'apportes-tu une lettre de lui? Un mot, une pensée?

— Viens dans la maison, ma colombe, il faut que je parle à Olga et Nikolaï Igorowitsch.

— Voyez donc qui nous arrive là! jeta Nikolaï debout

sur le seuil de la maison, l'ours a hiverné et le voilà en quête d'un peu de miel, hein? Entre, petit frère.

Louka tira sa blouse militaire bien droit, par-dessus son pantalon, remit en place son ceinturon et, s'arrêtant brusquement tout contre Nikolaï, il claqua des talons comme devant un général et dit :

— Nikolaï Igorowitsch, je suis chargé par le sous-lieutenant Fedja Iwanowitsch Astachow de vous présenter sa demande en mariage : voulez-vous lui accorder Natacha?

— Fedja... balbutia la jeune fille, toute pâle soudain, contenant les battements de son cœur des deux mains. Olga aussi dut s'asseoir sur le banc en rondins de bouleau et respirer profondément pour ranimer son cœur maternel.

Nikolaï joua la comédie de l'homme fort, bien qu'il eût le cœur étreint d'émotion, mais quoi, un socialiste qui se respecte est inaccessible à ces faiblesses!

— Tiens, tiens, ce Fedja Iwanowitsch! Le voilà qui se souvient de la gentille enfant de Krassnoje Mowona! C'est le printemps qui nous vaut ça, camarade? La sève remonte? Car, pendant des mois, il n'a dit mot le sous-lieutenant. Nous en avions froid au cœur... Vois donc ma colombe, comme elle a maigri... Comme elle est triste! Il lui a coupé les ailes, ton Ilja Iwanowitsch! Et, tout à coup, il a des remords : mais pourquoi ne vient-il pas lui-même l'élégant camarade sous-lieutenant?

— Il est en période d'instruction : il va être nommé lieutenant! « Louka, m'a-t-il dit, quand je reviendrai, on se marie! et je te tranche le potiron si tu ne me ramènes pas Natacha! »

Natacha vira brusquement sur les talons et s'élança à l'intérieur de la maison en bousculant son père et Louka.

— Qu'as-tu? lui cria Nikolaï.

— Je fais mes paquets, petit père!

Olga se signa en silence.

— A-t-on jamais rien vu de tel? s'écria Nikolaï.

— Quand Fedja siffle, la souris accourt! Les enfants n'ont

plus d'honneur! Ils n'ont rien hérité de nous! Qu'en dis-tu, Louka?

— Tu n'es qu'un singe, camarade, dis donc *oui* et j'emmène Natacha!

— L'emmener? Non. C'est ici que l'on se mariera, à Krassnoje Mowona! Qu'il vienne Fedja, mon cher petit gendre, je lui ouvrirai les bras! Dis-le lui! Entre, Louka, mange et bois tant qu'il te plaira!

— Je n'attendais que cela! dit Louka en frappant l'épaule de Nikolaï, non sans quelque prudence pour éviter de lui briser les os.

— Veux-tu un gâteau au lard? demanda Olga en pleurant de joie.

— Un gâteau au lard! Petite mère, je t'embrasserai pour la peine!

***

Lorsque le sureau et la giroflée fleurirent, Fedja et Natacha se marièrent.

A Smolensk, le général avait promu Fedja lieutenant, et même il envoya ses félicitations. Une délégation de la compagnie de Schamowo avait apporté comme cadeau de mariage, de la part du commandant et des camarades, un portrait du grand Staline, un panier de vin de Crimée, un gigantesque gâteau aux graines de pavot, œuvre de Daria. Le vieux soviet et chef du sowkhose de Krassnoje Mowona offrit un porcelet à l'occasion du mariage. Il avait dû téléphoner pour cela jusqu'à Moscou, car les porcelets font aussi partie du plan quinquennal. A Moscou, le lieutenant Fedja étant bien noté, on accorda cette grâce. On put ainsi rôtir le porcelet embroché, à feu vif. Louka s'était offert pour tourner la broche, mais, pour éviter qu'il ne succombât à la tentation, Fedja avait confisqué son couteau. — La chair est faible, camarade et un porcelet rôti tout croustillant, c'est certes, la tentation personnifiée.

Le mariage fut célébré par le soviet du district, dans la stolowaja de Krassnoje Mowona. Celui-ci avait décoré la table du drapeau rouge, s'était placé devant un portrait de Staline, tandis qu'à sa droite et à sa gauche, sur des piédestaux de bois, les bustes de Lénine et de Marx considéraient gravement l'assistance en tenue de fête. C'étaient des effigies de plâtre, mais, peintes d'un beau brun doré, on les aurait juré coulées dans le bronze.

En uniforme de parade, le jeune lieutenant Fedja était remarqué de tous. En tant qu'officier, il n'était plus tenu de se raser le crâne. Ses épaules s'étaient élargies, il était devenu plus mâle, plus fort. Ses longues jambes étaient gainées de hautes bottes en cuir de Russie, au-dessus desquelles s'épanouissait en lyre son pantalon de cheval plaqué de cuir. Un joli garçon, que diable! Les femmes du sowkhose tendaient le cou et chuchotaient, jalouses de Natacha : — Elle en a une chance! Un bel homme et lieutenant encore! Tout ça, parce qu'il neigeait et que l'axe d'une auto s'était rompu... Que la vie est étrange, petite sœur!

Natacha portait son uniforme de Komsomol, jupe et blouse accompagnées d'un mouchoir rouge autour du cou. Mais on ne prit aucun intérêt à ce costume, car ses cheveux noirs ressemblaient à un voile, ils coulaient jusqu'à ses hanches et Olga les avait parsemés de fleurettes : clochettes d'or des cytises, toiles argentées de l'aubépine, gouttes de sang et tulipes naines.

Lorsqu'elle descendit de l'auto conduite par Louka, un chuchotement parcourut l'assistance masculine. Nikolaï l'entendit et bomba la poitrine. Quoi de plus glorieux qu'un père orgueilleux?

Se tenant par la main, Fedja et Natacha furent unis. Le soviet du district, Lew Pawelewitsch Alajew, fit un discours ur la signification du mariage dans le paradis des travailleur, et des paysans, il encouragea le jeune couple à être prolifique afin d'apporter sa contribution au plan quinquennal, sans cesser de vivre dans l'esprit de Marx et de Lénine. Puis, il exalta Staline. Enfin, il demanda à chacun des mariés s'il donnait son consentement au mariage et, comme les jeunes gens lui répondirent chacun avec un enthousiasme égal, Alajew déclara solennellement :

— Vous voici mari et femme : une nouvelle pierre est apportée à la construction de notre république soviétique !

Le soir, après les compliments des amis et force nourriture et boisson, lorsque tous se trouvèrent affalés, ivres, dans tous les coins, il y eut un événement insolite.

Un vieil homme pénétra dans la maison. Il venait à travers la forêt, à la faveur de la nuit, portant un vieux sac de toile. Olga le fit entrer rapidement et verrouilla toutes les portes ouvrant sur l'extérieur. Seul Nikolaï, elle-même et les mariés se trouvaient dans la salle. L'air un peu dédaigneux, le vieillard observait Fedja.

— C'est Gennadi Wassiliewitsch Nikitin, expliqua Nikolaï à son gendre. Il est âgé de soixante-dix ans et, voici dix ans, il était encore pope de Tatarssk. Puis, on a fait de son église une fabrique de vodka et on lui a donné un lopin de terre pour lui permettre de vivre. Nikitin était le dernier pope du district...

Gennadi Wassiliewitsch ouvrit son sac dont il tira un vêtement de messe froissé et sale, une croix d'argent, un encensoir terne, cabossé. Olga s'agenouilla et baisa la croix, puis elle s'en fut dans un coin avec l'encensoir, le bourra d'herbes odoriférantes et le referma.

Dans le coin du poêle, où habituellement se trouvait suspendu le portrait de Staline, brillait à présent une belle vieille icône dorée. Olga l'avait tirée de sa cachette. Nikolaï lui-même ne savait pas où elle la rangeait. De ses grands yeux doux, la sainte mère considérait Ilja Iwanowitsch qui, lentement, s'approcha d'elle pour la contempler.

— Notre petite mère veut qu'il en soit ainsi, dit Nikolaï

sur un ton d'excuse — car il s'agit de sa fille unique, Fedja... Accordons-lui cette joie... Elle a attendu cela toute sa vie. Même si c'est le signe d'un esprit rétrograde, reconnaissons que les femmes croient en Dieu...

Fedja s'empara des mains de Natacha et les serra fort, le regard rivé à l'icône. « A la maison, pensa-t-il, il en va exactement de même. Là-bas aussi il y a une icône cachée dans la chambre à coucher. Lorsqu'il était parti pour le régiment, sa mère avait prié et même petit père avait tracé sur lui le signe de croix... Ils ne comprennent pas les temps nouveaux, les vieux... avec nous, un monde radieux grandira. » Et maintenant, il se tenait à nouveau devant une icône, contemplant le visage illuminé de la sainte mère. C'était son mariage, celui du lieutenant Fedja Astachow.

Le vieux Nikitin avait revêtu son habit de messe, la croix d'argent se balançait sur sa poitrine, Nikolaï avait mis le feu aux herbes enfermées dans l'encensoir; une odeur douceâtre se répandit dans la salle.

Puis, ils s'agenouillèrent tous sur le sol dur, le front penché, écoutant les paroles marmonnées par le pope. Les couronnes de fleurs symboliques furent échangées, Nikolaï agitait l'encensoir, Olga, derrière les mariés, chantait un hymne de sa voix cassée. Nikitin se pencha vers eux, les releva, leur donna le baiser de paix et les bénit encore.

Fedja hésita l'espace d'une seconde, puis il saisit la croix et la baisa. Une crispation agita le visage raviné de Nikitin.

— Dieu est éternel, dit-il à voix basse; si Dieu est en vous, vous aurez la vie éternelle.

Puis, il embrassa Olga et Nikolaï, se retourna, souffla les veilleuses de l'icône, ôta sa robe dorée, la bourra à nouveau dans le sac de toile et se trouva redevenu le vieux paysan Gennadi Wassilijewitsch Nikitin. Olga lui glissa un paquet contenant une part du porcelet rôti, un saucisson, du lard et du jambon. Elle ôta l'icône du mur et la glissa dans son corsage. Nikolaï suspendit à la même place le portrait de Staline.

— Dieu soit avec vous tous! dit encore Nikitin.

Et il s'en fut comme il était venu, en coupant par la forêt. Ombre mystérieuse glissant dans la nuit. Dans la grange, il avait rencontré Louka braillant la chanson de la « grosse Anna de Nowgorod ».

Mais celui-ci n'avait pas vu Nikitin. Le dos arqué comme un gibier poursuivi, le pope s'élançait vers l'obscurité.

Dans la maison, Nikolaï tourna la tête lorsque Olga cacha à nouveau l'icône. Il voulait ignorer où.

* *
*

Le lieutenant Fedja eut une permission. Avec sa jeune femme Natacha, il s'en fut en direction du nord retrouver ses parents à Pulkowo, en bordure de la grand-route qui mène à Leningrad.

Les vieilles gens n'avaient pu assister au mariage. Petite mère Astachowa avait les jambes enflées par l'eau prétendaient les médecins qui la ponctionnaient toutes les semaines. — Ça vient du cœur, avaient-ils confiés au vieux Ignace Astachow, — il faut qu'elle reste alitée. Le lieutenant, son fils, trouvera bien une chambre à Pulkowo pour y passer sa lune de miel; d'ailleurs, l'air est meilleur ici. Du golfe de Finlande, le vent souffle vers l'intérieur des terres un air vif qui éclaircit les idées et fortifie le corps, c'est important pour un nouveau marié.

Fedja et Natacha passèrent quinze jours à Pulkowo et Natacha s'épanouit dans son amour comme une rose à qui rien ne manque... ni vent, ni soleil, ni rosée... Jamais on ne les voyait l'un sans l'autre.

Mais le bonheur est semblable à l'aurore : le jour se lève sans faire halte, quelque temps qu'il fasse.

Pour Fedja Iwanowitsch, l'aurore radieuse de l'amour fut suivie d'un jour sombre. Un pli du général vint de

Smolensk : c'était la nomination de Fedja comme officier instructeur à Smolensk.

— Tu verras, c'est beau là-bas! dit Fedja pour rassurer sa jeune femme qui redoutait la grande ville. Il y a des magasins d'État, des cinémas, des piscines, un théâtre! Nous y serons heureux comme partout où nous sommes ensemble!

La veille du jour où se terminait la permission, les jeunes époux partirent pour Smolensk. Ils s'y installèrent dans deux chambrettes qui présentaient l'avantage d'avoir vue sur la cour de la caserne. Quelle chance! Natacha pourrait donc admirer chaque jour son Fedja commandant l'exercice de sa compagnie. Il savait rugir presque aussi fort que Louka, mais d'une voix plus claire, plus entraînante.

Quant à Louka lui-même, il se manifesta bientôt à sa manière. On devait en parler plus tard de Mohilew jusqu'à Smolensk. Il arriva un beau jour dans la cour de la caserne à Smolensk, au volant d'un camion qui transportait des lits, des ustensiles de ménage, un fourneau, un porcelet vivant, dix poulets, deux oies, sept lapins et naturellement Daria. Il avait réussi à se faire déplacer à Smolensk. Le général, auprès duquel Fedja avait plaidé la cause de Louka, avait finalement accordé cette faveur, l'idiot du régiment devenant une croix pour la compagnie. Privé de la présence de son lieutenant Fedja Astachow, il arrivait à Louka de hurler comme un chien roué de coups; dans son désespoir, il avait ciré les bottes du commandant avec de la crème dentifrice et englué la chevelure du même officier de savon noir, au lieu de pommade. Le camion s'arrêta au centre de la cour d'exercice et, tandis qu'un officier s'élançait suivi de trois hommes de la police militaire, Fedja et Natacha, penchés à la fenêtre de leur cuisine, assistaient à cette arrivée sensationnelle.

— Louka! s'écria Fedja. Tu vois, Natacha, c'est Louka!

Puis, se penchant par la fenêtre, il cria en direction de la caserne :

— C'est Louka, Louka l'idiot!

— Vous connaissez cet épouvantail, camarade lieutenant? cria l'officier en réponse.

— Oui! Le camarade général l'a déplacé ici. Ses papiers le prouvent!

Puis il referma la fenêtre, revêtit son uniforme et courut à la caserne.

Natacha, restée seule, appuya son front à la vitre.

— C'est un peu du passé, pensa-t-elle, un peu de la steppe que je retrouve. Elle se sentit heureuse, il lui semblait entendre toussoter Nikolaï tout en haut du poêle, tandis que les feux rouges de l'aurore embrasaient le ciel au-dessus des forêts.

*
* *

Dès cinq heures du matin, Louka tira du lit les Astachow.

— Que me veux-tu? gronda Fedja en voyant Louka.

— Alerte, mon lieutenant!

Fedja remarqua alors seulement que Louka avait revêtu sa tenue de campagne. Un bloc de glace s'abattit sur son cœur.

— Les Allemands attaquent la Pologne! Il y a un quart d'heure de cela! Alerte à l'ensemble des troupes!

Fedja jeta un regard au calendrier suspendu au mur. Il avait été découpé par Natacha dans la *Literatournaya Gazeta*, revue à laquelle elle était abonnée. Les femmes des autres officiers étaient bien plus instruites qu'elle, mais Natacha avait décidé de combler ses lacunes, et puis, il n'était pas mauvais de parler littérature, on paraissait cultivé et on pouvait discuter!

1er septembre 1939.

De la caserne leur parvenait le rythme des marches cadencées et des commandements brefs. Louka était à nouveau sur le seuil. Il vit Natacha se mettre sur son séant et fixer avec effroi le dos de Fedja.

— C'est bien, Louka, dit Fedja à mi-voix, j'arrive!

Il referma la porte et se passa la main sur le visage. Natacha bondit hors du lit, et courut enlacer Fedja par derrière.

— La guerre? balbutia-t-elle, tu vas partir Fedjasha?

Son corps tiède frémissait comme celui d'un oisillon tombé du nid. « La guerre, pensait-elle, peut-on comprendre cela? La terre est si vaste, tout le monde veut la paix, tout le monde veut vivre... et soudain, c'est la guerre et les hommes doivent partir, beaucoup d'entre eux mourront... » Elle écrasa sa bouche sur la nuque de Fedja; non, elle ne crierait pas, mais il sentit ce cri heurter sa chair; brûlant, il pénétra son sang.

— Ils ont attaqué la Pologne, les Allemands, dit-il à voix basse, mais ils n'iront pas jusqu'en Russie : que chercheraient-ils ici? Non, non, Natacha... Ils ne viendront pas, ils se casseraient les dents comme un loup qui veut avaler un caillou. D'ailleurs, ils le savent! Sans doute, on donne l'alerte, il s'agit de montrer sa force...

Ce ne fut vraiment qu'une alerte. Comme s'il y avait la guerre en Russie, on rassembla les colonnes de route, on chargea les camions et l'on se mit en marche. Au-delà de Smolensk, à Schirjajewo, toute la division se trouva rassemblée ayant à sa tête le camarade général dans une voiture blindée. Il tenait une montre à la main et chronométrait le temps que réclamait la mise en place de tous les bataillons.

« C'est une bonne garnison, pensait-il, ça n'a pas traîné, on le fera savoir à Moscou, l'ambassadeur d'Allemagne l'apprendra et transmettra le renseignement à Berlin : les Allemands y regarderont à deux fois... »

A midi, le 2 septembre, tout était terminé. Les troupes regagnaient leurs casernes et Daria dut éloigner à la hâte un sergent-major de l'intendance, avant le retour de Louka.

Le service continua donc comme par le passé. Instruction, parades, exercices de campagne, enseignement politique. Les jours s'envolaient comme des cygnes sauvages, et plus brèves encore étaient les nuits dans les bras tièdes de Natacha, recouverts de ses cheveux noirs, environnés du parfum de son corps qui rappelait celui de la camomille.

Louka fut nommé sous-officier. Tout le régiment s'en étonna, mais, lui, plus que tout autre. Il fut même chargé d'une mission spéciale : l'entretien et la répartition des bottes. Ç'avait certes toujours été son activité particulière, mais comme il était admis qu'elle requérait les directives d'un sous-officier, le général lui-même le nomma à cette place. Daria fut seule à éprouver un changement à cette occasion. A compter de ce jour, Louka ne souffrit plus qu'elle prît des amants en dessous de son propre grade. Nul n'osa regimber, il avait rossé si consciencieusement deux simples soldats qui avaient osé enfreindre sa défense, qu'ils furent envoyés à l'hôpital militaire. On se le racontait à la ronde : se mesurer à Louka, c'était s'attaquer, à l'aide d'un canif, à un arbre centenaire.

Vers l'époque de Noël, Nikolaï Igorowitsch Tschougounow et Olga se rendirent à Smolensk, chargés comme des baudets Kirghizes, de gâteaux, saucissons, beurre, œufs et fromages. Olga avait même ajouté une précieuse fiole du dernier vin d'églantine, pressuré par Natacha.

— Nos buissons d'églantines..., dit Natacha ravie, que deviennent-ils, petite mère ?

Cependant, Nikolaï observait sa fille à la dérobée, il tournait autour d'elle, secouait la tête, puis finit par attirer Fedja dans un coin :

— Que se passe-t-il, Fedja, mon gendre : pas de ventre, pas de taches sur la joue, pas de seins gonflés : tu m'étonnes !

Fedja baissa la tête :

— Elle est encore si jeune, petit père.

A quoi, Nikolaï se crut en droit de répondre par quelques

conseils d'homme à homme, donnés devant un gobelet de vodka. Fedja l'écouta patiemment. Pourtant, il était déjà suffisamment pénible que les deux vieux fussent venus pour la célébration de la fête de Noël, chargés de cadeaux, avec des cœurs pleins de ferveur, alors qu'il n'y avait plus de Noël... Il ne fallait pas qu'on le sût ! Ce serait une honte ! Le camarade général l'avait désigné comme le meilleur lieutenant du régiment et avait cité son nom à l'académie militaire de Moscou. C'était là que les officiers du grand quartier général recevaient leur instruction, en tant que futurs généraux de l'Armée Rouge. Depuis trois mois, Fedja recevait déjà la *Wojennarji Mysl*, revue du grand quartier général qui portait cette remarque : « réservée aux généraux, amiraux officiers de l'Armée Rouge et de la Marine ». Fedja Iwanowitsch s'en montrait très fier, non sans raison, car il était le seul officier de son régiment à pouvoir s'enorgueillir de cette lecture.

Noël passa donc comme un autre jour. Au second jour de l'année nouvelle, les vieilles gens retournèrent à Krassnoje Mowona. Natacha pleura beaucoup et Nikolaï pria encore Fedja de se donner de la peine dans un but précis :

— A l'automne, je veux entendre crier quelque chose ! crachota-t-il dans l'oreille de Fedja, ou bien, le diable t'emporte ! Un uniforme ne suffit pas à faire un homme, souviens-t-en, Fedja Iwanowitsch !

Puis, les deux jeunes gens adressèrent des gestes d'adieu au train qui s'éloignait, jusqu'à ce qu'un brouillard blanc, dû au froid très vif, l'eût dérobé à leur vue.

*
* *

Ce fut encore Louka qui vint tambouriner des deux poings contre la porte, en pleine nuit, jetant Fedja hors de son lit. Il avait l'air désemparé lorsque Fedja lui ouvrit. Son calot était planté de travers sur son crâne puissant, son ceinturon était bouclé trop lâche, il claquait des dents en parlant.

— Alerte, Fedja Iwanowitsch! lança-t-il d'une voix enrouée, comme s'il s'étranglait : — C'est arrivé à 3 h 15, camarade lieutenant, l'Allemand est en Russie!

— La guerre, dit Fedja à mi-voix.

— Ils ont tout envahi, les démons : les frontières, les casernes, les entrepôts de réserves, tout! Ils marchent déjà sur Bialystock.

— La guerre... répéta Fedja. Lentement, il se tourna vers Natacha... Elle se trouvait dans son troisième mois de grossesse, et voilà, c'était la guerre.

— Tu vas partir? demanda Natacha encore dans le lit. Fedja répondit par une inclinaison de tête et poussa Louka hors de leur chambre. — A présent, il s'agit de la Russie...

— Je déteste tout ce qui t'éloigne de moi!... La Russie aussi! cria-t-elle. Fedja leva les bras dans un geste d'impuissance. Il vit alors Natacha sauter du lit, comme si elle voulait s'opposer au flot vert-de-gris des armées en marche, venues de l'Occident.

Il revêtit son uniforme et Natacha prépara son sac d'habillement. Tout en haut de la pile de linge et de vêtements, elle posa sa photographie en pleurant silencieusement.

— Si je ne te revois plus, dit-elle enfin en sanglotant, comment doit-il s'appeler si c'est un garçon?

— Alexeij, dit Fedja la gorge sèche.

— Si c'est une fille?

— Doujaschka.

Elle inclina la tête et noua les cordons du sac.

— Il en sera ainsi, conclut Natacha comme si elle disait « Amen. »

*
* *

— Va à Krassnoje Mowona, Natacha, dit Fedja tout en caressant ses mains et ses bras glacés. — Une ville comme

Smolensk peut être bombardée : les Allemands ont des avions terrifiants, ils descendent du ciel en piqué, avec des rugissements qui broient le cœur!

— J'irai, Fedja.

— Et ne travaille pas dans les champs, ménage-toi!

— Oui, Fedja.

— Quand le moment sera venu, va à Tatarssk!

— Oui, Fedja.

Les premiers groupes de soldats grimpaient dans les wagons en chantant, avec de grands gestes à l'adresse des filles, arrêtées par groupes derrière la barrière de fils de fer barbelé qui séparaient la rue des installations de la gare de chemin de fer. Fedja, le bras passé à travers les barbelés, serrait le bout des doigts de Natacha. « Dans quelques semaines, nous aurons battu les Allemands. » C'était l'avis unanime, il n'y avait qu'à regarder la carte reproduite par tous les journaux : la Russie, tout une partie de la terre et, à côté, la minuscule Allemagne, comme une chiure d'oiseau sur la Place Rouge de Moscou!

— Lieutenant Fedja Iwanowitsch! cria une voix puissante de l'intérieur du train — on part!

— Petite mère... bégaya-t-il, — je reviendrai... je t'aime tant, ils ne peuvent pas nous abattre tous, dit Fedja avec des larmes dans la voix. Il n'avait pas honte et en même temps il maudissait intérieurement la politique, le parti, l'uniforme, la Russie, l'Allemagne, tout, tout.

Il s'arracha brusquement. Une pointe de fil de fer lui déchira le dos de la main. Il ne vit, ni ne sentit le sang couler sur ses doigts. Les bras ballants, il restait devant Natacha et, soudain, il eut le sentiment que cette barrière de barbelés était un mur infranchissable qui le séparait d'un monde dont il ne franchirait jamais plus le seuil. Natacha était loin. Il voyait ses yeux, entendait sa voix, sentait son haleine... mais lui parvenant d'un monde perdu auquel il n'appartenait plus.

— Lieutenant Astachow! cria encore une voix.

Alors Fedja s'en fut en courant, sauta par-dessus des

rails, des câbles de signalisation, des traverses de bois et ne se retourna pas lorsque le long convoi s'ébranla lentement, tandis que les soldats, en chantant prenaient congé de Smolensk.

Louka, agrippé à l'extérieur du train, se déplaçait d'un wagon à l'autre, tel un singe géant.

— Où est le lieutenant Astachow? criait-il à l'intérieur de chaque wagon.

Le train immense ferraillait vers l'ouest. Les drapeaux rouges claquaient aux portières et s'effilochaient dans le vent de la course.

On s'en allait à la rencontre des Allemands. Chantons, petits frères, car on a tout de même un peu d'angoisse tout au fond du cœur... Nous ne reviendrons pas tous à Smolensk.

**

Un transport militaire est chose curieuse. On n'y comprend rien. D'abord, il faut se hâter, chaque minute compte : on vous attend à l'avant, camarades... puis on roule à travers la campagne, on s'arrête, on fait machine arrière, enfin, on arrive sur une voie de garage, on attend encore, c'est lamentable!

Le soir venu, tous les soldats étaient aux portières, les yeux levés vers le ciel : les premiers avions allemands! Oiseaux gris argent, les ailes marquées de grosses croix noires. Le train se mit à l'abri dans une forêt où se trouvait une étroite voie-refuge. Le vrombissement des avions résonnait parmi les arbres, les troncs semblaient vibrer.

— Voyez donc, voyez! Ce cri se répercutait. Les visages graves, effrayés, des soldats interrogeaient les cieux.

Les avions allemands s'étaient divisés en deux vagues. Tandis que l'une poursuivait sa route, l'autre descendait en piqué et rasait le sol en rugissant. Juste avant de reprendre de la hauteur — du moins, c'est ce qu'on voyait de loin — ils semblaient sursauter, et quelque chose de noir tombait en vacillant du corps de l'appareil... et, tandis qu'ils remontaient en flèche dans l'azur, la terre s'ouvrait derrière eux avec des geysers de flammes et de boue qui retombaient en cascades.

— Ce sont eux, camarades! dit Louka assis sur les tampons — l' « idiot » mâchait une betterave —, c'est ainsi qu'ils ont anéanti la Pologne. Mais ils ne feront pas cela avec nous!

Fedja suivait du regard l'escadrille qui avait poursuivi son vol. Allait-elle à Smolensk? Son cœur était aussi froid que la poignée d'acier que ses mains étreignaient. — Certainement ils vont à Smolensk, ils y lanceront leurs bombes sur des femmes et des enfants; ceux-ci, courant dans les rues, se rueront vers les explosions qui les mettront en pièces. Ils n'ont pas d'abris bétonnés à Smolensk, c'est à peine si les maisons ont des caves. Natacha aussi ira se tapir dans un coin, tremblante, tenant un pan de son châle sur ses yeux pour ne pas contempler cette horreur. On meurt plus facilement lorsqu'on ne voit pas.

Il baissa la tête et appuya son front au bois rude du wagon. De loin, lui parvenaient les grondements des coups au but dont la résonance se heurtait aux tympans.

Au bout d'une heure, ils se remirent en marche. Mais la gaieté n'y était plus. Ils avaient cessé de chanter, ils écoutaient, le cou tendu, le vacarme qui se rapprochait d'eux.

Le train s'arrêta au cours de la nuit. Il était inutile de continuer, l'Allemand avait été plus vite qu'eux, il les distançait même. Les avant-gardes de ses blindés roulaient déjà sur Borissow. Ils se ruaient comme des démons à travers la Russie, partout ils s'avéraient plus rapides qu'il n'était possible de transporter sur la carte les textes des communiqués.

On fit descendre du train le régiment. A Slawjany, il dut remonter dans de vieux camions, des autobus venus d'Orscha et quelques blindés qui attendaient. Dans ces véhicules, il erra en tous sens pendant quelques jours, décrivant des zigzags comme un lièvre, jusqu'à ce qu'il se vît obligé de s'engager sur la route poussiéreuse, à la suite des blindés, à la rencontre des Allemands. Puis, les hommes durent s'enterrer le long d'une chaîne de collines, dans des combes à peine incurvées et à distance assez éloignée les unes des autres : nids de mitrailleuses, lance-grenades, canons antichars, lance-mines, qui devaient envoyer leurs projectiles devant les chenilles des monstres.

Fedja, couché près de Louka dans un trou, inspectait la plaine devant lui. Dans la poussière s'élevant en tourbillons, il distinguait nettement les troupes allemandes, des blindés gris vert aux canons très allongés. Comme des mouches, les ombres des fantassins étaient collées aux corps d'acier. Troupes d'assaut qui s'étaient abattues sur la Russie comme un typhon par une journée ensoleillée.

Derrière Fedja et Louka, un hurlement jaillit. Quelque part, l'artillerie donnait de la voix et tirait des obus sur les positions provisoires des Allemands. Deux *panzer* prirent feu : autour d'eux, les corps des fantassins couvrirent le sol comme des graines de pavots lancées par poignées.

— Vois-tu, Fedja Iwanowitsch, murmura Louka, les blindés allemands aussi s'enflamment : c'est bon à savoir...

Puis, Louka fut interrompu dans ses considérations. Les Allemands attaquaient. Fedja serra contre sa joue la crosse de son pistolet mitrailleur et visa les premiers soldats courant sur lui. Il voyait leurs visages sales, suants, leurs casques d'acier vacillants, leurs jambes qui escaladaient la colline en trébuchant.

— Ce sont des hommes comme moi... Ils ont peur comme moi, mais ils me tueront si je ne tire pas...

Il appuya sur la détente et ne vit plus que des corps s'abattant sur le sol, des bras levés. Des cris, des gémissements décroissants atteignirent ses oreilles, mais déjà ce n'était plus que des sons sans signification, sans action sur sa pensée.

Louka chargea rapidement le magasin arrondi de son

arme. Sur leur droite et sur leur gauche, les blindés allemands continuaient leur avance, coupant leur ligne de feu comme un morceau de beurre. De quelques carcasses en feu s'élevaient des nuages de fumée grasse, qui se déployaient au-dessus des collines et dérobaient la vue au-delà. Il était difficile de distinguer parmi les bruits... Le cri des mourants, les explosions, les coups de feu, les explosions d'obus, le rugissement des moteurs, les cris, les appels les jurons, les cris de guerre, les prières se fondaient en une rumeur qui pénétrait les moelles.

Louka avait bondi hors de son refuge. Armé de la caisse de munitions vide, il écrasa les crânes des premiers adversaires, montant à l'assaut, puis, arrachant le sabre-baïonnette de l'un d'eux, il envoya des coups de tous côtés avec des hurlements prolongés, lugubres.

Cependant, alentour de Fedja Iwanowitsch, tout était désert. Il n'entendait plus rien... Le ciel et la terre semblaient se fondre dans un bruissement infini, comme au jugement dernier. Il serrait des deux mains le canon de son pistolet mitrailleur et frappait frénétiquement autour de lui. Puis, le bruissement cessa... Un grand silence s'établit.

Fedja était face à la mort.

Elle avait l'aspect d'un petit soldat allemand sale, suant, éreinté, qui avait repoussé son casque en arrière. Un filet de sang barrait son front, descendait entre ses yeux vers sa lèvre supérieure. Fedja le voyait avec une précision extrême... « On dirait la Volga, pensait-il absurdement, elle coule en méandres moelleux jusqu'à la mer Noire... »

Le petit soldat allemand haletait. Dans ses yeux exorbités hurlait la peur la plus atroce que Fedja eut jamais envisagée, un appel à la vie, une révolte contre le destin... « Petit frère, pensa Fedja, l'un de nous doit mourir, ne demande pas pourquoi : aucun de nous ne le sait. »

Ils restèrent face à face le temps d'un clin d'œil, puis le petit soldat allemand éleva sa bêche au tranchant bien aiguisé qui lança un éclair dans le soleil... Fedja Iwanowitsch para le coup avec la crosse arrondie de son pistolet mitrailleur, puis les deux adversaires se regardèrent encore, ivres de peur et de sauvage épouvante devant l'inévitable.

Le coup de bêche suivant partagea en deux la chevelure blonde de Fedja. L'acier pénétra la boîte cranienne, ouvrit le cerveau. Du sang, du liquide cérébral, de la cervelle jaillirent et coulèrent sur le jeune visage animé de crispations. Puis, Fedja Iwanowitsch s'abattit dans la poussière. Son corps se contracta encore convulsivement, et se courba enfin comme s'il s'apprêtait à dormir paisiblement.

Le petit Allemand, haletant, jeta un bref regard sur le Russe étendu à ses pieds, puis il bondit par-dessus le mort, éleva à nouveau la bêche au-dessus de sa tête et poursuivit sa course en avant.

— Hourrah! braillait-il, hourrah, hourrah!

Cinq jours après, le régiment du commandant Prokopenkow n'existait plus.

**

Dans la nuit, Louka rampa à la recherche de son lieutenant.

La pointe avancée des blindés allemands avait poursuivi sa course sans relâche, comme un feu de steppe. Après avoir assommé trois Allemands, Louka comprit qu'on ne saurait gagner la guerre à l'aide d'une boîte de munitions en guise de massue. S'étant aplati contre le sol, il se couvrit à demi du corps d'un Allemand, ferma les yeux, ouvrit la bouche tout grand et demeura ainsi, attendant que les troupes allemandes fussent passées en trombe contre lui. Il resta couché sous le mort jusqu'à la nuit; alors, le repoussant, il s'étira et se mit à ramper, allant d'un corps à un autre, essuyant de sa main le sang engluant leurs visages. Enfin, contre un buisson, il trouva Fedja. Les matières cervicales, le sang, qui s'étaient écoulés,

formaient comme un turban autour de sa tête béante.
— Petit frère... dit Louka à voix basse. Il s'agenouilla, baissa la tête et pleura. Puis, il se mit à prier. Du fond de son âme obscure, sclérosée, les prières s'écoulaient, qu'il avait entendues réciter par sa mère. En ce temps-là, dans la hutte située aux environs de Stepanowka, proche de la mer d'Azow, il se moquait d'elle, n'ayant pourtant que six ans, et la traitait de « vieille réactionnaire ». A quinze ans, il la battait; à dix-huit, il voulut la dénoncer à la Guépéou. — Maudite charogne, lui criait-il, je vais te sortir ton Dieu de la peau! Et il l'avait rossée, sa petite mère! Lorsqu'il partit pour le Nord, afin d'être soldat, elle l'avait béni. — On devrait te pendre, vieille truie, lui avait-il crié... Oui, Louka avait été ce garçon-là.

— Tu fais un drôle de bolchevik, Louka, se dit-il plus tard, lorsqu'il eut enterré Fedja à l'aide d'une bêche allemande, exactement sous le buisson. Ainsi, Fedja aurait sur sa tombe un monument de plus en plus vaste et beau. — Car ce buisson grandira en force et beauté et je pourrai dire à l'enfant de Fedja : — Vois, c'est Fedja ton père, c'est un héros immortel, sois fier de lui...

Lorsque l'aube se leva, Louka se débarrassa de tout ce qu'il portait d'inutile sur lui, puis, il faut lui pardonner... il alla d'un mort à l'autre, fouillant leurs poches, leurs musettes, récupérant tout ce qui pouvait être mangé. Enfin, il s'assit sur un monticule, près d'un blindé allemand incendié, but quelques gorgées de thé devenu amer dans une gourde allemande, fit la grimace, absorba un peu de lard, une boîte de corned beef, deux gros morceaux de pain... en songeant combien ce serait merveilleux si Fedja partageait ces friandises avec lui, au lieu de devenir un grand et bel arbre.

Mélancoliquement, il s'adossa au flanc noirci du blindé ennemi, ferma les yeux et s'endormit, triste, mais rassasié.

C'est ainsi que le trouva la tête d'avant-garde de la division allemande qui suivait les blindés.

Il fut fait prisonnier et ramené vers l'arrière dans une

voiture cahotante, jusqu'à un camp de rassemblement.
On ne lui permit pas d'emporter son sac empli de provisions, mais on le vida pour en envelopper sa grosse tête oscillante.

— La guerre est une mauvaise plaisanterie, camarades! conclut Louka, lorsqu'on le poussa à l'intérieur du camp. On vous dénie les droits humains les moins discutables!

* *
 *

Le lendemain du départ de Fedja, Natacha, ayant mis le peu de choses qu'elle possédait dans une mallette de toile, avait fermé son petit logement et remis au gardien sa clef en lui recommandant d'arroser tous les deux jours les fleurs qui ornaient sa fenêtre.

— C'est triste ici, sans le camarade lieutenant, avait dit le camarade gardien Galjanow, en hochant la tête.

— Fedja Iwanowitsch désire que l'enfant naisse à Krassnoje Mowona, une épouse doit obéir, n'est-ce pas, petit frère?

Natacha quitta Smolensk avec le dernier train, mais elle l'ignorait. Ce fut seulement lorsqu'il eut quitté la gare que le télégraphe se mit à grésiller, transmettant l'ordre de stopper tous les trains. A Potschino cependant, le voyage de Natacha fut interrompu. Un commandant de l'Armée Rouge fit jeter tout le monde hors des compartiments et occupa le train avec ses soldats.

— Qu'est-ce que ça signifie? criaient les voyageurs, paysans pour la plupart, mêlés à quelques ingénieurs et à un grand nombre de femmes et d'enfants. Quels procédés! Sommes-nous chez les brigands du Caucase?

— Tenez vos gueules! brailla le commandant, — le généralissime Staline est caucasien! Toute parole de plus sera considérée comme « sabotage »! Je ferai tirer si je n'ai pas la paix! N'avez-vous pas compris que nous sommes en guerre? Il nous faut ce train pour aller au front!

Inutile de protester; on restait planté à Potschino, la station de chemin de fer la plus merdeuse de Russie; il ne restait plus qu'à aller à pied. Natacha, assise contre le mur en rondins de la gare, regardait au loin la campagne s'étendant à l'infini. « Encore près de cent verstes [1] jusqu'à Krassnoje Mowona, pensait-elle. La route passe par Ochlowka, Chislawitschi et Schtsjepy, puis on s'engage dans une piste étroite, trente verstes à peu près en direction de Tatarssk, pour atteindre Krassnoje Mowona. Il me faudra marcher pendant trois jours si personne ne m'emmène... Mais Fedja le veut, c'est la guerre, je devrais avoir honte de redouter ces trois jours... »

*
* *

— As-tu entendu que l'Allemand serait déjà à Minsk? Il a cerné toute une armée, ce démon! On ne sait quelle décision prendre, alors que la récolte s'annonce si bonne...

Natacha répondit par un signe de tête, elle était assise sur le siège d'un vieux chariot à bois. Les roues, cerclées de fer, grinçaient sur le chemin sablonneux, tirées par deux rosses hirsutes couvertes de plaies où se restauraient les mouches. A côté d'elle, menant l'attelage, était assis Anatoli, un vieux paysan, qui gérait une petite ferme au sud de Tatarssk. Natacha l'avait rencontré, alors qu'elle venait de marcher tout une journée et une partie de la nuit. Elle s'était aussitôt endormie sur le siège puis, au matin, elle avait pris les rênes à son tour, tandis que Anatoli ronflait auprès d'elle. Les deux voyageurs avaient peu parlé d'abord, mais Anatoli, se sentant plus dispos, se mit à raconter ce qu'il avait entendu.

— Regarde-moi ces chevaux, ma colombe! Ils m'ont

---

1. Verste : 1015 mètres.

pris toutes les bonnes bêtes pour la guerre! La charrue a honte d'être tirée par eux! On m'a laissé ça et l'Allemand a pris Minsk!

Natacha hocha la tête, distraite. « Ils ont encerclé une armée, pensait-elle, non, Fedja ne peut pas être parmi ceux-là, certainement non! Car il faisait partie d'un transport de troupes, mais si son régiment venait à être encerclé? »

— Tu as entendu, petit père, ce que les Allemands font subir aux prisonniers?

— On dit tant de choses! Les uns racontent qu'en Allemagne, on les engraisse pour leur faire bâtir les routes ou travailler en usine et, pour qu'ils ne touchent pas aux Allemandes, on les castre! C'est ce que m'a dit le camarade Jelzow, du bureau de district. D'autres encore prétendent qu'on les rassemble jusqu'à cent mille à la fois, puis on les fusille, après quoi, on envoie les corps par wagons en Allemagne, où ils sont transformés en engrais artificiel... tu sais de la farine de viande avec du phosphore, ça donne, dit-on un sol riche... mais est-ce vrai? Là-bas, à l'avant, ce doit être un fameux désordre!

Les propos d'Anatoli n'étaient guère encourageants. Elle pensait à Fedja qui pouvait tomber aux mains des Allemands. Cela lui serrait le cœur tellement qu'elle gémit, penchée en avant. Anatoli loucha vers elle. « C'est vrai, pensa-t-il, elle a Fedja au front. » Ça avait fait du bruit au sowkhose, le mariage du lieutenant!

Vers midi, ils furent dépassés par de longues colonnes de blindés et des files de camions. Les premières motocyclettes fonçant en tête, rejetèrent le chariot dans les champs en bordure de la route. Anatoli s'arrêta et attendit que l'énorme colonne fut passée.

— Deux cent trente blindés, dit-il, lorsque la poussière soulevée par ce défilé se fut dissipée. Anatoli et Natacha semblaient avoir été roulés dans la farine. — Que cherchent-ils ici? Je pense que nous devrions aller plus vite... peut-être n'arriverons-nous jamais à la maison.

Les vieux chevaux reprirent la route. Natacha saisit les rênes : — Heij! lança-t-elle, heij! — comme ce jour où elle avait fait traverser la steppe enneigée à Fedja, tandis qu'une horde de loups les suivait en hurlant.

Plus ils avançaient vers l'ouest, plus le paysage changeait. Dans les forêts, il y avait des groupes de blindés, de l'artillerie, camouflés par les filets tendus, recouverts de feuillages, afin de n'être pas vus des avions. Dans un bois de bouleaux, au sud de Tatarssk, des camions étaient rassemblés, des tentes vertes avaient été dressées sous les arbres, des officiers en blouses blanches allaient de l'une à l'autre. Anatoli ouvrit la bouche toute grande :

— Une ambulance! bégaya-t-il, ici? Je croyais l'Allemand seulement à Minsk!

Une verste plus loin, les soldats d'un bataillon disciplinaire creusaient une immense fosse dans laquelle des camions venaient déverser une montagne de cadavres. Un autre camion y répandit de la chaux vive, puis les soldats du bataillon disciplinaire repoussèrent la terre pour combler la fosse que deux blindés nivelèrent en évoluant dessus. Sur la grand-route de Monastyrschtschina, les véhicules se touchaient formant une gigantesque chenille d'un brun verdâtre, qui rampait à travers la campagne, pourvue de milliers d'yeux, de milliers de pieds frappant le sol en cadence.

Anatoli et Natacha, médusés, regardaient. La forêt avait été incendiée en partie, des troncs gisaient, cassés, arrachés, en bordure de la route. Des cratères dont sourdaient des eaux souterraines, glougloutantes, interrompaient la piste sur laquelle cahotait leur chariot. Quelques corps étaient couchés auprès, disloqués, encroûtés de poussière. Anatoli avala péniblement sa salive :

— Comment ça... Comment ça... balbutia-t-il. — Tu comprends, toi, ma colombe?

Une peur panique, indicible, s'était emparé de Natacha. Elle fouetta les chevaux fourbus en criant : — Dawaï! Dawaï!

Bientôt, quittant la route de Krassnoje Mowona, elle s'élançait vers la ferme paternelle. De loin déjà, elle vit que la lisière de la forêt brûlait. La grange était encore en flammes. Ses poutres centenaires craquaient dans le brasier dont jaillissait une pluie d'étincelles.

— Mamma! cria Natacha d'une voix aiguë, — Papaschka! Oh! Oh!

Penchée en avant, elle fouettait les chevaux avec le manche du fouet, les frappait à la tête à coups redoublés... A présent, elle voyait la maison... une montagne de poutres fumantes, d'argile émiettée. Des volailles couraient en caquetant, tout alentour; un porc, l'arrière-train brûlé se traînait à l'écart du monceau de ruines fumantes, en criant à faire crever les cieux.

Les chevaux s'abattirent entre les brancards, devant ces vestiges brûlants. La voiture versa sur le côté. Anatoli fut projeté au sol et se tordit dans la poussière en hurlant, parce qu'il était tombé, la main gauche ouverte, sur un morceau de fer chauffé au rouge.

Natacha courut jusqu'à la grange. Dans le ronflement des flammes, elle entendait le hennissement fou d'un cheval!

— Ilja! cria-t-elle! Je viens! Je viens!

Natacha se jeta dans l'abreuvoir des vaches, se roula dans l'eau et s'élança dans les flammes. Autour d'elle, des crépitements éclataient comme si elle n'était qu'une goutte d'eau, prête à être aspirée par le brasier. Ilja était couché sur le sol, brûlé, mais Natalja tirait sur sa chaîne et ruait contre une poutre tombée sous elle, qui lui brûlait le pelage du ventre. Avec un marteau, Natacha brisa la chaîne de la jument, puis sauta sur son dos, se cramponnant à la crinière, le visage serré contre le col du cheval. Natalja sortit au galop de l'écurie en feu. Elle se cabra à l'air libre, lança Natacha dans la poussière et la cendre de la maison incendiée et galopa vers la forêt.

Très haut dans le ciel, grondaient quelques oiseaux argentés, scintillant au soleil, qui se dirigeaient vers l'ouest.

Couchée sur le dos, Natacha les regardait puis, élevant ses mains brûlées, elle tendit vers le ciel ses poings, frémissants de rage impuissante.

Cependant, Anatoli rampait, cherchant parmi les ruines. Il poussa de côté des poutres carbonisées, jeta des casseroles cabossées dans la cour, arracha des vestiges du four qui avait éclaté et pénétra plus avant parmi les décombres.

Natacha le regardait, les bras ballants, debout devant le monceau de cendres. Elle ne cherchait plus. Autour de la maison familiale, il y avait encore d'autres entonnoirs. Elle comprenait à les voir, quelle poigne formidable s'était abattue sur la maison. Ses yeux étaient vides et secs, lorsque Anatoli s'arrêta soudain, baissa la tête et se signa.

— Les voici, ma colombe... dit-il à voix basse. — Ils sont couchés là... la main dans la main... on les reconnaît encore...

Natacha répondit par une inclinaison de tête et s'approcha d'Anatoli. Contre le four crevé, sous un enchevêtrement de poutres transformées en charbon, elle distingua deux masses noirâtres. Deux mains seulement étaient intactes, comme vivantes, elles restaient crispées, unies dans leur étreinte... la grosse main pesante de Nikolaï Igorowitsch et la vieille main ridée d'Olga Tschougounowa. Ils se tenaient par la main comme devant l'autel du pope, lorsque les bombes tombèrent sur la forêt et la maison. Ils ne s'étaient pas enfuis, la mort avait surgi trop brusquement. Tandis qu'ils unissaient leurs prières, ils avaient été balayés de ce monde.

Le soir venu, Anatoli et Natacha creusèrent leur tombe, mirent précautionneusement en terre les deux masses noirâtres et les recouvrirent d'une vieille couverture de cheval, puis ils comblèrent la fosse.

— Il est temps que je m'en aille, dit Anatoli haletant. Qui sait ce que je trouverai chez moi ? A présent, la guerre est partout en Russie... Bonne chance, Natacha.

Elle resta assise près de la tombe. Dans la grisaille de l'aube, une colonne d'artillerie russe passa en trombe sur la route allant à Tatarssk. Elle ne comprenait que deux pièces, les autres chevaux étaient sans attelage; sur leurs dos, les artilleurs restaient collés, sanglants, les yeux vides, horrifiés.

— Va-t-en! crièrent-ils à Natacha qui creusait un sillon autour de la tombe et y plantait des fleurs. — Les Allemands sont sur nos talons! Des blindés et des motos! Le front a une brèche, ils s'y infiltrent comme de l'eau!

Natacha repiquait des fleurs. A la lisière de la forêt, elle voyait Natalja qui était revenue. Sous le ventre, elle portait de nombreuses brûlures. Tremblante, elle s'était arrêtée contre des troncs éclatés et regardait vers Natacha...

Le vacarme des moteurs et le claquement des coups de feu se rapprochaient. Vers Krassnoje Mowona, un éclair jaillit. Des fusées éclairantes voguaient dans l'aube blafarde, puis il y eut de violentes explosions à brefs intervalles.

Natacha lança sa pelle au loin et s'agenouilla contre la tombe. Brusquement, elle se jeta sur la terre fraîchement remuée et y enfouit son visage. Sa bouche s'emplit d'argile et de poussière. Elle resta ainsi terrée dans sa douleur.

Seulement, lorsque les déflagrations se rapprochèrent et que le sol se mit à frémir sous elle, Natacha se leva, recracha la terre qui emplissait sa bouche, alla se mettre la tête dans l'abreuvoir et s'ébroua comme un chien.

— Viens, Natalja, dit-elle d'une voix lasse, viens, ma chérie... Et la jument obéit, hésitante comme si elle réfléchissait à chaque foulée, les naseaux gonflés, flairant encore l'odeur de fumée de la grange incendiée.

Non sans peine, Natacha se mit en selle, s'accrocha à la crinière grillée et appuya légèrement ses talons aux flancs meurtris et frémissants de sa monture.

— Cours, ma chérie, dit-elle tout bas, cours, cours. Où? Peu importe, mais va par là-bas où le soleil se lève...

Natalja secoua la tête et s'en fut à travers champs, en direction de Tatarssk. Elle courait de plus en plus vite, sabots claquants, naseaux sifflants. Natacha, cramponnée à la crinière, avait fermé les yeux.

A présent, elle pleurait. Ses larmes s'envolèrent pour rester à Krassnoje Mowona.

**

Natacha chevaucha ainsi deux jours et deux nuits, oisillon terrifié qui se cramponnait à la crinière de son cheval, s'endormant parfois, la tête appuyée au col nerveux de Natalja. Elle ne voyait pas à ces moments-là que sa monture s'arrêtait, arrachait d'une dent avide les touffes d'herbe en bordure du chemin, ou descendait prudemment jusqu'à un ruisseau pour s'y abreuver. La douleur l'aveuglait. Il lui arrivait cependant de lever le poing bien haut vers les cieux, lorsque les grands oiseaux d'argent marqués d'une croix noire grondaient au-dessus de la campagne, s'en allant semer la mort sur d'autres villes et villages où Piotr et Larissa, Igor et Tatiana ignoraient tout autant que Nikolaï et Olga, ses parents, pourquoi la guerre s'abattait sur eux.

Natalja courait, courait. Mais peu à peu, son allure ralentit, jusqu'à n'être plus qu'un cheminement titubant comme la démarche d'un homme ivre qui cherche son chemin. Au cours de la seconde nuit, le grondement continu devint plus proche et le cliquetis de nombreuses chenilles d'acier y ajouta un motif insistant. A la lisière d'un bois, Natacha se mit à couvert avec Natalja. Puis, elle vit des blindés en longue file, les canons de leurs pièces pointés menaçants vers l'est.

Natalja baissa la tête comme résignée : « C'est fini, semblait-elle vouloir dire..., le monde finit là... Petite Mère Russie est morte, une vermine grondante ronge ses plaies...

Natacha la comprit. Lentement, elle mit pied à terre,

s'assit dans l'herbe, entoura de ses bras ses genoux repliés et regarda fixement les colonnes ennemies. Après les blindés venaient de gros camions, puis de nombreuses motos; elle entendait des rires, des appels. De temps en temps, une fusée éclairante montait en sifflant dans le ciel, déversant sur toute la contrée une clarté éblouissante. Mais la lisière de la forêt restait dans l'ombre. Natalja dormait à l'abri d'un arbre, la tête appuyée au tronc raboteux; elle s'ébrouait par moments dans son sommeil, mais on ne pouvait l'entendre parmi le crépitement des moteurs se succédant sur la route.

Vers le matin, où aller? Aussi, resta-t-elle assise près du cheval, un détachement des transmissions allemandes posa un câble téléphonique à travers la forêt : Natacha les vit venir sur elle... quatre militaires en vert-de-gris, leurs crânes ronds coiffés d'un calot. L'un d'eux désigna les arbres et apostropha les soldats qui portaient le câble enroulé sur un touret dont il se déroulait peu à peu.

— Ils vont me tuer, pensa Natacha. Elle posa les mains sur son ventre et pensa à l'enfant de Fedja. « Eh bien, il ne vivra pas, Fedjaschka, pensa-t-elle, quand tu reviendras à la maison, il n'y aura plus rien... »

Puis elle saisit des deux mains une grosse branche morte et attendit de pied ferme les soldats allemands. Elle ne voulait pas se montrer sans défense, elle voulait les frapper à la tête, au visage... Elle se refusait à se laisser tuer comme un chien plaintif. Non, elle voulait une mort de bête fauve qui attaque et mord le chasseur.

— Tiens! un cheval, dit l'un des soldats, et il marcha droit sur Natalja. Résignée, la jument leva la tête et le regarda. Elle fit même timidement quelques pas à sa rencontre.

— Cette bête ne tient pas sur ses jambes! lança le sergent-major, amusé par l'aspect de ce cheval au poil hirsute; puis, il leva son pistolet et tira. Natalja resta debout, les yeux grands ouverts. Au milieu de son front, un trou parut, la balle avait pénétré le cerveau. Elle était morte, mais restait plantée bien droit sur ses sabots, le regard rivé au sergent-major.

— C'est dur à crever, ce bétail russe! s'écria celui-ci. Puis il tira encore, à deux reprises, toujours dans la tête. Enfin, Natalja s'effondra.

Natacha se leva. Sans accorder un regard à ce qui l'entourait, elle s'approcha de Natalja, se pencha, releva la tête de la jument morte et mit sa joue contre ses naseaux froids.

— Bon petit cheval, dit-elle en plongeant son regard dans les yeux morts de la bête, — bon petit cheval...

— J'ai le tournis! Une femme? s'écria le sergent-major en s'élançant vers Natacha. Mais, avant de l'avoir rejointe, il s'aperçut qu'elle était armée d'un gourdin. Il s'arrêta et, à nouveau, leva son pistolet :

— Pose ton gourdin! brailla-t-il. Natacha se redressa et, les jambes écartées, solidement plantée sur le sol, elle éleva sa trique en dévisageant le soldat allemand.

— Quelle jolie sorcière! dit en riant celui qui portait le câble.

— Elle a l'air solide et nous supportera bien tous les quatre! ajouta un autre soldat.

— Ta gueule, Meyer! — Le sergent-major remit le pistolet dans son ceinturon. — N'aie pas peur *madka*, ajouta-t-il. — C'était à toi ce cheval? Je regrette, ma fille, mais j'ai cru qu'il s'était échappé. Où habites-tu?

— Kaputt! jeta Natacha durement.

— C'est la guerre, poupée! — Le sergent-major s'approcha, le gourdin de Natacha ne l'intimidait pas. Il secoua la tête, fit un bond et arracha le gourdin des mains de la jeune femme qu'il jeta brutalement dans l'herbe. Natacha envoya des coups de pieds contre les grosses bottes de l'Allemand :

— *Swinja!* criait-elle, — *Sabaka!*

— Lève-toi, dit-il. Suis-nous!

Une heure plus, tard, les télégraphistes allemands amenaient Natacha jusqu'à un point en bordure de la forêt où quelques camions-radio se trouvaient garés. Un jeune lieutenant la considéra, puis jeta méprisant : — Une fille à soldat! On avait également transporté Natalja, puis, l'ayant dépouillée, on s'apprêta à la rôtir à la broche devant un feu de camp. Le sergent-major amena Natacha jusqu'aux quartiers de viande embrochés sur deux tringles d'acier, appuyées à leurs extrémités sur deux gros troncs abattus.

— Tourne! et veille à faire du bon travail! dit-il. Elle ne le comprit pas, mais elle devina ce qu'il voulait. En silence, elle s'assit près du feu, les yeux rivés aux quartiers de viande grésillants. — Natalja, pensait-elle, les Allemands vont te dévorer! Mais ce sera seulement ta viande, car ta fidélité est éternelle...

Au crépuscule, elle se glissa à l'endroit de l'équarrissage et coupa en cachette un petit morceau de la peau de Natalja qu'elle glissa dans la poche de sa veste, puis, tout en considérant tristement la tête coupée de son cheval, elle dit à voix basse :

— A présent, je t'ai avec moi : ils ne m'ont pas tuée et, tant que je vivrai, tu seras présente, Natalja!

Le soir venu, les soldats allemands s'installèrent autour du feu de camp pour manger les quartiers de viande rôtie, en buvant de la vodka pillée, non sans chanter et raconter de bonnes histoires. « Tout comme les jeunes Komsomols de Tatarssk », remarqua Natacha, assise à l'écart.

— En veux-tu un morceau? demanda le sergent-major à Natacha. Il avait surgit devant elle comme une ombre et titubait, les lèvres luisantes de graisse et le regard allumé par l'alcool.

— Niet!

— Parce que c'était ton cheval? Tu as donc le cœur bien tendre?

— Va-t-en, dit-elle en allemand.

— Tu sais donc parler *germanski?*

— Niet!

— Faut-il que je te l'enseigne? — Il se pencha vers elle

en riant. — C'est facile, tu sais, l'allemand, *madka!* Très facile : écoute!...

Il la saisit aux épaules, la souleva de terre et la maintint contre la carrosserie d'un camion-radio. Puis, il la saisit à nouveau et arracha son corsage sur sa poitrine. Des deux mains, il saisit la chair blanche qui parut par l'entrebâillement de l'étoffe déchirée, tandis que sa langue passait, frémissante, sur les lèvres grasses.

— Ça, ce sont les *seins!* lança-t-il avec un rire triomphant. A présent, écoute-moi bien. Tu vas voir que ça ne va pas traîner et tu constateras à quel point l'allemand est facile!

Le corps de Natacha se ramassa, tous les muscles tendus. Son visage, faiblement éclairé par les flammes mouvantes du feu de camp, se trouvant à quelque distance, était pâle, figé. Seuls ses yeux vivaient, immenses, pleins de haine, avec des points d'or dansant, dans ses prunelles.

La lourde main du feldwebel parcourut à nouveau son corps et, la saisissant à la ceinture, déchira sa jupe de haut en bas. C'était, il est vrai, une étoffe de mauvaise qualité et une vieille jupe, mais l'homme était fort comme un taureau de la ferme d'élevage de Tatarssk.

— Ça, c'est ce qu'on appelle *ventre!* brailla le feldwebel en empoignant le corps de Natacha. Puis, il se tut, le souffle court.

Natacha ne cria pas, ne se débattit pas. Elle leva seulement un peu la tête, ouvrit la bouche, saisit avec les dents l'oreille gauche de l'homme et la mordit énergiquement.

Il rugit comme une bête et chercha à se dégager, mais les dents de Natacha serraient fort, pénétraient de plus en plus profondément le lobe de l'oreille, le cartilage. Le feldwebel se mit alors à la marteler de coups de poing, à lui envoyer des coups de genou dans le bas-ventre, ou fonçait, le crâne en avant, contre ses côtes. Elle ne le lâchait pas. Comme une louve accrochée à la gorge d'un chevreuil, ses dents pénétraient la chair de l'oreille... provoquant en elle une extase farouche si absolue qu'elle ne sentait pas combien elle-même était malmenée. Seulement, lorsqu'elle entendit grincer le cartilage sous ses dents et sentit l'oreille sanglante, tranchée dans sa bouche, tandis que le sang ruisselait sur son visage, l'aveuglant, et que les cris du feldwebel devinrent inhumains, elle eut conscience que de nombreuses mains s'emparaient d'elle, la lançaient contre le camion puis des bottes la piétinèrent, des coups de plat de sabre s'abattirent sur son corps dénudé.

« Il n'y est pas parvenu, Fedja, pensa-t-elle presque heureuse, notre enfant meurt sans souillure... Adieu, Fedja... c'est fini. »

Elle sentit encore un dernier coup qui irradia à travers tout son corps, des talons à la racine des cheveux, une douleur qui lui ouvrit la bouche sur un cri strident. On piétinait son ventre, là où se trouvait l'enfant et, avec l'impression qu'elle était jetée dans de l'huile bouillante, Natacha comprit que quelque chose se déchirait en elle.

Elle reprit connaissance dans un cahot. Elle était étendue dans un chariot à foin qui roulait dans la nuit. A côté d'elle se trouvait le feldwebel, la tête entourée de pansements. Il dormait, on lui avait sans doute fait une piqûre calmante... Sur le siège avant du chariot, se trouvaient deux autres soldats blessés.

Natacha crut bon de paraître encore évanouie. Son corps était traversé d'élancements ou de douleurs cuisantes. Elle constata qu'on l'avait revêtue d'un pantalon d'uniforme allemand et d'un vieux pull gris, mais on lui avait laissé ses bottes et sa vieille veste était jetée sur elle en guise de couverture. Elle glissa une main dans la poche et en retira le petit morceau de peau découpé dans la dépouille de Natalja. Avec précaution, elle le porta à ses lèvres et l'odeur du sang et du cuir la pénétra tandis qu'elle l'aspirait comme si elle étouffait. « Je vis, pensait-elle, et ça, c'est l'odeur même de la Russie! Je ne suis plus seule, Natalja est avec moi et mon pays m'entoure, déchiré mais vivant. Comme un ours gigantesque, il peut saigner par cent blessures, mais il survivra. Qu'est-ce que cent blessures sur le corps de Petite Mère Russie? Les feuilles d'automne, la neige, la glace, les combleront. Et lorsque soufflera du sud le vent chaud de la steppe, que la neige fondra, tandis que le Dniepr et le Pripjet sortiront de leur lit, lorsque les arbres ploieront dans la chaude tempête et que les cygnes sauvages s'enfuiront vers le nord en criant, il n'en restera plus que des cicatrices, des souvenirs, mais la terre sera neuve comme au premier jour et enfantera des fleurs nouvelles. L'éternité... c'est la Russie. »

Aux approche de l'aube, le chariot cahotant s'arrêta devant un village à demi incendié, près duquel se trouvaient des centaines de véhicules automobiles allemands, des tentes marquées de grandes croix rouges. Partout, de nombreux soldats en uniforme vert-de-gris, des chantiers où les martèlements se répercutaient, des cuisines de campagne, des troupeaux parqués, parmi lesquels des vaches, que l'on n'avait pu traire, meuglaient lamentablement. Enfin, un vaste terrain entouré de barbelés sur une grande largeur, où se trouvaient, à l'entrée, des soldats allemands et, tout alentour, des mitrailleuses en position, menaçantes. Et sur ce terrain, tête contre tête, couchés, debout, rampants, sales, couverts de pus, nauséabonds, mendiant, priant ou plongés dans le mutisme du désespoir, des milliers de soldats en uniforme brun foncé.

Natacha se redressa : « Mes pères... mes frères... pensa-t-elle. Fedja est-il parmi eux? »

Soudain, elle se redressa sur les genoux et mit sa main en porte-voix autour de ses lèvres fendues :

— Fedja! cria-t-elle sur un ton aigu vers le camp de prisonniers. — Qui connaît Fedja Iwanowitsch Astachow? Qui l'a vu? Avez-vous rencontré Louka l'idiot? Fedja et Louka vont ensemble! Les avez-vous vus?

Ses cris réveillèrent en elle de cruelles souffrances. A nouveau, son corps se crispa, les élancements devenaient intolérables. Elle appuya ses mains sur son ventre.

— La paix, putain! cria l'un des soldats blessés, conduisant le chariot. Il se retourna, leva son fusil dont il asséna la crosse sur la tête de Natacha. Elle s'effondra sur le feldwebel à demi inconscient et se mit à gémir, la bouche enfoncée dans la paille.

Puis on l'arracha du chariot, un sous-officier portant sur la poitrine la plaque en demi-lune de la feld gendarmerie de l'armée allemande la poussa d'un coup de genou dans le dos, alors qu'elle se courbait en avant, en proie à une crampe.

— La voici, mon capitaine! annonça le sous-officier, elle a arraché, avec ses dents, l'oreille du sergent-major Bollmeyer!

Le capitaine fit un léger signe de tête puis, de la main, il invita Natacha à s'approcher de la table pliante devant laquelle il était assis.

Natacha répondit en secouant la tête : — Fusillez-moi! lança-t-elle.

— Pourquoi? L'officier parlait russe.

— J'ai arraché avec mes dents l'oreille du sergent-major.

— Je sais, mais il a voulu te violer, n'est-ce pas?

— Oui! Ils le font tous! Ils sont comme des bêtes, ces Allemands!

— Voyons, voyons. Les Allemands seulement, crois-tu? Sais-tu comment se comporteraient vos Kalmouks, vos Mongols, vos Kirghiz, vos Cosaques, s'ils venaient en Allemagne? Mais ils n'iront jamais!... Comment se sont-ils comportés en 1914, dans la Prusse orientale? Ils ont violé à mort des vieilles femmes, déchiré des enfants. Ils se jetaient à vingt sur une femme... Toi, tu n'avais à faire qu'à un sergent et, tout de même, il y a laissé une oreille! Il pensera à toi sa vie durant. Comment t'appelles-tu?

— Natacha Astachowa.

— Mariée par conséquent : où est ton mari?

— Il se bat contre les Allemands comme lieutenant de l'Armée Rouge... Peut-être est-il dans ce camp, là-bas...

— S'il en est ainsi, il a de la chance, pour lui, la guerre est finie! Il sera envoyé en Allemagne pour y travailler dans une mine, mais s'il vit encore, là bas... — Le capitaine fit un geste vers l'est, où le soleil radieux montait justement au-dessus du vaste horizon. — Il vivra de rudes moments. Nos blindés ne pourront être contenus, nous foncerons jusqu'à Moscou et plus loin encore si vous ne capitulez pas... jusqu'à l'Oural, la Sibérie... La Russie est morte!

— Jamais! Elle ne peut pas mourir! dit Natacha, puis, elle vacilla et se retint au bord de la table. Il lui semblait qu'à l'intérieur de son corps, ses entrailles éclataient. Le capitaine la regarda pensivement : — Ça, c'est le résultat de l'endoctrinement communiste! Mourants, ils croient encore à la Russie éternelle. C'est ce fanatisme qu'il nous faut combattre!

— Tu vas travailler aux cuisines! Nous avons ici deux cent mille prisonniers, en tas! On ne sait qu'en faire!... Aux cuisines, tu auras l'occasion de travailler... pour la Russie!

Il eut un sourire chevrotant.

— Et l'oreille?

— Ah!... L'oreille de Bollmeyer? Ça aura des suites : il sera châtié en conséquence!

— Le sergent?

— Oui!

— On ne me fusillera pas?

— Non.

Elle n'y comprit rien. Dans une immense grange de Kolkhose, travaillaient vingt paysannes et cinquante prisonniers valides. Ils coupaient des choux en tranches qu'ils lançaient dans de grands chaudrons d'eau bouillante.

Natacha s'assit dans un coin. Ses jambes lui donnaient l'impression d'être en plomb; puis, elle vit scintiller les mouchoirs de tête des femmes, comme lorsque le soleil luit sur la neige durcie. « Que c'est curieux, pensa-t-elle, tout cela tourne, les petits frères titubent drôlement! »

Dans son coin de grange, elle s'effondra soudain. Rassemblant toutes ses forces, les mains appuyées sur le ventre, elle se mit alors à avancer à genoux vers le centre de la grange en hurlant : — Au nom de la Sainte Mère, aidez-moi! Au nom de Jésus...

Sa bouche criait encore qu'elle avait déjà perdu connaissance.

*
* *

— Nous avons eu de la chance! dit une voix.

Natacha n'ouvrit pas les yeux. L'odeur, qui emplissait ses narines, lui révélait où elle se trouvait : relents mêlés de phénol, de sang desséché, d'excréments mêlés à une puanteur douceâtre, rappelant celle des cadavres en décomposition. Une odeur qui se colle aux muqueuses de la bouche et du nez et que l'on peut goûter.

La voix se rapprocha, une tête se précisa, penchée sur elle.

— Comment te sens-tu? Ils t'avaient mise dans un bel état!

« Qui est-ce? pensa Natacha. » Elle souleva ses paupières péniblement, comme si c'étaient de lourds volets rouillés.

Une tête blonde, des yeux bleus derrière des lunettes dorées, une bouche mince qui souriait...

Elle soupira et voulut passer la main sur son corps, mais une autre main retint la sienne.

— Reste tranquille, petite femme, tu ne sais pas ce qu'il a fallu te faire.

Natacha leva un peu la tête. Elle était couchée sur une paillasse, autour d'elle gisaient des blessés, des mourants qui gémissaient et se plaignaient en proie à la fièvre. Sur des toiles de tente, on emportait des morts, puis on retournait la paillasse libre pour y coucher de nouveaux blessés.

L'homme blond qui considérait Natacha portait un uniforme aux épaulettes d'argent, sur lequel il avait passé un manteau blanc qu'il laissait ouvert. Un autre militaire, portant le brassard de la Croix-Rouge, se tenait au pied de sa paillasse.

— Qu'est-ce que j'ai? Le poids qui oppressait le corps de Natacha avait disparu, mais la peau de son ventre était parcourue de picotements douloureux. Elle s'aperçut qu'elle portait un large pansement. Une peur affreuse s'empara d'elle, puis une certitude déchirante lui coupa le souffle.

— Oui, ma fille, il a fallu « ouvrir »... L'enfant était écrasé dans la matrice : quelques heures de plus, et tu mourais d'infection! Quels sont les porcs qui t'ont arrangée ainsi?

Natacha ne répondit pas. « L'enfant de Fedja... Ils me l'ont pris, pensait-elle. C'est vrai que j'ai tranché avec mes dents l'oreille du sergent, mais qu'est-ce qu'une oreille comparée à l'enfant de Fedja? Et si Fedja ne revient pas? Je n'aurai plus rien de lui, ni enfant, ni photo, ni le plus petit objet lui ayant appartenu... »

Elle tourna la tête, se refusant à voir encore la tête blonde du médecin. Elle se força à ne pas écouter la voix qui, près d'elle, s'exprimait en allemand. Elle ferma ses oreilles avec la volonté de n'avoir plus que de la haine pour tous ceux qui parlaient cette langue, de ne plus pouvoir que tuer tous ceux qui portaient cet uniforme et de ne plus vivre que pour haïr ce qui était allemand.

Fut-ce cette volonté qui lui rendit la santé? Autour d'elle, mourir sans assistance allait de soi. Les corps déchiquetés que l'on déposait dans l'ambulance, elle les regardait avec ravissement : « Crevez! pensait-elle à chaque nouveau transport de blessés, crevez donc! L'enfant de Fedja n'a pas eu le droit de vivre et peut-être ne vit-il plus lui-même... Pourquoi donc vivez-vous encore? »

Lorsqu'elle put s'asseoir, elle regarda mourir les blessés sur leurs paillasses. Leurs plaintes, leurs gémissements ne la touchaient pas. Leurs cris, leurs prières l'écœuraient... et lorsqu'un jeune lieutenant blessé du poumon se mit à ramper à quatre pattes, comme un bébé, en appelant : « Maman ! Maman ! », elle saisit une couverture, l'appuya en tampon sur la bouche du blessé, jusqu'à ce que ses cris eussent décru par saccades. Alors, elle le laissa étendu sur le seuil de la grange transformée en salle d'hôpital et regagna sa paillasse.

Au bout d'un mois, on la considéra comme guérie. Elle retourna aux cuisines où elle dut éplucher les pommes de terre et fourbir les gigantesques chaudons à kapousta.

Tout aussi indifférente qu'à l'égard des mourants allemands, elle voyait, arrêtée elle-même au bord du chemin, passer, venant du camp des prisonniers, les camions emportant leurs chargements de cadavres russes, que l'on transportait au cœur de la forêt. Là-bas, d'immenses fosses avaient été creusées où l'on déversait les morts comme des cailloux ; après quoi, on les recouvrait de chaux. Elle avait déjà assisté à ce spectacle quelques semaines auparavant, lorsque les Russes avaient enterré leurs morts, avant la retraite... Tous semblables... Tous atteints de la même démence : tuer, tuer, sans se soucier de savoir pourquoi.

Elle ne cessait d'espérer la rencontre d'un ami qui lui donnerait des nouvelles de Fedja. Tous les prisonniers venaient de la région où devait se trouver le régiment de Fedja. Elle les questionnait chaque jour à midi, lorsque, avec les autres captifs attachés aux cuisines, elle traînait les grands chaudrons pleins de nourriture jusqu'au camp où des foules d'hommes en uniformes bruns, affamés, squelettiques, venaient lui tendre leurs gamelles de fer blanc.

— Qui connaît Fedja Iwanowitsch Astachow ? demandait-elle à chacun, avant de lui verser sa part de kapousta.
— Non ? Tu ne le connais pas ? Pourquoi donc, tas de poux ? Tous ces hommes et aucun qui l'ait vu ! Et toi, idiot ? Non ?

Cependant, au cours de la deuxième semaine qui suivit sa guérison, elle rencontra enfin une vieille connaissance : le pope clandestin Gennadi Wassiliewitsch Nikitin qui l'avait mariée jadis à Krassnoje Mowona.

— Gennadi Wassiliewitsch! Petit Père! s'écria Natacha, heureuse, lorsqu'elle découvrit le vieillard dans la file de ceux qui venaient chercher leur pitance. Elle courut à lui, tira le pope vacillant hors de la foule, l'entraîna jusqu'à une tranchée creusée par les prisonniers, de leurs mains nues, pour pouvoir s'y mettre au frais, puis, ayant fait asseoir le vieux, elle s'installa à côté de lui, la main cramponnée à celle du pope.

— Que fais-tu ici? Viens-tu de Krassnoje Mowona? As-tu entendu parler de Louka? As-tu des nouvelles de Fedja?

Le vieux Nikitin baissa la tête. « C'est dur, d'avoir à le lui dire, pensa-t-il — même pour un pope! On connaît les jeunes femmes. Elles crient tout de suite, s'arrachent les cheveux, et se comportent comme des renardes folles et pourtant, en vain! »

— Oui, petite colombe, j'ai bien vu Louka, dans un camp près de Jassjenj. Il avait tout le temps des histoires avec les surveillants, car il volait des têtes de choux qu'il dévorait crues! Il a fallu cinq hommes pour le rosser et, finalement, ils restèrent tous sur le carreau, Louka et les cinq Allemands...

— Et Fedja? Parle-moi de Fedja!

— Oui, Fedja Iwanowitsch... C'était un bon lieutenant : toujours en tête... sans peur! Ce Fedja... il était l'exemple du régiment... — Nikitin jeta un regard par en dessous à l'adresse de Natacha et vit qu'elle comprenait. Son petit visage était pétrifié. — Elle s'en doutait, pensa Nikitin et il fut presque satisfait de ce que tout se passât si tranquillement. Il posa sa main fanée sur les cheveux de Natacha et les caressa maladroitement.

— Ça s'est passé tout au début... Dès la première bataille... Louka y était... Ils ont assommé Fedja avec une bêche : il a eu le crâne ouvert tout grand... Il est mort aussitôt. Louka l'a enterré.

Natacha fit un signe de tête. Elle regardait à quelque distance les longues files d'hommes allant chercher leur ration et qui se poussaient devant les chaudrons fumants: long serpent de misère et de hurlante famine, mais ils vivaient et Fedja était mort assommé avec une bêche, comme un renard atteint de la rage, qui rôde aux alentours d'une habitation.

Mais il valait mieux *savoir*. Tout était clair, elle se trouvait seule. Jamais Fedja ne reviendrait pour la porter dans ses bras solides. Jamais il ne parcourrait les rues à ses côtés, avec dans le regard ce cri d'orgueil : « Voyez, petits frères, ma jolie femme et je vais avoir un fils, vous verrez! Notre vie commence seulement! »

Gennadi Wassiliewitsch se leva en agitant sa gamelle, car un vieux pope aussi est affamé, et puis il s'agit de ne pas manquer son tour, car on pourrait mourir de faim! Nul encore n'a été rassasié par la piété des autres.

Natacha se leva aussi. Plantant là le vieillard discoureur, elle retourna à son chaudron, prit la louche de la main d'un prisonnier et continua la distribution de la soupe. Quarts de fer blanc, bols de bois, gamelles militaires, boîtes de conserves, assiettes, bidons d'essence... Elle ne voyait pas ce qu'on lui tendait, plongeait la louche dans l'épaisse kapousta, l'en ressortait, la secouait...

C'était le tour de Nikitin. Il tendait bien haut et des deux mains sa gamelle de fer blanc, car ses mains tremblaient et chaque goutte de soupe répandue signifiait une minute de vie perdue.

— Donne-m'en une cuillerée de plus, ma petite fille, dit-il — tandis que Natacha versait le contenu de sa louche — à cause de la nouvelle que je t'ai donnée de Fedja... Ne l'ai-je pas mérité?

Natacha ne l'entendit pas. Nikitin fut poussé en avant par ceux qui le suivaient. Ils le rejetèrent loin du chaudron fumant, de leurs poings rudes et impitoyables. Le vieux trébucha, heurta du dos le timon de la charrette qui amenait les vivres, sa gamelle tomba de ses mains crispées et roula sur le sol où la kapousta se répandit.

Avec un râle, le vieux Nikitin se jeta à plat ventre et

se mit à lécher la soupe comme un chat, avant que la terre ne l'eût absorbée. Il resta étendu de tout son long, mangeant la kapousta dans la saleté, tandis que ses compagnons de misère le piétinaient tel un morceau de bois sur lequel on passe. Il lapait, heureux de pouvoir durer un jour de plus.

* *
*

Le soir venu, Natacha s'en fut dans la forêt proche du camp. Elle y fabriqua de ses mains, avec des branchages et des liens d'herbes, une croix, puis elle rassembla des pierres et les amoncela comme s'il s'agissait de marquer une tombe. Avec un couteau de cuisine qu'elle avait volé, elle découpa dans la grosse branche, qui formait la tige de la croix, un nom : Fedja, puis elle planta la croix dans le tas de pierres, étendit dessus sa veste déchirée et s'assit devant, les mains jointes.

— Fedja Iwanowitsch, dit-elle doucement mais d'une voix ferme, tu n'es plus là... et ton enfant aussi n'est plus... Mais la Russie demeure et il est bon de savoir ce que l'on doit faire. Adieu, Fedja, j'ai fait pour toi une croix. Si le Dieu qui l'a portée existe, il te bénira; sinon, ce sera tout de même ton monument, Fedja, sous la pluie des feuilles d'automne, ou la neige, dans le souffle du vent ou le soleil, avec autour de toi toute la Russie, Fedjascha..

Elle posa sa tête sur sa veste déchirée étendue sur le monceau de pierres et, des deux mains, elle caressa le nom gravé au couteau dans le bois vert.

Le lendemain matin, on s'aperçut aux cuisines de l'absence de Natacha. Nul ne l'avait vue s'en aller.

— Garce! conclut le trésorier du camp dont dépendait le personnel auxiliaire. — Mais elle ne peut être loin, car nous sommes partout en Russie! On les mettra au pas, ces maudites femelles russes!

***

La célébrité, dont jouissait Louka au camp de rassemblement des prisonniers n° VI près de Bobruisk, était non seulement bien établie, mais largement salvatrice. Tandis que des milliers d'autres prisonniers s'en allaient à marche forcée vers l'ouest, en crevant de faim, parce que le ravitaillement de ces masses humaines brusquement groupées était impossible, Louka resta au camp. On ne pouvait pas s'en défaire : c'était un éléphant, un bourreau de travail qui traînait d'énormes charges, remplaçait au besoin un cric, tirait de la fange des colonnes de voitures enlisées ou bâtissait, pour les surveillants du camp, des baraquements que nulle tempête de neige n'eût réussi à ébranler. Il eut même l'honneur d'être produit devant cinq généraux, comme une bête curieuse, douée d'un appétit colossal. Il absorba ainsi, devant eux, une marmite de soupe de cinq litres, accompagnée de deux pains. Après quoi, il grimaça un sourire sur cette question : — Y a de la viande aujourd'hui?

— Un phénomène primitif! remarqua l'un des généraux. C'est une preuve à l'appui de ce que le Führer a dit : la Russie est habitée par des êtres inférieurs!

Lorsque tomba la première neige, on forma des équipes de bûcherons. Avec deux cents autres prisonniers, Louka fut envoyé dans les forêts pour y abattre des arbres, qu'il fauchait d'ailleurs de quelques coups de hache, comme s'ils n'étaient que de vulgaires bambous.

Un jour, une colonne de prisonniers malades, allant s'embarquer dans un transport en partance pour l'Allemagne, stationné dans une gare, longea la coupe forestière. Elle était composée de plus de mourants que d'hommes valides, cadavres vivants, se traînant à travers la neige, gardés nonchalamment par quelques soldats. Soudain, de ce long défilé boitillant, s'éleva une voix chevrotante qui atteignit les bûcherons faisant halte, assis sur des troncs abattus, en train de boire un thé clair.

— Louka! appelait la petite voix, c'est moi, Gennadi Wassiliewitsch Nikitin! — Le vieux sortit du rang, les bras levés. — Je suis chargé de te transmettre le bonjour de Natacha... la colombe!

Louka tressaillit, renversa sur ses mains le contenu de son quart de thé bouillant, rugit comme un loup touché d'une balle, puis, ayant jeté le gobelet dans la neige, il bondit jusqu'à la colonne. Avant que les jeunes soldats qui l'encadraient aient pu s'y opposer, il avait saisi Nikitin, l'élevait par-dessus sa tête et allait le déposer à la lisière de la forêt sur un tronc abattu.

— Colonne, halte! hurlèrent les soldats en bondissant vers Louka, tout en ôtant le cran de sûreté de leurs armes.

— Où est-elle? Vite! Où est ma colombe? siffla Louka.

— Je te tords le cou comme une vis si...

— Partie... Elle est partie du camp, elle a dû se réfugier dans la forêt... ou dans les marais... Mais elle m'avait chargé de te dire bonjour.

Déjà les soldats les avaient rejoints; ils repoussèrent Louka qui leur sourit niaisement, mais les rejeta d'une bourrade et s'en fut rejoindre son équipe. Le vieux Nikitin le suivit du regard, soudain rouge d'émotion :

— Au revoir, Louka! Et il fut traîné par ses gardiens.

« Dans les marais... pensait Louka. » Puis il se tourna vers la colonne des déportés qui s'éloignait. Il ne vit plus Nikitin... car ils étaient tous semblables, anonymes, fondus en une masse d'humains rampants. Louka fit une profonde aspiration.

« Les marais... »

Il n'y avait jamais pensé.

*
** *

Avec Louka, le diable se mettait de la partie. Du moins, c'est ce que pensaient les autres prisonniers. D'ailleurs ils ne comprenaient plus Louka, ce petit frère gigantesque et idiot. Ils étaient tous d'accord pour ne point aider les Allemands à esquiver les rigueurs de l'hiver russe : on avait décidé de se livrer à un sabotage en règle et la consigne était passée la nuit, chuchotée de camp à camp.

Or, que faisait Louka? Il *sabotait le sabotage!* « Un porc », disait-on au camp. Il vend notre petite mère Russie contre de la bouffe! D'autre part, on convenait que cette métamorphose soudaine était étrange : alors que d'autres s'ingéniaient à n'abattre que les troncs d'arbres pourris, que faisait Louka? il s'offrait comme volontaire pour accomplir n'importe quel ouvrage.

Et on lui donnait à bouffer, *job twojemadj!* Chaque jour, il emportait un petit sac de nourriture dont il devait s'empiffrer on ne savait où, cet égoïste, car il n'en donnait pas miette! Oui, Louka pactisait avec les Allemands, il trahissait la nation, décidément c'était tout de même un idiot!

Louka laissait ses compagnons chuchoter et lui jeter des regards soupçonneux, tout à leur aise. Pendant ce temps, il accumulait des vivres dans une caisse de fer blanc, enterrée dans un ravin, juste au-dessous des latrines. Qui irait y fourrer le nez, petit frère? Quelle cachette plus sûre que celle-ci?

Au bout de quinze jours, la caisse fut pleine : biscottes, thé, deux boîtes de bœuf, une boîte de graisse, une bouteille de rhum, un pain, — un peu moisi, il est vrai — mais la moisissure n'a jamais fait de mal à personne, deux boîtes de marmelade, deux blocs de margarine, vingt tranches de saucisson sec...

S'étant procuré un sac, Louka y mit la boîte de fer

blanc et par-dessus une hache, des tenailles, des coins d'acier. Auparavant, il s'était présenté pour être chargé d'une mission redoutée des autres prisonniers : l'abattage, à l'aide d'explosifs, de grosses pièces de bois qui, autrement, demandaient des journées de sciage. A trois reprises, le commando, chargé de cette sorte de travail, était revenu au camp avec quelques morts, victimes d'une charge d'explosifs trop forte.

Louka se mit donc en route pour la forêt, accompagné d'une sentinelle qui avait quelque peine à régler son pas sur celui du géant. Quelques troncs énormes avaient été marqués au minium. Certainement, ces arbres se balançaient déjà dans le vent de la steppe, alors qu'en Allemagne les bêtes fauves étaient encore à l'affût dans les buissons, en bordure des routes commerciales.

— Ici! lança la sentinelle allemande. — Tu as tout ce qu'il te faut?

— Tout! Louka posa son sac dans la neige et leva les yeux vers la cime de l'un des arbres marqués de rouge. Puis il tourna autour de l'énorme tronc, en frappant l'écorce du poing, se gratta le crâne.

— Commence! A coups de poing, tu n'iras pas loin! s'écria le soldat allemand en riant. Louka le regarda presque tristement : « C'est un gosse, pensa-t-il, et il se sentit le cœur tout chaud. Pourtant, si jeune soit-il et malgré papa et maman qui l'attendent, il faut agir! »

— Allons, tu y vas? jeta l'Allemand.

— Tout de suite, soldat germanskij... — Puis, ayant sorti ses outils du sac, il demanda à son jeune gardien : — Quel âge as-tu?

— Vingt ans, pourquoi?

— Vingt ans seulement!

Une lueur de tristesse traversa son regard, il passa une main sur sa barbe hirsute, en détachant les petits glaçons formés par son haleine, puis il leva les épaules, fit plusieurs profondes aspirations et posa ses deux mains sur les épaules du soldat ébahi :

— Tu as l'air d'un angelot! haleta-t-il. Alors, ses mains s'élevèrent vivement jusqu'au col du soldat et l'enserrèrent comme deux énormes tenailles.

Le soldat battit l'air des bras, laissa tomber son fusil, piétina le sol, le corps parcouru de frémissements, râlant.
— Louka, gémit-il dans un dernier souffle passant dans son gosier écrasé — Loukaaaaaa...

Les yeux clos, Louka serrait les doigts. Lorsque plus rien ne bougea sous leur étreinte, il éleva les bras comme on ramasse un chat et lança le mort contre un tronc d'arbre. Le corps craqua dans le choc, la colonne vertébrale brisée, puis il tomba dans la neige, et n'eut plus l'air que d'un paquet d'uniformes gris.

Pendant trois heures, Louka peina, suant à grosses gouttes, pour creuser une fosse dans le sol gelé. Il y étendit sa victime, referma la tombe et y planta une croix, à la branche transversale de laquelle il accrocha la chaînette portant le numéro matricule du soldat. Puis il rassembla ses outils, les bourra dans son sac qu'il jeta sur son dos. Comme un ours solitaire, il s'enfonça alors dans la forêt. D'après la lueur du soleil, qui filtrait à travers les nuages lourds de neige, il prit la direction du sud, et dévia vers l'ouest, se dirigeant sur le Pripjet, vers les marais, monde primitif et sauvage.

— Natacha doit être quelque part par-là, pensait-il.

La neige tomba au crépuscule, couvrant toutes les pistes. La nature venait au secours de Louka.

— Merde! lança le lieutenant parti dans la forêt, en voiture de campagne, accompagné de six hommes, afin de voir ce que devenaient Louka et sa sentinelle. Ils avaient trouvé la tombe, les explications n'étaient pas nécessaires. Le lieutenant mit dans sa poche la plaque d'identité accrochée à la croix.

— Si nous le pinçons, ce sera un hasard! Qui eût cru Louka capable de cela! Nous alerterons cependant tous les corps de troupe!

Au même instant, Louka se trouvait étendu dans une combe forestière, où il attendait la venue de la nuit. Il s'était fait une toiture de rameaux tressés, selon la tradition des chasseurs de fourrure de la Taïga. Sur ce réseau léger, il avait jeté des branches, de la mousse qu'il avait sorties de la neige qui les recouvrait. Puis il abattit un arbre, y ouvrit à coup de hache une niche d'un mètre de profondeur qu'il emplit de brindilles auxquelles il mit le feu. Ce poêle, il le poussa sous son toit sylvestre et se coucha devant son feu doucement rougeoyant. Il faisait bon et chaud. Pas un souffle d'air, la neige seule ruisselait silencieuse du ciel nocturne gris-noir, ajoutant une couche épaisse et capitonnée au léger écran de ramilles.

Louka s'endormit, satisfait.

*
* *

Durant quatre jours, Natacha erra à travers la forêt et la steppe. Elle dormait à l'abri de buissons touffus, une fois même, comme une chatte sauvage, elle se réfugia tout en haut d'un arbre, les épaules et les jambes bien calées dans une fourche des branchages.

De cet observatoire, elle vit les troupes allemandes disséminées dans la campagne : ateliers, tentes, concentrations de voitures, de blindés, d'ambulances, commandos de prisonniers, compagnies d'infanterie qui réparaient hâtivement des villages détruits, pour en faire leurs quartiers. Sur les routes filaient les estafettes en moto, ainsi que de petites voitures de campagne. Puis c'étaient encore des transports infinis, des camions, chargés de caisses de munitions, d'obus, de vivres, de troupes fraîches en uniformes neufs, aux visages de blancs-becs sous leurs casques d'acier.

Le cinquième jour, elle ne put plus avancer, elle était épuisée, bien qu'elle eut mangé un petit oiseau tué avec une fronde et rôti embroché sur une branche. Natacha s'effondra tout simplement, ses yeux démesurément ouverts disaient un étonnement sans bornes. Enfin, elle les ferma et s'endormit avec le sentiment qu'elle mourrait.

C'est ainsi que la trouvèrent Wascha Krepychew et le bossu Nicolas. Ils parcouraient la forêt comme des loups traqués, portant leurs pistolets mitrailleurs, vêtus d'uniformes, ni russes, ni allemands et, lorsqu'ils rencontraient des troupiers ennemis solitaires, ils les abattaient, volaient leurs musettes à provisions, leurs armes et les dévêtaient. Ils traînaient ainsi à travers la forêt, deux gros sacs bien bourrés de prises diverses. Dans les marais du Pripjet, quatre cents paysans et soldats égarés attendaient armes et vêtements. Chaque nuit, ils sortaient de leurs cachettes comme d'énormes frelons et allaient piquer le corps, vastement déployé, de l'armée allemande.

Ils formaient, selon leur propre définition : « Le front soviétique de libération. » Les Allemands les appelaient « les partisans » et fusillaient tous ceux qu'ils rencontraient. Iwan Kotelnikow, capitaine du 2e régiment de l'armée de Timoschenko, commandait le groupe des marais. Il tenait à la discipline, le camarade capitaine! Il instruisait ses hommes au cœur des marais, sur de grandes îles, dont quelques paysans seulement connaissaient les voies d'accès : des passerelles faites de rondins, tendues à cinquante centimètres au-dessous de la surface molle et visqueuse. Il y entraînait ses troupes comme à la caserne à Smolensk ou Moscou, commandant l'exercice, ou les faisant ramper à plat ventre à travers le marais. Il institua le salut militaire, les fit s'exercer à tirer sur une cible en mouvement et rassembla ainsi quelques tireurs d'élite qui, même en se jetant à terre, perçaient encore un trou dans une feuille lancée en l'air par Iwan Kotelnikow.

Les Allemands se montraient impitoyables à leur égard, lorsqu'ils s'en allaient en expédition punitive dans les marais. Mais Kotelnikow et ses camarades ne l'étaient pas moins à l'égard des détachements allemands qu'ils surprenaient. Comme cette fois, huit jours auparavant, où sur la route de Mikaschewitschi, ils avaient encerclé dix camions ennemis et s'étaient jetés dessus. Extirpant alors les Allemands des cabines avant, ils les avaient alignés au bord du marais pour les tirer dans le dos, au creux des genoux. Toute la rangée fléchit uniformément, se cassa, tomba en avant dans le marais. Tandis que, criant et suppliant, ils se traînaient dans la fange, le capitaine Kotelnikow et ses camarades, rangés au bord du marais, chantaient l'*Internationale*.

Ils étaient, ainsi, de rudes gars dont on avait arraché du cœur tout sentiment humain, ces anciens paysans, fonctionnaires, médecins, architectes, ingénieurs. Ces derniers étaient considérés comme, de tous, les *plus importants*. Si, au cours d'une guerre, on ne cesse d'avoir besoin de médecins, l'architecte, lui, bâtissait des abris dans le marais, et l'ingénieur, avec des moyens de fortune, fabriquait de mines au mécanisme compliqué, que l'on plaçait sur les chemins solides et étroits parcourant les marais du Pripjet.

Ce fut au cours d'une expédition de ravitaillement que Wascha Krepychew, le second de Kotelnikow et Nicolas le bossu — un paysan de Jourawitschi — tombèrent sur Natacha endormie et mourante dans son sommeil.

Ils la relevèrent, la secouèrent en la gratifiant même de quelques bourrades, mais, comme elle dormait toujours, ils durent reconnaître qu'il s'agissait d'autre chose que de fatigue.

Avec précaution, Krepychew fit couler un peu de vodka dans la bouche de Natacha en lui frictionnant le gosier. Le petit corps de Natacha se cabra, une toux violente le secoua. Avec de grands yeux effarés, Natacha contempla le visage barbu, sauvage de Krepychew, puis le museau grimaçant de son acolyte Nicolas.

— Qui êtes-vous? demanda-t-elle au bout d'un moment, après avoir absorbé, cette fois franchement, de la vodka et mangé de la viande séchée, accompagnée d'un pain gluant.

— Dis-nous d'abord qui tu es et ce que tu fais ici.

— Je suis Natacha Astachowa, veuve de Fedja Iwanowitsch Astachow, lieutenant de l'Armée Rouge. J'étais prisonnière dans un camp et je me suis enfuie pour rejoindre les combattants de la libération dans les marais, mais je n'y suis pas parvenue...

— Si, si, petite sœur, : c'est nous, commandés par le capitaine Kotelnikow, nous vivons dans les marais du Pripjet au nombre de quatre cents hommes et femmes.

Natacha se laissa aller en arrière, détendue : — C'est vous que je voulais rejoindre!

Le capitaine Iwan Kotelnikow était un homme bien bâti et de taille moyenne, dont le visage de type mongol avait une teinte jaunâtre. Quand il riait, on croyait voir le bouddha souriant du temple de Rangoon, mais il se déridait rarement. On ne l'avait vu rire que cette fois où il avait fait courir devant lui trois officiers allemands prisonniers, moyennant quoi il leur promettait la vie sauve. Il avait alors donné l'ordre à ses nouveaux tireurs d'élite de viser leurs fesses. Comme les officiers couraient toujours en titubant, les mains plaquées sur leurs cuisses blessées, il avait ri et ce rire était si cruel et strident que les soldats en oublièrent de tirer encore. Ils eurent de la peine ensuite à ramener les trois officiers pour les chasser dans le marais.

Kotelnikow fut fort étonné lorsque Wascha Krepychew sortit en pataugeant du marais, portant comme un paquet sur son épaule Natacha, que la vodka avait enivrée.

— Qu'est-ce que ça veut dire? s'écria-t-il — encore une femme? Et jolie avec ça! Nous sommes un corps de troupe de l'Armée Rouge et pas un bordel, espèce d'idiot! Que veux-tu que je fasse de cette putain?

— Mais c'est Natacha Astachowa, camarade capitaine, la femme du lieutenant Astachow tombé au feu. Nous l'avons trouvée mourante dans la forêt, elle essayait de nous rejoindre après s'être enfuie d'un camp de prisonniers...

Kotelnikow jeta un regard aigu vers le ballot que Krepychew portait en travers de l'épaule. « La femme d'un camarade, pensa-t-il... Il est difficile de dire en ce cas : renvoyez-la, et puis le lieutenant est tombé au feu. Si elle sait tirer ou si elle apprend à se servir d'une arme, elle pourra rendre service : rien ne donne plus de force que la haine. Il faudrait pouvoir lever une armée d'individus mus par la haine! Alors, Moscou ne pourrait être perdue! »

— Portez-la dans ma cagna! ordonna-t-il d'un ton bref. Krepychew esquissa une sorte de garde-à-vous et porta Natacha jusqu'à l'un des refuges invisibles creusés dans le marais par un architecte de Smolensk. On y vivait assez confortablement et, lorsque les avions de reconnaissance allemands tournaient longuement au-dessus de se secteur afin d'y découvrir les retraites des partisans, les hommes tapis parmi les roseaux ne s'en souciaient guère. Ils étaient comme les castors et les rats d'eau, on ne les voyait pas, pourtant ils « rongeaient les poutres maîtresses » du dispositif de guerre allemand.

Au matin, Natacha sortit à l'air libre. Un brouillard reposait sur le marais, le soleil d'automne en aspirait l'eau, qu'il étendait ensuite en voiles blancs ondoyants sur toute la contrée.

C'était un des jours où le capitaine Kotelnikow instruisait ses troupes. On ne pouvait les observer d'avions et les Allemands ne pénétraient pas dans le marais, malgré tous leurs efforts pour découvrir les passerelles immergées. Ils avaient même torturé certains prisonniers jusqu'à ce que ceux-ci consentissent à conduire une compagnie aux refuges des partisans. Marchant en tête, ils avaient pénétré au cœur du marais par un chemin secret détourné et tout en méandres, qui ne menait nulle part, si ce n'était au plus profond du marais... — C'est là qu'ils se jetèrent et disparurent dans les eaux bourbeuses, avant même que les Allemands aient pu se saisir d'eux. Ils sombrèrent, muets, une lueur de triomphe dans les yeux. Pas un homme de la compagnie allemande ne revint... Désespérés, ils tentèrent en vain de rebrousser chemin, se fourvoyant, s'enlisant, pour sombrer enfin l'un après l'autre. Dix hommes seulement restèrent debout au milieu du marais, appelant, tirant des coups de feu en l'air, envoyant des signaux aux avions qui passaient. Mais aucun de ceux-ci ne se dirigea sur eux. Ils restèrent ainsi pendant des jours, massés sur une petite plaque de sol dur, jusqu'à ce que devenus fous de faim et de soif, se jetant les uns contre les autres ils se fussent précipités réciproquement dans les marais. Un seul demeura sur l'îlot... Pendant une semaine, il rampa en tous sens sur la petite motte de terre ferme, fou furieux et broutant l'herbe. Mais il sombra lui aussi, lorsqu'il se jeta sur une loutre pour la dévorer crue.

Des commandements brefs traversaient le brouillard, lorsque Natacha sortit de l'abri. Des souvenirs remontèrent du fond de sa mémoire : la cour de la caserne de Smolensk! Elle se dirigea vers le champ d'exercice, attirée par ces sons familiers. Entouré de hautes palissades, de roseaux et de saules, elle trouva un champ d'exercice assez vaste. Le capitaine Kotelnikow et Wascha Krepychew commandaient les groupes. C'étaient de vieux hommes aux longues barbes de popes, de jeunes soldats égarés, la plupart blessés, le bras en écharpe, le crâne tondu. Mais ils prenaient le service au sérieux.

— Ah! notre oisillon tombé du nid! s'écria Kotelnikow en voyant Natacha qui sortait du brouillard. — Que ferons-nous de toi? J'y pense depuis le début de la journée! A te regarder, on dirait que la première brise va t'emporter! Sais-tu faire la cuisine?

— Et toi, qu'as-tu fait jusqu'à présent? cria Natacha hérissée de colère, en réponse au sourire ironique du capitaine, — tu t'es tapi comme un crapaud dans son trou!

Et tu te contentes de cracher de temps à autre sur la région!
C'est tout! Tu appelles ça la guerre? Comment les Allemands auraient-ils peur de toi? Tu les chatouilles, au lieu de les combattre!

Iwan Kotelnikow perdit son hautain sourire. — Hé, voyez-moi ça! hurla-t-il en réponse. On sauve la vie à cette pie grièche et, dès qu'elle peut croasser à nouveau, elle envoie des coups de bec! Si tu ne te plais pas ici, va-t-en!

— Écoutez donc! — Natacha s'élança vers l'un des soldats et lui arracha son arme des mains, la chargea et se planta devant Kotelnikow. — Les hommes ont tous une grande gueule, mais ce sont des lions édentés qui rugissent! Sais-tu, Kotelnikow, que les chameaux rugissent aussi?

— Femelle! — Le capitaine Kotelnikow ne bougea pas. — Je refuse de t'écouter, il faudrait te foutre un homme au lit, alors tu seras à ton affaire!

Lentement, Natacha éleva l'arme, visa rapidement... Nul par la suite n'eût pu dire combien de temps... A peine une seconde, affirma Krepychew... Puis, elle tira... sur le capitaine Kotelnikow..., c'est-à-dire sur son calot, tout juste en dessous du pli réglementaire. La balle siffla au ras du crâne et arracha le calot de la tête du capitaine. Celui-ci resta immobile, comme s'il s'était enraciné sur place, les bras ballants le long du corps. Sur le champ d'exercice, un silence de mort régnait. Les partisans retenaient leur souffle. C'était à croire que Natacha les avait tous abattus de ce seul coup de feu.

« Elle a tiré sur Kotelnikow, pensa Krepychew, dans quelques secondes, elle sera étendue morte sur le terrain! »

— C'est ainsi que l'on tire à Krassnoje Mowona, dit Natacha, calmement, — puis elle jeta le fusil, tourna les talons et s'éloigna dans le brouillard, en direction des refuges.

Le capitaine Kotelnikow la suivit des yeux, en silence. Il ne songeait pas à lui envoyer une balle dans le dos, ce à quoi s'attendaient tous les hommes présents. Il secoua la tête et, lorsqu'elle eut disparu dans le brouillard, éclata de rire... Il se tordait, en proie à une joyeuse hilarité, s'étranglait, toussait, se remettait à rire comme si sa joie désespérée ne pouvait trouver de fin.

Ce fut la seconde fois que l'on vit rire le capitaine Kotelnikow.

***

Certains changements eurent lieu dans le marais du Pripjet, parmi les partisans. Le capitaine Kotelnikow perdit le contrôle absolu de ses troupes. Natacha Astachowa commandait un groupe de cent hommes, choisis par elle seule. Ces soldats clandestins devaient tirer en restant invisibles comme des ombres, sans jamais manquer leur cible. Ils devaient se montrer aussi durs de cœur que les troncs gelés de la Taïga, non sans allier l'adresse du chat à la cruauté d'un tigre affamé.

A la tête de ces cent hommes, répartis en groupes de dix, elle engagea la lutte contre les Allemands. Telle une lance au fer empoisonné de haine, elle frappait l'ennemi au cœur, inlassablement, impitoyable, indiciblement hardie. Ce que Kotelnikow considérait comme une folle entreprise, elle l'accomplissait victorieusement. Elle désorganisa les renforts des Allemands sur une largeur de cent kilomètres. Natacha était partout, à croire qu'elle volait à travers les marécages. Cruelle, elle anéantissait tout ce qui portait l'uniforme gris. Les blessés de ses propres troupes, qu'elle abandonnait à leur sort, se tiraient une balle dans la peau avant que les Allemands aient pu s'y opposer. Le silence, la terreur demeuraient là où elle était passée.

L'hiver vint et les premières neiges, les premières nuits glaciales. Des bataillons allemands, des troupes de SS contournaient les marais du Pripjet. Lorsque ceux-ci gelaient, on pouvait y pénétrer. On n'attendait que cela. Mètre carré par mètre carré, on passerait tout au « peigne fin », on mettrait le feu aux bâtiments avec des lance-flammes. L'hiver, un marais n'est plus une région inaccessible.

Le capitaine Kotelnikow et Natacha tombèrent d'accord pour faire retraite dans les forêts. Les hommes devaient s'y infiltrer jusqu'au moment où l'encerclement organisé par les Allemands serait total. Il y avait toujours quelque brèche par où passer, on les trouvait avec l'instinct du renard pris en chasse.

Kotelnikow et Natacha quittèrent le camp du marais parmi les derniers. On avait bouché les ouvertures des abris, planté des roseaux sur le terrain d'exercice. La jungle reprenait ses droits.

Peu avant de sortir du marais, Kotelnikow et Natacha se heurtèrent à une ombre qui semblait vouloir se glisser dans le marais, presque en face d'eux. Ce n'était pas une ombre silencieuse, mais un *je ne sais quoi* gigantesque, qui, sacrant et jurant, se frayait un chemin au hasard, à travers la neige et la nuit. Les jurons les plus inattendus, même les moins connus, originaires de la steppe des Kalmouks, volèrent jusqu'à Kotelnikow étendu à plat ventre avec Natacha, derrière un arbre abattu. Il visa la grande ombre de son pistolet mitrailleur.

— Merde! braillait le gars empêtré dans les herbes aquatiques, — j'ai vraiment un cerveau en fiente de hibou! Mieux vaudrait me noyer dans un tas de chiasse!

— Halte! cria Kotelnikow, les mains en l'air et viens me trouver!

L'ombre s'abaissa vers le sol comme un souffle. On entendit un grand craquement parmi les roseaux, comme si le vent d'automne y accomplissait ses ravages, puis un son métallique retentit. — Tiens, il a aussi un pistolet mitrailleur! pensa le capitaine Kotelnikow.

— Viens ici! rugit-il encore.

— Me prends-tu pour un idiot, petit frère ? Viens toi-même si tu es brave !

Natacha bondit hors de sa cachette. Les bras en l'air, elle courut dans la neige, jubilante comme une alouette dans un ciel printanier.

— C'est lui ! criait-elle d'une voix claire. — Louka l'idiot ! Louka ! Louka ! C'est lui, notre Louka !

— Natacha Astachowa ! rugit la voix dans le marais. Puis l'ombre géante fonça hors des roseaux, devint un être humain à l'aspect étrangement primitif, jamais vu, qui s'élançait en trébuchant vers Natacha, les bras ouverts en braillant.

Devant elle, le colosse tomba à genoux et, tête baissée, saisit les mains de Natacha, les baisa avec ferveur tout en hurlant comme un loup, puis il entoura ses genoux de ses bras puissants et y appuya son front.

— Natacha Astachowa, balbutia-t-il, — la Natacha de Fedja... je t'ai retrouvée !...

Derrière un tronc d'arbre, le capitaine Kotelnikow se tourna un peu pour allumer une cigarette. Il n'était guère sentimental et même... pas du tout, mais cette scène l'émouvait : on avait tout de même gardé son cœur, malgré cette guerre...

*
* *

Cela se passa au cours de l'été 1943. Depuis deux ans, Natacha vivait avec Louka, sur les arrières de l'armée allemande, les harcelant la nuit : l'hiver, dans les forêts, l'été dans les marais du Pripjet, et leurs destructions gênaient sensiblement les Allemands. Ainsi, en cet été 1943, le commandant en chef de la lutte contre les partisans donna l'ordre de frapper un grand coup sur ces nids de frelons des marais.

On amena des bataillons de police, des troupes SS, une

brigade ukrainienne, deux compagnies d'élite et, conduits
par quelques paysans traîtres à leur patrie, les troupes
allemandes pénétrèrent à l'intérieur des marais.

Iwan Kotelnikow était prêt à subir cette épreuve : il
avait des espions travaillant comme hiwis auprès des
Allemands. La nuit, ceux-ci envoyaient des signaux lumineux ou des messages en morse, ou, encore, déposaient
des renseignements en des lieux convenus à l'avance. Sur
tout le pays, l'organisation des partisans tissait une vaste
toile d'araignée invisible qui enfermait, dans ses rêts, les
armées allemandes. On savait, dans les marais, tout ce qui
se passait alentour. On y connaissait chaque unité nouvelle, son armement, le caractère plus ou moins redoutable
des officiers, par exemple, certain officier décoré de la croix
de chevalier qui, pour assaillir un village occupé par des
partisans, avait fait courir devant ses soldats, soixante
femmes en longues files de front, en manière de bouclier...
jusqu'à ce que le commandant Boris Pleskow, les larmes
aux yeux, eût fait tirer sur les femmes, pour atteindre plus
sûrement ensuite les Allemands. — Que la Patrie me pardonne! avait-il dit ensuite dans son message au pouvoir
central, puis, dans la forêt, il s'était tiré une balle dans
la tête.

Louka et Natacha se trouvaient couchés à plat ventre
avec leurs hommes, en bordure d'un chemin qui conduisait à l'intérieur des marais. Ce n'était pas une voie importante; ce chemin menait tout à fait à l'écart des camps des
partisans, mais les Allemands se disaient très fiers de sa
découverte.

Un peloton de police avait reçu l'ordre d'assurer la
garde de ce chemin. Conduits par deux hiwis, ils pénétrèrent à l'intérieur des marais en formation très étendue,
par groupes de trois hommes portant une mitrailleuse. Les
roseaux étaient hauts et serrés; autour des masses de
ceux-ci, le sol mouvant ne restituait pas ce qui s'y était
égaré. Cependant, ces forêts de roseaux n'étaient pas
désertes. Sur de petites îles, les partisans attendaient,

immobiles, comme transformés en roseaux, les yeux rivés au chemin sur lequel les Allemands progressaient à tâtons.

Natacha et Louka aussi étaient couchés dans des mares bourbeuses, invisibles, retenant leur souffle. Rien n'avait changé au cours de ces deux dernières années, ils vivaient comme des bêtes, ravitaillés la nuit par air, en vivres, armes et munitions, qui leur parvenaient en caisses et sacs imperméables, aux points désignés par eux au moyen de signaux lumineux; ces emballages contenaient même des journaux : la *Prawda*, les *Izwestias*, la *Komsomola Prawda* et même la *Literaturnaja Gazeta*, destinée aux partisans cultivés. Par ces journaux, on savait où en était la guerre : les Allemands se retiraient de plus en plus, la Russie n'était pas perdue, Stalingrad avait marqué un tournant de la guerre et coûté toute une armée aux Allemands. La dernière invention de Moscou était l'envoi de deux commissaires du Politbureau parachutés, nuitamment, dans les marais. Ils s'étaient présentés au capitaine Kotelnikow pour endoctriner les troupes de volontaires et leur apprendre les rudiments de la philosophie universelle bolchevik: c'est actuellement de la plus haute importance, avaient-ils déclaré. Puis, ils haranguèrent les partisans, leur lurent des passages des œuvres de Lénine et de Staline et les récits héroïques de Ilya Ehrenbourg, qui se terminaient sur ce cri : « Assommez tous ces Allemands! »

— Ce sera dur de les avoir tous! murmura Louka à l'oreille de Natacha, — par trois seulement, c'est déjà dangereux, petite sœur!

Quelque part dans le lointain, un oiseau siffla. Ce pouvait être un busard, mais c'était une sentinelle qui annonçait la fin de la patrouille allemande. Ils étaient tous dans le marais, à présent, cherchant, tâtant le sol, avec des visages durs, décidés, et la peur dans les yeux. Tandis qu'ils avançaient dans le marais, derrière eux se refermait leur porte d'entrée. Des mines étaient posées dans des trous creusés à l'avance et des mines flottantes, placées en bordure du sentier : elles étaient chargées de faire sauter le sol durci, restituant partout, à nouveau, le marais.

Louka fit un signe de tête en entendant le cri du busard, regarda vers le groupe d'Allemands qui passait justement puis, il appuya sur la détente et tira. En même temps, de toutes parts les coups de feu éclatèrent, visant les Allemands... Ceux-ci se jetèrent à plat ventre sur le chemin, tirant à leur tour, désespérément, à l'aveuglette, dans les roseaux, d'où la mort s'élançait vers eux. Ils se réfugiaient dans les buissons et sautaient sur les mines flottantes, ils retournaient sur leurs pas en bondissant par-dessus les morts couchés sur le chemin et se ruaient à la rencontre de nouvelles salves... Ce fut une boucherie, une mort atroce, la détresse des poitrines désespérément offertes, des mains levées dans un geste de supplication inutile, de soumission vaine, de mendicité folle, une recherche panique du moindre abri, alors qu'il n'y avait que le marais, les roseaux et, dans cette étendue immense, le règne impitoyable de la guerre.

Quatre hommes revinrent en courant, penchés en avant, à la rencontre des mines qui verrouillaient la sortie du terrain. On ne tira plus sur eux... les partisans, couchés sur le sol, les regardaient venir, leurs fusils brûlants à la main, friands du spectacle qu'ils allaient avoir de quatre corps tourbillonnant dans les airs.

En tête, courait un sergent-major un peu obèse, dont les jambes tricotaient ferme. Déjà, il voyait les bouleaux qui indiquaient la forêt, la terre ferme. Là bas... à quatre cents mètres plus loin, les voitures étaient garées; c'était la sécurité, la vie... Il ne remarqua pas que l'on ne tirait plus... Il ne pensait qu'à courir, à atteindre la lisière de la forêt... à ces quatre cents mètres qui le séparaient de la vie.

Il avait chaud. Otant son casque, il le jeta de côté, dans le marais, et poursuivit sa course. Il passa devant Natacha et Louka, haletant, les yeux exorbités... un homme auquel manquait une oreille...

Natacha enfonça ses ongles dans l'avant-bras de Louka.

Elle était pâle comme un soleil d'hiver : — C'est lui!
articula-t-elle. Louka, c'est lui, abats les autres... mais
celui-là, laisse-le en vie! Il faut qu'il soit vivant. Amène-le-
moi, Louka, vite!...

Louka jeta un regard de côté : « A quoi bon la ques-
tionner? Natacha le voulait ainsi... Allez vous y reconnaître
dans ce que veulent les femmes! Le diable emporte celui
qui les a créées! »

D'un bond, Louka sortit des roseaux, deux salves crépitèrent... et il n'y eut plus que le sergent-major, auquel
manquait une oreille, qui courait encore en direction
des mines.

— Stoj! hurla Louka, stoj!

Le sergent-major parut atteint par cette voix dont le
choc le pétrifia sur place, mieux qu'une balle. Il s'arrêta,
vacillant, haletant, et se retourna lentement, puis il leva
les bras.

— Dawaï! dit Louka, lorsqu'il se trouva tout contre
lui. Alors, il le poussa dans le dos en l'éloignant du chemin
et le conduisit, par une étroite passerelle, jusqu'à l'îlot où
Natacha l'attendait, blême, parmi les roseaux.

Lorsqu'ils se trouvèrent face à face, le sergent-major
allemand et Natacha Astachowa se reconnurent aussitôt.
Comme une nuée rouge, sa bouche s'ouvrit démesurément,
un cri étranglé gargouilla dans son gosier.

— Bollmeyer, dit Natacha à voix basse, — Bollmeyer...
Te voici, enfin!

Il était là le sergent-major et, sur son visage, les crispations se succédaient de plus en plus rapides, tandis que la
cicatrice de l'oreille arrachée paraissait gonflée de sang.

Brusquement, il tomba à genoux et entoura de ses bras
les jambes de Natacha, en appuyant son visage contre
ses cuisses.

— Grâce! gémit-il, grâce!...

Louka se grattait le crâne. Il ne comprenait rien à cette
scène : « Comment? il fallait tirer sur tous les autres et
pas sur celui-ci? Et maintenant, à genoux, il gémissait

aux pieds de la colombe? Et Natacha le regardait de haut en bas avec un sourire... qui glaçait le sang. »

— Alors, on lui loge une balle dans la tête? demanda Louka.

— Non! Il m'appartient! A moi seule!

Natacha se pencha vers l'homme et, d'un coup sec de la main, lui releva le menton. Bollmeyer eut la tête rejetée en arrière, de sa bouche s'écoulait de la salive et du sang, il s'était mordu les lèvres profondément.

— Lève-toi, Bollmeyer, dit Natacha à mi-voix. — Tu me reconnais?

— Grâce! répéta Bollmeyer.

— Relève-le et emmène-le, Louka. — Natacha jeta son pistolet mitrailleur par-dessus son épaule et, d'un pas prudent, quitta l'îlot pour pénétrer dans l'infini du fourré de roseaux. Au loin, du côté de Kanzewitschi, on entendait le crépitement d'une fusillade et l'éclatement sourd de quelques mines. Le capitaine Kotelnikow attaquait un bataillon de policiers qui pénétraient à l'intérieur du marais.

Louka envoya un coup de pied dans les côtes de Bollmeyer. Il le fit avec prudence, pour que l'Allemand ne s'effondre pas sous sa patte d'éléphant.

— Lève-toi! beugla Louka. Dawaï!

Bollmeyer resta couché sur le sol visqueux; il suivait Natacha du regard. Comme une chatte, elle traversait les roseaux, mince, roulant un peu des hanches comme si elle se promenait au bord de la Néva.

— Abats-moi d'une balle! bredouilla Bollmeyer, je t'en prie, tire! Tout de suite. Mais, surtout, ne me livre pas à elle!...

— Natacha l'a ordonné! — Louka saisit Bollmeyer sous les bras et le remit sur ses pieds.

— Viens!

Le sergent-major vacilla légèrement, puis, réunissant toutes ses forces, il poussa Louka de côté et bondit dans le marais où il enfonça aussitôt jusqu'aux cuisses... Les yeux clos, il agita furieusement ses jambes, afin de sombrer plus rapidement.

Le clapotement de l'eau fit se retourner Natacha; Louka était debout au bord du marais, les bras levés dans un geste de regret.

— Sors-le de là, idiot! cria Natacha. Je te ferai fusiller si tu ne l'en sors pas!

— Ma colombe... bredouilla Louka, puis il tomba à genoux, rampa parmi les roseaux, et tenta de saisir Bollmeyer. Le sergent-major frappait de ses poings les mains tendues de Louka : — Je ne pourrai pas le saisir! rugit Louka.

— Il le faut! — Natacha leva son fusil mitrailleur et le chargea. — il a tué l'enfant de Fedja!...

Louka avait les yeux exorbités, il fixait Bollmeyer comme s'il voyait un crapaud. « L'enfant de Fedja, pensa-t-il, c'est donc cet homme-là, auquel il manque une oreille! »

Alors, Louka se coucha de tout son long, comme un tronc d'arbre, sur la surface marécageuse et envoya un coup de poing entre les yeux de Bollmeyer; puis, il saisit les bras flasques de celui-ci et, lentement, tira le corps du bourbier. Il haletait, le formidable Louka, ruait, râlait, s'ébrouait... En faisant levier de ses genoux, il se tira du marais, traina Bollmeyer évanoui et, regagnant le chemin de terre, se roula dans l'herbe sèche et resta comme un poisson, couché, la bouche ouverte, sur des cailloux, l'Allemand, ruisselant, jeté en travers de sa personne.

— C'était dur, ma colombe! dit Louka, les yeux rivés au ciel bleu. — Je ne l'ai fait que pour la pauvre âme de Fedja Iwanowitsch...

Il fallut attendre près d'une demi-heure, que l'Allemand reprenne conscience. Il s'éveilla garotté, et Louka, assis à côté de lui, faisait une grimace peu amène.

— Ainsi vont les choses, petit frère, dit-il au prisonnier, il faut patienter pour tout, même pour mourir! Rien ne se passe plus comme il faut...

Le sergent-major ne le comprenait pas, mais, lorsqu'il

regarda du côté de Natacha, il fut à nouveau pris d'un tremblement. Assise sur une vieille souche, elle fumait, tandis que sa longue chevelure noire et soyeuse flottait dans le vent. Elle avait l'air d'une poupée.

— Que me ferez-vous? balbutia Bollmeyer.

— Demande-le à la colombe, répondit Louka.

— Pourquoi ne m'abattez-vous pas d'un coup de feu comme les autres?

— Je l'ignore. — Les yeux de Louka s'assombrirent. — Tu as tué l'enfant de Fedja?

— Non, je n'ai jamais touché à un enfant... — La bouche de Bollmeyer se tordit affreusement. — C'est un mensonge de votre propagande! Aux enfants, nous n'avons jamais...

— Mais l'enfant de Fedja... dans le ventre de notre colombe... c'était bien toi, n'est-ce pas? — Bollmeyer comprit et enfouit son visage dans ses mains liées : — O mon Dieu! cria-t-il. O mon Dieu!

Natacha avait terminé sa cigarette, elle se leva et marcha vers Bollmeyer. Elle saisit Louka par l'épaule lorsque celui ci voulut se lever.

— Reste! dit-elle durement. Lui seul me suivra!

— Abattez-moi! hurla Bollmeyer.

— Viens! — Natacha, le saisissant par ses liens, le fit se lever. Effaré par sa force insoupçonnée, Bollmeyer, titubant, se tenait devant elle. Il ne se défendit pas lorsqu'elle lui jeta une corde autour du cou et l'entraîna à sa suite comme un ours que des bateleurs font danser sur les places de marchés.

En silence, ils avancèrent de quelques mètres sur un lambeau de terre ferme. Quelques bouleaux croissaient en ce lieu, de hauts bosquets, des plantes ressemblant à des papyrus et des joncs sommés de crosses sombres. Une odeur de moisissure et d'eaux croupissantes flottait dans l'atmosphère.

Ils s'arrêtèrent contre une souche de bouleau, Natacha s'assit. Elle feignait la nonchalance, bien que ses genoux fussent tremblants et qu'elle se sentit incapable d'avancer, tant elle avait horreur d'elle-même. Avec de grands yeux fixes, elle dévisagea Bollmeyer. Il pleurait, debout devant elle, petit tas de misère humaine qui fondait de peur.

— Tu te souviens? dit-elle lentement en allemand, il y a deux ans de cela, Bollmeyer... L'enfant de Fedja en est mort... Il n'est rien qui puisse compenser cela... pas même ta mort...

— Mais je ne le savais pas! pleura Bollmeyer.

— Tu l'aurais fait, même si tu l'avais su. Nous n'étions rien à tes yeux : des êtres humains inférieurs... ainsi que s'exprimaient vos journaux!

— Mais moi, je n'ai pas écrit cela! cria Bollmeyer, je n'ai pas voulu la guerre, pas plus que toi! comme les autres, j'ai été enrôlé... je n'ai fait...

— Tu n'as fait que tuer en moi l'enfant de Fedja. Pour moi, c'est plus que cent guerres... Tu m'as appris à haïr... à haïr atrocement... inhumainement! Je ne me reconnais plus, quand je me regarde dans une glace ou dans les eaux des marais, et que je me demande : Natacha est-ce bien toi? Tout est mort en moi, seule la haine y brûle encore... J'ai peur de moi-même... et tout cela, c'est ton œuvre, Bollmeyer...

Elle se leva, cela lui coûtait terriblement, mais elle n'en montra rien : pour la première fois, il lui fallait tuer un être humain... non pas de loin, en tirant sur lui comme sur un lièvre, mais de tout près, en regardant au fond de ses yeux frémissants, la main sur son corps suant et tremblant. Lorsqu'elle avait étouffé avec un oreiller ce lieutenant dans l'ambulance jusqu'à ce qu'il en meure, ce n'était pas tuer, mais écraser un cri effroyable, c'était l'expression d'une soif de silence et de paix. Mais ici, devant elle, se tenait un homme qui savait qu'il devait mourir et qui hurlait de peur, comme un jeune loup traqué.

— Tu m'as tout pris, Bollmeyer, répéta Natacha. — Ce devait être une excuse, mais ce fut un arrêt de mort. Bollmeyer le comprit, tomba à nouveau à genoux et pleura comme un enfant. Dans sa peur, incapable de se contenir, il mouilla son pantalon, sans même s'en apercevoir.

Natacha fit une profonde aspiration, puis elle retourna son pistolet mitrailleur et asséna la crosse d'acier sur le crâne de Bollmeyer. Silencieusement, il tomba en arrière et roula sur le côté.

Natacha se mit alors à le déshabiller. Elle arracha l'uniforme de son corps grassouillet, déchirant ce qui lui résistait, puis, en haletant, elle le traîna nu sur le sol, jusqu'à un monticule allongé, fait de feuilles, de mousse et d'herbes agglutinées. Lorsqu'elle y introduisit brusquement le canon de son pistolet mitrailleur, des milliers de grosses fourmis rouges en jaillirent à flots.

Natacha s'agenouilla et lia ensemble les pieds de Bollmeyer. Puis, elle attacha les pieds aux mains. Tel un arc tendu, le corps nu de l'homme était incapable du moindre geste de défense, ce n'était plus qu'un paquet de chair que l'on peut suspendre à un croc.

Avec des efforts qui lui arrachaient des gémissements, elle poussa Bollmeyer dans la fourmilière. Comme une vague, les fourmis déferlèrent sur lui, mordant, pénétrant sa chair blanche.

La douleur dissipa la syncope. Bollmeyer s'éveilla en hurlant et, à chacun de ses cris, il avalait des centaines de fourmis qu'il recrachait en toussant.

Une fois encore, Natacha regarda le paquet de chair rugissant. Puis, les mains sur les oreilles, elle s'éloigna en courant, laissant là son pistolet mitrailleur, tout son courage, toute sa haine... Elle courait sur les chemins du marais, à travers les roseaux et, si fort qu'elle serrât ses mains ouvertes contre ses oreilles, elle entendait encore les cris déchirants, comme s'ils émanaient de son propre sang.

Louka l'accueillit, lorsqu'elle sortit des roseaux, titubante. Le visage du géant était blême.

— Ma colombe... bégaya-t-il. — Qu'est-ce? Qu'as-tu fait?

Natacha s'assit, serra sa tête entre ses genoux et enfonça

ses ongles dans sa chevelure. Au-dessus du marais, les cris de Bollmeyer flottaient comme un nuage gras, oppressant. Louka lui-même se mordait la lèvre inférieure et, certes, c'était un rude gars.

— Ce n'est pas bien, ma colombe, dit-il d'une voix basse, enrouée, — c'est tout de même un être humain...

Natacha répondit par une inclinaison de tête. — Vas-y, balbutia-t-elle, j'étais folle, oh!

A nouveau, elle serra sa tête entre ses genoux et pleura. Louka courut à travers les roseaux, à la rencontre des cris. Puis, il y eut un coup de feu sec et la paix régna dans le marais, comme au premier jour de la création.

Lorsque Louka revint, Natacha était étendue dans l'herbe, évanouie. Elle avait enfoncé, dans sa bouche, son poing droit et ses dents avaient profondément pénétré les chairs.

Louka la laissa comme elle était. Il ne la toucha pas, ne prêta aucune attention à sa présence. Pour ce qu'elle venait de faire, Fedja lui-même l'aurait battue, pensait-il et il aurait eu raison! C'est la guerre, on ne peut rien y changer, mais il ne faut pas lâcher les démons, ça, ce n'est pas bon... Et c'était un fameux démon, Natacha Astachowa. Pour la première fois il se révélait en elle, et Louka lui-même en avait peur.

Ce qui n'est pas peu dire, lorsqu'il s'agit de cet ours fidèle et idiot, originaire de Stepanowka, sur la mer d'Azow.

*
* *

On était en automne 1943, lorsque le haut commandement allemand de l'armée du Front central décida d'en finir avec les partisans des marais du Pripjet.

L'ivresse victorieuse des Allemands s'était dissipée. Stalingrad leur avait coûté toute une armée et une retraite désastreuse. Moscou n'était pas pris, Leningrad résistait et, dans la Russie centrale, les armées rouges se concentraient pour une grande offensive, par laquelle elles voulaient percer les positions retranchées allemandes de la mer Blanche à la mer Noire. Un poing formidable allait s'abattre au cœur du front allemand.

Dans les marais subsistait une brigade intacte de partisans bien instruits. Le capitaine Kotelnikow commandait le groupe du nord, Wascha Krepychew, qui avait recueilli Natacha, avait été nommé lieutenant et sillonnait le marais, à la tête d'un groupe pourvu de lance-grenades. Nicolas le bossu était tombé aux mains des Allemands et avait dû creuser lui-même sa tombe, au bord du marais, à l'orée d'un bosquet de bouleaux. Ensuite, on l'y plaça, tandis qu'il chantait l'*Internationale* jusqu'à la dernière phrase, après quoi on lui tira une balle dans la nuque. Il ne mourut pas aussitôt... mais déjà on refermait la fosse à grandes pelletées de terre, et il y étouffa lamentablement.

Un commandant venu de Moscou avait été parachuté dans le marais, afin de prendre en main la brigade de partisans. Kotelnikow fit la tête, mais il s'inclina devant les ordres de Moscou. Natacha se montra moins docile. Elle s'en fut, suivie de Louka et de son petit groupe, jusqu'au lieu de rassemblement désigné, mais elle refusa de se soumettre au commandement de Werjowkin.

— D'où vient-il? demanda-t-elle à Kotelnikow. De Moscou? Qu'y a-t-il fait? Joué aux cartes, assis bien au chaud? Que prétend-il commander ici?

— C'est un fin limier, camarade! répliqua Kotelnikow avec un sourire ironique. — Avec lui, tu auras plus de peine qu'avec moi! Il a reçu les pleins pouvoirs de Moscou et tu sais ce que c'est qu'un ordre de Moscou? Il n'y a pas à discuter!

— Nous allons voir!

Le commandant Werjowkin regarda d'abord Louka dont la renommée était parvenue jusqu'à lui. « Dire que ça existe encore! pensa-t-il admiratif, certes, voilà le dernier représentant des grands sauriens de la préhistoire!

On ferait mieux de le conserver dans un muséum plutôt que de l'exposer à mourir ici! »

— Nous voici, mais nous repartons tout de suite, dit Natacha Astachowa en se présentant au commandant. Cependant, elle examinait Werjowkin d'un regard aigu. « Il est beau garçon, remarqua-t-elle non sans irritation, grand, bien découplé, le cheveu noir et lisse, un soupçon de petite moustache sous son nez aquilin, c'est sans doute un Caucasien, son élégance le révèle; d'autre part, il est couvert de décorations... »

— Je me réjouis de connaître la courageuse camarade Astachowa, répondit Werjowkin, la main tendue. Natacha la saisit à contrecœur. On voit qu'il a l'habitude des femmes... réfléchit-elle mais ici, dans le marais, il ne trouvera pas de péronelles comme dans les boîtes à putains de Moscou... Elle retira vivement sa main et recula d'un pas, dans l'ombre de Louka qui se tenait derrière elle et louchait vers les huttes de roseaux, pleines de bidons remplis de kapusta.

— Nous manquons de munitions, d'armes, de vivres, de pansements, de médicaments, mais nous n'avons que faire des ordres venus de Moscou! déclara Natacha sèchement, nous combattons dans les marais depuis près de trois ans.

— Je le sais, camarade. Werjowkin considérait les mains étroites de Natacha : — Votre renommée est allée jusqu'à Moscou, on vous appelle la « panthère rouge », le saviez-vous? Les Allemands ont mis votre tête à prix : trois mille marks et quinze jours de permission au pays pour celui qui vous tuera! Nous savons tout à Moscou, camarade, le monde est petit pour notre service de renseignements... D'autre part, j'ai mission de vous saluer de la part du généralissime Staline.

— Staline? Louka ouvrit de grands yeux et tapota l'épaule de Natacha : — Entends-tu, ma colombe? Staline...

— Il vous nomme lieutenant dans l'Armée Rouge

camarade Astachowa, et j'ai reçu l'ordre de procéder
à cette nomination. Vous êtes autorisée, par ailleurs,
à porter les décorations de votre mari, Fedja Iwanowitsch,
médaille du courage, l'Étoile rouge...

— Je vous remercie, commandant, répondit à mi-voix
Natacha très pâle, — c'est seulement en souvenir de
Fedja que je suis dans ces marais, je déteste la guerre et
la mort!

— C'est une guerre nationale, camarade!

— C'est un assassinat constant, pas davantage!

— Et malgré cette opinion, vous y prenez part?

— Cela tient du mystère. — Natacha haussa les épaules.

— Lorsque nous aurons tous été saignés, et que nous
resterons exangues sur le terrain — on appellera cela
la paix — pour nous tous, ce sera une énigme.

— Mais le drapeau rouge flottera sur le monde! dit
Werjowkin fièrement.

— Ainsi soit-il! Moi, je retournerai à Krassnoje
Mowona!

— Vous serez une héroïne de la Nation, camarade!
Moscou vous appellera...

— Qu'y ferais-je? Fedja est mort, mamaschka et
papaschka aussi, peut-être Louka sera-t-il mort également
alors... Qu'en savons-nous? Tous ceux que j'aurai connus
seront morts et la terre sera brûlée et saturée de sang.
Je veux vivre seule à la lisière de la forêt et je bâtirai
une hutte neuve avec les ruines de la datscha... Je ne
veux plus rien voir de tout cela, je me contenterai de
vivre tout à fait libre...

— Vous avez d'étranges pensées, camarade lieutenant.

Le commandant Werjowkin secoua la tête. Depuis
qu'il avait été parachuté dans le marais, bien des choses
lui paraissaient incompréhensibles. Il voyait se battre
des hommes, des femmes qui vivaient comme des rats,
avec le courage des lions, mais ce n'étaient pas des
bolcheviks, ils ne pensaient qu'à la *liberté*, une liberté
différente de celle dont on enseignait les principes à Moscou.

Ils étaient fanatiques, mais hostiles à toute contrainte, fût-elle imposée par Moscou. C'était énorme, mais on ne pouvait pas le faire savoir à Moscou par un message radio, si l'on ne voulait pas être aussitôt condamné. Werjowkin s'était rendu compte de la situation, lorsqu'il avait distribué des numéros de la *Prawda* et du journal militaire *Krassnaja Swesda* aux sous-chefs de groupements. Ils les avaient lus, puis découpés en feuillets en vue d'un usage intime. Ils n'avaient même pas discuté les articles de fond : on ne se serait pas permis cela, dans une troupe régulière !

— Il s'agit de coordonner nos opérations ! lança Werjowkin qui passait aux questions militaires, la politique se révélant un terrain difficile, — j'ai ordre...

— De Moscou encore, je sais, dit Natacha en enfonçant ses mains dans les larges poches de son pantalon d'uniforme. — Nous sommes plus forts répartis par petits groupes, camarade commandant. Nous avons eu l'occasion de nous en apercevoir au cours de ces deux dernières années ! Plus notre détachement est important, plus il est vulnérable. Dans le marais, un homme seul vaut une compagnie ; par contre, une compagnie ne vaut pas un homme seul, dites-le à Moscou !

— C'est impossible, camarade ! Le commandant élevait la voix.

Louka remua sa grosse main et l'agita en l'air : — Ne braille pas, camarade, ou je t'écrase le crâne comme une tomate ! Tu me crois, n'est-ce pas ?

Werjowkin avala sa salive avec difficulté, puis, il se retourna. Derrière lui, à quelques pas, se tenaient Kotelnikow et Krepychew. Ils ne seraient d'aucun secours, car ils étaient également sortis de leurs gonds, comme tous ceux qui sillonnaient le marais et auprès desquels Moscou l'envoyait pour les couler dans un même moule.

— Votre activité dans cette région n'est pas une résistance organisée ! cria Werjowkin, comprenez-le ! Les Allemands reculeront... cela se passera en hiver, c'est absolument sûr! Alors, il faut qu'il y ait ici un second front : dans leur dos. Comprenez-vous, idiots? Nous les broierons comme du blé mûr entre deux pierres! Vous êtes comme des taons qui piquent de temps à autre... on ne gagne pas la guerre ainsi! — Werjowkin se retourna, le visage rouge de colère. — D'ailleurs, vous êtes tous des soldats, vous devez obéir!

— Un ours qui braille ne bouffe pas de miel! rugit Louka. — Viens, ma colombe... laissons-le faire sa guerre, il ne tardera pas à mordre la poussière : il ne la connaît pas la guerre dans le marais...

— Mes regrets, camarade commandant! — Natacha se détourna. Elle entendit encore Werjowkin lui crier de s'arrêter, mais elle poursuivait son chemin, la tête rejetée en arrière. Derrière elle, Louka marchait pesamment, masquant de son corps massif, sa mince silhouette, bouclier vivant qui interceptait tout ce qu'on lançait contre elle.

Les lèvres serrées, le commandant Werjowkin les suivit du regard. Le capitaine Kotelnikow s'était rapproché avec une pointe d'inquiétude et un soupçon de triomphe dans le regard.

— Laissez-les, camarade commandant, dit-il à voix basse, jamais encore on n'a pu dresser une panthère noire!

*
**

Peu avant le début des pluies qui marquent la transition entre l'automne et l'hiver, un groupe de combat de l'infanterie allemande pénétra dans les marais du Pripjet.

Auparavant, des avions avaient photographié tout le secteur, accomplissant un travail qui dura plusieurs jours; puis, on l'avait bombardé. Après les bombes, l'artillerie allemande pilonna pendant deux jours les îles enfin repérées et les chemin du marais. Bien que la plupart des bombes et des obus tombassent à l'eau sans exploser, il y en eut cependant qui atteignirent les camps. En particulier, l'île où le commandant Werjowkin avait son quartier général; celle-ci fut engloutie sous une grêle d'obus.

Après le tir d'artillerie, le groupe de combat allemand pénétra dans le marais. Il avança prudemment, nettoyant les chemins au lance-flammes, mettant le feu à droite et à gauche, aux fourrés de bambous. Jusqu'à présent, le marais s'était comporté envers eux comme une éponge : des compagnies entières y avaient pénétré et n'en étaient pas revenues. Il s'agissait de tourner la page. Avant qu'un soldat allemand fît un seul pas en avant, le terrain était incendié devant lui, sur une étendue de cinquante mètres. Il en était ainsi dans tout le marais du Pripjet, sur des centaines de kilomètres, comme ici, à Posstoly, sur le lac Knjasj.

— Nous les enfumerons! avait déclaré le commandant Litzau, lors de l'examen quotidien de la situation, — et celui qui me ramènera cette femelle a son avancement en poche, et trois semaines de perm'! A condition que cette femme existe vraiment, si ce ne sont pas là des ragots de latrines!

— Nous avons interrogé des prisonniers, mon commandant, elle existe réellement. Le lieutenant Gebhardt consulta quelques notes posées devant lui : — Nous savons même son nom : Natacha Astachowa.

— C'est écœurant! — Le commandant Litzau parcourut du regard la grande carte qui représentait la région des marais. On avait marqué certaines régions de cercles au crayon rouge, c'étaient les îles désignées par les avions de reconnaissance et déjà détruites par l'artillerie. — Je préfère me battre contre une division que d'avoir deux hommes dans mon dos! Ainsi, messieurs... — il posa ses mains sur la carte — pas de pitié pour les partisans, si vous en rencontrez! Exécution immédiate! Même les femmes...

— Et les enfants? demanda le lieutenant Gebhardt doucement.

— Évidemment, *pas les enfants*. Vous nous les remettrez, malgré ce dicton véridique : les enfants sont les ennemis de demain! Mais cela regarde d'autres que nous... Nous avons mission de nettoyer le marais, autrement l'acheminement des renforts sera bientôt entièrement désorganisé!

Ils attaquèrent donc. Colonnes de soldats gris, précédées par un geyser de feu qui frappait tout ce qui bougeait devant lui. Le lieutenant Klaus Gebhardt, aussi, avançait à tâtons à travers les forêts de roseaux. A ses côtés, marchait le sergent-major Willi Schmolzer, portant sur son dos le bidon d'essence servant à alimenter le lance-flammes et tenant en main le tuyau crachant le feu de celui-ci.

Ils ne se heurtaient plus à aucune résistance. De temps à autre, ils butaient sur des cadavres déchiquetés, étendus dans les roseaux, en bordure du chemin. Partisans surpris dans leur fuite, qui s'étaient jetés dans le tir des obus ennemis.

Devant eux, le marais se déployait, étendue incommensurable. Forêts de roseaux, groupes de bouleaux, par places, accrochés à de minuscules plaques de terre solide, des buissons bas... Loin en arrière, inaccessible, une forêt à l'aspect feutré, impénétrable, une forêt vierge où nul être humain ne s'était aventuré.

— Ici, nous sommes au bout, mon lieutenant, dit le sergent-major Schmolzer, en déposant son lance-flammes. S'il existe là-bas un être humain, il faut qu'il ait des ailes!

Le lieutenant Gebhardt avança encore avec précaution. Le chemin finissait évidemment dans la boue. A l'aide d'une longue perche, il sonda le sol... il s'y enfonça sans résistance, dans une bouillie verte, nauséabonde, sans fond. A gauche et à droite, à la même hauteur qu'eux, les autres groupes s'étaient également arrêtés, les yeux fixés sur la forêt inaccessible.

Au plus touffu des roseaux, Louka était à plat ventre à côté de Natacha. Ils contenaient leur respiration. Là-bas, le mur gris s'était arrêté dans sa progression; une large ceinture marécageuse les séparait de la forêt et ils ignoraient les chemins de rondins installés en-dessous de la surface mouvante, qui menaient vers elle.

Trente hommes étaient couchés dans les roseaux en bordure de la forêt, les pistolets mitrailleurs prêts à tirer. Sur le flanc de la colonne de Gebhardt, vingt hommes rampaient dans la fange, verrouillant toute retraite sur leurs arrières. Comme des vers géants, leurs corps ondulaient silencieusement; de temps à autre seulement, ils passaient une flaque : un léger clapotement d'eau se faisait entendre, mais il était englouti dans le bruit de la fusillade qui éclatait dans d'autres directions.

— Ils seront bientôt là! murmura Natacha à l'oreille de Louka, — combien de lance-flammes ont-ils?

— Deux, ma colombe.

— D'abord ceux-là.

Dans le dos des Allemands, une fusée éclairante siffla, monta haut, pâle, lunaire. Le lieutenant Gebhardt la vit, son visage juvénile devint terreux, ses traits s'accusèrent.

— Couchez-vous! rugit-il. Couchez-vous!

Il était trop tard; la première salve faucha son commando. Le sergent-major Schmolzer fut jeté à terre. Par quelques trous dans le bidon, l'essence se répandit sur lui... Désespéré, il se libéra des bretelles qui le fixaient à son dos et poussa du pied le lance-flammes dans le marais. Puis il rampa en arrière; par-dessus les cadavres et les corps hurlants de ses camarades, il traînait à sa suite une de ses jambes qui n'avait plus de sensibilité, mais frémissait encore.

« Maman... maman... ô maman... » Il répéta en hoquetant ce mot enfantin, naïve supplication, appel à l'aide, alors qu'il n'y avait plus aucun secours à attendre et que, inexorablement, se refermait sur lui, hostile, devenue comme vivante, une boue verdâtre, enfer béant. Il se retourna et ne comprit pas le spectacle qui lui sauta au visage. A travers le marais, dans la boue sans fond, couraient des silhouettes penchées en avant, qui tiraient

des coups de feu, puis soudain hurlèrent : *Hourrrrrrah!*
C'était un prodige qui avançait sur lui, un prodige mortel.

Le lieutenant Gebhardt, non plus, ne comprit pas ce qui se passait. Un coup de feu venait de lui ouvrir la poitrine, une balle explosive qui avait déchiqueté le côté droit de la cage thoracique, détachant de la chair deux côtes. Ses mains comprimaient les lambeaux de son uniforme dans sa plaie; il continuait de courir, perpendiculairement au chemin, vers l'intérieur du marais, sans but, droit devant lui. Cependant, sous ses semelles, il y avait un sol plus solide, bien que mou, mais qui le portait.

— Mon lieutenant! criait le sergent-major Schmolzer, pas par là-bas! Pas par là-bas!

Lui-même se traînait à rebours sur le chemin qu'ils venaient de suivre. Puis, soudain, il éprouva une douleur fulgurante qui irradia jusqu'à la peau de son crâne et parut faire éclater son cerveau.

Alors il s'assit, s'adossa à un tronc rabougri et se mit à tirer sur les silhouettes courant vers lui, les dernières balles contenues dans le chargeur de son pistolet.

Soudain, il vit Louka. Celui-ci bondissait à travers le marais comme un gorille et, de sa bouche ouverte, semblable à une caverne, s'échappait un *hourrrrrrrah!* rappelant le grondement d'un volcan.

Lentement, Schmolzer éleva son arme et visa cette bouche béante, puis, lorsqu'il distingua la denture brune du colosse il appuya sur la détente.

Mais il n'y eut qu'un claquement sec, son chargeur, était vide.

— Maman! dit doucement Willi Schmolzer. Puis il plaqua ses mains sur son visage, ferma les yeux et, dans un dernier sursaut d'énergie, se jeta de côté dans la bouillie verdâtre du marais. Gargouillant, le linceul de boue se refermait sur lui, lorsque Louka l'atteignit et voulut l'abattre.

Le lieutenant Gebhardt poursuivit sa course à travers le marais. Il toussait en courant et crachait du sang.

Pourtant, sa fuite était vaine; il y avait des partisans partout et les boues les entouraient de toutes parts... Il n'y avait plus d'issue pour lui. Il courait tout de même avec le peu de vie qui lui restait, parce que chaque foulée de plus, c'était vivre encore.

Soudain, le silence régna autour de lui. Le marais semblait prendre fin. Ne pouvant en croire ses yeux, il s'arrêta et se retourna. Un seul homme le suivait... qui ne courait pas comme lui, mais marchait lentement, presque avec nonchalance. Il avait le temps, et savait sans doute que le chemin allait finir.

Le lieutenant Gebhardt vacilla, se retint à une touffe d'herbes aquatiques et essaya de faire une profonde aspiration. Il chercha à tâtons son pistolet, mais constata qu'il l'avait perdu au cours de sa fuite, dans le marais. Sans défense, il attendit l'homme qui se rapprochait lentement, son pistolet mitrailleur négligemment suspendu sur sa poitrine.

« Pourquoi ne tire-t-il pas? pensait Gebhardt. Mon Dieu, si seulement il tirait! mais cette mort silencieuse, lente à venir, c'est atroce. » Il fit quelques pas en arrière, le chemin glissant se déroba sous lui, il s'enfonça dans le marais où la boue l'aspira aussitôt jusqu'aux hanches.

— Streljatj! cria Klaus Gebhardt, lorsque la silhouette vêtue de brun se trouva devant lui, parmi les roseaux. Devant ses yeux, l'atmosphère vibrait : — Tire! hurla-t-il encore en russe.

— *Sa schto?* Pourquoi?

Le sang se glaça dans les veines de Gebhardt. C'était une voix claire, féminine, une voix parfaitement calme. Le jeune lieutenant appuya encore ses mains sur la plaie béante de sa poitrine et toussa du sang.

— C'est donc toi... dit-il alors. Il avait enfoncé jusqu'à la ceinture et la boue puante l'aspirait de plus en plus rapidement.

— Qui suis-je? demanda Natacha. Elle s'assit au bord du chemin et le visage appuyé sur les deux mains, comme si elle assistait à un spectacle de choix, elle regarda Gebhardt.

— Natacha Astachowa...
— Tu me connais, lieutenant?
— Ton nom seulement. Je t'imaginais autrement.
— Comment donc?
— Semblable à Satan.
— Mais je suis Satan, lieutenant!
— Et tu as l'air d'un ange...

Autour d'eux, régnait un grand silence, comme si le jour commençait seulement, ce jour où la vie serait créée. Lentement, Gebhardt s'enfonçait et il lui semblait que le marais aussi prenait son temps pour l'engloutir.

— Je ne suis pas un ange! dit Natacha durement. Je resterai assise ici, j'assisterai à ton anéantissement et je m'en délecterai!
— C'est ton droit!
— Mon droit?
— Je suis ton ennemi.

A nouveau, Klaus Gebhardt fut secoué par une quinte de toux. Entre ses doigts, le sang s'égoutta à travers les lambeaux de l'uniforme et tomba dans la fange.

— Si en ce moment tu te trouvais devant moi, sans défense, je t'abattrais et je te rapporterais à mon chef. Alors, on me nommerait capitaine, on me décorerait et j'aurais, en plus, trois semaines de permission. Voilà ce que ta mort m'aurait rapporté et je n'aurais pas hésité comme toi!
— Je n'hésite pas, je regarde seulement.

Natacha posa entre ses pieds son pistolet mitrailleur, ôta son calot, secoua ses longs cheveux et les écarta de son visage.

— Un ange noir... conclut Gebhardt.
— N'as-tu pas peur de la mort, lieutenant?
— Si, un peu... Non, je mens... J'ai terriblement peur de la mort! Nous en avons tous également peur, toi aussi....

— Pas moi!

— A présent, tu mens, Natacha!...

Elle se sentit comme frappée de la foudre, lorsqu'il prononça son nom. Elle le dévorait des yeux. « Il est blond comme Fedja, pensa-t-elle, il est aussi jeune que lui... et aussi beau... il a les mêmes yeux bleus, si grands... où le ciel se reflète et les étoiles, avant que ne vienne la nuit... On a ouvert le crâne de Fedja avec une bêche, à lui, on a déchiqueté la poitrine et, moi, je le regarde sombrer lentement, centimètre par centimètre, avec ce visage effrayant. Le marais lui montera bientôt jusqu'à cette plaie ouverte. Ses cheveux blonds flottent dans le vent et ses yeux sont grands, brillants... comme les yeux de Fedja, lorsqu'il me serrait contre lui dans le traîneau en me disant : mourons dans notre amour, Natacha, la vie ne peut rien nous donner de meilleur... »

— As-tu une femme? demanda-t-elle en se penchant en avant.

— Non, je n'ai que vingt-quatre ans.

— Une fiancée?

— Oui, j'en avais une.

— Elle t'a quitté?

— Non, elle vivait à Minsk et travaillait au chemin de fer allemand comme mobilisée. Un jour, elle n'a pas paru à son bureau. Plus tard, on l'a retrouvée dans un champ, la gorge tranchée, les partisans! Elle n'avait jamais fait de mal à personne... Je me suis juré, alors, de ne jamais laisser en vie un partisan que je rencontrerais...

— Je te comprends! A moi, on a pris Fedja, et l'enfant de Fedja, mon père, ma mère, je n'ai plus rien au monde. Je déteste chacun de vous, les Allemands... comme le feu hait l'eau!

— Te voilà la plus forte, Natacha!

— Ce n'est pas toujours bon de l'être. Comment t'appelles-tu?

— Klaus Gebhardt.

Klaus... c'est un joli nom?

— Je ne sais pas, mais Natacha, c'est joli...
— Pourquoi as-tu ces cheveux blonds, ces yeux bleus?
Elle toucha son pistolet mitrailleur, en tendit la courroie. Le sous-lieutenant Gebhardt ferma les yeux. « A présent, elle va tirer, se dit-il. La boue monte jusqu'à ma blessure... et j'ai peur, horriblement peur... Dire qu'on ne peut pas admettre que c'est la fin... »

Il entendit alors près de lui un clapotement, de l'eau qui giclait.

— Prends et tiens bon! dit Natacha d'une voix forte.

Klaus Gebhardt ouvrit les yeux. Le pistolet mitrailleur était couché contre lui, dans la boue, et Natacha en tenait solidement la courroie, les jambes arc-boutées à la terre ferme, le regard détourné, perdu dans le ciel pâlissant du soir.

— Prends-le, Klaus! répéta-t-elle.

Alors, il saisit l'arme, s'y cramponna et se jeta en avant, les jambes brassant la boue, les coudes frappant la surface. Il remonta peu à peu, comme il s'y était enfoncé...

Cela dura plus d'une heure. Ils haletaient l'un et l'autre, suant, gémissant, s'encourageant réciproquement. Puis Gebhardt s'évanouit, sa tête se pencha, heurta le pistolet mitrailleur.

— Ne meurs pas! cria Natacha sauvagement. Elle frappa Gebhardt, lui déversa de l'eau croupie sur la tête, puis elle continua de le tirer de la boue, la bouche grande ouverte, râlante, jusqu'à ce qu'elle fut parvenue à étendre sur la terre ferme, ce corps aux épaules et à la poitrine déchirés. Alors, adossée à une brassée de roseaux, elle attendit qu'il eût repris connaissance. Il rampa seul jusqu'à Natacha, s'affala contre elle dans l'herbe, posa sa tête sur sa poitrine et pleura.

— Pourquoi as-tu fait cela? balbutia-t-il.

Elle haussa les épaules, les yeux rivés au ciel nocturne. La lune flottait parmi des nuées plombées. Il pleuvrait le lendemain toute la journée.

— Je ne sais pas... dit-elle sourdement en lui caressant

les cheveux, — peut-être parce que tu ressembles tant à Fedja... Peut-être...

Il perdit connaissance à nouveau et elle rampa pour chercher de l'eau claire, lava la plaie et le pansa. Ensuite, elle posa sa tête sur ses genoux, le recouvrit de sa veste et prêta l'oreille aux voix qui voletaient au-dessus du marais. Elle entendit l'appel grondant de Louka : « Natacha! Natacha! » On la cherchait, mais elle resta muette et constata que les appels s'éloignaient. Finalement, seule la voix de Louka vola à travers la nuit, désespérée : — Natacha!...

Elle replaça confortablement la tête de l'homme sur ses genoux, s'adossa elle-même et ferma les yeux. A travers l'étoffe de sa jupe, l'haleine chaude glissait le long de ses cuisses.

— Nous sommes des ennemis mortels, pensait-elle — et il respire comme Fedja!

Soudain, elle se sentit heureuse, comme elle ne l'avait plus été depuis trois ans. Elle s'endormit comme une enfant comblée, avec un sourire et un gémissement, avec la peur au cœur que, le jour venu, tout paraisse différent : « Car le jour est comme un miroir dans lequel le bonheur se racornit », disait Kreptischewskij, le poète des Kalmouks.

Et le jour se leva sur le marais, plus vite qu'elle ne l'eût voulu.

*
* *

Pour Louka, le monde s'était écroulé. Il lui semblait en être le seul survivant et en proie au désespoir, hurlant comme un loup blessé, il courait en tous sens, dans le marais, à la recherche de Natacha Astachowa. Il avait tellement perdu la tête qu'il répétait constamment la même horrible scène : rencontrant un blessé allemand dans le marais, il lui demandait : — As-tu vu Natacha? Une fille?

— Quand l'Allemand secouait la tête, Louka gémissait et, de son poing de fer écrasait la tête du blessé. Il sillonna les marais du Pripjet jusqu'au matin, puis, à moitié fou, il revint au camp et se coucha sur le dos. Nul n'osa lui adresser la parole. On savait qu'il y allait de la vie...

Dès les premières grisailles de l'aube, Louka rampa hors de son refuge souterrain et reprit ses recherches dans le marais. Il osa quitter le domaine sûr des boues mouvantes, pour s'en aller vers les baraquements où les Allemands avaient leurs gardes, leurs réserves de vivres et de matériel. Il tomba sur quelques paysans russes qui travaillaient avec les Allemands comme hiwis et qui, d'autre part, en tant qu'espions, transmettaient aux partisans des marais, tous les renseignements qu'ils avaient pu recueillir.

— As-tu vu Natacha, petit père? demanda Louka au premier des hiwis qu'il rencontra, — est-elle prisonnière? ou tuée? dis... je ne t'écraserai pas!

— Rien de tout ceci, petit frère, personne ne l'a vue; d'ailleurs, ils sont tous furieux contre elle ici... mais ils ne la prendront pas!

— Mais elle a disparu! cria Louka désemparé. Elle courait avec moi dans les roseaux et puis... je ne l'ai plus vue!

Vers midi, il retourna au camp, tout en dépouillant les cadavres des Allemands qu'il rencontrait au bord du chemin. Il prenait les bottes, les sacs de vivres, les montres, les bagues et l'argent qu'il pouvait découvrir sur eux. Ensuite, il faisait rouler les morts jusqu'au marais, où ils ne tardaient pas à disparaître. Et il était malheureux, le gros ours! Parfois, il s'asseyait pour pleurer tout son saoul, puis reprenait sa marche, chargé comme un baudet.

Soudain, à deux cents mètres en bordure du chemin, il vit remuer les roseaux. Louka s'agenouilla aussitôt derrière un buisson, le pistolet mitrailleur prêt à tirer. Quelqu'un marchait, se rapprochait de lui, mais il ne pouvait encore distinguer la silhouette de l'inconnu. Lorsqu'il ne fut plus éloigné que de cent mètres, Louka se leva en hurlant : — Stoij!

Un éclat de rire lui répondit, puis une voix s'éleva parmi les roseaux : — Louka, viens ici, je te cherche!

— Natacha! hurla Louka hors de lui, et il se mit à sauter, en lançant son pistolet mitrailleur pour le rattraper ensuite. Enfin, ouvrant les bras, il courut vers elle :

— Ma colombe! Tu vis! Quand la paix sera revenue, j'offrirai dix gros cierges au pope, sûrement, même si ceux du Parti doivent me regarder de travers! Natacha, ma petite!

Il l'étreignit lorsqu'il l'eut rejointe, l'éleva en l'air et se mit à danser. Natacha riait, cramponnée à la chevelure du géant, puis elle ferma les yeux parce qu'elle était prise de vertige.

— Tu es fou! haletait-elle, — laisse-moi! Tu vas me faire gicler le sang par la bouche et les oreilles, voyons, Louka! Louka!

— Où étais-tu, ma colombe? demanda-t-il, lorsqu'il eut retrouvé la parole, sans hurler, mais en pleurant.

Les yeux de Natacha s'assombrirent. — Viens, dit-elle soudain acerbe, je veux te montrer quelque chose.

Elle le précéda, silhouette élancée, fragile, chaussée de longues bottes plissées en cuir de Russie, portant une étroite culotte militaire et une large blouse couleur de terre, retenue à la taille par une vieille ceinture de cuir. Ses longs cheveux noirs flottaient sur ses épaules, mêlés de brins de mousse et de feuilles sèches. Louka secoua la tête : — Elle a dormi dehors! Dire qu'elle nous laisse la chercher et pleurer! C'est à perdre la raison!

Natacha s'arrêta devant une petite forêt située en plein dans le marais. Louka ne savait pas qu'un chemin y menait. Le visage de Natacha avait pris une expression presque craintive. Elle considérait Louka d'un air indécis.

— Tu ne vas pas me comprendre, commença-t-elle à voix basse, mais ça ne fait rien... Seulement, tu ne parleras pas!

— Je sais me taire, ma colombe!

Elle se remit à avancer, plia les rameaux des buissons à l'orée de la plaque forestière et se mit à ramper sur les mains et les genoux parmi le fourré enchevêtré. Sur un coin de terre plane et dépourvu de végétation, Louka vit quelqu'un, étendu sur le dos, un homme qui râlait en respirant et, de temps à autre, semblait se cabrer dans un frémissement qui agitait tout son corps. Sa poitrine était dénudée, elle montrait une large plaie à peine couverte d'un pansement de fortune. La ouate était saturée de sang et reposait comme une grande tache rouge sur la chair vive. Une veste d'uniforme déchirée, était roulée sous sa tête, en guise d'oreiller. Deux épaulettes d'argent brillèrent aussitôt aux yeux effarés de Louka, lorsque celui-ci, ayant suivi Natacha de près, atteignit en rampant à travers le fourré, le but de leur course.

— Un officier allemand! dit-il et son visage révéla aussitôt qu'il n'y comprenait plus rien.

— Il s'appelle Klaus Gebhardt. N'est-ce pas un joli nom, Louka? — Natacha s'assit auprès de Gebhardt et, presque tendrement, lui essuya le front de sa main. — Il a la fièvre... Il faudrait lui donner un anti-fébrile, en as-tu sur toi?

— J'ai un poing avec lequel je vais lui défoncer le crâne! dit Louka sourdement. Il se dressa sur les genoux et considéra le visage pâle de Gebhardt, mais, lorsqu'il voulut le voir de plus près, il sentit quelque chose heurter sa poitrine. Natacha le repoussait avec la crosse de son pistolet mitrailleur.

— Ne bouge pas, siffla-t-elle.

— Tu es folle, ma petite fille... — balbutia Louka et dans ses yeux parut une incrédulité enfantine. — Un officier allemand! Il faut lui régler son compte! Ça ne va pas autrement! C'est la guerre, voyons... et Fedja qu'on a assommé comme un renard enragé... et l'enfant de Fedja qu'on t'a pris... et mamaschka...

— Ne ressemble-t-il pas à Fedja? dit Natacha tout bas.

Louka en eut le souffle coupé. « Vraiment, elle y tient! pensa-t-il avec un frisson, la voilà assise à côté de lui, comme une amoureuse et je ne m'étonnerais pas de la voir le couvrir de baisers, cet officier allemand! »

— C'est un chien! conclut Louka dans un grondement.

— J'avais bien dit que tu ne me comprendrais pas!

— Ce n'est pas possible! — Louka fouillait ses poches et en retira quelques paquets de pansements, un rouleau de comprimés. Avant de les lancer à Natacha, il les regarda attentivement et fit la grimace : — Mieux vaudrait tout brûler! grogna-t-il, sauver un officier allemand, elle, Natacha Astachowa... On perd la tête en ce monde et on ne s'y retrouve plus : d'abord tuer... puis aimer... Comment concilier tout ça?

— Je ne sais pas. — Natacha haussa les épaules et tendit les mains pour prendre les pansements que Louka gardait entre ses doigts énormes. On n'avait pas trouvé de gants, pour lui, dans les fournitures de l'armée : « Nous n'avons rien que les pointures normales! lui avait-on dit. » Alors, Louka s'était fait lui-même des gants : deux vastes sacs de fourrure qu'il avait cousus adroitement et dont ses camarades se fussent servis en guise de bonnet. Il les avait cousus avec des boyaux de chat, selon la tradition des chasseurs de la toundra, qui fabriquent eux-mêmes leurs vêtements.

— Donne! dit Natacha.

— Que veux-tu en faire? S'il ne meurt pas...

— Il ne doit pas mourir! Tu entends? Il faut qu'il vive!

— Les autres camarades le prendront mal!

— Ils ne le sauront jamais!

— Tu veux le tenir caché ici?

— Pourquoi pas?

— Et quand viendra l'hiver? Dans trois semaines, il neigera.

— Nous lui arrangerons un refuge, ici, dans la forêt et je vivrai avec lui...

— Elle est folle! Vraiment folle! Louka s'arrachait les cheveux, la barbe, il était sincèrement désespéré. — On devrait l'assommer en secret... Alors, tout rentrerait dans l'ordre! dit-il sourdement.

— Je tuerai tous ceux qui le toucheront! — Natacha ôta d'un geste vif le pansement ensanglanté de la poitrine de Gebhardt. Celui-ci, sous l'effet d'une douleur subite, s'éveilla, se débattit, se redressa, vit le visage farouche de Louka et replia les jambes comme s'il voulait le renvoyer d'un coup de pied. Dans son regard surgit à nouveau une peur panique.

Alors, seulement, il aperçut Natacha auprès de lui. Le souvenir lui revint, il se laissa retomber sur le sol et tendit la main pour prendre les siennes qui passaient doucement sur sa poitrine.

— Qui... Qui est-ce? demanda-t-il haletant. La douleur effeuillait sa voix.

— C'est Louka, un ami, dit Natacha.

— Elle ment! Je voudrais te tuer, *Germanskij*!

— Ne l'écoute pas! — Natacha posa un tampon d'ouate sur la plaie qui saignait à nouveau, puis elle voulut soulever Gebhardt, afin d'enrouler la bande de pansement autour de son corps. Mais le torse de l'homme glissait malgré ses efforts et retombait sur la veste d'uniforme roulée en oreiller. Désolée, Natacha s'arc-bouta contre le dos du jeune officier.

— Tiens-le, Louka!

— Ce serait trahir petite mère Russie! dit Louka d'une voix morne.

— C'est un être humain comme toi et moi, Louka.

— Non! C'est un Allemand!

Pour la première fois, Louka n'obéissait pas à Natacha. Il regardait, immobile, le sous-lieutenant ennemi. — Il ressemble à Fedja, prétend-elle? Non! Jamais! Jamais! Il n'existe aucun homme comparable à mon lieutenant Fedja Astachow... Elle est folle, sa femme Natacha Astachowa!

— Tiens-le! cria Natacha une fois encore. Ses yeux brûlaient. Louka secoua la tête dans un signe de refus.
— Non!

Natacha laissa retomber le corps de Gebhardt, saisit son pistolet mitrailleur, ôta le cran de sûreté et dirigea le canon sur la poitrine de Louka :

— Relève-le et tiens-le solidement! dit-elle d'une voix glaciale. Si tu ne veux pas, je te descends et je l'étaierai avec ton cadavre!

— Ma colombe... Que dis-tu?... balbutia Louka. Et sa grande bouche égrena péniblement des lambeaux de phrases : — Tu ne vas pas tirer sur ton Louka... à cause d'un Allemand... Natacha! sois raisonnable, songe à ton Fedja... comme il t'a aimée, et tu le trahis! Avec un Allemand! Avec son assassin! Nataschka... par tous les saints de Kasan...

— Tiens-le, te dis-je!

— Que veux-tu faire de moi? — Louka passa derrière le blessé et le souleva, les bras tendus. Natacha enroula le pansement autour de la poitrine et fit absorber à Klaus trois comprimés fondus dans un peu d'eau. Puis, Louka étendit à nouveau l'officier sur le sol et recula dans le fourré.

— Que dirais-je aux camarades? bégaya-t-il. — Si sa personne avait encore l'aspect d'un donjon, intérieurement il était brisé, comme s'il venait de chasser sa propre mère nue, dehors dans la neige, en lui criant : « Gèle, idiote! Que les loups te dévorent! »

— Tu ne leur diras rien. — Natacha s'était assise près de Gebhardt et écartait ses cheveux blonds de son visage fiévreux. — Si, dis-leur qu'il n'y a plus de guerre.

— Plus de guerre?

— Elle est finie pour Natacha Astachowa!

— Ils te tueront! Comme ennemie de la patrie, tu...

Natacha fit un signe qui lui coupa la parole. Le blessé avait fermé les yeux. — Chut! il va dormir, dit Natacha dans un murmure. — Retourne au camp et dis-leur que tu ne m'as pas trouvée. Mais tous les deux jours, tu m'apporteras à manger, des pansements, de la vodka, du thé...

— Il faut te laisser seule, ma colombe? — Louka en avait le cœur retourné, il gémit et recommença à se tirer les cheveux. — Je ne pourrai plus dormir!

— Fais ce que je te dis, Louka!

— Et tu ne veux plus revenir parmi nous?

— Dès qu'il pourra marcher : alors, je l'amènerai avec moi.

— J'ai peur! dit Louka honnêtement. Jamais encore un loup ne s'est métamorphosé en mouton.

— Mieux vaut croire aux miracles! — Elle se pencha vers Gebhardt et posa un doigt sur ses lèvres... — Il dort, tais-toi, Louka. Va-t-en à présent... et reviens demain!

— Natacha... mendia Louka comme un enfant. Laisse-moi le tuer... ça ne traînera pas... il ne sentira rien... et puis retourne parmi nous...

— Va!

Et Louka s'éloigna en rampant à travers le fourré, pataugea dans le marais, et, comme un chien battu, se glissa, le soir venu, dans le camp des partisans.

Le capitaine Kotelnikow et le lieutenant Krepychew s'y trouvaient. Leurs groupes étaient presque anéantis. Ils avaient pu fuir, blessés, avec la peur dans la nuque. Les Allemands avaient réduit leur bataillon de plus de la moitié. Assis dans leurs refuges souterrains, ils fumaient du machorka enroulé dans des lambeaux de journal et buvaient du thé froid à la lueur vacillante d'une chandelle.

— Rien, camarades! dit Louka lentement, en s'accroupissant dans le coin le plus obscur, comme un chien qui sent venir la mort. — Pas un bouton, rien, nous ne la reverrons plus! Oh! camarades, il y a de quoi vomir...

Il s'étendit, tourna son visage contre le mur et se mit à ruminer ses pensées dans l'obscurité.

« Elle couche dans le marais avec un officier allemand, pensait-il, et elle a trahi Fedja Iwanowitsch... simplement. »

C'était bien ce qui le touchait au plus profond de lui-même. Il gémit bruyamment et, préoccupé, rongea les poils de sa barbe. En même temps, il avait peur que Kotelnikow ne découvre un jour les deux exilés du marais.

Mieux valait n'y pas penser...

***

— Je t'aime, dit Natacha tout bas.

Étendue contre lui, la tête sur son épaule, les bras entourant doucement sa poitrine bandée, elle l'étreignait étroitement et l'odeur âcre de la sueur fiévreuse et du sang séché, l'enivrait comme le parfum des mimosas dans les jardins d'Astrakan.

— Pourquoi? demanda Gebhardt avec difficulté. Ses lèvres brûlaient, crevassées. Il avait soif et, pourtant il se sentait glacé. De ses yeux anormalement brillants, il regardait le ciel nocturne. Des nuages passaient devant la lune, se rassemblaient, puis s'effilochaient. Le vent soufflait de l'est, bientôt il ferait froid, un nouvel hiver viendrait de Sibérie. Lorsqu'il levait le bras, la douleur s'éveillait, irradiant à travers tout son corps. Il mordait ses lèvres gercées et posait son bras sur les épaules de Natacha. Ses doigts s'agrippaient à sa chevelure comme à une corde qui le préservait de la chute dans l'abîme.

— Pourquoi m'aimes-tu? répéta-t-il. Chacun de ses mots était un soupir, une pulsation douloureuse.

— Je ne sais pas, Ilja.

— Je m'appelle Klaus.

— Pour moi, tu es Ilja. Klaus... c'est difficile à prononcer, c'est trop allemand! Mais Ilja! Il doit avoir les cheveux blonds, les yeux bleus... ça, c'est Ilja, lorsque je ferme les yeux et que je pense : comment doit-il être pour s'appeler Ilja ?

Elle l'étreignit plus étroitement encore, couvrit de baisers son visage qui portait une barbe de plusieurs jours, humecta de sa salive ses lèvres fendues et passa sa langue sur ses yeux fiévreux.

— Ce n'est pas imaginable que tu aies tué une centaine d'hommes ! soupira-t-il.

— Ils étaient un millier, peut-être, Ilja, je l'ignore.

— Et moi, tu me laisses vivre ?...

— C'est un mystère... — Elle leva la tête, s'appuya des deux mains sur le sol et le regarda droit dans les yeux : — Peut-être te tuerais-je aussi, qui sait ? Mais à présent, je t'aime.

— Et demain, tu en tueras d'autres.

— Oui.

— Pourquoi, Natacha ?

— C'est la guerre !

— Mais tu es une femme !

— Nous, les femmes, laisserons-nous tuer nos pères, nos maris, nos frères, comme si nous n'étions nées que pour pleurer ? Vous êtes venus en Russie comme un vent glacial, au cours de la nuit... Au réveil, le soleil saignait et les morts gisaient dans la campagne ! Pourquoi, Ilja ?

— Je ne sais pas, on nous l'a commandé !

— Ce n'est pas un être humain qui a donné l'ordre de ce meurtre aux mille visages...

— Seuls, des humains en sont capables ! — Gebhardt fit une profonde aspiration. L'action des comprimés diminuait. Son corps brûlait. « Je vais crier, pensa-t-il tremblant, je ne puis faire autrement... C'est trop... c'est trop. » J'ai mal... balbutia-t-il, Natacha... Nata... — Il se mordit le poing pour étouffer son premier cri.

Natacha fit fondre à nouveau trois comprimés dans de l'eau et introduisit goutte à goutte le médicament entre les lèvres de Gebhardt, dont la langue était enflée et d'un rouge bleuâtre. Il but l'amer breuvage, mais il savait qu'il n'en retirerait aucune amélioration immédiate... pas tout de suite... peut-être au bout d'une demi-heure... ou pas du tout.

— Oh! râlait-il en mordant à nouveau son poing, le corps cabré contre la souffrance, tandis qu'il contenait ses cris. Natacha, à genoux, serrait sa tête dans ses mains et lui baisait les yeux.

— Faut-il que tu cries, Ilja?

Gebhardt fit signe que oui, avec un regard suppliant.

— Il ne faut pas crier, Ilja, dit Natacha doucement. — Les autres pourraient t'entendre... et ne sois pas fâché contre moi... tu entends... je t'aime.

Puis, elle saisit la crosse du pistolet de Louka et l'en frappa à la tempe. Gebhardt retomba de tout son long, le poing sur la bouche.

— *Moj ljoubinez* (mon amour), dit Natacha tendrement, — *pokojnojnotschi*, bonne nuit!

Elle le recouvrit de branchages feuillus, replaça sa tête sur sa veste d'uniforme roulée, lui donna un dernier baiser et, ayant franchi le fourré en rampant, elle atteignit le marais.

Louka sursauta dans son coin, lorsque dehors, devant l'entrée de son refuge, il entendit des exclamations résonner dans la nuit. Krepychew, qui commandait la garde, s'engouffra dans le refuge, buta, s'étala de tout son long en criant :

— Natacha est là! Camarades, camarades, elle est là!

Louka sauta par-dessus son corps et bondit dehors où les autres serraient Natacha dans leurs bras et l'embrassaient fraternellement.

Louka, un peu à l'écart, considéra cette scène en secouant la tête.

« Elle est venue, pensait-il. Seule! Où est l'officier allemand? Serait-il mort? L'a-t-elle tué? » Il regarda vers Natacha : elle lui parut comme toujours une femme extraordinaire, à laquelle Staline avait adressé une lettre de félicitations. Une héroïne nationale.

— Je suis un idiot, vraiment! dit Louka à haute voix, comment ai-je pu oublier qu'elle est des nôtres?

*
* *

Tout était comme auparavant, bien qu'il y eut certains changements. Le capitaine Kotelnikow, ayant repris le commandement, réunissait ce qui restait des partisans décimés et reformait les compagnies. Krepychew se chargea des patrouilles de reconnaissance qui, comme les années précédentes, surgissaient de l'obscurité pour attaquer des convois ennemis, faire sauter des colonnes automobiles, tendre des pièges aux commandos allemands qu'ils anéantissaient sans pitié. Même les voitures portant la croix rouge ne trouvaient pas grâce à ses yeux.
— Ce n'est qu'une tache de couleur! déclarait Kotelnikow sauvagement, demain, ceux qui sont transportés à l'abri de cet emblème reviendront tuer nos frères. Allons, faites-moi sauter ça, camarades!

Ce n'était plus la guerre, ni des combats sous le signe de l'honneur militaire, mais un égorgement d'homme à homme, un assassinat perpétré sous le signe d'une frénésie aveugle.

Natacha et Louka restaient en dehors de ces opérations. Depuis deux ans déjà, Kotelnikow avait renoncé à donner des ordres à Natacha. Elle allait et venait à sa guise, Louka la suivant comme une ombre gigantesque. Une fois, Krepychew arrêta celui-ci alors qu'il s'éloignait du camp, chargé de toiles de tentes, d'une pioche, et de couvertures.

— Ça ne me regarde pas, camarade, commença Krepychew prudemment en lorgnant vers le chargement de Louka, mais où traînes-tu tout ça?

— Chez Piotr Koroljow, le fripier de Tatarssk! Il me donnera en échange de la vodka et un saucisson sec admirable, qui ne comporte pas de viande de cheval!

A cette époque, Natacha et Louka creusèrent dans la petite plaque de forêt sauvage, un abri souterrain, destiné au lieutenant allemand Klaus Gebhardt. Tandis que Louka remuait le sol et allait jeter la terre inutile dans le marais, Natacha soignait le blessé, lui instillait de la nourriture dans la bouche, préparait pour lui des potages réconfortants à la viande, qu'elle faisait cuire dans un chaudron cabossé, sur un foyer fait de trois pierres, abritant un feu minuscule. Elle avait fort à faire pour éviter que Louka ne confonde pas trop facilement ce chaudron avec la bouilloire contenant le thé. Déjà, à deux reprises, il avait ainsi ingurgité le potage, non sans s'excuser ensuite :

— Que veux-tu! Je suis idiot, ma colombe, la soupe ou le thé... ça a bien la même couleur!

Au bout de quinze jours, le refuge fut prêt. Il pouvait contenir trois personnes et comprenait même un petit espace destiné aux vivres que Louka y accumulait, car il en rapportait chaque jour du camp des partisans. Le refuge du lieutenant ennemi était situé au cœur de la forêt, le marais insondable régnait alentour, aucun chemin, aucun gué n'y menait, seule Natacha connaissait l'existence d'une étroite passerelle qui vacillait au-dessous des eaux croupissantes, comme un pont de lianes et que l'on franchissait ayant de la boue jusqu'aux genoux.

— Personne ne nous trouvera, ici, dit-elle heureuse, en transportant son blessé dans le refuge. La plaie de Gebhardt s'était refermée, la fièvre avait décru, mais il restait en proie à une faiblesse extrême. Il ne pouvait pas se mettre sur son séant et restait étendu sur le dos à regarder Louka, suant et jurant effroyablement, procéder à l'installation du refuge.

— Il vaudrait mieux que tu étaies et recouvres de bois les parois de ce refuge! dit-il enfin, — alors que Louka pensait avoir terminé son pensum — autrement, le gel survenant, tout peut s'effondrer!

Tiens ta gueule! rugit Louka, j'ai creusé des trous dans la terre, alors que tu faisais encore dans ta culotte!

— Peut-être, mais combien de refuges as-tu vu s'écrouler?

— Six, que diable! — Louka se gratta le crâne. — Ça ne suffit pas de le voir survivre, il faut encore qu'il nous complique la vie! Natacha, on devrait vraiment en finir avec lui!

— Fais ce qu'il te dit! Étaie le plafond et recouvre-le de bois.

Et Louka abattit des arbres et fit un plafond de solives massif, chaud. Finalement, il fut lui-même fier de son ouvrage... Il ne subsistait en somme qu'un peu de lie amère au fond du calice, mais Louka ne se résignait pas à l'avaler :

— Pourquoi n'es-tu pas Russe? dit-il à Gebhardt en lui roulant une cigarette de machorka, tu serais un ami pour moi...

— Et toi, pourquoi n'es-tu pas Allemand?

— Le ciel m'en préserve! — Et Louka, les doigts écartés comme s'il repoussait le Démon, s'écria : — Quoi de plus beau que la Taïga? As-tu jamais vu la mer Noire? Et la steppe? Au matin, lorsque les chameaux se réveillent et que tout le pays est une plaque d'or? Quel Russe voudrait échanger cela contre quoi que ce soit au monde?

Puis, il allumait la cigarette et la plantait entre les lèvres de Gebhardt.

Le soir venu, Louka retournait au camp. Natacha restait le plus souvent dans le marais, préférant dormir dans les bras de son Ilja. A Kotelnikow qui le questionnait à son sujet, Louka avait répondu :

— Elle fait l'éducation d'un jeune castor : laisse-lui ce plaisir!

Réponse extravagante, mais Kotelnikow dut s'en contenter. Il était préoccupé. Les fronts allemands reculaient. L'hiver venant, lorsque les marais seraient évacués parce qu'étant gelés ils n'offraient plus de sécurité, le bataillon des partisans aurait à s'installer dans de nouveaux quartiers. Pour cela, il s'agissait de s'infiltrer à travers les « verrous » allemands. Ce serait difficile si le front se rapprochait à ce point que beaucoup de régiments allemands auraient à s'enterrer en bordure des marais. Il ne resterait plus le moindre trou... Certes, Kotelnikow avait de quoi se tourmenter.

Et soudain, il neigea. L'hiver vint sans qu'on s'y attendît. La veille, la lune luisait encore dans la soirée, mais, vers le matin, une muraille grise avait intercepté les étoiles et, lorsque le soleil voulut la percer, le ciel s'y refusa et déversa les premières neiges sur les humains qui n'en crurent pas leurs yeux.

Krepychew jura farouchement. Puis, les troupes de partisans se rassemblèrent aux points indiqués et se mirent en chemin pour atteindre les refuges clandestins d'hiver, situés dans les villages éparpillés au loin, dans la région. Vêtus en paysans, ils surgissaient au milieu des lignes allemandes, ou comme hiwis dispersés à la suite des combats, ou comme anciens blessés déplacés. Ils fabriquaient des traîneaux pour les troupes ennemies... et les faisaient ensuite sauter dans la nuit... Ils construisaient des baraquements, des refuges, qui s'enflammaient subitement. Ils convoyaient des transports qui jamais n'atteignaient leur destination. C'était une rude époque.

Les derniers à quitter les marais du Pripjet furent Kotelnikow et Krepychew. Ils se trouvaient devant une énigme qui les retenait, comme de la glu, au camp principal.

Natacha et Louka avaient disparu. Lorsque l'évacuation commença, ils avaient fait leurs paquets comme les autres, pour les charger sur de longs traîneaux plats, puis ils s'en étaient allés. Mais jamais ils ne rejoignirent Kapzewitschi, où le poste émetteur des partisans avait été déplacé. Au bout de quatre jours, les camarades surpris firent savoir à Kotelnikow par sans-fil : — Pas trace de Natacha, ni de Louka!

— Qu'en penser? gronda Kotelnikow. Où sont-ils? On ne les a pas fait prisonniers, nous le saurions! Nos frères sont partout!

Wascha Krepychew se taisait, puis, ayant bu à longs traits au goulot de sa gourde de campagne :

— Elle doit avoir son nid quelque part, cette femelle, dit-il enfin. Elle sera ici tout à coup...

Jusqu'au moment où la surface du marais se solidifia, Kotelnikow et Krepychew attendirent dans le camp désert, puis, à leur tour, ils s'en furent.

— C'était un démon! remarqua Krepychew, comme si ce fait excusait tout. — Te souviens-tu, camarade capitaine, de cet Allemand qu'elle avait couché sur une fourmilière? Peut-être est-il préférable qu'elle ait disparu : elle m'a toujours inquiété.

Et les marais furent déserts. Un groupe d'éclaireurs allemands trouva, entourés de boîtes de conserves vides, des refuges abandonnés. Ils passèrent les marais au peigne fin, pour se heurter toujours à un vide lilial où tintaient les glaçons.

A l'est d'Orscha, commençait la grande offensive de l'Armée Rouge. Les troupes allemandes du front central reculèrent. La ligne de feu se rapprocha des marais.

Assis dans leur refuge souterrain, Natacha et Louka écoutaient les sons qui leur parvenaient de l'extérieur. Klaus Gebhardt fumait, adossé à la muraille.

— Il n'y a plus de paradis, disait-il, pas même sous terre, Natacha! La guerre nous rejoint ici!

— Ce sont nos frères! lança Louka qui tournait le kash dans une marmite. Il était affamé et prêt à dévorer avant l'heure, sa portion du soir. — Bientôt nous serons à nouveau dans une Russie libre, petite sœur... et nous sortirons pour embrasser le drapeau rouge!

— J'ai peur... dit Natacha à voix basse. Elle s'était approchée de Gebhardt et l'entourait de ses bras.

— Peur, ma colombe? demanda Louka, surpris.

— Peur des camarades : que feront-ils d'Ilja?

*
* *

Ils étaient étendus côte à côte, contre la paroi de terre humide, leurs couvertures étendues sur eux. Louka était sorti pour visiter les collets qu'il avait posés. Les lièvres des neiges venaient d'apparaître, alors que nul n'espérait les voir surgir et Louka avait l'eau à la bouche, lorsqu'il pensait à un rôti de lièvre.

— Tu resteras en Russie, disait Natacha en passant le bout de ses doigts sur la cicatrice enflée, barrant la poitrine de Gebhardt. Elle suppurait encore par places. — Lorsque la guerre aura passé par-dessus nous, je t'emmènerai à Krassnoje Mowona. Personne ne te fera rien, je te le promets! Et puis, nous nous marierons et nous reconstruirons la datscha... Louka restera avec nous et ce sera une bonne vie... Devant la maison, c'est la steppe et, derrière, la forêt commence. Si loin que tu regardes, tu ne vois que le ciel et la plaine et, si tu ouvres les bras, alors seulement tu comprends ce que c'est que la liberté... N'est-ce pas beau?

— Très beau, Natacha. — Gebhardt croisa ses mains dans sa nuque — mais je suis Allemand, on me détestera et toi aussi! On te fouettera, on te tondra les cheveux et tu seras poursuivie nue à travers le village, chacun aura le droit de te lapider, jusqu'à ce que tu tombes morte...

— Ils ne le feront pas, à Krassnoje Mowona!

— Il faut d'abord y arriver. — Il se mit sur le côté et la prit dans ses bras. Son corps tiède tremblait. — Je ne savais pas qu'un tel amour pût exister..., murmura-t-il. — Parler haut, en cet instant, lui eut semblé une profanation.

— Tu n'as jamais compris l'amour.

— J'ai été fiancé.

— Elle était Allemande, terne et fade! Seule une Russe sait aimer!

Il posa sa tête sur sa longue chevelure noire et se laissa caresser comme un chien affectueux. — Je voudrais ne jamais renoncer à toi, dit-il.

— Tu n'en auras pas l'occasion! — Elle rit et lui mordilla le lobe de l'oreille. — Je ne t'abandonnerai jamais... et, si tu me chasses, je reviendrai pour te tuer. Notre amour est comme le gel qui brise les troncs des grands arbres et les déchire.

Au loin, ils entendaient gronder, tousser. Et soudain, ce fut là... Un poing géant s'abattit sur le sol. Le refuge fut secoué, vibra, des parcelles de terre s'émiettèrent sous les coups répétés dont le sol résonnait comme pris de convulsions.

Louka dévala l'escalier d'accès en quelques bonds. Ses vêtements gelés craquèrent lorsqu'il s'adossa au mur.

— Le front arrive sur nous! cria-t-il. Il y a un bataillon tout près du marais... Je les ai vus... Ce sont les Allemands qui fichent le camp! — Le poing de Louka fonça vers Gebhardt. — Vous avez évacué toute la région... Vous avez perdu la guerre, nous sommes libres! Libres!

Il rugit ces paroles, l'idiot, puis il tira un sac d'un coin, arracha les couvertures de Natacha et d'Ilja et leur jeta leurs vêtements.

— Habillez-vous! Nous irons à la rencontre des camarades, venez, habillez-vous!

Il remonta l'escalier en courant. La fusillade s'intensifiait. Natacha et Gebhardt se rhabillèrent. A peine étaient-ils prêts à se mettre en route que Louka bondit à nouveau à l'intérieur du refuge; il était pâle, désemparé.

— Ils me tirent dessus, les camarades! hurla-t-il. Pourtant, j'ai agité un mouchoir! C'est à ne rien comprendre! Mais si tu montes, Natacha, ils se calmeront!

Louka considéra Gebhardt. Celui-ci avait à nouveau revêtu son uniforme d'officier allemand, il chargeait justement un revolver que Natacha lui avait remis. — Tu restes en bas! lui dit Louka.

— Ilja vient avec nous! s'écria Natacha, je marcherai devant lui à la rencontre des camarades!

Ils montèrent en courant l'escalier débouchant à l'air libre. Le soir se glissait sur les cimes des arbres, des fusées éclairantes suspendues à des parachutes illuminaient les marais, leur clarté éblouissante oscillait sur la campagne. Des lance-grenades arrosaient les derniers points d'appui allemands... Natacha le vit, lorsqu'elle sortit du fourré. Des silhouettes brunes, coiffées de casques d'acier ronds couraient sur la surface gelée du marais, se jetaient à plat ventre sur la glace et tiraient sur quelques ombres grises qui fuyaient en zigzag pour éviter la mort.

Contre Natacha des branches craquèrent, Louka et Gebhardt se tenaient derrière elle.

— Venez! dit Natacha. As-tu un morceau de linge blanc, Louka?

— Ils s'en moquent bien! — Mais il lui tendit tout de même un lambeau de toile blanche. Natacha le mit à son pistolet mitrailleur qu'elle éleva ensuite, aussi haut que possible, au-dessus de sa tête. Précédant ses deux compagnons, elle se dirigea tout droit vers les groupes qui couraient sur la glace du marais.

D'abord, les premières silhouettes sombres eurent un instant d'arrêt, puis, s'agenouillant, ils mirent en joue pour tirer sur Natacha et son drapeau blanc.

— Chiens! brailla Louka, lorsque les premiers coups de feu jaillirent en tourbillons sur la neige près de Natacha. Celle-ci se jeta aussitôt de côté, dans un fourré de roseaux, et continua d'avancer en rampant à rebours, vers la forêt.

— Ilja! criait-elle en même temps, viens Ilja! Reste avec moi... Ilja...

Louka courut dans la direction d'où lui venait sa voix. Désemparé, Gebhardt regardait autour de lui. De l'autre côté aussi, des silhouettes sombres couraient sur lui. Il entendit quelque part l'effrayant *Hourrrra!* avec lequel les troupes soviétiques assaillaient les positions allemandes. De nouvelles fusées éclairantes montèrent en sifflant, le révélant comme un petit point sombre, au centre du paysage de neige. Alors, Gebhardt fit volte-face pour courir vers le refuge quitté un instant plus tôt. Il se rua à travers le fourré, la nuit, la forêt et l'infini immaculé, que nul pas humain n'avait marqué. Derrière lui, il entendait haleter. Louka et Natacha s'étaient lancés à sa poursuite, se jetant à plat ventre lorsque les fusées éclairantes les touchaient de leur clarté, puis ils reprenaient leur poursuite lorsque celle-ci s'estompait derrière des rideaux d'arbres.

Soudain, le sol autour d'eux cessa d'être solide. Il s'ouvrit avec un rugissement infernal, les recouvrant de neige, de parcelles de tourbe gelée, d'éclats innombrables.

— Ilja! entendit-il encore crier Natacha. Gebhardt s'arrêta... et vit comment, sur sa gauche, elle errait, le cherchant, suivie de l'ombre gigantesque de Louka.

— Ici, Natacha, ici! répondit-il. Mais un nouvel éclatement déchira sa voix. Il se jeta au sol, rampa jusqu'à un entonnoir et attendit que la salve suivante fut passée. Alors, ayant bondi hors de son refuge, il courut dans la direction où il avait aperçut Natacha.

— Natacha! rugissait-il, — Natacha!

Des mitrailleuses crépitèrent dans son dos... Il entendit à nouveau l'*Hourrrrrah!* terrifiant, mêlé à des grondements de moteurs et à des cliquetis de chenilles d'acier. « Des blindés, pensa Gebhardt, ils écrasent les positions allemandes avec leurs blindés... Mon Dieu, où est Natacha?... Où s'en est-elle allée? »

— Natacha! cria-t-il à nouveau, Natacha!

Sa voix fut couverte par les tirs des pièces de blindés. Alors, il reprit sa course en direction de la forêt surgie devant lui et s'élança vers la neige profonde qui l'accueillit dans sa blancheur protectrice.

Pendant plus d'une heure, il rampa et courut dans la forêt, jusqu'au moment où il s'effondra sous un buisson englué de glace, la bouche ouverte, luttant pour retrouver son souffle, et attendit d'être rejoint. Il serrait dans sa main la crosse d'acier de son revolver et écoutait les bruits qui, autour de lui, emplissaient la nuit.

Mais c'était une attente dans le vide. Le bruit s'étira comme un énorme point d'orgue qui résonne, puis décroît; ainsi la guerre s'éloigna de lui, le laissant seul dans la solitude enneigée.

Gebhardt se dressa sur les genoux pour se traîner jusqu'à un arbre auquel il s'adossa, puis il leva les yeux vers le ciel pur et splendide dans son scintillement glacial.

« Je suis le dernier, pensa Gebhardt, le seul, resté derrière les lignes russes... »

A quatre pattes, il poursuivit son avance vers l'intérieur de la forêt. Dans sa poitrine, la douleur se réveillait, comme si sa course pour échapper à la mort avait rouvert une plaie interne. « Peut-être suis-je en train de perdre mon sang intérieurement, pensa-t-il, c'est une belle mort par laquelle on glisse doucement vers l'inconscience, vers l'éternité. »

Sous un enchevêtrement d'arbres tombés, formant un inextricable taillis, il se cacha et écouta dans le silence.

Le front se taisait. Parfois, il croyait entendre des voix, des exclamations, un appel... Oui : — Stoij! cria quelqu'un : des branchages craquèrent, la neige crissa sous des pas tout près de sa cachette. On le cherchait donc encore.

Une voix claire lança! — *Dai mnje twoje roukou!* — Donne-moi la main! — Des ombres grimpèrent dans l'enchevêtrement des arbres abattus, quelqu'un glissa... des jurons : — *Job twojemadj!*

Gebhardt, couché sous les branchages recouverts de glace, comme une souris pourchassée, respirait, la bouche dans ses paumes, afin d'éviter que le petit nuage blanc de sa respiration ne décèle sa présence. Les petites torches électriques de ses poursuivants balayaient la forêt. Un pinceau lumineux passa sur son terrier... Gebhardt enfonça alors la tête dans la neige, comme une bête qui s'en est allée se tapir dans le fond d'une caverne pour y crever.

Lorsque l'aurore monta, jaune, dans le ciel matinal,

il neigea à nouveau. Les Russes délaissèrent la forêt pour rejoindre les positions qu'ils avaient conquises. Il entendait leurs rires et les apostrophes qu'ils se lançaient.

« Qu'ils sont sûrs d'eux! pensait Gebhardt. Le front a-t-il déjà tellement reculé? Suis-je si loin derrière les lignes? »

Il savait qu'il n'y avait plus de chances de retour, il en avait eu la certitude en écoutant les rires des Russes, leurs bruyantes recherches dont il était l'objet, lui, le dernier...

Lorsqu'il fit grand jour au-dessus de la forêt, Gebhardt se trouvait étendu sur le dos. Il s'appuyait contre un tronc d'arbre, le carnet de rapports suspendu à son ceinturon et, avec un crayon cassé, il écrivait sur un papier trempé les dernières paroles qui lui restaient à dire, d'une main aux doigts bleuis par le gel, s'efforçant de tracer des caractères nets, lisibles :

« Ma mère bien-aimée,

Je sais que tu ne liras jamais ces lignes et c'est de ma part folie que d'écrire au lieu de m'expliquer avec le Seigneur, afin qu'il consente à m'accueillir. Mais je ne veux pas te quitter sans te remercier pour tout ce que tu m'as donné dans ma courte vie : tant d'amour, de bonté, de compréhension et de pardon. Par toi, j'ai vraiment aimé la vie... Il faut que tu le saches avant que je ne m'en aille à jamais.

Je penserai à toi jusqu'à la fin.

Je t'appelle!

Mère, prie pour moi.

Et puis, n'oublie pas, Mère : une mort héroïque est un crime! Dis-le à tous... Inlassablement... Même si on ne veut pas t'écouter... Car, eux, ils vivent encore!

Ton KLAUS. »

Puis, il écrivit une seconde lettre.

« Nataschka,

La guerre est tout de même venue nous surprendre. Elle est plus forte que tout, car elle porte en elle les illusions humaines. Ne pleure pas, Nataschka... Même sans nous, le Dniepr poursuivra sa course murmurante, sous le pont d'Orscha, et les tournesols luiront, tandis que les troupeaux traverseront les pâturages de ton Krassnoje Mowona.

Cholodno da ja bajous, il fait froid et j'ai peur. La guerre est un monstre, jamais rassasié, impérissable, tant que les humains le nourriront — nul ne sait pourquoi.

Adieu Nataschka, ange noir.

Ilja. »

Il glissa ces lettres dans l'enveloppe de son carnet qu'il raccrocha à son ceinturon. Soudain, il avait le cœur léger... comme si, déjà, son âme se trouvait libérée de son corps.

Il s'assit à l'abri de quelques troncs d'arbres pour manger deux biscuits, qu'il imprégna d'abord de salive avant de pouvoir mordre dedans et les avaler. Il accompagna ce repas de neige fondue dans le creux de la main. Dans sa poitrine, la brûlure s'accentuait, mais il attendit en vain la faiblesse consécutive à l'hémorragie. La mort prenait son temps.

Du front, des grondements lui parvenaient à nouveau. La terre tremblait. Artillerie. Lance-mines. Tirs de mitrailleuses.

Derrière la forêt où se trouvait Gebhardt, les pièces d'artillerie russes donnaient de la voix. Les obus ronflaient au-dessus de lui, poings gigantesques qui s'abattaient des cieux, transformant les humains en lambeaux de chair sanglants.

Des mines !

Elles se balançaient à travers les airs, coffres volants, contenant un assortiment d'horreurs : bras, jambes arrachés, têtes tourbillonnantes comme feuilles mortes, corps en pièces qui réunissait encore l'étoffe gelée de l'uniforme.

Gebhardt, assis à l'abri de ses troncs amoncelés, écoutait la clameur horrible du front.

Il aspirait à la mort, il songeait à Natacha et au souffle chaud dans lequel elle avait blotti son cœur.

**

Telle une renarde égarée, Natacha Astachowa errait dans la neige, Louka n'était plus là ; Gebhardt, son amant, avait sombré dans le rugissement infernal des combats et elle-même s'était enfuie, criant, gesticulant devant le feu nourri que ses propres camarades dirigeaient sur elle. Elle avait atteint la forêt, rampé à travers le fourré et s'était cachée, comme Gebhardt, sous des troncs d'arbres abattus. Elle ne comprenait pas que des soldats de l'Armée Rouge eussent le courage de tirer les leurs comme des chiens enragés.

Natacha resta cachée jusqu'au soir suivant. Elle entendit le front se retirer, tandis que les compagnies allemandes étaient culbutées ou battaient en retraite. Puis des chars passèrent, cliquetant sur la lisière de la forêt, suivis de colonnes de camions chargés de munitions et de troupes fraîches. Comme un chat, Natacha grimpa dans un arbre et vit se déployer l'énorme serpent sombre fait de machines et d'êtres humains qui, nonchalamment, se propulsait vers l'ouest, à travers les marais... C'était la victoire tant désirée et, à présent, elle se révélait amère, pleine de haine et de deuil. Une victoire sans Fedja et sans Ilja... Il semblait à Natacha que jamais elle n'avait souhaité vivre cet instant et que, toujours, elle l'avait redouté.

Lorsque le crépuscule descendit sur la forêt, elle s'en fut plus loin. Krassnoje Mowona... Là-bas, elle avait des amis qui ne tireraient pas sur elle, surtout si elle agitait un drapeau blanc! Mais, jusque-là, elle rencontrerait des milliers de soldats rouges, auxquels la victoire était montée au cerveau et qui se croyaient les maîtres du monde.

Sur quelques centaines de mètres, elle rampa dans la neige pour éviter un bivouac des artilleurs de la 2e division ukrainienne. Elle hésita une seconde : « Si j'allais leur dire : Je suis Natacha Astachowa, veuve du lieutenant Fedja Iwanowitsch... » Mais elle vit que les soldats avaient bu de la vodka, car ils chantaient et titubaient dans leur clairière, au cœur de la forêt. Natacha s'éloigna en rampant toujours.

Avant l'aube, elle chercha un refuge pour dormir, se pelotonna dans un entonnoir d'obus et ferma les yeux.

A moins de trois cents mètres de là, Klaus Gebhardt était étendu à l'abri de ses arbres, encastré dans leurs racines, il s'éteignait doucement comme une lampe privée de combustible. Il était mort déjà jusqu'au bas ventre. Seule, une petite pipe réchauffait ses mains et son visage, une pipe taillée dans le marais par Louka et avec laquelle il avait fumé tout ce qui donnait de la fumée : de la machorka — les jours de fête — des feuilles sèches, des pousses de roseaux hachées fin. Il avait encore quelques grains de tabac, mêlés d'herbes. La fumée en était âcre et lui brûlait le palais et le gosier, mais c'était un peu de merveilleuse chaleur au sein de la glace, de la neige. Un dernier petit foyer dont la lueur se reflétait dans ses yeux... C'était de la vie, tandis que la mort montait lentement vers son cœur.

Klaus Gebhardt serrait dans sa main le fourneau tiède de sa pipe et en aspirait la fumée. Il en était arrivé à ne plus redouter la mort. Il l'attendait, l'appelait. Il divaguait par moments et ne sentait plus ses jambes gelées. D'abord, il avait éprouvé comme un fourmillement, puis des douleurs brèves, enfin une sorte d'engourdissement qui l'envahis-

sait inexorablement et déjà ensommeillait son cerveau.
« Monika... pensa-t-il soudain. Ah oui, Monika! Une gentille fille, à Berlin. En ce temps-là, il était porte-étendard à l'école militaire de cavalerie à Eberswald. C'était un amour tendre, brûlant, dispendieux, plein de rêves et de bêtise. »

Monika... Une avenue... Le Kurfurstendamm à Berlin... Le soir, dans les vitrines éblouissantes du Burgersteig, les parures les plus précieuses s'offrent aux regards : fourrures, colliers, souliers, écharpes, robes. Klaus et Monika enlacés se promènent dans la nuit.

Klaus Gebhardt serrait dans sa paume la pipe au fourneau tiède — un monde qui, à présent, s'éteint lamentablement dans la forêt de Posstoly et dont il ne reste encore qu'un cerveau qui bat la campagne.

Gebhardt se pencha péniblement pour pousser ses jambes mortes plus près de son corps. Il ne sentit rien : elles n'étaient plus que de la viande bleue qui ne pourrissait pas, parce que le froid la conservait.

« Finis-en, mon Dieu, pensa-t-il, je suis déjà à demi-mort... Empêche-moi surtout de penser, il est terrible de mourir conscient. »

Il enfonça avec le pouce la cendre du tabac dans sa pipe. Encore quatre ou cinq bouffées, et elle s'éteindra. Il plongea la main dans sa poche et y chercha la petite blague de cuir cousue par Louka. Elle s'était bien aplatie... Encore six pipes. Mais je ne les fumerai pas toutes... Je m'évanouirai avant, comme la fumée que je souffle dans l'air froid.

Étranges les pensées qui vous viennent lorsqu'on meurt conscient.

Le gymnase... Qu'il s'était gaussé comme écolier des légendes concernant les anciens héros du Nord... A présent dans la forêt de Posstoly, il savait qu'elles existaient ces déesses : Urd qui file, Verdandi qui tisse, Skuld qui tranche le fil.

A trois cents mètres de là seulement, Natacha reposait dans son entonnoir d'obus, sous le taillis. Le vent se leva.

Natacha s'éveilla en sursaut. Le vent poussait la neige à travers les rameaux, à l'intérieur de sa retraite. Elle se recroquevilla davantage encore et leva les yeux vers la nuit blanche, toute tintante de glaçons. Très loin, dans les espaces entre les cimes des arbres, quelques fusées éclairantes se balançaient, suspendues à des parachutes. De temps à autre, le vent apportait un léger crépitement, des grondements, dans la forêt silencieuse.

Natacha se leva et piétina le sol énergiquement pour rétablir la circulation dans ses jambes, puis elle se donna de grandes tapes sonores sur tout le corps.

Le vent emporta ces sons et Klaus, dans son abri, entre les racines de ses arbres protecteurs, les entendit. Dans le silence glacé, ils semblaient plus proches qu'ils ne l'étaient réellement. Vivement, Gebhardt cacha de ses deux mains le point lumineux du fourneau de sa pipe, puis il rentra la tête dans les épaules comme s'il attendait le coup de grâce.

« Enfin des êtres vivants, pensait-il, ou était-ce un animal? Non! Que ce soit un être humain, Seigneur, permets que ce soit un humain! » Il ôta ses mains du fourneau de sa pipe et se remit à fumer. « Mourir convenablement est une bonne solution, pensa-t-il, un coup de baïonnette, un coup de feu dans la nuque... »

— Ici! cria Gebhardt dans la forêt silencieuse, ici! Je suis ici!

Il tendit l'oreille. A présent, le léger crépitement du tabac dans la pipe le gênait. Le bruit sonore ne s'entendait plus.

— A présent, ils s'arrêtent, se regardent, ôtent les crans de sûreté de leurs armes : Tu entends, petit frère? D'où cela vient-il? *Tichij!* (silence!)

— Ici! cria encore Gebhardt.

Des branches craquèrent. Natacha se glissait à travers la forêt en direction de ses appels. C'était un cri enroué qui l'avait chassée de son refuge, une voix qui ressemblait plutôt à un hurlement. Comme une louve traquée, elle fonçait à travers bois, se jetant sur les branches rigides de glace.

— Ici! Ici!

Natacha fut prise d'un tremblement. C'était proche, très proche et... elle connaissait cette voix... Elle la reconnut. Dieu, Dieu, Ilja, Ilja...

— Ilja! cria-t-elle sur un ton déchirant. Elle se jeta sur l'amoncellement de troncs d'arbres... C'était là... un point brillant, une haleine sifflante... en dessous entre les racines, contre le sol.

— *Iljascha...*, balbutia-t-elle, — *O Bog! Ilja, radi boga Ilja!* (O Dieu, au nom du ciel!)

Elle se jeta sur lui comme une tigresse.

— Iljascha! Moj Iljascha! Oh! Oh!

Elle l'étreignit, le couvrit de baisers sauvages et parcourut du contact de sa bouche son visage gelé, réchauffant ses lèvres, ses yeux, ses paupières, ses joues. — Iljascha! répétait-elle inlassablement, Iljascha! et elle recommençait à le couvrir de baisers, de cajoleries sans fin. — Je suis là, je t'emmène, je t'aime... Je t'aime, ô Ilja! Je suis là...

Il était retombé en arrière, dans la neige. Le contact subit du corps de Natacha ne lui avait pas fait peur, mais son premier cri, tel un coup de poing au cœur, l'anéantit.

— Nataschka... dit-il doucement. Il était étendu sur le dos, tandis que les lèvres de Natacha passaient sur son visage et le réchauffaient. Sa barbe drue, vieille de plusieurs jours, l'égratignait, mais elle ne s'en apercevait pas. Elle pleurait, riait, massait ses mains, ses joues, sa poitrine. Enfin, elle se jeta sur lui et l'étreignit afin de réchauffer son corps glacé.

Gebhardt entoura de ses mains sa petite tête étroite. Il regarda ses yeux radieux de bonheur, au fond desquels la peur flambait. Alors, il attira ce visage vers lui et essaya de poser un baiser sur ses lèvres crevassées.

— C'est fini, Nataschka, di-il d'une voix à peine perceptible.

— Cela commence seulement, Iljascha!

— Je n'ai plus de corps...

— Alors j'en aurai deux, pour toi, pour moi!

— Ma bouche seule parle encore... Je suis déjà mort.

— Je vois tes yeux, Ilja. — Elle murmurait ces paroles, les lèvres contre ses paupières. — Je te vois... Tant que cela durera, tu vivras... Tu m'appartiendras...

Elle étreignit encore son corps sans vie, serra ses jambes contre ses flancs, s'étendit sur lui, l'entoura de son manteau ouaté et se mit à frotter des deux mains ses épaules, son visage agrippée à lui comme une chatte. — Le réchauffer, le réchauffer...

— Il le faut... Pardonne-moi, Ilja, dit-elle.

Puis, elle le frappa... sans relâche, des deux mains : visage, poitrine, épaules, tout le corps, les poings fermés, comme si elle ordonnait ainsi à la vie de réintégrer ce corps.

Gebhardt souriait faiblement. Il avait l'impression de voguer sur une nuée.

— C'est inutile, Nataschka... mon cœur se refroidit...

Elle secoua la tête sauvagement. — Je ne le permets pas! cria-t-elle. Je veux le rappeler à la vie! Je le battrai! Il faut, il faut, il faut!

Elle frappait ce corps glacé, appuyait sur sa poitrine, massait la région cardiaque, baisait ses côtes saillantes, son sternum apparent comme une croix. Puis, elle posa son oreille contre son cœur et écouta en contenant son souffle, le rythme de ses battements sourds. Lentement... Plus vite... Lentement... Arrêt... Puis, un frémissement, comme un oiseau pris par le gel qui bat encore des ailes, avant de tomber au sol.

— Il bat! dit Natacha à mi-voix en baisant son sein gauche. Il le faut! Je le veux! Je le réchaufferai, Ilja, je le forcerai à battre. Tu vivras et l'univers nous appartiendra, Ilja... Et aussi le ciel, les forêts, la mer, le Dniepr, et nous ne serons plus jamais seuls, Ilja...

Avec un visage sauvage et désespéré, elle se remit à marteler de ses poings la poitrine d'Ilja. — Bats, ô cœur, bats donc, je t'en supplie, bats... Bats... Bats...

Lutte farouche, effroyable combat contre la mort. Klaus Gebhardt avait entouré de ses bras Natacha couchée sur lui. Il employait ses dernières forces dans cette étreinte. Un grand bonheur s'emparait de lui.

— C'est une mort merveilleuse, Natacha... murmura-t-il.

— Tu ne dois pas mourir! hurla Natacha. Sa sauvagerie, sa révolte contre la loi divine, anéantit ce qui lui restait de raison : — Je ne veux pas! cria-t-elle. Je ne veux pas! Bats, ô cœur, bats donc! Je l'aime... Je l'aime... Comment oses-tu geler ainsi? Ne suis-je pas assez chaude? Existe-t-il un amour plus brûlant que le mien? Bats! Bats donc!

A nouveau, elle martela sa poitrine de ses poings, jusqu'à ce que la sueur s'égouttât de son front sur les côtes de Klaus.

Alors, Natacha le considéra fixement et ce fut soudain comme si elle recevait la révélation de l'ultime clarté, tandis que l'univers s'écroulait autour d'elle, la laissant seule avec Ilja sur une terre morte.

Avec un cri aigu, elle ouvrit sa veste ouatée, son pull, sa blouse et appuya ses seins nus sur la peau glacée de Gebhardt afin de le réchauffer de sa peau, de le ranimer de sa chair. Le froid, émanant du corps étendu sous le sien, la fit frissonner. Elle se mordit les lèvres et le supporta, se serrant contre lui, tremblante, en frictionnant les hanches mortes de l'homme.

— Iljascha, balbutia-t-elle, — sens-tu comme tu te réchauffes?

— C'est un prodige, Nataschka...

— Tu vivras encore, Ilja, le sens-tu?

— Je ne sens que toi.

— Je suis ta vie, Ilja.

— Ma vie, oui.

Il fit péniblement un petit signe de tête, caressa son visage pâle et suant, puis, brusquement, avec ses dernières forces, il entoura de ses bras le corps frémissant de Natacha, enfouit son visage entre ses seins chauds, abondants, et pleura comme un enfant.

C'est ainsi qu'il mourut, deux heures plus tard, le visage entre ses seins, s'imprégnant, avec ses dernières aspirations, du parfum de son corps. Natacha ne s'en aperçut pas... Il cessa soudain de respirer, ses bras se détendirent, et retombèrent sur le sol gelé.

Lorsqu'elle le comprit, elle ne se releva pas et resta étendue sur lui, poitrine contre poitrine, peau contre peau. Elle fixait son visage pétrifié, grave, dont les traits s'étaient accusés, ses cheveux blonds que le gel blanchissait. Des cheveux comme ceux de Fedja, que la guerre lui avait pris aussi, dès la première bataille.

Elle ne pleura, ni ne cria. A présent, c'était une réalité contre laquelle on ne pouvait rien. L'infini, l'angoissant fatalisme de sa race s'empara d'elle, cette disposition sereine, asiatique, à subir l'épreuve avec bonheur.

Natacha ne se sépara pas du mort, elle se redressa seulement un peu sur les genoux, rejeta son épaisse veste ouatée, son pull qu'elle passa par-dessus sa tête, son corsage, dénudant entièrement son corps jusqu'aux hanches, puis elle se pencha en avant, étreignit à nouveau le mort, prit la tête de Gebhardt dans ses mains crispées et appuya son visage au creux de son épaule.

— *Pokojnoi notschi Iljaschka* — bonne nuit, murmurat-elle à son oreille —, qu'il est doux d'être auprès de toi...

Le froid la saisit... Elle se mordit les lèvres jusqu'au sang, pour ne pas crier.

— Tu es heureuse, disait Natacha, s'adressant à elle-même... Heureuse...

Vers le matin la neige tomba.

Il n'y avait plus ni sol, ni ciel, ni forêts, ni humains.

La neige, seulement, la neige.

*
**

Louka avait été plus heureux que ses compagnons. Certes, le ciel est avec les idiots! Ayant couru ventre à terre pour échapper aux balles des partisans, lorsqu'il eut perdu dans la bagarre Natacha et l'officier allemand et qu'il ne vit plus que des obus s'abattant autour de lui et des soldats rouges bondissant en tous sens, il leva les mains et hurla :

— Camarades! Vous n'allez pas abattre Louka! Petits frères, cessez d'être aveugles et stupides! Je suis un Russe, un communiste!

Cependant, il ne put éviter une balle qui lui traversa le bras gauche. Mais celle-ci pénétra dans la chair serrée de Louka comme dans le derrière d'une vache, sans occasionner grand dommage, et en ressortit de même. On entoura le bras blessé d'un bandage de fortune et l'on conduisit le géant au commandant.

Le commandant Fjodor Malachow considéra Louka comme un animal antédiluvien. C'était à vrai dire l'aspect qu'offrait Louka et qu'il arborait non sans orgueil.

— D'où viens-tu? rugit Malachow, lorsqu'il vit Louka grimacer un sourire.

— Il est difficile de vous répondre, camarade : depuis 1941 je suis en chemin! D'abord, comme adjoint à Fedja Iwanowitsch, puis comme adjoint du lieutenant Natacha Astachowa... Nous avons été partout, dans les marais, à Postoly, à Pjatrykow, à Mikaschewitschi. Vous nous devez la victoire, car nous étions les vers qui rongeaient le lard allemand!

Le commandant se passa la main sur le front :

— Comment un tel colosse peut-il avoir un cerveau si exigu dit-il, franchement désarçonné, qui donc était l'Allemand qui se trouvait avec vous?

— Un officier, camarade commandant.

— Pourquoi était-il encore vivant, hein?

— Natacha le voulait ainsi.

— Le diable emporte cette Natacha !

— N'oubliez pas, camarade commandant, que le généralissime Staline lui a écrit et décerné une décoration !

Le commandant fit la grimace. — Et l'officier allemand ? Il couchait avec ton héroïne, quoi ? Quelle jolie bande vous faites : nous libérons la Russie, tandis que les partisans vivent comme dans un bordel ! Mais nous lui avons réglé son compte, ainsi qu'à l'Allemand !

Louka baissa la tête. Soudain, son cœur était comme mort.

— Vous l'avez abattue, Camarade commandant ? Staline ne vous le pardonnera pas !

— Fous-moi le camp ! Présente-toi au lieutenant Prokopenkow et je m'inquiéterai de savoir si tu n'as pas déserté !

Dans la nuit, l'officier de garde tira le commandant Malachow de ses couvertures ouatées. Louka avait disparu à nouveau. Cet incident ne déplut pas trop au commandant : si Natacha Astachowa était vraiment une héroïne nationale, Louka pouvait être un témoin à charge contre lui dans le cas où il serait arrivé quoi que ce fut à cette femelle. Moscou ne manquerait pas de le châtier par quelque « déplacement » peu souhaitable. Cependant, il ne fut guère satisfait d'apprendre que Louka, avant de s'enfuir, avait emporté : un pistolet mitrailleur avec dix chargeurs pleins, vingt boîtes de bœuf bouilli, deux pains, deux boîtes de graisse, une boîte d'huile de tournesol, un bloc de thé compressé, dix sachets de tabac et surtout trois pistolets, deux grands couteaux de cuisine, ainsi que l'uniforme du sergent-major Waleri Subobkin, qui avait presque la taille considérable de Louka.

Toute la nuit, Louka trotta sous la neige et dans la forêt, se félicitant de ce que ses traces fussent rapidement effacées : le ciel gris noir déversait ses flocons sans trêve et les branches des arbres devenaient si pesantes qu'elles cassaient bruyamment et tombaient à terre.

Après avoir parcouru minutieusement le champ de bataille, Louka s'arrêta à la lisière de la forêt, déposa le sac qu'il portait sur l'épaule gauche et regarda en arrière. Au loin, il apercevait le reflet lumineux émanant du camp. Des projecteurs trouaient la nuit : ils se trouvaient sur la route où des colonnes automobiles et des blindés s'en allaient vers l'ouest, à la poursuite des Allemands en retraite.

Vers le matin, Louka s'arrêta pour se restaurer. Il lui sembla alors entendre des voix, ou était-ce le ronflement des moteurs sur la route? Les voix décrurent. Louka se gratta le crâne et se remit en marche comme un ours qui subodore la présence d'une ruche. Soudain, la voix lui parvint à nouveau... sur la gauche... tout près... une voix monotone qui semblait réciter une litanie. Louka saisit son pistolet mitrailleur.

« On prie par là... pensa-t-il surpris, et dire que nous sommes dans la Russie bolchevik! Mais ça existe encore, car ce monde est plein de fous et de bonnes blagues! »

Louka fonça à travers le fourré comme un ours des cavernes pris d'humeur, le pistolet mitrailleur prêt à tirer, le doigt sur la détente. A présent, la voix se faisait plus claire, plus précise... Louka fut brusquement comme frappé d'une lame de feu : c'était une voix féminine, une voix...

— Natacha! rugit Louka. Il rejeta son arme sur son dos et courut dans la direction d'où lui venait la voix. Son corps énorme déchira le fourré comme un obus, puis il se trouva devant l'arbre et vit le corps nu, couvert de neige, de Natacha étendue sur l'officier allemand mort. Il vit aussi son étroit visage devenu d'un rouge bleuâtre, tandis que de sa bouche s'échappaient des paroles dénuées de sens qu'elle jetait comme des cris, toujours sur le même ton.

Elle ne le reconnut pas... et le vide de son regard terrifia à ce point Louka qu'il rugit et se laissa tomber à genoux.

— Natacha! C'est Louka! Ne me reconnais-tu pas, ma colombe?

Il se traîna jusqu'aux grosses racines apparentes de l'arbre, arracha Natacha du mort et l'étendit sur la neige.

Puis, il tira le manteau ouaté de dessous Gebhardt, roula Natacha dessus et se mit à faire les mêmes gestes que Natacha alors qu'elle se trouvait en proie au plus cruel désespoir. Il déboutonna son uniforme, serra le corps de Natacha contre son corps puissant où courait un sang chaud, lui frotta le dos avec de la neige, la roula encore sur le manteau ouaté, la battit, la massa et, ayant introduit ses gros doigts dans sa bouche, il lui insuffla son souffle chaud dans le gosier.

Natacha, en revenant à elle, fut secouée par un frisson brutal. Elle dévisagea Louka; puis, elle leva les bras et en entoura son gros cou. Sa tête retomba en arrière et elle s'évanouit à nouveau.

Enveloppée dans son manteau, Louka la porta comme une gerbe de blé à travers la neige, jusqu'à l'endroit où il avait déposé le sac contenant ses vivres. Il le prit, le lança par-dessus son épaule, serra Natacha contre lui et s'enfonça avec elle dans les solitudes forestières. Il s'en allait vers le jour levant, vers l'est où le ciel se rayait de bandes claires.

Il était heureux immensément et cette chanson impertinente lui revint, qu'il avait entendue chanter à l'Opéra de Smolensk, où Fedja l'avait emmené :

Si les filles ayant des ailes
Volaient de la plaine aux collines,
Je souhaiterais être une branche
Où elles viendraient se poser.
Aucune, certes, ne passerait par là
Sans se délasser chez moi!

Louka porta Natacha tout le long du jour, les bras autour de son corps gracile, comme une mère ours qui serre son petit contre elle.

Il rit en la voyant s'éveiller et regarder tout alentour, en se cramponnant à sa veste.

— Louka, dit-elle faiblement, tu vis?

— Je vivrai tant que tu auras besoin de moi, ma colombe, dit-il en riant, mais il avait les larmes aux yeux malgré lui.

— Et moi aussi, je vis, Louka. Nous vivons tous deux, qu'allons-nous devenir?

— Nous chercherons une maisonnette et nous attendrons.

— Et alors?

— Tout viendra en son temps, mon cœur. La Russie est vaste et nous avons le temps!

Natacha soupira et enfouit son visage dans le manteau de Louka comme un enfant peureux.

— Ilja est mort, dit-elle, la bouche contre la rude étoffe; elle sentit Louka lui répondre par un signe de tête.

— Ilja n'est pas la Russie, la Russie n'est pas le monde. Il existe beaucoup d'Ilja... mais nous n'avons qu'une seule vie, ma colombe.

— Laisse-nous mourir, Louka, dit-elle avec conviction. Que ferons-nous en ce monde, dis-moi : Fedja est mort, Ilja est mort, la Russie est morte.

— Petite mère Russie ne peut pas mourir!

Il débarrassa Natacha de son manteau et la déposa sur la neige. Puis, la prenant par l'épaule, il la fit pivoter sur elle-même, afin qu'elle pût regarder le paysage dans toutes les directions. Elle vit la forêt, les plaines enneigées, le soleil dans un ciel bleu radieux, les buissons se balançant dans le vent et un lièvre qui sautait sur la neige et y fourrageait du nez dans l'espoir de découvrir un brin d'herbe verte.

— C'est mort, ça, Natacha? Allons, la vie continuera quand viendra le printemps : jamais encore tu n'as manqué de courage, ma colombe. Nous allons chercher une retraite pour l'hiver. Je l'ai promis à Fedja... Tant que Louka vivra, Natacha vivra aussi.

***

Huit jours durant, ils s'en furent à travers la campagne comme deux renards solitaires. D'abord vers l'est, puis en direction du nord. Ils contournèrent les réserves de matériel de l'Armée Rouge, les villes, les gros villages. Ils dormaient dans quelque hutte de paysan, à demi incendiée, située à l'écart des chemins. Enroulés ensemble comme deux chiots, qui se réchauffent réciproquement. Louka éventait, tel un ours, la présence des humains et conduisait Natacha à travers les forêts comme s'il y avait toujours vécu et en connaissait chaque arbre.

— Ce n'est pas encore le bon endroit, répétait-il chaque jour en prenant le vent, le nez levé. — Le front est trop proche. Sait-on si les Allemands ne reviendront pas? Tout est possible. Ils ont été devant Moscou, la guerre avance et recule... Il s'agit de nous en éloigner autant que possible et lorsque nous aurons trouvé où nous terrer, nous attendrons la fin des combats.

Dans les forêts impénétrables situées au sud de Posdnjakowa, entre les fleuves Oka et Oupa, Louka construisit leur demeure. Au nord de ce point, à environ deux cent vingt verstes, se trouvait Moscou.

— C'est bien ainsi, déclara Louka, on sera vite à Moscou s'ils décident la paix, et l'on est assez loin cependant pour être seuls et attendre sans être dérangés.

Ils avaient couvert le chemin jusque-là plus rapidement car, malgré les réprimandes de Natacha, Louka avait volé un robuste petit cheval dans une ferme isolée. Cette monture leur avait permis d'atteindre le Dniepr à Popowka, puis le Berried; ensuite, jusqu'à la Desna, le pays s'était étendu libre devant eux, coupé seulement de rivières, de ruisseaux dont ils franchissaient à pied la surface gelée.

— Être à Moscou, c'est se trouver au cœur de notre petite mère, répétait Louka avec de grands yeux émerveillés.

— Pourquoi t'appelle-t-on l'idiot? disait-elle.
— Il faut bien avoir un nom, répondait Louka.

Pendant un mois, Louka abattit des arbres. Travail diabolique que de tailler à la hachette de gros troncs gelés! Mais, ainsi que le rappelait Louka : — une guerre comme celle-ci peut mener loin. Voici trois ans qu'elle tient le coup. Et si elle devait encore durer autant, les Allemands sont coriaces, il convient d'avoir une maison solide et non pas une hutte! On trouverait sa subsistance... Il y avait des animaux dans la forêt, des ruisseaux d'eau pure, des champignons comestibles, des fruits, une rivière poissonneuse. Que souhaiter de plus?

Au bout d'un mois, la maison était debout, vaste, massive, ressemblant fort à Louka dont elle était l'œuvre, avec ses murs faits de gros troncs et son toit de rondins. Natacha avait accompli sa part de travail pendant tout ce mois, en tressant des branches flexibles (apportées par monceaux par Louka) dont elle faisait des nattes épaisses que l'on tendit sur les rondins composant le toit; après quoi, on les englua d'un mélange d'argile et de mousse, et le tout fut solidement amarré à de grosses pierres.

— Un palais! jubilait Louka, que ne contrariait guère le fait d'avoir en guise de fenêtres de minuscules ouvertures non vitrées et, en fait de cheminée, un trou dans le toit.

Pendant six semaines, tout alla bien. Ils chassaient et pêchaient. Lorsque vint la fonte des neiges et que les lièvres et les chats sauvages se mirent à bondir dans les forêts, Louka connut une époque exaltante pendant laquelle il rassembla dans leur hutte plus de nourriture qu'ils ne pouvaient en consommer. C'est alors que Louka construisit une étuve avec des pierres; il y aménagea un foyer qui chauffait des galets à les faire éclater. C'est dans ce réduit qu'il plaçait la viande à sécher.

— Ça tiendra au moins un an! proclamait-il. Pour nous, la guerre est finie, petite colombe!

Cette opinion était erronée, mais nul ne le savait à ce moment-là.

Tout Russe soviétique n'est pas forcément un soldat enthousiaste. C'est se tromper fort que de se l'imaginer comme un cosaque féroce n'aspirant qu'à mourir au cours d'un combat héroïque. Comme partout, il y avait alors en Russie des hommes qui préféraient mourir dans leur lit, plutôt que dans un entonnoir d'obus. Il advint aussi qu'à la suite de l'avance soudaine de l'Armée Rouge, beaucoup d'anciens soldats soviétiques, libérés des camps de prisonniers ou qui se cachaient comme Louka, passèrent inaperçus aux yeux de leurs propres unités, comme cela était arrivé à Louka et Natacha dans les marais du Pripjet. Ils renonçaient à servir leur Patrie, mettaient des vêtements de paysans, allaient travailler dans les fermes, laissaient pousser leurs barbes, ou traînaient dans les kolkhoses, devenus en quelques jours, d'intéressants vieillards. Ils se procuraient de faux papiers d'identité et, sous de nouveaux noms, se mariaient et vivaient en fait une seconde vie. Quelle époque propice à la scélératesse, camarade : pas l'ombre de moralité!

A Moscou, on était fixé à cet égard. Et l'on avait institué, dans les grandes villes, des commandos chargés de découvrir les soldats las de combattre. On expédiait les coupables en première ligne, dans les compagnies exposées au feu le plus meurtrier. Quant aux déserteurs invétérés, les ayant fait s'agenouiller au bord d'un fossé, on les rossait si énergiquement, qu'ils ne sentaient pas toujours que la correction se terminait par un coup de feu tiré dans la nuque.

Il y avait un commando de cette sorte à Kalouga, un autre à Toula, villes entre lesquelles se trouvait la forêt où se terraient Louka et Natacha. Qui donc eût pu s'en douter, je vous le demande, camarades? Comme les sombres forêts sont les retraites rêvées des individus qui évitent la lumière du jour, les deux commandos s'étaient proposé de passer celle-ci au peigne fin, en procédant chacun par un bout.

Le printemps venu, lorsque les boues furent séchées par le soleil, sur les routes et dans la campagne, des détachements militaires se mirent à faire des recherches en observant un quadrillage rigoureux. Ces maudits chiens tirèrent ainsi neuf misérables soldats des lits de quelques paysannes, où ils avaient été au chaud tout l'hiver, et les commandos ne se laissèrent pas fléchir par les neuf paysannes enceintes qui demandaient grâce, au nom des futurs enfants.

Un soir, Louka ne revint pas. Il était parti chercher des clous... selon sa bonne vieille habitude, il cherchait ce qui lui manquait, le trouvait et le rapportait. Natacha s'était déshabituée de lui faire des reproches : un ours ignore la morale imbécile.

Natacha attendit toute la nuit. Le matin venu, elle se douta qu'il était arrivé quelque chose. Mais soudain, elle n'éprouvait plus de craintes, plutôt un sentiment indicible d'attente, la certitude profonde d'être prête à toute éventualité, état qu'elle avait connu longtemps dans les marais du Pripjet. Calmement, elle prit le pistolet mitrailleur de Louka, s'assura qu'il contenait un chargeur, glissa un autre chargeur dans sa poche et suspendit l'arme à son cou.

Deux jours après, Louka n'était pas revenu.

Mais elle ne chercha pas Louka, bien que son petit visage se fut pétrifié d'angoisse et que, les dents serrées, elle l'attendit avec une expression qui eut fait reculer quiconque l'eut rencontrée alors. Cependant, Natacha savait par instinct animal, que la sagesse était de se tapir plutôt que de jouer les héroïnes.

Natacha attendit quatre jours et sut alors que Louka ne reviendrait pas.

Elle était seule avec la forêt, le ciel et sa haine de la guerre.

*
* *

Le commandant Wascha Fjodorowitsch Dobrik considéra avec satisfaction la montagne de chair et de vêtements en loques que quatre soldats avaient amenée à son bureau, ficelée de quatre cordes, dont chacun d'eux tenait un bout. Il avait bien dîné et attendait la visite d'une jeune étudiante. Mais, auparavant, il se proposait de passer à la « bagna » pour y faire une bonne suée afin d'être à même de satisfaire aux exigences de la nuit.

— Voyez-moi ça, quel taureau on nous amène! s'écria-t-il joyeusement à la vue de Louka — pour envoyer ça dans l'autre monde il faut au moins deux coups de feu dans la nuque!

— Il y a quatre camarades sous la tente ambulance, haleta l'un des soldats, — après quoi nous avons réussi à le garrotter : il a fallu dix hommes, Camarade commandant!

— Mais un petit pistolet suffira tout de même pour finir...!

Le commandant était décidément de belle humeur. Il ne hurla pas comme d'habitude lorsqu'on lui envoyait un déserteur, car il craignait de s'enrouer, alors qu'il projetait de charmer sa belle de quelques chansons militaires.

Louka était planté au milieu de la pièce. Il considéra le commandant et rota. Celui-ci fronça les sourcils : quel comportement face à un officier de l'Armée Rouge!

— Alors, soldat, dit-il...

Louka répondit par un pet tonitruant qui fit oublier au commandant qu'il chanterait ce même soir.

— On va te couper le sifflet, mon gars, brailla-t-il, rouge comme l'oriflamme du Kremlin, — ça se voit que tu es soldat... et déserteur! Où te cachais-tu? Quand, porc, t'es-tu enfui? — Et comme Louka ne répondait pas aussitôt, le commandant asséna ses deux poings sur la table : — Fusiller! Demain à la première heure et il creusera lui-même sa fosse, le porc!

Il conclut par un geste sec et Louka fut entraîné jusque dans une cave qui servait de prison et dont les portes de fer étaient, même pour Louka, infranchissables. Sur les murs passés à la chaux, il eut tout loisir de lire les adieux que ses prédécesseurs y avaient gravés :

— Moi, Anatoli Newar, je te prie, si tu survis, camarade, de dire le bonjour pour moi à ma femme et à mes quatre enfants qui habitent Rybinssk. Dieu te le rende au centuple, camarade !

Le matin venu — Louka avait quand même dormi et on dut le réveiller — on le sortit de sa cave et on lui mit une bêche à la main.

— Creuse-la suffisamment grande ! lui cria un sous-officier, il ne faut pas que nous soyons obligés de t'y mettre les jambes en zigzag !

Il eut un rire brutal, poussa Louka dans le dos avec la crosse de son pistolet mitrailleur pour lui faire monter l'escalier. En haut, trois soldats l'attendaient. Ils accueillirent Louka avec des grimaces, en tapotant l'étui de leurs revolvers suspendus à leurs ceinturons.

— Que va faire Natacha ? pensait Louka, tandis qu'on le menait derrière le bâtiment. Il y avait là un joli jardin dont la terre était noire et fertile et il remarqua qu'elle était retournée par places.

— Ça va devenir un bon petit coin de terre bien grasse ! dit-il au sous-officier. Que comptez-vous y planter ?

— Là où tu reposeras, on mettra un poirier !

— Pourquoi pas un pommier ? Je préfère les pommes.

— En voilà un qui a du culot ! hurla le sous-officier, il va mourir et il se préoccupe de savoir ce qui poussera sur son cadavre ! Allons, vas-y, prends ta bêche, car le *prochain* est pour cet après-midi déjà ! Mais, attends, couche-toi par terre d'abord, qu'on prenne tes mesures !

Louka s'étendit sur le sol. Le sous-officier traça un trait autour de lui avec la bêche en laissant un espace de dix centimètres en plus, car il est connu que les morts se détendent et sont plus grands qu'ils n'étaient de leur vivant.

— A présent, dépêche-toi.

Louka grogna et enfonça la bêche dans la terre meuble, tout en louchant vers le sous-officier debout près de lui. Derrière celui-ci se tenait un soldat, le pistolet à la main.

C'était tout. Les deux autres soldats s'en étaient allés.

— Elle est vraiment facile à creuser cette terre! remarqua Louka, ça donnera un superbe pommier, camarade!

— Non, un poirier!

— Pourquoi es-tu si contrariant, ami? Louka s'appuya sur sa bêche.

— Ça va, creuse, camarade, nous sommes pressés!

— Là, je ne suis pas d'accord! lança Louka. De ses puissantes mains, il saisit la tête du sous-officier et celle du soldat et les choqua l'une contre l'autre avec la rapidité de l'éclair. Avant que les deux hommes aient pu comprendre ce qui arrivait, on entendit un son qui rappelait celui de deux œufs qui s'entre-heurtent et se cassent; leurs crânes éclatèrent dans le choc et Louka se trouva les tenant à la main, comme deux oies auxquelles on a tordu le col.

— Tiens, tiens, dit Louka éberlué, ils ont donc des caboches si fragiles? C'est à ne pas croire quand on constate à quel point on est bâti peu solidement.

Il laissa tomber les deux corps dans la fosse à peine creusée, prit leurs pistolets, leurs livrets militaires, leurs cigarettes et ce qu'ils pouvaient avoir dans leurs poches et sauta le mur du jardin en bordure duquel coulait un petit affluent de l'Oka. Il marcha dans le lit de la rivière, ayant de l'eau jusqu'à la poitrine, sur une distance de deux verstes, puis il grimpa sur la rive opposée et s'éloigna en bondissant dans la campagne, aussi loin que possible de la ville de Kalouga.

Louka se cacha dans une grange jusqu'à la nuit. Certes, déjà toutes les routes devaient être barrées, ainsi que les chemins forestiers et les rues traversant les villages. Le soir venu, il entendit même un haut-parleur annonçant : un dangereux bandit s'est enfui! Il est gigantesque, armé de deux pistolets...

« Les nigauds, pensa Louka en s'étirant dans la paille : cette description ferait fuir les paysans et, s'ils devaient le rencontrer, ils se contenteraient de faire un signe de croix pour éloigner le Malin! »

Le lendemain matin, Louka prit une détermination à laquelle il songeait depuis très longtemps.

« Ils ne cesseront pas de rechercher les déserteurs, car il est interdit de fuir la vie militaire, s'était dit Louka. On n'est tranquille que comme *invalide*. Oui, il faut être devenu un infirme que l'État entretient non sans grogner, comme un paysan soignera son cheval paralysé. »

Pendant toute la nuit, Louka agita ce problème : Quelle partie de son corps devait-il sacrifier?

Il avait besoin de sa tête; ses épaules et ses bras lui étaient nécessaires aussi, mais les jambes... on pouvait, non pas s'en passer, mais marcher lentement comme invalide. Le matin vint, Louka choisit donc de sacrifier l'agilité de ses jambes.

Il mouilla un gros morceau de pain jusqu'à ce qu'il fut devenu visqueux comme une éponge, le posa sur une planche arrachée à une des parois intérieures de la grange, plaça le pain mouillé et la planche par-dessus sa jambe gauche, un peu en dessous de la pliure du genou, puis, ayant de la main droite, défait le cran de sûreté de son pistolet qui avait appartenu au sous-officier, il plaça le canon de l'arme à quelques centimètres du pain.

— C'est incroyable ce que ça coûte de se faire du mal, se dit Louka, plaintif.

Enfin, il appuya sur la détente. Le coup partit, traversa le pain qui absorba la fumée de la poudre, perça la planche et fila en travers de sa jambe. Il crut ressentir comme un violent coup de marteau, après quoi il fut parcouru comme par une onde d'engourdissement, enfin, la jambe se mit à trembler de la hanche aux orteils. Mais comme il tentait de la remuer, il constata qu'il n'éprouvait toujours pas de souffrances. Il avait l'impression de traîner après lui un corps étranger, un sac de chair et d'os. Il souleva sa jambe et constata que l'os était éclaté.

— Quelle chierie! hurla-t-il, — je ne voulais pas ça!

Il se retourna, cassa un long morceau de planche dans le mur de la grange et en fit une éclisse pour sa jambe blessée, qu'il attacha avec des cordelettes sur ce tuteur de fortune. Enfin, il se redressa sur la jambe droite en s'appuyant au mur. A présent, les douleurs l'assaillaient, fulgurantes, atroces, allant des orteils à la peau du crâne.

— Tu es vraiment idiot! remarqua Louka à haute voix, s'adressant à lui-même en grinçant des dents parce que, à nouveau, une douleur violente s'emparait de lui. Puis, s'étayant de deux lattes de bois trouvées près de la grange, il quitta sa cachette et s'en fut en clopinant et claquant des dents, tandis qu'à travers les mouches brillantes qui dansaient devant ses yeux, il voyait la ligne noire des forêts infinies barrer l'horizon.

— J'aurais bien pu faire ça là-bas! conclut-il en hochant la tête, je me suis trop dépêché!

Il prit trois jours pour atteindre la hutte. Il s'était fait un pansement avec sa chemise, il s'était abreuvé aux ruisseaux en se couchant sur le côté comme un loup, puis il avait mangé crue une poule qu'il venait de tirer. De temps à autre aussi, en rase campagne, il lui était arrivé de hurler comme un loup, de douleur et de crainte subite, de ne pouvoir plus atteindre la forêt!

Enfin, il s'y trouvait... trébuchant parmi les troncs, agitant la main droite, lorsqu'il aperçut Natacha près de leur hutte, le pistolet mitrailleur suspendu sur la poitrine, prête à faire le coup de feu.

— Petite colombe! beugla-t-il... Natacha... Mon trésor... C'est Louka... *L'invalide* Louka qui ignore à jamais la guerre!

Il s'effondra avant que Natacha ait pu jeter son arme. Il tomba de tout son long face contre terre, les bras tendus, mais il eut encore la force de dire, cet ours, avant de perdre conscience :

— Ça n'est pas grave, Nataschka, une égratignure... mais j'ai faim, rôtis-moi un levreau!

Il perdit conscience et n'entendit plus le cri douloureux jeté par Natacha, lorsqu'elle vit sa jambe enflée et d'un rouge sombre.

Dans la nuit, Natacha montant comme un cosaque le petit cheval volé précédemment par Louka, s'en fut hors de la forêt, en direction de Kalouga.

Dans la hutte au fond des forêts, Louka hurlait en proie au délire de la fièvre.

Natacha volait à travers la campagne, traversait les rivières sur sa monture : — Dawaï! Dawaï! criait-elle dans les oreilles couchées du petit cheval lancé au galop.

A Kalouga, elle interrogea le premier passant, en le dévisageant comme un spectre :

— Où y a-t-il un médecin, dis-moi, fumier de chien?

L'homme fit un bond de côté et s'enfuit.

Natacha dut poser à six reprises la même question avant qu'on lui eût indiqué charitablement un vieil infirmier vivant dans une maisonnette au bord du fleuve. Les médecins valides avaient tous rejoint l'Armée Rouge et marchaient sur Berlin.

Natacha jeta hors de son lit le vieux Victor Wictoriowitsch. Celui-ci, en apprenant le but de sa visite, leva les bras au ciel en geignant : — Me faire ça à moi! Un déserteur, hein? Autrement, il serait venu lui-même! Je devrais te dénoncer... tout de suite, au commandant!

— Cesse de geindre! hurla Natacha ruisselante et ressemblant fort à ce moment-là à un diablotin ébouriffé et impitoyable, — si on te demande qui est venu chez toi, tu diras : Natacha Astachowa, décorée de l'ordre de Lénine et héroïne de la nation!

Victor Juscha cessa aussitôt de se plaindre et considéra Natacha d'un air de pitié : — Elle est folle cette petite, et les fous sont plus redoutables que les loups!

— Que veux-tu donc? demanda-t-il.

— J'ai besoin de bandages, de comprimés calmants, de médicaments pour enrayer l'infection, j'ai besoin de tout...

— Tu veux aussi emporter une salle d'opération?

Natacha comprit qu'il se moquait de sa misère. La vieille cruauté russe jaillit alors en elle comme une source.

Victor Wictoriowitsch dut le deviner, mais il était trop tard. Natacha entoura des deux mains le cou du vieil infirmier et, le secouant comme un roseau dans la tempête, elle le traîna ainsi à travers la pièce en lui criant dans l'oreille : — Où as-tu ce dont j'ai besoin?

Juscha ne pouvait plus répondre, mais Natacha suivit la direction de son regard. Alors, elle le laissa choir sur le plancher où il s'évanouit.

Dans une vieille armoire, Natacha découvrit tout le nécessaire : pansements, bandages, ouate de cellulose, ciseaux courbes, tubes de comprimés, etc...

Ayant retrouvé devant la maison son vaillant petit cheval qui tremblait de froid, car la sueur gelait sur sa robe, les nuits de printemps étant encore froides, elle s'élança sur son dos et lui dit : — Il faut sauver Louka... Vole, vole, comme le vent!

Cependant, elle était encore en chemin que déjà le vieil infirmier courait chez le commandant de la place. Il expliqua en criant et geignant son aventure et le vol de ses médicaments au commandant. Victor Wictoriowitsch Juscha, en chemise, enroulé dans une vieille pelisse, chaussé de gros brodequins de paysan, présentait un aspect assez minable.

Le commandant Dobrik avait passé de méchantes nuits et des jours pires encore. La découverte du sous-officier et du soldat dans la fosse à demi-creusée, alors que le géant criminel courait encore, la rareté des pommes de terre que l'on était venu à compter une à une, la carence de graisse, composaient pour lui un amer pain quotidien. Il est vrai que le commandant Dobrik avait pris une détermination qui l'avait rendu rêveur pour longtemps : il avait menti à Moscou! Non pas que le fait en soi fut une rareté. Moscou était loin et il était le maître à Kalouga... Mais tout de même, escamoter deux morts n'est pas chose commune! Trois jours après l'incident, il avait déclaré la disparition des deux militaires et cela sur un ton scandalisé et coléreux : — C'est une vraie peste, camarade, hurla-t-il dans le téléphone : partout, plus de morale! Si près de la victoire, oser déserter!

Et voilà que ce Victor Wictoriowitsch venait en pleine nuit, vieille rosse clopinante, lui hennir aux oreilles on ne savait quoi au sujet d'une agression nocturne dirigée contre son armoire à pharmacie!

Mais il dressa l'oreille lorsqu'il entendit parler d'un déserteur blessé, pour lequel une diablesse ébouriffée cherchait des médicaments.

— Son nom?

— Elle a dit : Natacha Astachowa, elle veut avoir l'ordre de Lénine. A-t-on jamais entendu rien de plus sot, camarade?

Le commandant préoccupé ne riait pas. Il nota le nom, l'heure de la visite qui avait valu à Juscha un si mauvais quart d'heure. — Je le ferai savoir à qui de droit, camarade, conclut Dobrik. — Je crois que nous tenons là une bonne piste...

Cependant, Natacha, assise au chevet de la paillasse de Louka, essayait de déchiffrer sur les étiquettes des bouteilles subtilisées dans l'armoire de Juscha, un mot qui pût lui faire connaître leur contenu. Mais elles portaient des inscriptions en langue étrangère; quant aux comprimés, il en allait de même.

Aussi, finit-elle par se décider à faire fondre au hasard, trois comprimés dans un peu d'eau. « Ce sont ces sortes de comprimés dont on use le plus souvent, se disait-elle, ils ne sauraient être nocifs! »

Avec précaution, elle approcha le verre, contenant la mixture, des lèvres de Louka. Comme celui-ci n'ouvrait pas la bouche, elle lui asséna un coup de poing en plein visage. Il gémit, ouvrit la bouche et Natacha en profita pour lui déverser le contenu du verre dans le gosier. Puis, il retomba dans son délire. Natacha resta assise à côté de lui pendant cinq jours. A peine prenait-elle le temps de se nourrir. Elle l'observait, lui administrait les comprimés qui, finalement eurent raison de la fièvre.

Au bout de six jours, Louka reconnut Natacha. Il se redressa, passa une main sur son visage suant, et respira profondément comme s'il avait manqué d'air pendant tous ces derniers jours.

— Ça sera une fameuse vie! dit-il laborieusement. Plus de service militaire : je suis devenu un invalide...

— Qui t'a tiré dessus, Louka? demanda Natacha.

— Un paysan, répondit-il en se mettant sur le côté, le regard fuyant, — il ne voulait pas me céder un porcelet...

Natacha comprit qu'il mentait, mais elle ne dit rien. Elle lui prépara une soupe à base de lièvre et de choux, et Louka la dévora... Tout le contenu d'un chaudron y passa... Puis, il reprit des comprimés et s'endormit comme un ours satisfait.

La fièvre ne se manifesta plus. La plaie de la jambe guérit rapidement; seulement il dut garder encore l'éclisse et rester étendu jusqu'à ce que l'os se fût ressoudé. Louka n'avait d'ailleurs plus de sensibilité dans les orteils et ne pouvait les remuer. Natacha le constata et en devina la cause. Un nerf avait été touché. Louka ne pourrait jamais plus se servir de sa jambe.

Mais il vivait, et il passa les longues semaines qui suivirent sa guérison sans avoir de fièvre. Les comprimés s'étaient révélés efficaces et, croyez-moi, camarades : ils étaient, en réalité, destinés à guérir « l'érysipèle porcin »!

*
* *

Brusquement, la guerre prit fin. Si soudainement, que Louka, soupçonneux, se gratta le menton à travers sa barbe touffue et déclara que c'était sans doute un piège. Une tiède brise de mai soufflait sur la hutte forestière, tandis qu'à Kalouga, on tirait les salves de la victoire et que, parmi les applaudissements des masses rassemblées pour l'écouter, le commandant Dobrik prenait la parole à la suite du gouverneur pour faire l'éloge de l'Armée Rouge.

— Ce doit tout de même être ça, dit Natacha qui, assise au soleil en compagnie de Louka, entendait les coups de feu et même le tintement d'une cloche.

— C'est vraiment fête, reconnut Louka, ou bien Staline serait-il mort ?

Vers le soir, Natacha s'en fut à cheval, prudemment, jusqu'à la lisière de la forêt. Des drapeaux rouges flottaient au-dessus de Kalouga. Dans la campagne, les tracteurs agricoles se pavanaient, enguirlandés. Sur la rive de l'Oka, on avait aménagé une vaste piste de danse où les filles virevoltaient avec les soldats, tandis qu'un bœuf entier rôtissait à la broche. *Mirr! Mirr!* (la paix)! criait-on en sautant autour du bœuf rôti. On voyait venir de la ville des colonnes jubilantes portant des drapeaux rouges et chantant l'*Internationale*.

Natacha retourna auprès de Louka. Il était resté assis devant leur hutte et fumait une pipe d'herbe sèche, sa jambe bandée étendue sur un tronc d'arbre.

— Alors, demanda-t-il, c'est vrai ?

— Oui, Louka, ils dansent et chantent, la guerre est finie.

Louka hocha la tête. « Si vite! pensait-il, avais-je besoin de m'estropier inutilement ? Quelle trahison, cette paix ! Ainsi, plus de mort, ni de vie cachée au fond des forêts... La Russie est libre. »

— Nous pouvons donc aller à Moscou, dit-il tout haut en examinant sa jambe encore fortement étayée, — comme nous en avions l'intention!

Natacha pénétra dans la hutte et mit de l'eau à bouillir, comme chaque soir, pour faire la soupe. Chose étrange, elle ne parvenait pas à se réjouir de la paix. Un ou deux ans auparavant, elle se serait élancée dans toutes ces manifestations de joie, elle aurait dansé avec Louka et pleuré, en se jetant à genoux pour baiser le sol avec transports, ce sol piétiné, sanglant, enfin libre...

A présent, c'était autre chose. Le mot « paix » faisait sourdre en elle une immense lassitude. Elle eut préféré dormir pendant des jours... Elle se sentait les membres lourds, comme du plomb. Et soudain, les larmes jaillirent de ses yeux. Elle s'assit devant le feu de camp, le regard rivé à la flamme qui léchait le fond de la bouilloire, les deux mains comprimant les battements de son cœur.

Sans savoir pourquoi, elle avait peur de Moscou. Louka entra en clopinant; il s'était fabriqué deux béquilles taillées dans un tronc d'arbre. Sa jambe pendait, attachée à lui comme un corps étranger.

— Pourquoi pleurer, Natacha?

— Que sommes-nous sans la guerre, Louka? Elle a fait de nous des insociables... Comment pourrons-nous vivre avec nos semblables?

— Nous irons à Moscou.

— Et là?

— On verra, Natacha : chaque enfant est différent des autres, mais leur mère les comprend tous. Retournons auprès de notre Petite Mère.

*
* *

Arrêtés sur la Place Rouge, ils s'émerveillaient. Le mur gigantesque du Kremlin s'étendait sous le soleil radieux. Devant le mausolée de Lénine, les sentinelles se tenaient immobiles, sanglées dans leurs uniformes olive. Les tours du Kremlin étincelaient, éblouissantes.

Louka, assis sur le siège d'une voiture brinqueballante, avait posé un bras protecteur autour des étroites épaules de Natacha. Tête basse, leur petit cheval examinait tristement le pavé de la Place Rouge.

— Un prodige! Vraiment, un prodige! dit Louka entre

ses dents, comme s'il craignait de s'exprimer à haute voix. Il se retourna : ils n'étaient pas seuls. Non, toute l'immense place contenait une foule humaine infinie : soldats, citadins, — que l'on reconnaissait à leurs manières, à leurs vêtements en meilleur état, — et de nombreux paysans avec leurs hautes bottes, leurs foulards de tête pâlis par les intempéries, leurs lourds manteaux tombant jusqu'aux chevilles. Tous, les yeux fixés sur le Kremlin, attendaient en se caressant la barbe, le moment d'agiter le drapeau rouge qu'ils tenaient à la main. On disait que Staline se montrerait au peuple, aujourd'hui : il était revenu du front.

Louka leva les yeux vers les tours de la cathédrale, le palais des tzars et regarda jusqu'aux murailles contre lesquelles passait la Moscowa. Pour la première fois de sa vie, il sentait battre en lui, de plus en plus fort, le cœur de la Russie.

Ils attendirent une heure, mais Staline ne se montra pas. Par contre, un fonctionnaire du Kremlin parut, puis un général qui fut applaudi bien que nul ne sût qui il était. Mais c'était un général à l'uniforme constellé de décorations. Il avait donc dû se montrer très, très courageux, et avait droit aux hommages de la foule.

Le général remercia, leva le poing, puis il applaudit à son tour avec la foule. Louka hurla : « La paix ! La paix ! » en levant aussi le poing, mais on eût dit qu'il allait l'abattre sur le général. Tout le monde rugit encore l'*Internationale* en agitant les drapeaux rouges, tandis que les portraits de Lénine et Staline s'éloignaient, portés par des théories de paysans qui longeaient, en chantant, le mausolée de la Place Rouge.

Louka, dans son véhicule cahotant, suivit le défilé, longea le mur du Kremlin en criant : — Frères, frères ! aux sentinelles figées à l'entrée du monument funéraire. Il s'arrêta même pour pousser du coude Natacha :

— Vois donc ces petits frères ! dit-il ébahi ces jolis uniformes sans un pli et si propres, et neufs ! Tu as vu de ces uniformes parmi nous ? Ça n'est pas juste ; alors que nous étions au combat, ils montaient la garde auprès d'un mort, et bien nourris avec ça! C'est à n'y rien comprendre, ma colombe!

Ils suivirent les rues en regardant les vitrines vides des magasins ne contenant que de grands placards. Ils traversèrent les larges avenues en s'arrêtant devant les églises et les anciens palais des princes du régime tzariste.

Mais ils virent aussi de longues queues d'attente, composées de vieilles femmes, d'enfants, tenant des paniers à la main.

— Que se passe-t-il ici, camarades? leur cria Louka du haut de son siège de cocher.

— Nous voulons un homme comme toi! répondit insolemment une femme.

— On distribue un peu de beurre aujourd'hui, ajouta un enfant, et quatre pommes de terre par tête...

— Vous pouvez bouffer tant qu'il vous plaira! rugit Louka en réponse, mais sachez que le bon temps de la guerre est passé : vous retournerez bientôt au sowkhose!

Louka s'arrêta sur la berge de la Moscowa et regarda Natacha assise à côté de lui. Elle restait parfaitement silencieuse, pâle, triste.

— Il nous faudra tout recommencer, petite colombe, dit-il.

Elle répondit par un signe de tête et ajouta : — Je le sais, Louka.

— Il nous faudra aussi trouver un logement...

— Oui.

— Et du travail... Il remarqua alors deux hommes qui, tiraient un poisson de la Moscowa et le glissaient dans une poche, après avoir regardé de tous côtés d'un air peureux. — Diable, nous aussi nous manquons de quelques roubles... conclut-il. Puis, il considéra son petit cheval efflanqué, au poil hirsute... Après tout, il était capable de fournir du travail et il était sobre : une botte de paille, un seau d'eau lui suffisaient.

— Tenterons-nous notre chance avec lui, Natacha?

— Comment?

— A la gare du chemin de fer, avec notre cheval : personne ne traîne volontiers ses bagages... On pourrait se charger de ces transports...

— Tu en as des idées! lança Natacha anxieuse, mais détendue soudain. Elle admirait Louka qui ne se laissait pas abattre et, comme un arbre de la Taïga, refleurissait après chaque hiver.

— Dawaï! rugit Louka en tendant les rênes de la courageuse petite rosse qui s'en fut au trot le long de la Moscowa, en direction du soleil couchant. Et, soudain, le géant se mit à chanter. Sa voix résonnait, âpre, rude comme le craquement d'un arbre que l'on abat au fond d'une étroite vallée.

Natacha le tira par la manche! — Où vas-tu?

— Chercher une *chambrette!* Il doit bien s'en trouver une dans cette ville si grande!

Mais en fait, il n'y en avait pas.

Le fonctionnaire, préposé à l'attribution de celles-ci au « Centre de l'habitation » où Louka s'en fut déposer sa requête, le regarda avec de grands yeux, comme s'il entendait conter la légende chinoise du rossignol doré.

— Une chambre, camarade? Ici, à Moscou? C'est à ne pas croire! Tu tombes du ciel? Pas même une bouche d'égout dans un canal n'est libre! Et cet animal réclame une chambre! C'est presque du *sabotage!*

Le préposé considéra le géant Louka, sa jambe bandée étayée d'une grossière éclisse, puis Natacha silencieuse et frêle à côté de lui. Le préposé était un homme en proie à mille tourments, car chaque jour des centaines d'individus le prenaient à parti, parce qu'ils ne trouvaient aucun toit sous lequel s'abriter dans le grand Moscou.

— Retournez dans votre village, camarades, dit-il, amadoué à la vue de Natacha.

— Notre village est détruit...

Louka tira Natacha devant lui comme un morceau de bois et brailla : — Ouvre l'œil, camarade, voici Natacha

Astachowa, lieutenant de l'Armée Rouge, héroïne de la nation, décorée de l'ordre de Lénine...

Le fonctionnaire baissa la tête et considéra encore les deux paysans vêtus de guenilles puantes, puis il rugit. Car, croyez-moi, il savait rugir le camarade préposé à la répartition des logements! On le lui avait appris à l'école du Parti, où l'on enseigne que celui qui braille le plus fort a raison. D'ailleurs, on a toujours botté le cul de certaines gens... Jadis on les appelait les moujiks, à présent, grâce à la Révolution, ce sont des « camarades », mais les procédés à leur égard n'ont pas changé.

— Avortons! s'écria-t-il d'une voix criarde, vous osez réclamer? Héroïne de la nation, ordre de Lénine, etc. Vous? Punaises crasseuses, bouse de vache recuite! Sortez d'ici avant que j'oublie que je suis un homme cultivé!

C'était le langage que comprenait Louka. Il haussa les épaules, entoura Natacha d'un bras et sortit avec elle.

— Je savais qu'on ne nous croirait pas, dit Natacha dans un des longs couloirs blancs du Centre. Ici, Louka, on a une autre conception des choses : il faut avoir des documents sérieux à présenter, or, citations, décorations, tout a été perdu au cours de notre fuite dans les marais...

Ils remontèrent dans leur cariole et s'en furent au hasard, vers le cœur de la ville, en passant devant les éternelles queues d'attente qui signalaient de loin l'existence de quelque magasin d'État.

Quant au fonctionnaire du « Centre », il considéra d'un air préoccupé la porte qu'il avait fait franchir plutôt rapidement à ses visiteurs, avec le sentiment d'avoir commis une bévue. Jamais encore on ne s'était présenté à lui en se targuant du titre d'héroïne de la Nation, sans l'être vraiment. Il en allait de quelques bonnes années de Sibérie pour le menteur et, camarade, pourquoi risquer cela? Ainsi donc... il avait peut-être eu tort de ne pas s'enquérir avant de rejeter cette demande?

Baigné d'une sueur d'angoisse, il téléphona aussitôt à la direction des affaires militaires au Kremlin et demanda poliment qu'on lui dise s'il existait une Natacha Astachowa, héroïne de la Nation? Il attendit en léchant la sueur accumulée sur sa frémissante lèvre inférieure. La réponse ne se fit pas attendre : oui, elle existait Natacha Astachowa, veuve du lieutenant Fedja Astachow, héroïne de la Nation, décorée de l'ordre de Lénine, qui, pendant deux ans dans les marais... Le fonctionnaire réprima un gémissement d'angoisse, mais ravala sa terreur lorsqu'il entendit la suite... Natacha Astachowa était morte pour la nation soviétique, lorsque les Allemands s'étaient emparés des marais... Au Kremlin, ajouta-t-on, son nom figure gravé sur une table de marbre, érigée en mémoire des héros nationaux...

— Tiens... Tiens... s'esclaffa le fonctionnaire intérieurement, — voilà un oiselet mort qui volette encore? C'est un prodige ma foi...

Et, certes, le préposé à « l'habitation » : Gennadi Sergejewitsch Sawody était enchanté. On ne roule pas si aisément un fonctionnaire soviétique, camarade!

*
* *

Louka arrêta le petit cheval devant une grande maison et se passa la main sur le visage. C'était tout au bout de la ville et, déjà, la nuit venait. Natacha, assise à côté de lui, semblait lasse; elle avait appuyé sa tête contre son épaule et paraissait dormir.

Louka considéra la maison, une vaste écurie dans laquelle on avait aménagé une quantité de petites alvéoles pour loger ouvriers et manœuvres, avec femmes et enfants.

— Où sommes-nous? demanda Natacha.

— Tu vas tout de suite avoir un lit, attends un peu que je m'entende pour la location...

En gémissant, il descendit de la cariole, prit ses énormes béquilles et s'en fut en clopinant vers la porte du bâtiment.

— Salut victorieux, camarades! lança-t-il, lorsqu'il

eut fait irruption dans le premier logement. Les occupants de la petite pièce se recroquevillèrent à la vue de cette apparition gigantesque. Les petits enfants se cachèrent derrière les grandes personnes et les hommes présents — deux Tartares aux yeux bridés, aux minces moustaches tombantes — écartèrent les jambes, comme s'il s'agissait de contenir un chameau récalcitrant.

Louka ne s'attendait pas à ce qu'on lui rendît son salut. Il y avait là deux lits et... neuf personnes. C'était peu, mais, en se serrant, la pièce devenait grande. Il songea aux trous qui servaient de refuge dans les marais du Pripjet et fixa les deux Tartares d'un œil obstiné : hydre inconnue s'apprêtant à les dévorer.

— J'ai besoin d'un lit, camarades... Vous pouvez garder l'autre. Vous êtes d'accord, petits frères?... Il lança un éclat de rire tonitruant et les Tartares eurent un regard effaré vers le plafond qui leur semblait devoir s'effondrer; puis ils sourirent, pleins de stoïcisme asiatique, et leurs visages évoquèrent l'image de deux grenouilles croassant le soir dans les roseaux.

— Un instant! lança Louka satisfait, je cherche Natacha!

Lorsqu'il revint dans la chambre avec cette dernière, chacun des Tartares était assis sur un lit, avec à la main un long poignard. Ils souriaient toujours, tandis que, tassés dans un coin, les femmes et les enfants attendaient. Louka arrêta Natacha sur le seuil et, secouant sa grosse tête, s'adressa aux Tartares.

— Voyons, camarades, dit-il presque timidement, ne peut-on pas s'entretenir paisiblement, de problèmes sérieux? Pourquoi ces poignards? Ignorez-vous que si je soufflais seulement sur vous, on vous verrait voleter par la pièce? Et que faites-vous de l'amour du prochain?

Il avança sur ses béquilles jusqu'au lit le plus proche. Le petit Tartare bondit, mais, telle une mite que l'on chasse du revers de la main, il s'en fut, au bout du bras de Louka, heurter le mur opposé, au pied duquel il s'abattit, l'œil fixe, comme s'il n'y comprenait rien. L'autre Tartare

souriait encore, mais il rengaina son poignard et se joignit
à sa famille, dans un coin de la pièce.

— Viens, petite colombe, dit alors Louka à Natacha,
puis il la fit s'étendre sur le lit devenu vacant et s'assit à
côté d'elle, ayant à sa droite et à sa gauche ses énormes
béquilles, tandis que sa jambe paralysée, étendue devant
lui, barrait la moitié de la chambre.

— C'est gentil, comme cela, camarades... et n'espérez
pas que je m'endorme!

Lorsque la lune passa au-dessus de la Moscowa, les
Tartares et leurs familles reposaient sur le second lit et sur
le parquet, enroulés les uns avec les autres comme des
chenilles sommeillantes, environnées de déplaisantes
exhalaisons.

Dès que les grisailles de l'aube surgirent, Louka s'étira,
ayant faim et soif et s'inquiétant avec tendresse de la situation
inconfortable de son petit cheval qui se trouvait
derrière le bâtiment et qui devait lécher la rosée matinale
sur le sol dur autour de lui.

Louka soupira. Il s'était imaginé autrement ce premier
matin à Moscou, avec des drapeaux et des musiques militaires,
et s'était vu, lui, le vainqueur de la *grande guerre*,
entrant dans la ville, tandis que Natacha Astachowa,
l'ordre de Lénine décorant sa poitrine, était ovationnée
comme héroïne de la nation. Et quoi? La réalité, c'était
ce trou pestilentiel qui appartenait à d'autres camarades?
Il soupira encore et si fort, sans doute, que Natacha en
fut réveillée.

— Où sommes-nous, Louka? demanda-t-elle doucement
et d'une voix assez peu amène. Louka se gratta la
tête. « Naturellement, pensa-t-il, elle n'a rien remarqué
hier soir, tant elle était fatiguée, mais la voici aussi vivace
qu'une ablette et elle va gronder! La vie est vraiment dure...»

— Nous sommes dans une chambrette, Natacha...
répondit Louka avec prudence... des camarades t'ont cédé
un lit, de bien braves gens... des gens de cœur...

Natacha se leva et s'étira. La tristesse, la fatigue des

jours précédents s'étaient dissipées. Elle avait dormi et s'éveillait en constatant que les déceptions, qui l'avaient paralysée, s'étaient effacées. Un peu de l'ancienne énergie qui, durant deux ans, l'avait soutenue dans les marais du Pripjet, lui était revenue. Elle rejeta la tête en arrière et peigna ses longs cheveux de ses doigts recourbés. Louka la regardait fixement, il connaissait la signification de ces gestes, ces yeux sombres et étincelants, cette petite bouche rouge et provocante.

— Que penses-tu faire? demanda-t-il sur un ton timide.

— Nous allons au ministère : je veux prouver que je suis Natacha Astachowa, lieutenant de l'Armée Rouge et j'obtiendrai un logement pour toi et pour moi, du travail pour tout ce qu'il nous faut... Tu me crois? ajouta-t-elle en voyant le regard incrédule de Louka.

— Ça va être dur, ma colombe, il n'y a pas de soldats au ministère, mais des fonctionnaires.

— Alors, on leur montrera ce que c'est qu'un soldat!

Le cœur de Louka en sauta de joie dans sa poitrine, mais il pensait aussi à sa jambe estropiée, à sa vie de déserteur, aux deux soldats de Kalouga dont les crânes étaient aussi friables que des coques d'œufs.

— Je vais aller au chemin de fer, dit-il. En considération de ces préoccupations, il faut bien gagner quelques roubles pendant que tu parleras aux fonctionnaires. Mieux vaut d'ailleurs qu'une fille s'explique seule... Le diable emporte les fonctionnaires!

Il en fut ainsi. Louka amena Natacha jusqu'au ministère, palais gigantesque aux mille fenêtres, dont le toit allongé était ponctué de drapeaux rouges, de banderoles de propagande, qui descendaient le long des rangées de fenêtres et sur lesquelles les images de Staline, de Lénine et de quelques maréchaux se gonflaient, animées par le vent matinal.

Natacha attendit que Louka eut tourné, dans son véhicule, le coin de la rue; puis elle pénétra dans le palais administratif et interrogea le premier employé rencontré :

— Où se trouve le commandant, camarade?

— Le commandant ? Qui voulez-vous dire ?
— Votre chef, idiot !

Le fonctionnaire, sans doute un campagnard, comprit ce langage qui eut, certes, au moins surpris un citadin.

— Impossible de l'approcher, répondit-il presque solennel. Ce sont chaque jour, dans son bureau des conférences, des comités qui se forment, des plans que l'on établit... la paix fournit beaucoup de travail, camarade !

Natacha le planta là et, poursuivant ses investigations, elle apprit que le personnage, qu'elle recherchait et auquel tous les fonctionnaires de Moscou étaient soumis, avait son bureau derrière une haute porte éblouissante que l'on découvrait après avoir traversé deux vastes antichambres.

« Hé bien quoi ! c'est à lui que je veux parler, non à ses secrétaires », pensa-t-elle, et, profitant d'un instant où nul ne la regardait, elle franchit alertement le seuil d'une porte impressionnante marquée d'une pancarte blanche « défense d'entrer ».

Un gros homme, qui lisait la *Prawda* en fumant, était installé, solitaire, à son bureau. Il semblait avoir beaucoup de temps à sa disposition.

* *

La grande gare de Moscou est un prodige éblouissant. Du moins, telle fut l'opinion qu'en eut Louka lorsqu'il s'arrêta devant elle avec son petit cheval et pénétra du regard à l'intérieur du vaste hall fourmillant de voyageurs, dans lequel une horloge énorme était suspendue, visible pour tous. Des trains arrivaient. D'autres partaient dans toutes les directions, portant des noms de régions dont Louka n'avait jamais entendu parler. Même un train couvert de glace jusqu'au toit de ses wagons, pénétra sous le hall et Louka s'émerveilla à la vue de cette carapace boréale, alors que les arbres fleurissaient dans les jardins de Moscou.

Lorsque Louka eut suffisamment admiré ce spectacle, il approcha sa carriole de la sortie où les voyageurs se pressaient en plus grand nombre et hurla vers la foule en agitant les bras :

— Ici, camarades! Pourquoi portez-vous vos bagages? Êtes-vous bêtes! Alors que pour quelques kopeks, je vous mènerai où vous voudrez!

Deux voyageurs, armés, il est vrai, des officiers de l'Armée Rouge, osèrent enfin confier leurs valises à ce survivant de l'époque des cavernes.

— D'abord à la Place Rouge, puis à la caserne d'Octobre...

— Tout de suite, tout de suite, camarades... Louka se dressa alors et désignant les officiers à la foule des passants : — Deux camarades avisés, voyez-vous! brailla-t-il, et vous portez tout vous-mêmes? N'avez-vous pas honte de gaspiller vos forces? La paix réclame des hommes forts... Quatre voyageurs se décidèrent encore à lui confier leurs paquets. C'était une délégation d'un kolkhose des environs de Moscou, qui se rendait à la Direction des Kolkhoses pour obtenir l'autorisation de produire des porcelets, plutôt que des têtes de choux . une paix sans ventres rassasiés n'est qu'une demi-paix!

— En route, camarades, cria Louka à ses premières pratiques, — d'abord à la Place Rouge!

— Non, à la Direction des Kolkhoses, protestèrent les paysans.

Louka qui savait aller à la Place Rouge, parce qu'on n'avait pour cela qu'à se diriger vers les tours du Kremlin, ignorait où se trouvaient la caserne d'Octobre et le siège de la Direction des Kolkhoses.

— Les camarades officiers désirent se rendre d'abord à la Place Rouge, rugit-il, osez-vous, chiens de campagnards, vous opposer à la volonté des vainqueurs de l'Armée Rouge?

Il fit claquer sa langue, le petit cheval démarra, les officiers en tête, près du cheval, et, derrière la carriole, la délégation paysanne. C'était un beau spectacle.

Tandis qu'officiers et soldats visitaient le mausolée, Louka se renseignait au sujet de la Direction des Kolkhoses. Enfin, il sut adroitement forcer les paysans à accepter que l'on passât d'abord par la caserne qui se trouvait située à l'opposé du but particulier de leur voyage :

— Nous allons à la caserne d'Octobre, petits frères...

— Mais nous voulons...

— Avez-vous gagné la guerre, ou bien serait-ce les camarades officiers? lança-t-il avec un regard terrible, tout en brandissant un jeune arbre qui lui servait de houssine, — sans doute, vous trouvez bon de mendier les bienfaits de l'État, mais, eux, l'ont sauvé! La paix!

Deux fois encore Louka devait transporter des bagages jusqu'à la Place Rouge. La dernière fois, pour un monsieur bien vêtu qui voulait se rendre au Théâtre Bolchoï et qui avait déjà vu quatre fois le mausolée.

— Quatre fois? lui cria Louka, lorsqu'il eut chargé les valises et encaissé d'avances ses deux roubles, — il faut voir Lénine cent fois, camarade!

Lorsque Louka, revenant de cette course, atteignit la gare, il vit Natacha qui l'attendait dans la rue. Il agita son jeune arbre et hurla : — Ma colombe, ma colombe!

Natacha, radieuse, tenait des papiers à la main. Elle s'était coiffée convenablement, avait coupé ses cheveux et même, que diable, elle agitait de la main gauche un mouchoir de tête neuf, avec lequel elle adressait des signaux à Louka, comme un drapeau.

— Nous avons une chambre, idiot! s'écria-t-elle, lorsque Louka s'arrêta à sa hauteur, — et puis j'ai du travail et cinquante roubles d'argent liquide. Nous avons, de plus, des papiers d'identité... pour toi aussi, Louka : tout est redevenu comme avant... Demain, on me rendra l'ordre de Lénine...

Ce fut l'instant où Louka se rappela sa mère. Cela ne lui arrivait guère. Il la revit s'agenouillant devant une icône pour remercier Dieu d'une bonne récolte. A ce souvenir, les larmes lui jaillirent des yeux... Il les renifla sauvagement, s'essuya le visage, se mordit la lèvre inférieure et se boucha les narines du pouce parce qu'elles laissaient échapper de grosses gouttes.

— Tout est bien, mon oiselet, dit-il au bout d'un long moment de silence, — c'est donc aussi la paix pour nous.

— A présent, allons voir notre logement! conclut Natacha. Elle relut l'adresse : *Tousstounkaja 3*. Ce doit être une belle chambre, m'a dit le fonctionnaire, dix mètres carrés pour nous seuls, Louka! Habituellement, on y met quatre à cinq personnes... Il n'y a pas de place... Il est revenu plus d'individus de la guerre que l'on ne s'y attendait.

Au bout de deux heures de recherches vaines, un policier leur indiqua le chemin à suivre. La rue se trouvait en bordure de la Moskowa, elle était nouvelle et on y voyait de grands et longs bâtiments neufs, d'une blancheur éblouissante.

— Voici une rue digne d'être habitée par une héroïne de la nation! remarqua Louka fièrement, en pénétrant dans cette voie élégante. Ils s'arrêtèrent au numéro 3 de la Tousstounkaja. C'était une superbe maison blanche, comme toutes les autres, mais elle avait un petit défaut : celui de n'être pas terminée. Les fenêtres étaient béantes, les murs non crépis, l'escalier encombré de gravats et les couvreurs travaillaient encore au dernier étage.

— On ne peut tout avoir, dit Louka sentencieusement, en descendant de son siège, tandis que Natacha sautait à terre. Elle était rouge de colère et ses yeux noirs étincelaient comme au jour où elle avait couché le sergent-major allemand sur la fourmilière.

— Il assurait qu'elle était terminée... s'écria-t-elle en serrant les poings, il m'a même montré le rapport de l'équipe chargée de la construction...

— Hé bien, la maison est presque terminée, petite colombe. Qui ira chicaner? Il y a un toit, un plancher sur lequel on peut dormir. Le reste viendra... Où est la chambre? Voyons ce papier!

— Premier étage, chambre 12.

— L'eau y est déjà installée... Louka saisit les bagages dans la carriole. Que veux-tu de plus, Natacha?

Ils gravirent l'escalier, Louka en bondissant entre ses béquilles. Puis, ils suivirent un long couloir où les numéros étaient déjà posés au-dessus des portes.

Dans la chambre 12, un ouvrier musait, accoudé à la fenêtre.

— Tu n'as pas à fainéanter, camarade, tu dois travailler! rugit Louka. Que fais-tu ici?

— Je suis le vitrier.

— Et nous, les locataires, camarade : ce soir, les vitres seront posées, ou tu entendras les loups hurler dans ton pantalon!...

— Le verre est rare, camarade, bégaya l'ouvrier.

— Débrouille-toi. Voici Natacha Astachowa, lieutenant de l'Armée Rouge et héroïne de la Nation, elle veut ses fenêtres!

— Mais les vitres, camarades...

— Le diable t'emporte! Alors, que fais-tu ici?

— J'attends.

— Depuis quand?

— Depuis cinq jours.

Louka s'adossa à la muraille : — C'est bien ça... dit-il satisfait, ce qui fait notre force, à nous, Russes : nous savons attendre.

*
* *

Le soir même, les fenêtres étaient vitrées et le petit cheval, qui avait été gratifié d'un sac de foin, dormait dans un appentis où les maçons entreposaient leurs outils; Louka avait simplement jetés ceux-ci dans la rue pour faire de la place.

Avec un plancher récuré par Natacha, quelques tapis, un miroir au mur, mais surtout l'eau courante, on vit le mieux du monde, camarades, croyez-moi !

Le lendemain matin, commença un jour différent de tous les autres. On était libre, mais aussi on se savait enfin devenu un camarade en possession de tous ses droits, et non plus une bête sauvage, indépendante et traquée, dans la Taïga.

Natacha s'en fut se présenter au lieu de son travail ; Louka attela son cheval puis, ayant échangé quelques propos peu amènes avec les ouvriers dont il avait dispersé les outils, il s'en fut à la gare, au trottinement de son cheval.

*
* *

Le natschalnik du complexe industriel « Grande Volga » examina les papiers que Natacha lui tendit par-dessus son bureau. Il était chef du personnel. Sa nomination à ce poste éminent avait été subite. De petit comptable, il s'était vu installer sur un trône, parce que son prédécesseur avait eu pour habitude d'interroger longuement, dans son bureau privé, les jeunes et jolies filles qui se présentaient pour obtenir un emploi. On l'avait catalogué parmi les « ennemis de classe » et déplacé dans une mine au-delà de l'Oural.

La gratitude de l'ancien comptable, devenu chef du personnel, était donc immense à l'égard du régime, mais plus encore l'était sa prudence, car il redoutait sans cesse un sort analogue à celui de son prédécesseur. Il lut donc la note accompagnant les papiers, spécifiant que Natacha Astachowa était une fille célèbre, qui avait fait la guerre courageusement et que l'on souhaitait en haut lieu qu'elle reçût un emploi selon ses mérites.

— C'est un honneur pour nous, camarade, dit le natschalnik en claquant involontairement des talons sous la table — jamais il n'avait été soldat : d'abord, parce qu'il était faible de la poitrine, ensuite, parce qu'un oncle colonel l'avait préservé de cette épreuve — nous sommes heureux de vous compter parmi nous. Naturellement, nous avons du travail pour vous... Qu'allez-vous croire? Seulement, il s'agit d'examiner ce qui peut être digne de vous...

Le camarade Gennadi Igorowitsch Popow savait, sans avoir à considérer la question, qu'il n'y avait pas de place dans le complexe « Grande Volga » que l'on pût offrir à Natacha, si ce n'était son propre poste. Il s'agissait donc sérieusement d'en créer un nouveau et Popow se souvint à propos que, lors de la dernière réunion du Conseil de Direction, il avait été question de remédier au contrôle de la production, déficient malgré la présence de contrôleurs attitrés, car cette constatation avait été dramatique, croyez-moi : le complexe industriel « Grande Volga », gaspillant les biens du peuple, frôlait le crime de « sabotage ».

— J'ai trouvé, camarade lieutenant, conclut Popow satisfait, une place superbe : contrôleuse des contrôleurs, c'est-à-dire *contrôleuse générale*, à la fois de la responsabilité et de l'honneur! Tout ce qui s'en ira courir le monde portera votre nom...

Gennadi Igorowitsch Popow était un coquin, en dépit de sa faible constitution. « Voyez, pensait-il, on met une héroïne de la Nation à la tête du contrôle : on n'enverra pas si facilement une porteuse de l'ordre de Lénine, dans l'Oural, ça épargnerait bien des soucis, et puis, avant toute chose : on pourrait déplacer la responsabilité sur ses épaules... »

— N'est-ce pas un poste honorable, camarade? dit-il, les yeux brillants. Ma foi, cette idée méritait un bon verre de vodka qu'il s'octroierait lorsque la camarade l'aurait quitté. — Vous pouvez commencer tout de suite, le camarade contrôleur en chef vous mettra au courant, je vous mène auprès de lui. Hein, qu'en dites-vous?

— Je suis enchantée, répondit Natacha sincèrement, mais il me faut une avance...

— Combien, camarade?

— Cinquante roubles.

Gennadi Igorowitsch Popow considéra Natacha d'un œil fixe. Il comprenait soudain qu'il n'avait pas engagé une sotte : elle connaissait sa valeur et Popow se douta aussitôt qu'il ne s'agirait pas de rire, lorsque Natacha se chargerait de son contrôle.

— Accepté... soupira-t-il. Puis il relut la note émanant des hautes autorités du régime.

Il avait l'impression d'accueillir un fameux pou dans son pelage et, certes, cette constatation n'avait rien d'agréable.

***

Avec cinquante roubles, on peut vivre. Et à Moscou aussi, tout a un autre aspect, une fois qu'on a trouvé une situation. La grande ville n'est plus hostile, plus de grandeur écrasante ni d'oppressant secret, non, on se sent presque chez soi parmi ses hauts bâtiments de pierre, ses rues pavées, ses inconnus toujours pressés et tous ses policiers, ses soldats si nombreux que l'on se demande ce qu'ils peuvent bien avoir à faire, alors qu'ils vous jaugent d'un œil critique. La guerre est pourtant terminée, camarades!

Natacha était allée jeter un regard au lieu de son travail. C'était une petite pièce au bout du hall des « finitions », dans lequel les chefs de sections contrôlaient les fabrications terminées. Il y avait des transformateurs, des boîtes de distribution, des appareils semblables à des postes de radio, qui défilaient lentement sur un tapis roulant, passaient silencieusement devant les tables de contrôle où un contremaître les soumettait à une épreuve par le contact électrique... Il y avait alors un grésillement ou un éclair bref, le contremaître faisait un petit signe de tête et posait l'appareil contrôlé sur un autre tapis qui l'emportait par une ouverture dans le mur du fond, dans un autre hall destiné à l'emballage.

C'était tout. Natacha ne comprenait pas encore très bien ce qu'elle aurait à faire dans son réduit. Le natschalnik Gennadi Igorowitsch Popow tenta de le lui expliquer.

— Les contremaîtres sont sérieux, camarade, des gens triés sur le volet! Mais après tout, des hommes faillibles! Si la veille au soir ils ont absorbé une vodka de trop, il se peut, le matin venu, qu'un défaut échappe à leur vigilance. Ainsi, installée ici, vous les surveillerez. Vous aurez donc fort à faire, camarade, malheureusement! Vous observerez les contrôleurs, de manière à savoir si chaque appareil passé dans leurs mains marche vraiment, s'ils ne laissent pas filer vers les livraisons un appareil qui ne fonctionne pas. Si c'était le cas, vous n'auriez qu'à appuyer sur ce bouton... Il le lui désigna : c'était un vilain bouton en bakélite noire, placé sur un tableau de commande absolument vide, à part cette petite protubérance, — et le tapis roulant s'arrêta aussitôt, un timbre retentira. Alors, tout le monde saura qu'un contremaître a commis une erreur... Ce sera désagréable pour lui, camarade... Nous obtiendrons ainsi une élévation sensible de la moralité dans le travail.

Natacha jeta un regard dans le hall. Elle vit qu'on louchait dans sa direction. Le bruit avait déjà couru qu'une héroïne nationale se chargerait du contrôle au sommet. On s'attendait à voir une puissante et lourde partisane, une femelle sauvage à la chevelure mal peignée, à la voix de cocher sibérien, au lieu de cela, c'était une petite poupée, à la longue chevelure noire, au visage d'ange. Le diable si l'on peut s'y reconnaître! pensaient les contremaîtres.

Natacha devinait l'hostilité muette qui refluait vers elle. Jamais aucun contrôleur n'a attiré la sympathie, à Moscou pas plus qu'autre part. — Je ne resterai pas longtemps ici, pensa-t-elle en quittant le petit bureau consacré au « contrôle supérieur ». Peut-être était-ce tout de même une erreur de la part de Louka que d'avoir voulu aller à Moscou? Le monde où elle avait grandi était celui des kolkhoses, des vastes champs de cultures, des forêts, des jardins, la vie en compagnie des chevaux, des bêtes à cornes, des porcs. Ç'avaient été les courses dans les chariots des moissons, les longs mois d'hiver où, enfermés par la neige jusqu'au toit, on était assis en famille, sur le poêle d'argile, occupés à réparer les vêtements, à carder la laine des moutons, à fabriquer des harnais neufs pour les chevaux. Vraiment, ils auraient dû retourner à Krassnoje Mowona... Peut-être s'y décideraient-ils encore.

*
* *

Pendant près d'un mois, ce fut pour Natacha et Louka la vie normale du citoyen soviétique. On allait à son travail, on se restaurait à la cantine, on revenait chez soi où l'on faisait la soupe aux choux, à moins qu'on ne se livrât à la préparation d'un poisson séché. On courut deux fois à la Place Rouge, parce qu'un maréchal revenait d'Allemagne. Il s'était alors montré sur le mur du Kremlin, et on l'applaudit en criant. Une grande parade eut lieu. Pendant six heures, les soldats, ainsi que tous les délégués des États soviétiques, défilèrent devant Staline et l'ovationnèrent.

Ce fut un grand jour pour Louka, car il avait été autorisé à défiler au côté de Natacha Astachowa, le long du mur du Kremlin et du mausolée de Lénine. On avait remis à Natacha un uniforme de lieutenante. Elle l'avait revêtu et avait défilé au premier rang, comme héroïne de la nation, portant l'ordre de Lénine sur la poitrine. Immédiatement derrière elle, dominant les méandres infinis de la parade militaire, Louka clopinait avec ses béquilles. Lui aussi avait été gratifié d'un uniforme rapidement agrandi dans un atelier de caserne, car il n'eût pas convenu qu'un héros, tel que Louka, défilât à demi-nu devant Staline.

Après ce grand événement, au cours duquel Louka se fit remarquer parce qu'il hurla bravo! à l'instant où il passa devant Staline — on raconta que Staline avait sursauté à ce moment-là — leur vie quotidienne se poursuivit d'une part, au contrôle de la production, de l'autre, sur le siège de la carriole aux alentours de la gare de Moscou.

Louka avait fait le sacrifice de sa barbe, après avoir été traîné par la police jusqu'aux services délivrant les licences de transport dans Moscou, formalité qu'il n'avait pas songé à remplir à ses débuts dans cette activité, qui lui avait semblé devoir échapper à tout contrôle. Un fonctionnaire bienveillant lui avait conseillé cette métamorphose et Louka, compréhensif, avait admis qu'un homme doit avoir, en temps de paix, un autre visage que celui réservé aux jours de guerre.

Dans le complexe industriel « Grande Volga », on reçut une députation. Cette fois, ce n'était pas des curieux, ou des touristes auxquels on démontrait la montée culturelle de la nation, il s'agissait de quatre personnages dont l'un, âgé, se faisait remarquer par sa petite taille, sa délicate structure, sa tête étroite, environnée d'une forêt de cheveux blancs, des mains qui n'avaient jamais rien porté de lourd : elles étaient transparentes comme de la porcelaine et souples comme des bras de marionnettes.

Cet homme s'appelait Waléri Toumanow.

Natacha Astachowa ne le connaissait pas. Si elle avait été Moscovite, sa vue seule lui eut donné des battements de cœur. Elle remarqua l'émotion des jeunes filles dans le grand hall et même en décela quelque chose chez les « contrôleurs » impavides qui tournèrent la tête, saluèrent cet inconnu avec chaleur, puis toussotèrent comme un dindon qui va faire la roue.

Waléri Toumanow traversait les grands halls, le sourire aux lèvres; il eut même un geste bienveillant à l'adresse de Natacha et pénétra dans sa petite cellule, meublée d'une chaise et d'un tableau de commande, pour lui tendre sa main translucide et fragile.

— C'est donc elle? dit-il. Et Popow, joignant les mains dans un geste d'extase, montra un visage rayonnant :

— C'est elle, camarade professeur, l'orgueil de la fabrique; il semble incroyable que nous ayons jamais pu travailler sans elle.

— Il exagère, jeta Natacha; en trois semaines j'ai eu seulement à appuyer deux fois sur ce bouton, c'est tout.

— Mais quelle responsabilité! reprit Gennadi Popow en roulant les yeux, — nous avons trente pour cent de réclamations en moins et nous dépassons de cent soixante-dix pour cent le rendement moyen.

— Surprenant, vraiment, surprenant!

Pendant la pose de midi, Natacha apprit qui était ce petit vieillard fragile. — Un artiste de l'État! lui dit-on. Un titulaire du prix Staline, qui avait été jadis un grand chanteur de l'opéra de Léningrad. — A présent, il enseigne les futurs grands artistes dans une dépendance du Théâtre Bolchoï. Il a formé Kargino, le ténor, et Ludmilla Bobrowa, la grande soprano. Maintenant, il projette de former un chœur composé des meilleurs chanteurs de toutes les fabriques, un chœur de deux mille chanteurs, le plus important du monde! Demain commenceront les épreuves de chant!

Cet après-midi-là, chaque ouvrier chanta à la place même de son travail. Seuls, les très mauvais chanteurs se turent, ulcérés. Les autres gazouillaient, meuglaient, à l'envi. Car on nourrissait de grands espoirs aux usines « Grande Volga. » Un chœur de cette sorte, c'est merveilleux, camarade... On pourra voyager et même s'en aller à l'étranger! Et puis, on jouira d'un régime spécial, de payes d'artistes supplémentaires, on aura des vêtements offerts par le gouvernement, afin de pouvoir montrer dignement à l'univers quelle bonne vie on mène en République Soviétique.

Ce jour-là, Natacha fut obligée d'appuyer six fois sur le

bouton noir. Cependant, la visite du grand artiste ne l'enthousiasmait nullement. Elle n'avait jamais chanté, si ce n'est autrefois pendant la fête des moissons à Krassnoje Mowona, dans l'écurie des vaches, dans la stolowaja du village, afin de célébrer la Révolution d'Octobre; c'était un souvenir lointain, qui ressemblait à un livre de légendes.

Aussi ne chanta-t-elle pas, tandis que toute l'usine se mettait à donner de la voix. Concentrée sur les tables de contrôle, elle en oublia même, le soir venu, la visite de Waléri Toumanow.

Le lendemain matin, les jeunes ouvrières, réparties par groupes afin que le courant du travail ne puisse être troublé, furent introduites dans la salle de réunion de l'usine. Au centre de celle-ci se trouvait un piano, devant le clavier duquel Waléri Toumanow était assis, plaquant des accords. Chaque jeune fille devait lancer quelques vocalises, aussi bien qu'elle le pouvait. Sur une liste placée sur le porte-musique, Toumanow jetait chaque fois quelques annotations d'une main hâtive, puis faisait signe à la jeune fille suivante.

Il était onze heures du matin exactement lorsque Natacha parut à son tour dans la grande salle. Toumanow lui adressa un petit signe comme à une ancienne connaissance, mais il éleva ses sourcils blancs dans sa surprise d'entendre Natacha lui déclarer :

— Avec moi vous perdez votre temps, camarade Toumanow, je n'ai pas de voix, et puis, je ne veux pas chanter...

— Nous allons voir ça, camarade « héroïne nationale », répliqua Toumanow sur un ton qui n'était pas exempt d'une nuance de raillerie, lorsqu'il prononçait ce titre ronflant. Ou était-ce le timbre particulier de sa voix d'ancien chanteur ?

— Allons, quelques notes seulement... Je vous les donne et vous les chanterez à ma suite...

Waléri Toumanow regarda Natacha avec un sourire encourageant. Puis, il effleura une touche. Un son clair vola dans la salle. Natacha l'écouta : « Une jolie note, pensa-t-elle soudain, comme dans la légende des clochettes d'argent que Mamaschka lui racontait lorsqu'elle était enfant. »

Natacha ferma les yeux et chanta la note. Le pouce qui appuyait sur une touche se leva brusquement. Le son argentin mourut. Mais une autre clochette d'argent reprit la gamme et Waléri Toumanow, stupéfait, regarda Natacha.

Alors, il se tourna vers le clavier, frappa un nouvel accord, un autre, puis toute une série de notes perlées qui s'élançaient et retombaient comme les gouttes d'eau des cascades touchées d'un rayon de soleil.

La voix claire le suivait. Waléri Toumanow finit par bondir de son tabouret pour se jeter au cou de Natacha.

— Une bénédiction! Tu es une bénédiction! lui cria-t-il, mon petit enfant... S'il y avait encore un Dieu chez nous, je dirais : c'est un miracle, une grâce du Seigneur : tu as la voix d'un ange, je ferai de toi la plus grande chanteuse de l'univers!

— C'est un vieux fou alcoolique, pensait Natacha en regagnant sa cellule de contrôle. Comment peut-on appeler chant, ces quelques notes? Elle secoua la tête, n'y comprenant rien.

Cependant, Waléri Toumanow avait un entretien animé avec Popow, le chef du personnel. — La camarade héroïne nationale sortira d'ici! lança Toumanow à la fois péremptoire et laconique. — Pourquoi l'enfermer dans une usine? Il y a en elle une grande chanteuse : je la formerai.

— Je ne puis en décider, répondit Popow prudent. — On savait que Toumanow était un ami de Staline. Ils buvaient souvent ensemble au Kremlin et il arrivait que le vieil artiste fît chanter ses élèves devant le maître de la Russie. — La camarade Astachowa semble promise par les plus hautes autorités à un avenir brillant : de grands projets reposent sur elle...

— C'est exactement ce que je disais : elle deviendra la plus grande chanteuse de Russie; dès demain, elle ne travaillera plus chez vous.

Déjà, la nuit envahissait leur petit logement. Louka dévorait une énorme tartine de pain. Natacha préparait une soupe à la semoule, sur le poêle qui les chauffait, lorsque Waléri Toumanow frappa à la porte.

— Je n'ai pas pu attendre davantage, dit-il sans autre préambule. Puis son regard s'attacha, plein d'effarement sur Louka. — L'ours des cavernes... pensa-t-il.

— Faut-il lui rompre les os? lança Louka à l'adresse de Natacha. Il captait en même temps le regard médusé de Toumanow et l'expression de surprise de Natacha recevant cette visite inattendue.

Natacha ne l'écouta pas. Elle s'élança à la rencontre de Toumanow et lui serra la main : — Entrez, camarade Toumanow, dit-elle gracieusement.

— Je suis venu vous dire, camarade Astachowa, qu'à partir de demain, vous ne travaillerez plus aux usines « Grande Volga. » L'État assure des bourses aux citoyens doués : vous bénéficierez de l'une d'elles.

Louka baissa la tête et grogna, inquiet de cette offre dont il ne comprenait pas le sens.

— Qui est-ce? demande Toumanow.

— Louka, camarade. Un vieux compagnon de mon mari... Le meilleur des amis, mais il faudrait un an au moins pour vous dire qui il est! Je ne saurais vivre sans Louka!

Waléri Toumanow passa une main sur sa chevelure blanche. Il connaissait leur histoire. Avant de se rendre au n° 3 de la Tousstounkaja, il s'était renseigné au sujet de Natacha. Le service des Armées à Moscou lui avait appris que, portée disparue en 1943 dans les marais du Pripjet, elle avait reparu par la suite, expliquant qu'elle était restée cachée en zone occupée par les Allemands, avec l'ordonnance de son mari tombé à l'ennemi, qu'elle avait dû se cacher pendant la retraite de ceux-ci, puis avait marché vers la liberté. C'était une histoire violente mais courante, à cette époque, seulement on s'attendait à ce que son héroïne n'eut point la silhouette frêle et le visage angélique de Natacha.

Toumanow hocha la tête : — Vous étudierez le chant, camarade, déclara-t-il, — nous vous formerons pendant deux ans. Vous serez nourrie, vêtue et logée aux frais de l'État qui vous allouera une certaine somme comme argent de poche. Rien ne vous manquera, tout le monde vous enviera, mais le travail sera dur, très dur, camarade : leçons de diction, exercices de respiration, solfège, piano, histoire de la musique, du costume, jeux de scène, cours d'ensemble, la pantomime, séance de fleuret, d'équitation, leçons de maquillage, de danse et étude des rôles. Vous en aurez le vertige, camarade, mais au bout de deux ans, je vous le promets, je vous présenterai comme la plus grande chanteuse que petite mère Russie ait jamais recélé dans son sein !

Natacha s'assit. Elle éprouvait une sorte de faiblesse dans les jambes. Qui donc ne serait pas étourdi à s'entendre offrir une existence à faire rêver ? Elle voyait dans les yeux de Toumanow que c'était *vrai*. Il lui rendait son regard en la fixant de ses vieux yeux bleus, rayonnants de bonté, et c'était un monde nouveau, éblouissant qu'évoquaient ses paroles.

— Et... Louka ? demanda Natacha.

Waléri Toumanow se passa lentement le bout des doigts sur les lèvres : — Il y aurait une solution... Ce serait vraiment faisable : nous ferons entrer Louka dans un hôpital... et nous l'opérerons... pour tenter de ranimer sa jambe immobilisée... Pendant six mois, nous aurons ainsi Louka en bonnes mains et il y gagnera la guérison ! Tout ça aux frais de l'État... Quand il sortira de l'hôpital, nous trouverons autre chose...

— Ça va, ça va... l'interrompit Louka, une jambe neuve, six mois de bouffe, un bon lit... Mais...

— Quoi, camarade ?

— Que deviendra mon petit cheval ? Celui avec lequel je travaille à la gare.

— Bon Dieu ! s'écria Toumanow, il y a de quoi pleurer ! Que veux-tu que j'en fasse ? Vends-le, donne-le, noie-le...

Louka regarda Natacha. Il était évident qu'une fois de plus ils pensaient de même, comme jadis dans leurs forêts enneigées.

Toumanow soupira. Une voix divine, un animal préhistorique, un petit cheval à la robe ébouriffée : impossible de les séparer, ils formaient un tout. C'était le chou-chou de Louka, sans lui, pas de voix d'or... mais, certes, s'il s'inquiétait du sort de cette humble rosse, on ne manquerait pas de se gausser de lui. Comment? La guerre avait coûté à la Russie treize millions de soldats morts, sept millions de civils tués, en fait vingt millions de morts, presque dix pour cent de la population entière de l'Union Soviétique, et l'on se tourmentait pour l'avenir d'un fichu petit cheval?

*
* *

Les premières leçons de chant avec Waléri Toumanow furent moins dures que Natacha se l'était imaginé.

On lui avait donné une grande et belle chambre dans une aile de l'Académie de Musique. Grâce à une poignée de bons d'habillement, il lui fut possible d'acquérir vêtements et lingerie, dans les magasins d'État... Elle ignorait *qui payait*. Partout on allait à la rencontre de ses désirs, avec une politesse extrême. Elle reconnut que, pour elle, la vie était tout à fait nouvelle et non pas du tout selon les principes du socialisme. La Révolution d'Octobre avait aboli les classes sociales, anéanti la bourgeoisie, donné à tous les Russes les mêmes droits, elle en avait fait des camarades... Mais ce à quoi Natacha assistait maintenant, c'était une *classification* dont elle n'avait jamais entendu parler dans l'école des Komsomols de Tatarssk. Même le directeur du magasin s'inclina légèrement, tandis qu'elle faisait ses achats avec Toumanow. Les élèves de l'Académie la regardaient comme une étoile tombée des cieux, brillant dans la nuit russe.

De temps à autre, Natacha rendait visite à Louka, dont on avait opéré la jambe, et lui apportait des fruits, luxe rare en ces mois de famine et qui n'était accessible qu'à Natacha. Lorsqu'elle était repartie, Louka partageait ces fruits avec ses compagnons de chambre, selon certains principes mûrement réfléchis : deux fruits à ceux qui savaient les meilleures plaisanteries, trois à ceux qui lui donnaient une partie de leur pain, mais il réservait cinq fruits à un homme opéré de la vésicule biliaire et qui était violoniste de son métier. Celui-ci venait s'asseoir chaque jour au chevet de Louka et tentait de lui enseigner les bases de la musique. Personne ne savait pourquoi Louka apprenait le solfège, seulement, on enviait le violoniste pour la corbeille de fruits qu'il recevait en échange de ses enseignements. C'étaient d'ailleurs des honoraires durement gagnés.

Au bout de trois mois, Waléri Toumanow mit son élève dans le chœur de l'Académie : — Je crois que ta voix a acquis la souplesse désirée. Nous allons d'abord faire un essai en public, avec quelques chansons populaires...

A nouveau, Natacha, petite chanteuse fluette parmi soixante-dix autres, répéta pendant six semaines, les chansons qui étaient au programme. Et lorsque les tours du Kremlin se coiffèrent de bonnets de neige pointus, les choristes se virent gratifiées d'un uniforme : blouses blanches, jupes azur, ruban de couleur vive ceignant le front. Toumanow fit répéter les choristes pendant toute une journée, bien que chaque chanteuse sut ses chansons sur le bout des doigts.

Il n'y avait qu'un seul morceau au programme qui devait être chanté en solo, une petite chanson mélancolique de Moussorgski, réservée à Natacha Astachowa : *Sur le Don fleurit un jardin...*

Waléri Toumanow l'avait répétée avec Natacha plus de cent fois, jusqu'à ce qu'elle n'eut plus que cette idée en tête : *Sur le Don fleurit un jardin...*

Un dimanche, le chœur au complet se trouva sur la

scène de l'Académie de Musique. La grande salle était comble et les projecteurs balayaient, de leurs caresses éblouissantes, les blouses blanches, les jupes claires, les bandeaux multicolores.

Waléri Toumanow en habit, debout derrière le décor, était dans l'état d'un homme qui, ayant accompli une grande œuvre, espère en recueillir le succès.

Une heure auparavant, il avait eu une conversation avec Anatoli Dorogouschin, directeur de l'opéra du Théâtre Bolchoï, un seigneur de la musique, critique dont on disait qu'il avait réussi à arracher des larmes à la grande Oulanowa, par cette remarque : « Ma grand-mère lève la jambe plus haut...! »

Waléri Toumanow l'avait invité à écouter ses élèves en ajoutant : — Emportez un mouchoir, camarade, vous pleurerez de joie à entendre un tel ange!

— Souhaitons que je n'aie pas à pleurer cette heure perdue, avait répliqué Anatoli Dorogouschin. Sans doute, nous, Russes, savons danser, peindre, composer et nous avons les meilleures voix de *basse* de l'univers, mais, lorsqu'il s'agit de sopranos... il y a de quoi pleurer!

Enfin, Anatoli Dorogouschin était assis au premier rang des fauteuils d'orchestre, mais personne dans le chœur ne le savait. Il cherchait du regard la légendaire Natacha, cette partisane célèbre, qui devait « chanter comme un ange ». Il la découvrit enfin au second rang. On dirait un oisillon frappé par le gel, comment d'un si petit corps émanerait une belle voix? Il exagère le bon Toumanow!

Le chœur se fit entendre, de belles notes chaudes... Mais, après tout, le chœur de l'Opéra était meilleur. Dorogouschin prenait de l'humeur.

Lorsque Natacha se détacha du second rang pour se placer au bord de la scène, il s'adossa confortablement et lança un regard amusé à Toumanow qui avait dirigé son chœur de quelques mouvements de doigts, comme un montreur de marionnettes.

L'accompagnement se fit entendre, parfait, enjôleur...

« Ce qu'il est adroit, ce vieux renard », pensa Dorogouschin, puis il cessa de penser, il se sentit transporté dans un monde encore jamais exploré.

La voix de Natacha voguait au-dessus de lui comme une nuée d'or. Elle l'enveloppa, l'entraîna à sa suite, le dépouillant de toute pesanteur, de toute volonté propre :

> *Sur le Don fleurit un jardin*
> *Où muse un sentier,*
> *Souvent je le regarde*
> *De ma fenêtre.*

> *Un soir tard,*
> *Mascha parut,*
> *Jamais je n'oublierai*
> *Ses soupirs,*

> *Ni le sourire*
> *Dont elle me répondit.*
> *Puis, comme étourdie,*
> *Elle répandit l'eau*
> *Qu'elle avait puisée...*

> *Sur le Don fleurit un jardin*
> *Où muse un sentier...*

Lorsque cette petite chanson nostalgique prit fin, Anatoli Dorogouschin ouvrit la bouche comme un poisson qu'on a jeté sur la berge. Puis, le rideau s'abaissa et les applaudissements étouffèrent sa voix.

— Où est-elle? cria-t-il enfin, lorsqu'il se heurta derrière la scène à Toumanow. Je veux la voir, camarade!

— Pourquoi?

— Vous me le demandez? Je ferai de cette Natacha la plus grande chanteuse de l'univers! Elle sera ma nouvelle Tatiana dans « Eugène Onéguine », je mettrai le monde à ses pieds. Où est-elle, brigand?

— Inaccessible pour vous, camarade... — Toumanow lui barrait le chemin : — Ce prodige a besoin d'être cultivé, nous avons le temps...

— Le temps! Vous n'allez pas étouffer cette voix dans vos salles de répétition! Elle est destinée à faire le bonheur de l'humanité! Quand me la donnez-vous?

— Peut-être dans trois ans.

— Que comptez-vous faire d'elle pendant ces trois ans? clama Dorogouschin.

— Lui apprendre à chanter.

— Chanter? — Le directeur d'Opéra considéra Toumanow avec stupeur : — Toumanow, vous êtes bon à enfermer!

— Attendez, camarade, vous verrez ce qu'elle donnera dans trois ans : il vous faudra alors tout un drap pour étancher vos larmes!

**

Pour Natacha, le rêve se poursuivait. Lorsque trois jours après le concert elle se présenta chez Toumanow pour sa leçon de chant, celui-ci vint à sa rencontre avec un sourire radieux : — Enfant de la chance, s'écria-t-il, quelle victoire! Anatoli Dorogouschin a la tête à l'envers, et le secrétaire du Parti aux affaires culturelles rugit d'enthousiasme quand il entend ton nom! Tu as enfoncé toutes les portes et tu iras à Saratow! A Saratow, sur la Volga, ma colombe, où les meilleurs chanteurs de Russie habitent une grande maison blanche et où on leur enseigne leur art. Puis on t'enverra à Khouzhir, une île du lac Baïkal, où tu chanteras, chanteras, chanteras, seule absolument, dans une salle gigantesque, jusqu'à ce que tu te trouves en possession de la plus belle voix du monde. Alors on t'enverra partout, dans les plus grands opéras de tous les pays...

— On veut m'enfermer pendant trois ans! s'exclama Natacha. Je ne veux pas être prisonnière de ma voix! Je veux retourner à Tatarssk avec Louka! Et si je refusais de chanter?

— A quoi bon? On sait que tu peux chanter... — Il prit sa tête étroite dans ses mains et l'attira vers lui. « Comme ses bons vieux yeux sont pleins de crainte, remarqua Natacha, il a peur, vraiment, ce bon Toumanow. »

— Ne tente pas d'éprouver la puissance d'un État, dit Toumanow à mi-voix. Ne t'a-t-on pas obéi aveuglément lorsque tu commandais dans le marais? Tu les as forcés à agir selon ta volonté et tu tenais ton pistolet à la main... Ils ont tous obéi par *peur*. Mais si fort soit-on, on trouve toujours plus fort que soi. Les puissants de ce monde sont des êtres sensibles, pour lesquels un soupir compte pour autant qu'un coup de poing...

Ce jour-là, ils ne s'exercèrent qu'à des vocalises, puis ils jouèrent du piano. Natacha était aphone.

Après sa leçon, elle s'en fut se promener dans les rues de Moscou. Sur la Place Rouge, elle resta immobile plus d'une heure à contempler la longue file qui, lentement, se traînait le long des murs du Kremlin, pour disparaître par une des portes du mausolée de Lénine et s'écouler ensuite du côté opposé. Paysans de Mongolie, cavaliers du Kasakhstan, chameliers d'Oulan Bator, aux bonnets ronds et pointus, portant moustaches minces et tombantes, paysans blonds d'Ukraine, filles brunes du Caucase, mouchoirs de tête incolores venus de Sibérie, vestes matelassées noires venues du Kamschatka, Kalmouks aux jambes torses, habitants grands et élancés de Leningrad... Tout un monde passait lentement dans cette demeure de la mort, devant le cercueil de cristal de Lénine.

— Il me faudra chanter pour tous, pensa Natacha.

Elle s'arrêta devant la gigantesque porte du Kremlin pour contempler, en face, la construction en cours de la future université. C'était un enchevêtrement titanesque de grues, d'échafaudages, d'où jaillirait la tour qui poignarderait les cieux et que l'on apercevrait de tous les quartiers de Moscou.

Soudain, elle eut le sentiment de comprendre la joie du vieux Toumanow : Qu'était-ce que trois ans à Saratow et dans le lac Baïkal, si, ensuite, le monde vous est ouvert? Jadis, c'était une dure vie et la récolte d'un kolkhose ne nourrissait que quelques centaines d'individus. A présent, on lui offrait de donner, en chantant, de la joie à des millions d'êtres.

A l'hôpital, Louka lui prit les mains et les baisa à l'ancienne mode paysanne, avant que Natacha eut réussi à l'en empêcher.

— Est-ce vrai? demanda-t-il.

— A demi, seulement, Louka.

— Que veux-tu dire?

— Je serai envoyée à Saratow pour y poursuivre mes études de chant...

— Alors... Tu vas devenir une artiste de l'État? demanda Louka à voix basse.

— Sans doute, Louka.

— Ainsi, tu ne seras plus là, Natacha... Quand... pars-tu?

— Je l'ignore... Toumanow n'est pas mieux renseigné que moi... Mais je te ferai venir, Louka, où que je sois! Je te le promets : quand tu pourras marcher, je viendrai te chercher.

Le lendemain matin, lorsque l'infirmier chargé de prendre la garde de jour pénétra avec ses thermomètres dans la salle d'hôpital pour réveiller les malades, le lit gigantesque que l'on avait procuré à Louka était vide, l'appareil de plâtre qui enrobait sa jambe opérée gisait à côté sur le plancher, deux traverses du lit avaient été arrachées : Louka avait dû les emporter pour s'en servir en guise de béquilles.

— Où est Louka? brailla l'infirmier. Ses rugissements éveillèrent tous les malades. L'œil clignotant, embué de sommeil, deux rangées de visages barbus considéraient le lit vide et brisé, avec stupeur.

※

Waléri Toumanow corrigeait les devoirs de composition de ses élèves, car il tenait à ce que ceux-ci eussent une culture musicale sérieuse : il ne suffisait pas de chanter une ariette de Puccini, il convenait aussi de savoir qui était ce compositeur, où il avait vécu, quelle était la source d'inspiration de ses œuvres. Il aimait cette pause dans le silence de son bureau du premier étage de l'Académie de Musique.

Il n'en fut que plus désagréablement surpris, lorsque sa secrétaire pénétra brusquement dans sa retraite et s'arrêta sur le seuil, l'air désemparé. Elle semblait sortir de la représentation d'un film aux péripéties terrorisantes.

— Il y a là quelqu'un, commença-t-elle d'une voix enrouée, qui se présente pour chanter...

— C'est une plaisanterie, Hélène... Depuis quarante ans que Toumanow était professeur de chant, jamais personne ne s'était fait entendre de lui sans y avoir été autorisé.

— Je n'ai pas réussi à le renvoyer, camarade professeur... Hélène ravalait ses larmes, — mais c'est impossible... Je l'ai menacé de la police, qu'a-t-il fait? Il a arraché le fil de l'appareil téléphonique.

Waléri Toumanow bondit : — Je vais lui montrer de quel bois je me chauffe! cria-t-il d'une voix tremblante de vieillard. Il voulut contourner son bureau, mais une ombre géante obscurcit le seuil, faisant gémir le parquet sous le poids de ses pas. Une montagne pénétra dans la pièce, lança la porte au nez d'Hélène, avec une traverse de bois brisée, brandie d'une main experte.

— Que prétend-on montrer ici, camarade? rugit une voix. Je te prends sous l'ongle, comme une puce!

— Louka... dit faiblement Toumanow sidéré, en regardant le géant. Celui-ci vêtu d'une tenue d'hôpital, avait la jambe droite de son pantalon de nuit coupée au-dessus de sa cuisse récemment opérée. Sur la peau velue et rougie de celle-ci, collaient encore des morceaux de plâtre provenant de l'appareil arraché avant sa fuite. Louka s'appyait sur ses deux traverses de lit et, bien que sa jambe opérée fut, du fait de l'extension, aussi longue que l'autre, il n'osait pas s'en servir. Le dos appuyé au mur, le menton calé sur la poitrine, il rappelait un taureau qui embrasse l'arène d'un regard, avant de frapper du sabot le terrain du combat.

— As-tu demandé au gardien, en bas, si tu pouvais monter? demanda Toumanow.

— C'est un jeunet, camarade Toumanow. Louka eut un large sourire : — Il est couché quelque part dans le hall... Il a fait dans sa culotte dès qu'il m'a vu.

— Que veux-tu? demanda Toumanow avec un soupir, une fois qu'il se fût réfugié derrière son bureau.

— Apprendre à chanter, camarade.

— Quoi? Toumanow s'assit comme si, brusquement, on lui avait coupé les jambes.

— Oui, à chanter, comme Natacha, ma colombe. Louka s'appuya lourdement sur ses traverses de lit. — J'ai appris le solfège et le chant à l'hôpital, camarade!

— Si l'on donne le *Crépuscule des dieux* et que le Rhin sorte de son lit, tandis que le Walhalla s'effondrera dans l'embrasement de l'univers, alors, je t'appellerai!

Un instant, Louka parut désemparé, mais il se reprit. « Qu'est-ce qu'il raconte, cet avorton? pensa-t-il, est-ce un compliment? Ou se fiche-t-il de moi? » Indécis, il considéra Toumanow, puis avança vers lui de quelques pas et abattit, de toutes ses forces, une de ses traverses sur le dessus du piano à queue de Toumanow, dont le couvercle fut défoncé tandis que les cordes craquaient.

— Je chanterai devant vous, camarade, rugit-il. Mais il n'en pouvait être question car Toumanow gisait sur le plancher, les yeux clos, la bouche ouverte sur un cri étranglé dans sa gorge par l'évanouissement.

— Quelle mauviette! remarqua Louka en hochant la tête, scandalisé, puis il se pencha, ramassa Toumanow et l'étendit sur le dessus du piano détérioré.

Enfin il s'assit sur le tabouret du piano et attendit les événements.

C'est ainsi que le trouva Natacha, appelée en grande hâte par Hélène, la secrétaire.

— Idiot! lança Natacha hors d'elle, — fumier fait homme! Puis elle ferma les poings et lui martela le visage, les yeux, le nez, la bouche. Louka ne bougea pas. Le visage offert aux coups, il se sentait heureux.

— Ma colombe, dit-il lorsque Natacha s'arrêta épuisée, — tu me plais ainsi, c'est comme ça qu'on parle à Tatarssk... Nous resterons ensemble et j'anéantirai quiconque m'en empêchera!

Il en fut ainsi.

Quinze jours après, on lui fit un plâtre qui lui permettait de marcher. Il partit pour la Volga avec Natacha Astachowa.

Waléri Toumanow, le médecin-chef de l'hôpital et même Anatoli Dorogouschin se trouvaient sur le quai avant le départ du train.

— Nous nous reverrons dans un an! s'écria Toumanow, mais sa voix se brisa. « Je l'ai découverte, pensait-il. Assisterais-je à ses succès? A sa gloire? Elle est le couronnement de ma carrière. »

Le directeur de l'hôpital s'adressa à Louka :

— Mon collègue à Saratow a reçu la marche à suivre en ce qui concerne les soins qui restent à vous donner, Louka. C'est un excellent chirurgien... Dans un an, vous marcherez comme auparavant.

C'était un mensonge, mais nul n'y songea. Louka aurait désormais une jambe trop courte de deux centimètres. L'appareil enlevé prématurément avait permis à l'os de se solidifier trop vite en se racornissant. On ne le dit pas à Louka qui devait l'apprendre bien assez tôt.

Puis le train s'ébranla et les voyageurs firent des signaux par les fenêtres jusqu'à ce que la gare centrale de Moscou eut disparu dans les brouillards de l'hiver.

Plus tard, Louka, assis contre la fenêtre de leur wagon, se mit à dévorer un saucisson, en claquant du bec comme un cochon de lait.

— Ah! Il faut être un artiste pour sortir de sa coquille et s'en aller de par le monde, remarqua-t-il. Puis il se mit à chanter si fort que les vitres tremblaient. Natacha riait heureuse d'avoir avec elle cet idiot, un peu de sa patrie, qui lui eut manqué beaucoup, là-bas... A Saratow, sur le Don.

Le fleuve était gelé. Ses blocs de glace se chevauchaient à la surface. A la hauteur des ponts, des pionniers de l'Armée Rouge faisaient sauter des barrières de glace, épaisses de plusieurs mètres, afin de libérer les piliers d'une pression inquiétante.

Le froid s'appesantissait sur Saratow. On ne pouvait circuler qu'en pelisse de fourrure ou vestes ouatées. Les muqueuses de l'intérieur du nez gelaient et l'haleine aussi.

Louka et Natacha habitaient une maison au bord du Don. Elle était toute blanche, mais le crépi tombait, effrité par le vent de la steppe qui, au cours de longues années, avait errodé les murs. Jadis, disaient les vieilles gens de Saratow, une jolie femme vivait dans cette demeure, une princesse : Alexandra Odnopoff. Elle était riche, avait beaucoup d'amants, deux salles de bains et une masseuse française. Puis vint la Révolution d'Octobre, vingt cosaques rouges avaient traîné la jolie princesse dans la rue, l'avaient déshabillée, couchée nue sur la place du marché et... Nous l'avons vu, mes amis! Tous les vingt s'étaient jetés sur elle et, lorsqu'ils furent satisfaits et que le corps blanc de la jeune femme se trouva couvert de stries rouges, ils y plongèrent leurs baïonnettes et embrochèrent la jolie princesse.

Oui, oui, bien de vilaines choses se sont passées alors, qui n'avaient rien à voir avec la liberté, la libération de la personne humaine : le socialisme, ce n'est pas ça, ni d'ailleurs la lutte contre la bourgeoisie... Ensuite, lorsqu'on vola tout ce que contenait le palais de la princesse Odnopoff, les meubles, l'argenterie, les deux baignoires, même les rideaux et les lambris sculptés, jusqu'aux vases de nuit en porcelaine de Saxe et un corset que par la suite on vit porter par la femme du *Politrouk*, le camarade général lui-même estima que c'en était trop et il abattit, à coup de feu, quatre soldats dans le salon de la princesse. Simplement en manière d'avertissement... Mais on comprit, et l'on s'abstint de mettre le feu à la maison comme on l'avait fait pour d'autres demeures nobles.

A présent, la maison de la princesse Odnopoff abritait les élèves de l'École de Chant de l'État soviétique. Un grand parc s'étendait sur les rives du Don et l'on raconta à Natacha que l'on y donnait, l'été venu, les plus belles fêtes, avec promenades en bateau sur le fleuve, lampions dans les arbres et amours étalées à l'air libre sur les pelouses verdoyantes.

— Ça va changer! répondit Louka d'un air sombre lorsqu'on lui apprit tout cela. — Pas étonnant si les études de chant durent si longtemps!

En arrivant à Saratow, Natacha n'était que l'une des vingt élèves qui s'y trouvaient. Quant à Louka, on lui réservait une situation : celle de majordome de la vaste demeure au bord du Don. Il devait veiller à la propreté de l'intérieur, au bon fonctionnement des poêles, à la clarté des vitres et à ce que les derniers numéros de la *Prawda* et de la *Mesdounarodnaja Shisn* journal du communisme international, fussent toujours épinglés au tableau noir.

Ces premières journées furent assez vides. Les professeurs de chant saluaient Natacha comme si, déjà, elle était célèbre. On lui attribua une grande chambre ayant vue sur le fleuve et la ville; le directeur de l'institut vint la voir le lendemain, pour lui demander si tout était selon ses désirs. Puis, il fit servir du thé, des pâtisseries au miel et la traita comme une invitée ministérielle.

— Vous aurez un professeur particulièrement chargé de vous former : ordre de Moscou! C'est le meilleur maître de chant que nous ayons en Union Soviétique; il s'appelle Ulan Hogono.

— Un Mongol?

— Un génie. Il ne chante pas lui-même, mais... quelle ouïe! Son oreille est un critère absolu, il fera de vous la voix la plus pure qui fût jamais.

— Et les autres élèves?

— C'est à peine si vous les verrez, camarade. Ulan Hogono se consacrera entièrement à vous former...
— Le directeur tira de sa poche une feuille de papier pliée en quatre, qu'il posa ouverte, sur la table : — Voici votre plan d'études, camarade Astachowa!

Natacha prit le plan et le lut. Ensuite, elle regarda le directeur au visage souriant, impénétrable.

— Six heures de chant? Chaque jour? dit-elle durement, c'est trop!

— Moscou en a décidé ainsi, camarade.

— Je perdrai ma voix!

— Ulan Hogono sera là pour veiller à ce que cela n'arrive pas!

— On ne fera pas de moi une « machine chantante », cria Natacha. Elle piétina le plan avec rage. — Je suis un être humain, je le resterai! Pourquoi voulez-vous faire de moi une machine?

— Un être humain est un sujet incomplet. Il a des lubies, une volonté, trop de pensées qui ne lui servent à rien. Par contre, une machine ne pense pas, ne sent rien, ne veut rien : on appuie sur un bouton... et elle travaille... Que souhaiter de plus parfait, camarade ?

— Je me défendrai ! lança Natacha.

— Ulan Hogono vous convaincra, Natacha Astachowa : vous ne vous en apercevrez pas, on s'y fait... Et puis, nous avons deux ans devant nous...

Le soir même, Natacha s'en fut patiner sur le Don. Le froid vif calmait le feu intérieur qui la brûlait, sa colère contre Ulan Hogono, encore inconnu, et son chagrin sauvage d'être devenue un oiseau encagé, dans une prison dorée.

Elle s'élança sur la glace inégale, tête baissée, les lames de ses patins grinçaient lorsqu'elle décrivait un virage.

Natacha était tellement absorbée dans ses pensées, qu'elle n'entendit pas un appel sonore lancé vers elle, par-dessus l'étendue gelée.

— Retournez ! criait quelqu'un d'une voix précise, — prenez garde... Retournez ! Retournez !

Ces appels ne parvinrent pas à son esprit. Et soudain, il n'y eut plus de glace sous ses pieds. Ceux-ci enfoncèrent dans une eau grisâtre, lisse, qui s'ouvrit avec un éclaboussement, referma sur elle son étreinte, puis la repoussa à la surface, le corps déjà pétrifié. Natacha s'appuya des deux bras aux bords de la glace rompue, qu'elle vit apparaître contre sa tête, lorsqu'elle émergea du fond. Elle voulut crier, mais déjà sa voix était glacée, sa bouche resta ouverte et autour de ses lèvres, une croûte de glace se forma aussitôt, c'était son haleine gelée.

— Tenez bon ! entendit-elle crier une voix, surtout retenez-vous !

Une ombre glissa au-dessus de sa tête, elle se sentit saisie sous les aisselles et arrachée à l'eau glaciale du Don. C'était un homme à la haute stature, enveloppé de fourrure, qui ouvrit sa pelisse, serra contre lui le corps frêle de Natacha, l'enveloppa dans le manteau et la porta, en courant vers la rive. Là, il la jeta dans une vieille auto, la roula entièrement dans la fourrure, s'élança au volant et partit en trombe dans la direction de Saratow.

— Qu'y a-t-il? fut la première question de Natacha lorsque la tiédeur de la fourrure dégela ses lèvres. — Dites... Que m'est-il arrivé? Elle perdit connaissance et sa tête retomba sur le dossier du siège de la voiture.

— Qu'y a-t-il? fut encore sa première question lorsqu'elle sortit de sa syncope pour se retrouver dans un lit tendu de blanc, au centre d'une petite chambre nue, ornée seulement de deux photos représentant Lénine et Staline. Sur une chaise près de son lit, un homme était assis, la pelisse ouverte, tournant dans ses mains son bonnet de peau d'agneau. Il avait une tête étroite, des cheveux blonds, des yeux bleus. « Comme Fedja et Ilja », pensa Natacha, puis elle referma les yeux. Dans un coin de la pièce, elle entendit un grognement caverneux.

— Ah! Louka est là aussi, pensa-t-elle, tout est bien!
— Elle s'est éveillée, dit une belle voix mâle, inconnue.

Un pas lourd, inégal, résonna dans la pièce. « C'est Louka qui s'approche, pensa Natacha. Ce claquement contre le plancher, c'est son plâtre... Bon vieil idiot... Tu as failli rester seul au monde. »

— Ma colombe... dit Louka. Il n'osait la toucher.
— Tu es de nouveau avec nous, Natacha... Cet homme t'a sauvé la vie... et je l'ai serré sur mon cœur...

— Il m'a défoncé les côtes, cet ours! lança le blond inconnu. Si je n'avais crié, je serais actuellement couché, malade à en mourir, dans le lit voisin du vôtre...

— Il exagère, ma colombe... » Natacha ouvrit les yeux et constata que Louka avait le visage enrobé dans le chaume coriace d'une barbe renaissante : il reprenait l'aspect qu'elle lui avait connu dans les marais.

— Comment? Depuis combien de temps suis-je ici?
— Deux jours, camarade. » Le bel homme blond se leva de sa chaise, pour s'incliner avec une aisance parfaite. — Je suis Louka Nicolajewitsch Sedow, ingénieur au centre de recherches de Saratow.

— Il s'appelle aussi Louka! » Louka bondit :

— Viens sur mon cœur, petit frère! Deux Louka ont sauvé la vie de Natacha!

Sedow leva les mains dans un geste d'effroi :

— Je vous serais reconnaissant, camarade, d'éviter de me prendre une seconde fois dans la tenaille de vos bras puissants!

— Il refuse de se dire mon frère! rugit Louka, puis, saisissant Sedow par le col de sa pelisse, il le souleva de terre comme un rat mouillé.

— Louka! lança Natacha durement. Le géant ouvrit la main et Sedow retomba rudement sur son siège.

— C'est un brave garçon, lui expliqua Natacha, bien qu'un peu brusque... peut-être.

— Je sais... » Nicolas Sedow passa sur son front en sueur une main étroite, blanche et soignée, d'artiste.

— Vous êtes Natacha Astachowa, héroïne de la nation, bientôt une nouvelle étoile au ciel de l'Opéra... Ulan Hogono m'a tout appris!

— Ulan... Serait-il ici?

— Un vrai singe, ma colombe.

— Il a veillé à votre chevet tout un jour, ce Mongol et il a pris à partie les médecins : il les a menacés de les faire tous destituer s'ils ne vous sauvaient pas. C'est un gars dangereux cet Hogono, conclut Sedow.

— Je ne le connais pas encore, remarqua Natacha.

— Je me réjouis de vous voir sur le chemin de la guérison, camarade, reprit Sedow. Si vous n'avez pas de congestion pulmonaire, c'est que la chance sera deux fois avec vous : vous étiez si absorbée par votre course, que vous n'avez pas vu dans la glace, les trous faits par les pêcheurs. J'étais trop loin pour vous retenir à temps...

— Je vous remercie de tout cœur!

Natacha tendit sa main. Sedow s'en empara et eut un geste que Natacha ne comprit que pour en avoir eu l'explication dans les vieux romans et qui eut fort égayé les élèves de l'école des Komsomols, parce que c'était un geste « bourgeois » de soumission stupide : Sedow baisa sa main.

Natacha se sentit comme touchée d'un éclair. Elle voulut retirer vivement ses doigts, mais elle les laissa contre les lèvres de Sedow et sentit son baiser comme une onde chaude, vivifiante, qui, avec son sang, pénétrait tout son être.

*
* *

— Me permettez-vous d'aller vous voir souvent, camarade? demanda Sedow. Je suis responsable du fait que vous êtes en vie, il est naturel que je demande à contempler mon ouvrage!

— Venez aussi souvent que vous voudrez... ou que l'on vous laissera pénétrer jusqu'à moi : on est soumis à de sévères disciplines, à l'Académie de Musique!

— Je sais.

Sedow se leva et reboutonna sa pelisse. « Mais j'ai déjà parlé à Hogono. »

— Qui prétend me faire travailler six heures par jour!

— Mais il n'y *survivra pas!* grommela Louka sombrement dans un coin de la chambre... — Nous sommes libres, c'est la paix... Que veut ce Mongol?

Sedow pencha un peu la tête de côté. Son beau visage, sous sa chevelure lisse et blonde, était très grave :

— Je connais votre passé, camarade Astachowa, dit-il à voix basse, comme s'il voulait éviter que l'on puisse surprendre ses paroles en dehors de la pièce. Beaucoup de choses ont changé... ou plutôt : vous verrez beaucoup de choses qui existaient déjà auparavant, mais qui ne vous ont jamais effleurée. Vous avez toujours vécu libre comme les nuages du ciel, mais ceux-ci aussi sont poussés par le vent, là où le vent veut qu'ils aillent... Votre vie sera magnifique, on vous fêtera, vous conquerrez le monde paisiblement, avec votre voix merveilleuse. Mais il y aura

toujours un ordre qui vous talonnera, vous fera aller
là où Moscou exigera que vous alliez. Ceci est nouveau
pour vous, camarade : on pensera pour vous, on éta-
blira d'avance le plan de votre vie. De même que je suis
rivé à ma planche à dessin pour créer de nouvelles armes
qui feront de la Russie la nation la plus puissante de la terre,
de même votre vie s'écoulera selon un emploi du temps
rigoureux. Il en va ainsi de nous, Russes : nos œuvres
grandissent dans la contrainte qui nous est imposée. Que
serait devenu un Tolstoï sans la contrainte? Qu'auraient
fait Dostoïewski, Tourgeniew, Gorki et tous les autres,
s'ils n'avaient eu la nagaïka dans le dos?

Natacha l'écoutait, appuyée aux barreaux de son lit,
les yeux démesurément ouverts. Sedow exprimait brutalement ce que Waléri Toumanow avait essayé de lui
faire comprendre avec douceur, lors de son départ de
Moscou.

— Je ne permettrai pas qu'on me force! Jamais! J'ai
déjà brisé d'autres résistances que cet Hogono!

— Pendant la guerre, camarade! Dans le marais,
peut-être. Mais à présent, nous sommes en paix, tout
se *normalise*, même la vie quotidienne, or la contrainte
en fait partie, on ne peut l'oublier... Je reviendrai demain,
ajouta-t-il.

Il baisa encore la main de Natacha. Louka grognait
dans son coin et interrompit le baise-main d'une remarque
de sa voix profonde :

— On vient dans le couloir...

— C'est un gentil garçon, n'est-ce pas? dit Natacha,
le regard attaché à la porte qui venait de se refermer.

— Bien sûr, bien sûr... Il ressemble à Fedja et à Ilja!
Seulement Fedja était plus beau, plus gai... Mon petit
lieutenant était...

Natacha leva une main et secoua sa noire chevelure,
comme si elle sortait tout juste de l'eau du Don :

— Fedja et Ilja sont morts, Louka. On doit penser à eux,
mais il ne faut pas sacrifier sa vie aux morts. Les morts

sont toujours purs dans le souvenir : il convient de ne pas les comparer aux vivants.

— Ça me déplaît qu'il s'appelle Louka...

On frappa à la porte et un homme mince, de taille moyenne, portant une pelisse blanche en peau d'agneau, un bonnet de fourrure blanche, des bottes fourrées, pénétra dans la pièce. Il avait un visage rond et plat, des yeux un peu bridés, une bouche si mince qu'il semblait n'avoir pas de lèvres. Sa peau était jaune, légèrement verdâtre. Il s'arrêta sur le seuil et, avec une expression sérieuse, regarda de ses petits yeux noirs Natacha, assise dans son lit.

— C'est le jaune! remarqua Louka qui se trouvait près de la porte.

Natacha fut saisie de terreur. Sur le visage d'Ulan Hogono passa un léger sourire.

— En fait, un homme tel que Louka devrait casser du charbon dans les mines de Karaganda! dit-il d'une voix absolument monocorde, mais, comme on sait que Natacha Astachowa ne consentira à chanter que si cet animal géant se trouve dans son voisinage... Il s'agit de s'y faire... pour l'amour de l'art!

Ulan Hogono s'approcha du lit de Natacha et lui tendit la main. Avec un léger frisson, Natacha saisit les doigts glacés, puis retira vivement les siens. De sa vie, elle n'avait eu peur, et à présent, non plus, elle n'éprouvait pas de crainte, mais elle avait conscience que cet homme-là avait le droit de la commander. Qui lui donnait ce droit?

— C'est donc vous, Ulan Hogono, camarade? — Natacha rejeta la tête en arrière. — On m'a parlé de vous, j'ai pris connaissance de votre plan d'étude : c'est de la folie!

— Certainement, camarade! — Hogono souriait de ce sourire insondable des Asiates.

— Pourtant c'est votre plan d'études?

— C'est un plan qui émane d'un comité composé des spécialistes les plus qualifiés dans le domaine qui vous concerne : ce que la raison désapprouve s'avère, dans la pratique, comme un élément capable de métamorphoser un être. La nature vous a accordé une voix, mais il s'agit de la former! Nous tirerons de l'acier pur de la fonte... Toute formation est une violence, camarade.

— Je ne suis pas une matière première! s'écria Natacha, courroucée. — Hogono sourit encore.

— *Tout être humain est une matière première*, c'est la plus grande découverte du bolchevisme!

— Mais on ne me forcera pas!

— Qui parle de vous forcer, camarade? Vous prendrez plaisir à tout, les heures passeront sans que vous en ayez conscience! Un vieux dicton affirme que l'homme devient ce qu'il est! Vous êtes une grande chanteuse qui s'ignore encore. L'héroïne de la nation qui hantait les marais n'était qu'une personnalité transitoire de ce que vous alliez devenir!

Hogono sortit et Louka ferma la porte derrière lui, puis il s'y adossa de tout son poids. Natacha, songeuse, s'était assise dans son lit et jouait avec ses longs cheveux noirs qu'elle enroulait autour de ses doigts et laissait se dérouler brusquement.

— C'est un chien pervers, conclut Louka sourdement; on devrait le noyer secrètement dans la Volga...

Natacha ne répondit pas, elle était absorbée dans ses pensées. Deux hommes venaient d'entrer dans sa vie : le jeune ingénieur blond, Sedow, et le Mongol Ulan Ugono. Fait étrange, elle pensait en cet instant davantage à Sedow. « C'est un bel homme, se disait-elle, et puis, quand il parle, on se souvient qu'on est femme, c'est tout de même étrange... et merveilleux! »

— Tu peux aller chercher ma nouvelle robe, Louka, avec ma veste brodée en couleur, les bottes fauves doublées de lièvre blanc... Je veux m'habiller avant qu'il ne revienne.

— Le jaune?

— Non, le blond.

Louka hocha plusieurs fois la tête et soupira :

— A présent, les louves sont en chaleur même l'hiver! dit-il sur un ton philosophique, puis il baissa la tête pour éviter l'écuelle que Natacha lui lançait à la tête.

*
* *

Huit jours c'est long, lorsqu'on doit les passer dans une maison prisonnière de la neige, derrière des fenêtres calfeutrées. Natacha cependant eut l'impression d'avoir chaussé des escarpins de rêve, qui réduisaient les jours en minutes.

Elle travaillait toute la journée sous la direction de son maître Hogono, répétant inlassablement exercices, vocalises, morceaux classiques, tels que l'ariette de la *Flûte enchantée*, de Mozart, jusqu'à ce qu'elle en connût chaque note et que chaque trille hantât ses rêves.

Mais, le soir, elle rencontrait Louka Nikolajewitsch Sedow. Avec sa vieille voiture ferraillante, il arrivait du centre de recherches et, chaque fois, il apportait quelque chose qu'il offrait à Natacha : tablette de chocolat, livres, foulard de Kasan. La main dans la main, ils allaient se promener le long de la Volga gelée ou encore ils partaient en traîneau et piquaient vers le sud où les steppes du Kasakhstan finissaient près de la Volga.

Louka ne les quittait pas. Il conduisait le traîneau ou clopinait avec sa jambe plâtrée, à dix pas derrière eux. Sedow s'y était habitué malgré la gêne qu'il en avait éprouvée les premiers jours.

— S'il mourait, que ferais-tu? demanda-t-il une fois.

— Je ne sais pas. — Natacha haussa les épaules, — je ne peux pas m'imaginer la vie sans lui.

Sedow baissa la tête, soudain, il se sentait intimidé.

— J'ai une idée, dit-il, peut-être est-elle stupide, mais il faut tout de même l'exprimer sans restriction : tu dis ne pouvoir envisager la vie sans Louka...

— Non.

— N'est-ce pas une chance que je m'appelle aussi Louka?

Natacha s'arrêta dans sa marche et, abasourdie, considéra Sedow. Elle remarqua qu'il avait rougi et prenait l'attitude d'un enfant honteux.

— Il faut que je me charge d'un autre Louka? dit-elle doucement.

Sedow haussa les épaules. — Si... si cela pouvait être heureux pour toi... bégaya-t-il, je ne pourrais pas souhaiter plus grand bonheur...

Natacha fit une profonde aspiration puis, se haussant sur la pointe des pieds, déposa un baiser sur les lèvres tremblantes de Sedow. Lorsqu'il voulut l'étreindre, elle recula en élevant la main.

— Nous devons être raisonnables, Louka!

— Je t'aime, Natacha! s'écria Sedow. Je t'ai aimée dès l'instant où tu reposais contre ma poitrine, comme un oisillon gelé... Je suis malade lorsque je ne te vois pas, et je m'effondre à la pensée que tu pourrais sortir de ma vie!

— Que va-t-il se passer?

Natacha s'assit sur le tronc d'un arbre abattu. Son regard s'éloigna sur la vaste étendue de la Volga gelée. Des pêcheurs entouraient quelques ouvertures pratiquées dans la couche de glace et tiraient des filets, où frétillaient des petits ressorts argentés, que des mains expertes saisissaient et frappaient contre la glace jusqu'à ce que la dernière palpitation eut pris fin.

— Ulan Hogono veillera à ce qu'on te déplace au loin, s'il l'apprend!

— Il peut tout interdire, sauf l'amour! s'écria Sedow. Je vais écrire à Moscou directement. Hogono lui-même ne peut rien contre Moscou!

— Je parlerai moi-même à Ulan Hogono, reprit Natacha, tandis que Louka, à quelque vingt mètres de là, se demandait, ayant surpris le baiser de Natacha à Sedow, ce qu'il convenait de faire : reconnaître Sedow comme le troisième amour de Natacha ou, plus simplement, lui tordre le cou?

— Il posera évidemment comme condition première que mes études ne soient contrariées en rien, ajouta Natacha.

Sedow entoura d'un bras les épaules de Natacha. — Si je sais que tu m'aimes, il n'est espace ni temps qui puissent me séparer de toi.

— Je t'aime, Louka Nikolajewitsch, déclara Natacha simplement, tu le sais depuis longtemps.

Puis, ils s'étreignirent dans un baiser passionné.

Louka, à l'écart parmi les arbres, se passa la langue sur les lèvres.

« On devrait aussi se chercher une petite femme, se dit-il soudain. Quand on voit un plat appétissant, l'envie vous prend d'en goûter... »

Louka retourna en clopinant jusqu'à la vaste demeure blanche, laissant seuls Natacha et Sedow.

Il était un peu triste car il constatait que Natacha, aujourd'hui, n'avait nul besoin de lui.

*
* *

Ulan Hogono faisait travailler Natacha en vue d'un concert que l'Académie de Musique donnerait dans trois semaines. On remettait en état l'Opéra de Gorkij, les peintres repeignaient les coulisses, l'orchestre répétait. A Moscou, le commissaire du peuple à l'Intérieur, quelques maréchaux, les secrétaires du Parti, Krouchtchow et Malenkow, avaient envoyé leur acceptation et, même on prétendait que Kaganowitsch, le beau-père de Staline, viendrait sûrement! Waléri Toumanow serait aussi présent à Gorkij, en tant que premier critique du Parti, et le plus sévère. C'était un événement, l'un des rares de l'après-guerre, à une époque où il s'agissait de refermer les blessures de petite mère Russie.

Hogono considérait les promenades de Natacha avec Louka Sedow d'un œil sans bienveillance, le sourcil froncé. D'autre part, il était rassuré par la présence constante du géant Louka pendant ces promenades. Par contre, la voix de la Astachowa devenait plus pleine et voluptueuse, plus expressive aussi. Elle acquérait ces sons qui font fermer les yeux, parce que la vue du monde tangible en détruit la magie.

Quatre jours avant le grand concert, Hogono fit un geste de refus, lorsque Natacha, posant une partition sur le porte-musique de son piano à queue, voulut gémir la plainte de Jaroslawna.

— Pas aujourd'hui, mon ange, dit le Mongol en s'asseyant sur le tabouret du piano. — Il nous faut parler d'un ordre venu de Moscou. On a là-bas de singulières pensées, il faut leur laisser ça, aux camarades! Songe donc... On veut que tu portes un autre nom!

Natacha s'appuya au piano; ses grands yeux noirs exprimaient une incompréhension totale du sens de ses paroles.

— Je ne sais pas ce que vous voulez dire, camarade!
— Moi, non plus, je n'y comprends rien, mais à quoi bon nous creuser la tête? C'est la volonté de Moscou. L'ordre est clair : en tant que chanteuse, tu dois quitter le nom d'Astachowa!

— Fedja Astachow fut un lieutenant héroïque, petit frère! lança Louka qui, comme d'habitude, était présent à la leçon. — Nous ne quitterons pas son nom! Jamais! Jamais! répéta Louka en martelant le mur du poing.

Hogono haussa les épaules. — On veut que tu chantes sous ton nom de jeune fille : Natacha Tchougounowa.

— Pourquoi?

Hogono considéra Natacha d'un regard en biais :

— Ma colombe, est-il normal de demander à Moscou pourquoi? Il en est ainsi. Les affiches sont imprimées avec ce nom, de même que les programmes, les annonces aux journaux et les invitations adressées au corps diplomatique. On travaille consciencieusement, vois-tu!

— C'est inique! s'écria Natacha. — Elle prit sa partition et quitta, furieuse, la salle de musique. Louka resta les bras ballants, et darda un regard tel, que Hogono se remémora une image de son pays mongol : celle du dieu de la vengeance.

— Je n'y puis rien, Louka.

— En quoi le nom de mon pauvre petit lieutenant vous déplaît-il?

— Va-t-en le demander à Moscou! cria Hogono.

— Je monterai sur la scène avant le concert et je crierai à tous : — Fumier que vous êtes, camarades, vous avez un cerveau en bouse de vache!

Il fut épargné à Hogono de répondre à cette menace (qui, en ce qui le concernait, faisait surgir dans sa pensée des visions de Taïga, de mer Glaciale, puisqu'il faut toujours un coupable, ne serait-ce qu'en considération de l'ordre général), car Natacha reparut; elle s'était calmée et elle se mit à marcher de long en large, dans la vaste pièce.

— C'est bon, Ulan Hogono, dit-elle, changeons de nom, mais à une condition...

Hogono cilla d'un air critique. — Des conditions posées à Moscou? Nous ne sommes plus dans les marais, Natacha.

— Je veux me marier tout de suite après le concert! Il faut m'accorder ce que je demande là!

Hogono fit un profond soupir... « Ainsi, nous y voici, c'est tout de même cet ingénieur Sedow qui nous contrarie », pensa-t-il. La sagesse eut été de l'éloigner de Saratow, tout de suite après le sauvetage de Natacha. Hogono avait prévu cette complication, mais l'ingénieur directeur du centre en avait ri. On ne pouvait plus y remédier.

— J'enverrai une communication à Moscou, dit le Mongol.

— Téléphonez plutôt!

— Ce n'est pas possible.

— Bien. Natacha fit signe à Louka : — Allons-nous-en, Louka, je sens ma gorge très irritée... Dans quatre jours, j'aurai perdu ma voix...

Ulan Hogono la laissa partir. Il avait verdi d'inquiétude, car il savait trop bien ce que Natacha projetait de faire. Elle allait chanter jusqu'à ce que ses cordes vocales fussent dures comme du verre, puis elle boirait de l'eau glacée et, le lendemain, elle serait aphone.

Une heure plus tard, il obtint la communication avec Moscou. Il parla longtemps, avec insistance, avec un homme inconnu dont le bureau se trouvait au Kremlin. — Ce serait la meilleure solution, camarade, dit-il enfin, et puis je vous en prie, ne prévenez pas la N. K. W. D. qui ne peut rien faire non plus en cas d'enrouement tenace...

Le soir même, Hogono alla trouver Natacha dans sa chambre. Elle n'y était pas, Louka seul se trouvait assis devant la fenêtre, essayant, non sans peine, de lire un ouvrage de Panstowskij.

— Tu laisses Natacha se promener seule avec Sedow? s'écria Hogono, affolé.

— Pourquoi pas, camarade? Ne s'appelle-t-il pas Louka comme moi?

— Elle pourrait attendre un enfant, âne que tu es!

— Pourquoi pas? Ce serait assez naturel, petit frère!

Hogono s'assit, effondré. Soudain, il avait peur, une peur terrible. On lui avait confié la mission de faire de Natacha la plus grande chanteuse de Russie, tout comme on lui aurait ordonné : construisez un char blindé de 55 tonnes! ou encore : le 10 octobre 1950, il y aura au bord du lac Baïkal une fusée nouvelle, pourvue d'une tête atomique, capable de détruire d'un coup toute une ville...

— On nous *liquiderait* si quelque chose arrivait, murmura Hogono d'une voix blanche.

Louka laissa tomber son livre. Tel un éclair, la dangereuse vérité pénétra son entendement.

— Natacha aussi? demanda-t-il d'une voix remarquablement douce.

— Elle aussi! On change les drapeaux déchirés!

Louka bondit et, s'élançant hors de la maison, courut vers la Volga jusqu'à la maison de thé en ruines où Natacha et Sedow avaient l'habitude de se rencontrer.

— Séparez-vous! brailla-t-il en les trouvant étroitement enlacés sur un vieux sofa. Joignant le geste à la parole, il saisit Sedow et le jeta dans un coin comme un morceau de bois pourri. — Ça suffit comme ça! Et ne va pas prétendre que tu es enrouée, car tu dois chanter! — Il s'empara de Natacha à son tour et, l'élevant dans ses bras, la considéra avec des yeux étincelants de fureur. — Ma colombe, dit-il à mi-voix, — une onde glaciale parcourut le corps de Natacha — tu chanteras comme jamais encore... Tu entends, même s'il faut que je te rosse sur la scène, ou que je te traîne à ma suite, par les cheveux : tu chanteras!

— Qu'as-tu fait à Sedow? balbutia Natacha. Louka jeta un regard de côté. Sedow était étendu évanoui, le long du mur. Un mince filet de sang s'écoulait de ses narines.

— Il reprendra connaissance! Ça ne compte pas, mais — il tenait toujours Natacha dans ses pattes d'acier — ce que tu deviendras a de l'importance, j'ai promis à Fedja...

— Fedja est mort! cria Natacha, et j'aime Sedow!

— Mais, pour suivre Fedja, il est trop tôt pour toi! cria Louka et, plaçant Natacha sous son bras droit comme un paquet, il quitta avec elle la vieille maison de thé.

Louka pénétra ainsi dans la chambre de Natacha où Hogono, encore assis sur sa chaise, avait fini par se remettre de ses émotions.

— La voici! dit Louka avec un petit signe de tête à l'adresse de Natacha, suspendue sous son bras, le visage fermé et coléreux.

Hogono adressa à son tour un petit signe à Natacha :

— Je suis chargé par Moscou de vous dire, camarade,
— il toussota — que vous êtes autorisée à épouser l'ingénieur Sedow.

**

Le concert fut un triomphe. Jamais encore l'Opéra de Gorkij n'avait réuni autant de personnalités célèbres, autant de faste, d'uniformes, de décorations. Devant la porte monumentale, tenus à distance respectueuse par un cordon de soldats, se pressaient les habitants de la ville qui applaudissaient lorsqu'un maréchal connu, un ministre, un artiste émérite du peuple, passaient devant eux. Ils applaudirent même Béria, tout en frémissant intérieurement de voir de si près l'homme qui avait le pouvoir d'envoyer chacun d'eux dans un camp de représailles, ou en Sibérie.

Louka piétinait dans les coulisses. Natacha s'y trouvait déjà, revêtue d'une longue robe d'or, coiffée d'une couronne de rayons, faite de petites pierres scintillantes et posée sur sa chevelure éparse. Elle semblait sortir d'un conte de fées, et devait chanter le rôle du second tableau, celui de la reine de la nuit... A présent, c'était une scène de *Idoménée*, de Mozart, qu'elle allait chanter. Un jeune ténor léger, de la classe I de l'école de Saratow, devait être présenté ce jour-là.

Au dernier rang du balcon se trouvait Louka Nikolajewitsch Sedow, les regards rivés au rideau baissé. Hogono avait pu lui glisser une carte. Il attendait, les mains moites, l'entrée en scène de Natacha, le premier étincellement d'une étoile qui devait décrire son orbe autour du monde.

Elle chanta. Elle semblait planer sur les nuées, entourée d'une pénombre phosphorescente qui faisait luire sa couronne de rayons. Mais le public ne voyait rien de tout cela... Il n'entendait que sa voix, ces vocalises perlées, ces notes pures qui étincelaient comme les facettes du cristal.

Dans les loges latérales, assis en compagnie des maréchaux et des commissaires du peuple, se trouvait Waléri Toumanow. Il souriait doucement. « Je le savais, pensait-il, dès la première note lancée par elle dans la fabrique à Moscou. Elle portera sur ses épaules la gloire musicale de la Russie, comme la Ulanowa, comme Scholochow et Sostoenkow. Elle est encore jeune... mais, dans dix ans, elle en sera venue au point où aucune voix ne pourra se comparer à la sienne. »

Lorsque les applaudissements éclatèrent, Sedow se leva et courut vers les coulisses, jusqu'à une porte de fer portant l'écriteau « Défense d'entrer. » Il l'ouvrit avec détermination, mais fut repoussé, d'un croc-en-jambe, par un inspecteur faisant sa tournée. Sedow, qui avait jeté un cri de douleur, retourna en boîtant à sa place. Dans la loge de Natacha, cependant, se trouvaient Ulan Hogono et Waléri Toumanow. Natacha avait déjà changé son costume éblouissant contre celui de Jatoslawna.

— Très bien, ma colombe! lui lança Toumanow avec un clin d'œil à l'adresse de Hogono, — mais on s'aperçoit que tu es jeune, tu as encore beaucoup devant toi...

— D'abord, je me marie...

— Tu devrais réfléchir avant!

— J'aime Sedow!

Toumanow haussa les épaules : — Vous vous verrez très peu!

— Nous trouverons bien un arrangement...

— Vos activités sont par trop différentes. Lui est assis dans une pièce devant sa planche à dessin... Mais toi, le monde t'appartient! Jamais il ne pourra se détacher de cette planche à dessin, jamais de son vivant!

— Alors je cesserai de chanter et je ne serai plus que sa femme.

— Tu dis cela maintenant, Natacha. Mais, dans deux ans, les choses t'apparaîtront sous un autre jour!

Le chant seul sera ta vie, tu ne pourras vivre sans la musique, les projecteurs, les coulisses. Tu te sentiras désaxée en dehors de la scène et tu seras mal à l'aise lorsque, depuis, plusieurs jours, tu n'auras pas eu les applaudissements des foules. C'est comme une intoxication... A ce moment-là, ce Sedow ne sera plus qu'un ver sur ton chemin, desséché par le soleil de ta gloire.

— Vous me connaissez tous bien mal! s'écria Natacha. Elle jeta un regard au miroir et considéra attentivement son visage fardé : — Je ne suis qu'une simple fille des kolkhoses et non pas une « artiste-née »...

— Cela aussi nous l'arracherons de toi, dit Hogono, car tu ne sais pas ce que l'on peut faire d'un être humain.

**

Soudain Louka changea du tout au tout. Il se rasa deux fois par jour et s'efforça de paraître vêtu comme un individu normal. Même, il se lavait les dents et les pieds, luxe qui, jusqu'alors, lui avait paru inutile.

La raison de tant de frais concernant son aspect extérieur était double et avait noms : Senja et Rima. C'étaient deux servantes d'un sowkhose des environs de Saratow; Louka avait fait leur connaissance lorsque, monté sur un véhicule tonnant qui impressionnait par son tintamarre, il cherchait du bois pour les poêles de la grande villa blanche.

Senja, petite, drue, n'arrivait pas à la taille de Louka. Rima, mince, grande atteignait l'épaule de Louka. Toutes deux riaient volontiers, étaient dotées d'une croupe rebondie et d'une grande disposition au plaisir. S'étant concertées d'un regard, elles avaient attiré Louka dans une grange, dès sa première visite au sowkhose. Lorsque Louka reparut une semaine plus tard, soi-disant pour rechercher du bois, mais le cœur plein d'une nostalgie de loup affamé, les deux filles se trouvèrent à nouveau devant la porte de la grange, lui adressant des signes qui étaient une invite assez claire.

— Vie rude mais belle! soupira Louka en regagnant le soir, la villa blanche.

— Qu'as-tu, Louka? lui demanda Natacha en l'entendant soupirer assis devant sa fenêtre, — serais-tu malade?

— Oui, ma colombe, grogna-t-il.

— Je fais chercher un médecin?

— Que veux-tu qu'il fasse? Louka appuya sa tête sur une main et regarda Natacha d'un air de chien à bout de souffle : — que veux-tu qu'il fasse contre Rima et Senja?

— Tu es amoureux, Louka? Natacha eut un éclat de rire et se mit à lui tirailler les cheveux.

— Tu es amoureux? C'est possible?

— Je vais me marier avec elles! conclut Louka sombrement. Ça ne va plus autrement. On s'y habitue, que diable!

— Tu es fou. Rima, Senja... Laquelle veux-tu épouser?

— Les deux!

— Idiot! Natacha s'assit en face de lui : — Demain tu me montreras Rima et, après-demain, ce sera Senja et puis je te dirai : épouse celle-ci!

Louka secoua la tête : — Une seule, ça n'est rien, ma colombe, elles ne font qu'un à elles deux! Il faut que je les épouse l'une et l'autre!

— Mais ça ne se peut pas, on t'enfermera...

Louka jeta soudain un regard, à travers la fenêtre, vers la Volga prise dans les glaces; il semblait comme frappé d'une révélation :

— Je vais voir le camarade commissaire, dit-il soudain, et je lui expliquerai ceci : un gars, qui mesure deux fois la taille d'un homme moyen, a raisonnablement droit à deux femmes!

Louka mit son projet à exécution. Car on ne put l'en dissuader. Mais le camarade commissaire fut formel :

— Rima ou Senja, choisis! Staline lui-même ne peut, en ce cas, rien pour toi...

— Il faut savoir se limiter, déclara Louka à Natacha le lendemain matin, d'un air désabusé. — D'ailleurs, deux femelles nous encombreraient fort si je dois, avec toi, voyager par le monde.

Les fiançailles de Natacha avec l'ingénieur Louka Nikolajewitsch furent célébrées très simplement, dans la chambre que Natacha occupait à la villa blanche. Ulan Hogono tint un petit discours bien senti sur l'union harmonieuse de l'esprit mathématique avec le domaine magique de l'art. Il parlait en toute quiétude, puisqu'il savait que le commissaire du district avait reçu mission de déplacer l'ingénieur Sedou dans un autre centre de recherches...

D'ailleurs, Hogono avait en poche une autre surprise qu'il réservait pour plus tard. Ce à quoi Waléri Toumanow avait fait allusion à Moscou se réalisait : Natacha devait quitter Saratow au début de l'année nouvelle, pour se rendre sur l'île de Khouzhir, dans le lac Baïkal, où elle resterait deux ans à étudier quinze rôles d'opéra. Après quoi, elle pourrait chanter au Metropolitan de New York, à Covent-Garden à Londres, à l'Opéra de Vienne, à la Scala de Milan, à l'Opéra de Buenos Aires... Les meilleurs experts du ministère de l'Instruction publique avaient préparé à son intention un vrai plan de conquête.

Huit jours plus tard, Sedow, très ému, vint trouver Natacha. Il avait reçu son ordre de déplacement au grand centre de recherches atomiques de Kopaschewo.

— Dans les marais! dit-il hors de lui, à Tomskaja! Les loups eux-mêmes évitent cette région parce qu'elle est trop déserte! Que veulent-ils fabriquer?

Natacha lut la nomination. Elle émanait de Moscou et n'accordait à Sedow que le temps de transmettre ses consignes à son successeur et de faire ses paquets. Dès le lendemain, son train l'emmènerait vers le nord-est, dans l'immensité sibérienne, où l'homme seul est moins qu'un grain de sable dans le vent.

La place de l'ingénieur était retenue, sa carte de transport prête, il n'y avait pas à tergiverser.

— Je vais téléphoner à Moscou! Je suis une « héroïne de la nation »! décorée de l'ordre de Lénine, on ne me repoussera pas!

Ulan Hogono haussa les épaules lorsqu'il sut que Natacha demandait une communication avec Moscou :

— Le secrétaire du Comité Central du Parti et le Ministère de l'Industrie et de la Défense!

— Qu'en espérez-vous, Natacha?

— On enverra un contre-ordre au sujet du déplacement de Sedow!

— Il est fâcheux, camarade, que vous soyez incapable de comprendre que nous sommes en paix! Tout a changé : voici deux ans, on vous aurait écoutée, mais aujourd'hui les préoccupations sont autres, on pourrait paver la Place Rouge avec des *Héros de la Nation!*

Natacha resta plus d'une demi-heure en communication avec Moscou. Ensuite, elle déposa le récepteur et considéra Hogono avec de grands yeux sombres... Le Mongol leva les mains en silence, comme pour lui dire qu'il l'avait prévenue...

— Ils parlent de « sabotage », dit Natacha à voix basse.

— Je sais.

— Ils me menacent.

— Ce sont des temps nouveaux, Natacha.

— Il n'y a plus d'espoir pour Louka Nikolajewitsch.

— Vous aviez vraiment espéré le contraire?

Natacha semblait pétrifiée, les yeux rivés au téléphone noir. Elle enfouit son visage dans ses mains et pleura. Ulan Hogono en fut saisi. « Elle est aussi capable de pleurer, pensa-t-il, moi qui l'ai crue si dure que rien ne pourrait lui faire verser des larmes! »

— Que faire? dit-elle en sanglotant comme une enfant. Ulan Hogono posa ses mains sur le téléphone.

— L'ingénieur Sedow doit partir, il n'y a rien à faire pour éviter cela, mais on peut lui rendre visite!

— A des centaines de verstes...

— Certes, reconnut Hogono rêveur, notre Russie est vaste...

**

Sedow partit pour Kolpaschewo. Natacha et Louka l'accompagnèrent au train, lui passèrent par la fenêtre du compartiment un panier tressé contenant des douceurs et un flacon de thé que Louka avait corsé de vodka.

Natacha lui remit sa photo avant de se séparer de lui. Un photographe de Saratow l'avait faite en hâte. Elle était un peu voilée, mais les yeux et la bouche de Natacha y étaient si beaux que Sedow la porta à ses lèvres.

— Je t'écrirai toutes les semaines! cria-t-il penché à la fenêtre, tandis que le train se mettait en marche, — et je réclamerai tant qu'il le faudra, afin de te rejoindre!

Il fit de grands gestes des deux bras, tandis que le vent de la course gonflait sa chevelure blonde et la rejetait sur ses yeux.

— Ne m'oublie pas, Natacha! cria-t-il encore dans le sifflement de la locomotive, ne m'oublie pas!

— Je te rejoindrai! lui répondit-elle; moi aussi, je réclamerai... Je t'aime, Louka Nikolajewitsch, tu entends, je t'aime.

Ils échangèrent des signaux jusqu'au moment où le train disparut dans un brouillard de neige. Louka se moucha.

— C'est ainsi que notre petit Fedja est parti pour le front, dit-il, et il n'est pas revenu.

— Mais lui reviendra! Nous sommes en paix!

Dans la chambre de la villa blanche, il y avait une lettre sur la table, lorsqu'ils rentrèrent de la gare. Hogono l'y avait déposée. C'était la notification faite à Natacha Tschougounowa qu'elle eût à prendre, dès le lendemain, le chemin de Khouzhir.

— Et moi? demanda Louka.
— On ne parle pas de toi.
— C'est effrayant ce que ces fonctionnaires sont négligents! Je vais y mettre bon ordre!

Mais Louka usa en vain son plâtre à courir d'un organisme à un autre, pour savoir quelle serait dorénavant sa destinée. Hogono l'ignorait et même le commissaire de la N. K. V. D. Louka apprit seulement qu'un fonctionnaire subalterne recevrait le poste qu'il occupait actuellement, étant donné qu'il y avait droit.

— Il y a beaucoup d'usines, camarade, ajouta le commissaire, il nous faut des bras solides pour la reconstruction... Tu auras demain un emploi à l'usine de tracteurs « Maxime Gorki » et on te trouvera bien un lit au camp des brigades de travail. Qu'en dis-tu, camarade? Il n'y a plus de problèmes chez nous!

Louka remercia poliment et s'en fut. Natacha le trouva occupé à faire ses paquets lorsqu'elle revint de sa leçon de chant. Il avait étalé une couverture sur le plancher et y entassait : linge, saucissons, sachets de millet, un sac de gruau, deux paquets de *machorka*. Puis, il en noua les quatre coins et suspendit ce ballot à un gourdin. Enfin, sortant son vieux pistolet militaire de dessous une lame du plancher qu'il avait adroitement détachée, il le glissa dans sa poche.

— Qu'est-ce que cela signifie, Louka? demanda Natacha. Vas-tu encore faire une bêtise?

Louka se retourna. Ses yeux étaient profondément tristes, pleins d'une misère sans nom. — Je vais faire un petit voyage, ma colombe, dit-il, le souffle court. Quelques jours seulement. Je dois te laisser seule, c'est dur, mais ça s'arrangera, le monde est plein de fous qui croient que Louka n'est qu'un ours mal léché qui dansera selon leur fantaisie!

— Tu ne dois pas aller à Khouzhir?

— Non, ma colombe.

— Alors je refuse de m'y rendre!

— Ne fais pas cela! Hogono n'est pas Toumanow, c'est un diable jaune plein de traîtrises! Tout vient de lui. Il serait capable de me faire supprimer si c'était nécessaire, mais il ne connaît pas Louka!

— Et pourquoi ces préparatifs? Vas-tu retourner à Tatarssk? — Natacha s'accrocha à son bras. — Si tu vas à Tatarssk, emmène-moi, Louka, même s'il faut y aller à pied... Pendant des semaines, des mois... N'en avons-nous pas pris l'habitude pendant la guerre? Louka, Qu'est-ce que mille verstes pour nous?

— Et à Tatarssk nous serons accueillis par un gars en uniforme vert qui nous dira : Camarades, nous vous attendions! Suivez-nous à la prison! Je me suis fait expliquer cela : tout est changé. C'est la situation *normale*, prétendent-ils.

— Alors nous vivions plus librement dans nos marais! s'écria Natacha. Puis elle regarda le ballot préparé par Louka. Il paraissait impensable que Louka dût la quitter.

— Où vas-tu?

— Un peu vers l'est ma colombe. je ne connais qu'un morceau de petite mère Russie, un peu de l'ourlet de sa robe, à présent, je vais remonter jusqu'à sa poitrine.

Il rit mais en se forçant, il paraissait enroué.

— Tu pars demain?

— Oui, avec Ulan Hogono.

Louka prit son ballot; puis, subitement étreignit Natacha d'un geste précautionneux. Il caressa doucement ses cheveux.

— Ne sois pas triste, dit-il d'une voix désespérée; cela ne durera que quelques jours, crois-moi. Sois courageuse, Natacha!

Il leva la main droite, soupira profondément et bénit

Natacha de la manière dont les anciens paysans bénissaient leurs filles avant qu'elles ne partent pour la ville ou ne quittent, mariées, la maison familiale.

Ensuite, il jeta en travers de son épaule sa couverture roulée en bandoulière et sortit, dans la nuit. Natacha le vit de sa fenêtre traverser le parc, suivre la rive de la Volga. Ombre gigantesque qui boîtait, se confondait avec les nuées passant dans le ciel, les troncs noirs des arbres, et se dissipa bientôt dans l'obscurité.

Le lendemain matin, les professeurs et les élèves des classes de chant se réveillèrent gelés. Les poêles n'avaient pas été alimentés en bois.

— Où est cet idiot de Louka? s'écria le directeur de l'Académie.

Hogono s'en fut frapper à la porte de Natacha.

— Où est Louka? lança-t-il à peine eut-il ouvert la porte.
— Il est parti.

Natacha resta couchée. Dans sa chambre le poêle ronflait, il y régnait une douce tiédeur. Sous le lit, des bûches amoncelées assuraient au moins une semaine de chauffage. Le cadeau d'adieu de Louka.

Ulan Hogono reboutonna le col de sa chemise.

— Où est-il allé, camarade?
— Je l'ignore : demandez-vous au cygne sauvage où il va?
— Il ne peut être loin! Avec sa jambe plâtrée...
— Vous avez l'intention d'attraper Louka comme un loup? — Natacha considéra Hogono d'un tel regard de haine, qu'il pâlit. — Il se peut que les temps passés aient été autres, camarade Ulan, dit-elle durement, mais les années dans les marais du Pripjet sont encore en nous et le courage, la force de vengeance qui nous animaient! Vous ne me croirez pas, camarade, mais je vous le jure : s'il arrivait malheur à Louka, vous feriez bien de vous sauver jusque dans la lune! Si je vous trouvais, n'ayant moi-même aucune arme, je vous sauterais à la gorge, et y enfoncerais mes dents...

— Vous êtes la femme la plus effrayante que je connaisse! répondit Hogono d'une voix enrouée, vous avez en vous le ciel et l'enfer!

Puis, Ulan Hogono courut dans ses appartements et demanda aussitôt une communication téléphonique avec Moscou, afin de s'entretenir avec Waléri Toumanow et prendre contact avec le Ministère de l'Intérieur.

*　*　*

Louka trouva, dans la nuit même, un refuge inespéré.

A la gare de marchandises de Saratow, dans un enchevêtrement de rails et de longs trains sombres, chargés de gros troncs d'arbres.

« Ça, ce sont des trains qu'il ne faut pas prendre, se dit Louka, car le bois vient de la Taïga de Sibérie et s'en va vers l'ouest. Par contre, les wagons vides s'en vont à l'est, ainsi que les trains chargés de machines, de tracteurs, les wagons transportant des prisonniers, on n'a qu'à choisir quand on sait où l'on veut aller. »

Louka se glissa à travers les rangées noires des wagons et en examina le chargement. A quelque distance, il aperçut des patrouilles ayant baïonnette au canon, qui encerclaient un train composé de wagons à bestiaux fermés. Une fumée paresseuse s'échappait des toits.

« Des prisonniers pensa Louka. Des Allemands ou même des Russes. Il s'agit de les éviter, car il se pourrait que l'un d'eux soit mort en cours de route et que leur nombre ne corresponde plus aux listes établies lors du départ. Alors, on est tout à coup chargé dans le train et vous vous appelez Boris Malachow, ce qui vous vaut cinq ans de mines... Et personne ne croit que vous vous nommez Louka : une liste officielle est toujours exacte, on n'y peut rien. »

Après de longues recherches, Louka se décida pour un petit train qui avait chargé des tracteurs. La locomotive y était déjà attachée et elle se trouvait dirigée vers l'est. En gémissant, Louka grimpa dans une des voitures plates-formes et remarqua que, près des tracteurs, se trouvaient de longues caisses de bois pleines d'arbres de moteurs et de pièces détachées.

« Il faut bien avoir de la chance! » dit Louka et, ayant brisé l'une des caisses, il en sortit les pièces d'acier qu'il déposa sur le sol métallique du wagon, près d'un tracteur, puis il se coucha lui-même dans la paille de bois douillette et chaude, et rabattit sur lui le couvercle de la caisse, ne laissant qu'une fente pour permettre à l'air de se renouveler.

Il s'endormit aussitôt, les mains jointes, ressemblant à un cadavre auquel on aurait oublié de donner un linceul.

Louka s'éveilla lorsque le train démarra dans le matin gris. Il y eut un grondement sourd quand le convoi franchi le pont sur la Volga, puis ce fut la course à travers la steppe enneigée. Le vent hurlait autour de lui et poussait la neige contre le tracteur, mais Louka s'en souciait peu. Il était au chaud dans une caisse capitonnée de paille de bois et se disait que, dans deux heures, Natacha ferait ses valises pour prendre le rapide de nuit, allant à Irkoutsk.

Il la précédait de près d'une journée, ce qui l'enchantait. Certes, il ignorait si son train de marchandises s'en allait aussi à Irkoutsk, mais c'était sans importance, on pouvait descendre en cours de route!

Il roula deux jours et deux nuits, bien au chaud dans sa caisse, à travers la tourmente de neige. Le troisième jour, il en sortit pendant un arrêt et jeta un regard vers la gare, par-dessus le rebord du wagon.

— Semipalatinsk! fut-il avec surprise. Au loin, il apercevait de hautes montagnes s'élevant dans un ciel bleu parfaitement pur.

— On s'en va vers le sud! Je suis dans la mauvaise direction!

Le train fut mis sur une voie de garage et l'on déchargea les voitures de queue. Une troupe de prisonniers, à l'aspect misérable, poussés au travail avec des gourdins comme des ânes rétifs, accomplit ce labeur.

Louka attendit la nuit et se mit alors à passer les trains en revue. Il était difficile, ici, de deviner la destination des chargements. Il y avait trop de marchandises en attente, qui pouvaient être envoyées dans le sud comme dans le nord.

— Pardonnez-moi, camarade, dit-il jouant le tout pour le tout, à un milicien qui faisait les cent pas le long des rails et qui sursauta à sa vue, — mais je suis chargé de réparer un frein au train qui va à Irkoutsk et je ne m'y retrouve plus, parmi tous ces convois. Pourriez-vous me l'indiquer?

— Le train d'Irkoutsk? Il n'y en a que pour Stalinsk et Krasnojarsk!

— Ah! c'est celui-là, camarade, je me suis trompé, j'ai confondu Stalinsk et Irkoutsk! Où est mon frein détraqué, camarade?

— Voie six!

Louka, dans sa joie, embrassa sur les deux joues le milicien éberlué : — Je ne t'oublierai pas! Comment t'appelles-tu?

— Igor Viktoriowitsch Prokopenkow!

Peu après, Louka était étendu entre plusieurs énormes caisses pleines de poêles à frire. L'eau lui venait à la bouche lorsqu'il s'imaginait un grand morceau de viande grésillant dans l'une d'elles!

Toute la journée suivante, il fut occupé à vider une caisse de ses poêles et à jeter celles-ci à intervalles rapprochés dans la neige de la steppe. Lorsqu'au printemps les nomades parcourraient ces étendues, il y aurait pour eux une grande joie : après tout, une poêle coûte vingt roubles et, lorsqu'elle tombe des cieux, elle en vaut bien quarante!

Enfin, Louka eut sa caisse vide. Il étala soigneusement dans le fond la paille qu'elle contenait et s'assit dedans.

Il arriva ainsi le lendemain soir à Stalinsk et fut déchargé dans la nuit, en tant que caisse renfermant des poêles à frire.

Avec le rapide, Natacha ne voyagea que pendant deux jours pour atteindre Irkoutsk. Hogono avait fait réserver tout un compartiment et même une petite cuisine portative voyageait avec eux : réchaud à gaz à deux brûleurs sur lequel Hogono prépara un goulash aux nouilles, luxe invraisemblable, que les autres voyageurs surprirent non sans jalousie et qu'ils reniflèrent en se pressant sur le seuil du compartiment, afin de respirer une bouffée de protectionnisme étatique.

— Vous constaterez, Natacha Tschougounowa, que l'on fait tout pour vous faciliter la vie. Reconnaissez-le et montrez-vous moins farouche! Ulan Hogono déboucha une bouteille de Joushnbereshnyi, muscat rosé fameux de la côte sud, qui a le goût d'un pétale de rose thé de Kasanlik.

Il sortit de sa valise deux verres de cristal taillé et, les ayant rempli de vin couleur d'aurore, il en tendit un à Natacha.

— Buvons à votre avenir! Lorsque vous quitterez Khouzhir, et que des millions d'individus s'agenouilleront, jubilants, à vos pieds, vous direz : — Ma Patrie, merci pour ta sévérité!

— On vous a bien dressé à l'école du Parti, Ulan, répondit Natacha, puis, altérée, elle but d'un trait son verre de vin, ce qui affligea un peu Hogono, car le Joushnobereshnyi doit être bu par petites gorgées; il faut le laisser glisser sur la langue comme une caresse.

— Qu'est-ce qui m'attend sur ce rebutant îlot?

— Vous trouverez cette île rien moins que rebutante, Natacha : c'est un paradis! Vous en rêverez lorsque vous vous trouverez dans une prosaïque chambre d'hôtel, entourée de gens qui vous lècheront les pieds et que vous écraserez du talon, ce qui leur vaudra la plus exquise volupté. Vous allez voir un palais sur une des rives de l'île, battues l'été par les eaux bleues du lac Baïkal. Des milliers de cygnes sauvages passent au-dessus des roseaux, la surface ondoyante du lac retentit du chant des pêcheurs, les vents chauds venus de Chine et de Mongolie murmurent dans les frondaisons.

— Que vous devenez tendre, lorsque vous parlez de votre pays! dit Natacha en regardant, par la fenêtre du wagon, le désert de neige se déployant à l'infini, — mais les plus belles paroles ne compenseront pas le fait que mille verstes me séparent de Sedow! J'aime cet homme et je lutterai pour le rejoindre! Ne précise-t-on pas, dans le programme du Parti, que la famille est ce qui compte le plus dans l'État démocratique?

Hogono répondit par une inclinaison de tête.

— Tous les programmes ont deux faces, camarade : voyez-donc, vous voyagez dans un train très long avec quatre cents autres camarades, tous de bons communistes, veux-je dire. Ils ont gagné avec nous la guerre contre les Allemands et, pourtant, allez de compartiment en compartiment... Vous les verrez assis à l'étroit, le visage hâve, éreintés. Ils ont dans leurs paniers un pain noir, gluant, et une bouillie de gruau froide; peut-être même, certains n'ont-ils qu'un verre plein de graines de tournesol dont les écorces joncheront bientôt le plancher. Par contre, voyez nous : un compartiment pour nous seuls, un repas chaud, du vin et même, si vous le désirez, une blonde cigarette turque! N'y a-t-il pas là un contraste frappant? Pourtant, nous sommes tous, eux comme nous, de francs communistes. Au programme du Parti, nos droits sont égaux, nous sommes frères et libres... Faut-il en rire ou en pleurer?

— Pleurer, Hogono, pour cette tromperie!

— Cela améliorera-t-il leur position? Estimez-vous heureuse de faire partie des Bolcheviks placés *entre les lignes* du programme!

Ils devaient descendre à Irkoutsk pour prendre un vieux train ferrailleur, qui, par Ordinskijy et Yelantsy, allait à Togot où un traîneau les attendait parce que le train n'allait pas au-delà. Les rails étaient recouverts de glace et il n'y avait pas dans la région de locomotive munie de lance-flammes, débarrassant les rails.

Tard dans la soirée, ils aperçurent du fond de l'amoncellement des fourrures et des couvertures, qui les enveloppaient, les tours de Khouzhir et le vaste palais aux nombreuses fenêtres, entouré d'un grand parc.

— Il appartenait à un prince Chiskij, un gros homme mort noyé dans sa piscine, comme un jeune chat.

— Pourquoi me racontez-vous cela, Ulan? lui demanda Natacha en regardant le palais qui se rapprochait lentement.

— Pour vous donner un aperçu du caractère des gens de ce pays... Il but un gorgée de vin capiteux. — Moi aussi, je suis né dans la région.

**

Il fallut à Louka onze jours pour atteindre Khouzhir. Voyage difficile. Sans cesse à travers la steppe jusqu'au jour où il échoua à Togot. Il s'était vu obligé de commettre trois vols par effraction pour calmer sa faim et il choisit chaque fois la maison d'un chef de gare. Il y trouvait toujours quelque chose de gras, car un fonctionnaire de cette sorte ne manque pas d'amis et le « lavage des mains » réciproque était une institution bien établie.

Louka se trouvait donc à Khouzhir. Il avait fait le tour du palais, trouvé un logement et même du travail.

— Tu me sembles un brave type! avait dit le camarade qui le logeait. Il est vrai que je devrais te signaler, car tu es peut-être un prisonnier évadé, mais nous avons du travail pour un colosse comme toi : ici, nous sommes tous pêcheurs et nous faisons sauter le revêtement de glace du fleuve pour atteindre les poissons. Mais, avant de faire sauter la glace à la dynamite, il faut y creuser des trous. Tu feras ce travail, petit frère, tu recevras quatre roubles par semaine, pour ta peine!

Louka accepta. C'est ainsi qu'on lui confia une pioche bien affûtée, une épaisse fourrure et il s'en fut avec les pêcheurs sur le lac Baïkal, où il creusa dix-neuf trous : plus que les autres n'en faisaient en deux jours. Puis, il retourna à Khouzhir où il avait l'intention de s'offrir un verre d'alcool.

Dans un recoin solitaire du rivage, non loin du palais habité par Natacha, deux hommes se trouvèrent soudain face à face. L'un surgit au-dessus de la berge, tandis que l'autre parut, sortant d'un bosquet. Les pieds rivés à la glace du sol, ils se dévisagèrent et l'hostilité de leurs regards n'eût pu s'exprimer par des paroles.

— Ulan Hogono... dit Louka à voix basse. Appuyé sur sa pioche affûtée pour creuser la glace, il se passa la langue sur les lèvres.

— Louka...

Hogono plongea à l'intérieur de son épaisse pelisse et en sortit un grand poignard mongol recourbé.

— As-tu l'intention de saigner un porcelet? lui demanda aimablement Louka.

Une vague brûlante parcourut toute la personne de Hogono.

« Il est le seul lien qui relie Natacha au passé, pensait-il. Avec ce singe géant, le passé s'anéantira, tandis que Natacha surgira vierge et je la revêtirai d'or et de pierres précieuses. Elle sera ma créature, ma poupée chantante; avec sa voix, ma célébrité franchira les frontières. La *gloire* du petit Mongol Ulan qui, voici trente ans, poussait son troupeau de bestiaux à travers la steppe. »

— Nous voici seuls, Louka, dit Hogono entre les dents.

— Absolument seuls, reconnut Louka, mais je me demande ce que tu comptes faire de cette lame d'acier recourbée, que tu tiens à la main?

— Je suis un idiot, en fait, reprit Hogono, car je devrais te dénoncer à la N. K. W. D. pour te faire *liquider*. Au lieu de cela, je suis ici, comme si j'avais l'intention de faire une encoche dans un gros tronc...

Louka renifla puissamment, en balançant la tête et en frottant ses vieilles bottes contre sa pioche à glace.

— Ce monde est mauvais, petit frère, dit-il enfin. On se hait, on se tue, et personne ne sait pourquoi... Vois donc... Toi aussi je vais te faire la peau, petit camarade mongol : impossible d'arranger ça autrement! Tu comptes trop en ce monde et tu as, à l'égard de Natacha, des intentions qui vont à l'encontre de la promesse que j'ai faite à mon petit lieutenant Fedja. Mais cela suffit-il pour que je te tue? Qui en décidera?

Les yeux du Mongol luisaient, minces éclairs en biais, sous ses paupières crispées. Soudain, il fit un geste et Louka bondit de côté parce qu'il s'y attendait depuis longtemps. Ulan s'élança, le poignard mongol étincela; dans son élan, le bras tendu, il heurta Louka et tomba à genoux, puis toucha le sol des épaules lorsque son élan rencontra le vide.

— Tu as du cran, Ulan, dit Louka presque avec regret.
— Dommage pour toi!

Puis il prit sa pioche et, sans difficultés, ouvrit une grande brèche dans l'occiput de Hogono, d'où jaillit la cervelle mêlée de sang. Hogono exhala un soupir et s'effondra. Le poignard recourbé s'enfonça dans la neige durcie, comme si elle était elle-même une vaste étendue de chair moelleuse. Il resta là, le Mongol ayant encore, en mourant, poignardé la terre.

— Un pauvre homme... se dit Louka en déposant sa pioche. Puis, avec le sentiment qu'il devait honorer son adversaire d'une manière ou d'une autre, il s'agenouilla près du cadavre et joignit les mains : — Dieu, accueille-le et pardonne-moi.

En même temps il se rappelait sa mère, priant chaque matin avant de se mettre au travail. Une fois, elle avait rossé Louka avec la fourche à fumier et même l'en avait piqué, parce qu'il l'avait traitée de vieille corneille croassante. Plus tard — alors que déjà il suivait l'enseignement du Parti, écoutant, assis dans la stolowaja de Lénine, le camarade commissaire du district raconter l'épopée du cuirassé *Potemkine*, l'assaut du Palais d'Hiver de Leningrad et la mort de la famille impériale — sa mère lui avait appris les anciennes prières. Louka en avait gémi, mais, si gigantesque fut-il... cette petite femme, armée de la fourche à fumier, lui faisait peur. Aussi, répétait-il les prières à sa suite. Au cours des années, il en avait oublié beaucoup, mais il en restait suffisamment dans sa mémoire.

La prière récitée, Louka considéra Hogono mort. Un homme vivant, on le chasse facilement, mais un mort? Il faut lui trouver un coin où le mettre, afin qu'il puisse attendre le jugement dernier. Impossible de le laisser sur place, ce n'est pas convenable! Après quelques recherches, Louka s'aperçut que l'eau avait ouvert dans la berge quelques cavités allongées, peu profondes, dans lesquelles un homme pouvait s'étendre. — Tiens! dit Louka, voici notre affaire : on va y mettre ce cher Ulan Hogono, le couvrir de grosses pierres et, si plus tard une crue l'arrache de sa cachette, il sera, certes, méconnaissable!

Louka travailla pendant deux heures. Il coucha le mort dans la cavité choisie, arracha, à l'aide de sa pioche, de gros galets de la glace collant à la rive, et les poussa à l'intérieur de la cavité. Il accumula ainsi plusieurs couches de galets, jusqu'à ce qu'il fût impossible d'y voir la moindre brèche. Ensuite, il alla puiser de l'eau dans les trous, qu'il avait pratiqués pour les pêcheurs dans le fleuve gelé, et la déversa sur les galets, où elle gela aussitôt, formant une couche dure et lisse.

Satisfait, Louka considéra son œuvre. « Ça va faire du bruit dans quelques heures, se dit-il. On va le chercher, maudire Tartares et Mongols... Il serait sage de se tenir coi pendant quelques jours. »

Il retourna vers les huttes des pêcheurs et s'assit en

grognant à leur table de bois mal équarri : — Je mérite un verre de vodka, petits frères, car je vous ai ouvert dix-neuf trous... en réalité, vingt, mais le vingtième ne compte pas : il était borgne! Vous parliez de quatre roubles, camarades? Donnez-m'en cinq et je suis votre frère!

— Tu es un camarade travailleur, reconnut le plus âgé des pêcheurs, ainsi c'est d'accord : va pour cinq roubles! Mais à une condition : c'est que tu creuses vingt trous!

— Je piocherai tout le lac si je puis rester! s'écria Louka et, pour témoigner de sa bonne volonté, il asséna ses deux poings sur la table qui s'effondra.

Alors il alla se coucher. Avec des mines allongées, les pêcheurs considéraient leur table brisée. Ils avaient peur et les ronflements de Louka les faisaient sursauter comme s'ils recevaient un coup dans la nuque.

Ainsi qu'on pouvait le prévoir, la disparition subite d'Ulan Hogono, au cours d'une promenade, causa à Khouzhir la plus vive émotion et alarma la police secrète d'Irkoutsk.

— Il s'est noyé! déclara le commissaire qui, ayant fait la promenade journalière de Hogono le long de la rive du lac, aperçut les trous dans la glace, ouverts pour la pêche; il en conclut : — C'est clair, camarades, il s'est penché sur un de ces trous pour regarder les poissons et il a perdu l'équilibre, sa pelisse l'aura fait basculer dans l'eau...

Les commissaires ont toujours raison, camarades, surtout s'ils sont de la police secrète.

Les pêcheurs sondèrent les trous d'eau à l'aide de perches, même Louka se joignit à eux. A la fin de la journée, on renonça à poursuivre les recherches et l'on s'en fut se rassembler à la Maison du Parti, sous l'effigie colossale de Staline, qui couvrait la moitié du mur au fond de la salle. Avant de le lire à haute voix, le commissaire signa le procès-verbal, déclarant que Ulan Hogono, à la suite d'un accident, *n'était plus en vie*. L'espoir subsistait de retrouver son corps au printemps, lors de la fonte des glaces. Les pêcheurs signèrent en tant que témoins, Louka aussi, non sans faire un gros pâté d'encre sur le procès-verbal.

Deux jours plus tard, Waléri Toumanow arriva, venant de Moscou. Natacha, avec le traîneau attelé d'un cheval, alla l'accueillir à la gare de Togot. Elle était enveloppée dans une épaisse peau de loup, sa petite tête enfoncée dans un bonnet en peau d'ours.

— Natacha! s'écria Toumanow en s'élançant vers elle les bras ouverts. — Qui eût cru que je te reverrais si rapidement? Je me disais sans cesse : Waléri Iwanowitsch, il faut que tu atteignes au moins tes quatre-vingts ans, si tu veux rencontrer et entendre la Tschougounowa... Peut-être même à Moscou, si tu as de la chance!

Il laissa sa valise sur le quai enneigé et déposa un baiser sur le bout du nez de Natacha.

— Vous savez que Ulan Hogono...

— A Moscou, on ne pouvait y croire. C'est alors que j'ai pu mesurer l'importance que revêt ma chère élève aux yeux de l'État soviétique!

— Allez à Khouzhir, m'a-t-on dit, vous prenez la place du camarade Hogono, et, dans deux ans, nous voulons voir et entendre Natacha Tschougounowa! — Toumanow sourit et saisit le bras de Natacha : — Dans deux ans, Natacha sera une glorieuse étoile, il s'agit de travailler!

— Et Sedow!?

Toumanow avança la lèvre inférieure : — Ce n'est donc pas fini?

— Nous sommes fiancés!

— Je sais, je sais, tu l'aimes vraiment?

— Je l'épouserai et j'aurai des enfants.

— Et tu perdras ta voix !

— Qu'est-ce qui compte le plus, Toumanow ?

— Pour la Russie, ta voix ! Nous avons suffisamment d'enfants... Laisse cette besogne aux paysannes !

— Je suis une paysanne du kolkhose Krassnoje Mowona.

Waléri Toumanow se retourna. Il voyait bien le traîneau mais pas le cocher. — Ce que tu étais est du passé, Natacha, dit-il, ce que tu es, ce que tu seras... est notre tâche : nous ferons de toi un être accompli, un exemplaire unique ! Où est le cocher, ajouta-t-il comme pour changer de sujet.

— C'est moi, dit Natacha simplement.

— Toi ? Tu veux donc risquer un refroidissement ? Éreinter tes cordes vocales ?

Toumanow monta dans le traîneau à la suite de Natacha. Il allait remonter sur leurs genoux l'épaisse couverture de fourrure, lorsque son regard tomba sur une hutte proche de la gare, une grange à laquelle se trouvait adossé une apparition des âges préhistoriques, au visage embroussaillé d'une barbe touffue.

Waléri Toumanow se passa la main sur les yeux : — Ce n'est pas possible ! s'écria-t-il.

— Quoi ? demanda Natacha.

— Comment Louka serait-il ici ?

— Louka ? Natacha se retourna vivement, ses yeux étincelèrent, coléreux. — Nous en reparlerons, camarade Toumanow, on a séparé Louka de moi ! Nul ne sait où il est. Pendant neuf ans nous ne nous étions pas quittés : j'exige qu'on le retrouve !

Waléri Toumanow sauta du traîneau. Qu'il était agile en dépit de ses cheveux blancs ! Il bondissait dans la neige comme un adolescent.

— Que signifie cette comédie, Natacha ? lança-t-il, ai-je mérité cela ? Qui donc est-ce que je vois là-bas, contre cette grange, hein ? Dans tout l'univers il n'est pas d'autre singe géant que cet animal-là !

Natacha suivit du regard le geste de Toumanow. Ce

fut en vain que Louka, se voyant découvert, tenta de se cacher derrière la grange; sa taille unique, sa claudication le trahirent.

— Louka! cria Natacha d'une voix aiguë, Loukashka! Louka!

Elle dégringola du traîneau, s'empêtra dans la couverture, tomba dans la neige, s'y roula sur le côté comme une chatte chue d'un toit, se remit sur ses pieds d'un bond et s'élança vers l'apparition emmitouflée et gigantesque qui avançait lentement vers elle, d'une allure balancée.

— Louka! Vieux Louka! criait-elle.

— Ma colombe! Louka s'était arrêté. Il hurlait comme un loup affamé et saisit Natacha qui s'était jetée sur lui et la souleva comme une plume dans l'air glacial, comme un oiselet battant de l'aile, tout juste tombé du nid... Puis Louka la serra contre son cœur et la porta ainsi jusqu'au traîneau.

— D'où viens-tu? Où étais-tu, Louka, Louka, où étais-tu? répétait Natacha en lui martelant la poitrine de ses poings.

— J'ai pensé à toi, tout le temps... — Louka grimaça, ému. — Ça n'a pas été facile de se cacher tout le temps... — Il éleva Natacha dans ses bras et la déposa à l'intérieur du traîneau, puis la recouvrit jusqu'au cou de la couverture, en adressant, de la main restée libre, un salut à Toumanow qui assistait, immobile, à cette scène. — Installe-toi, grand-père, lui dit enfin Louka, je te préfère à cet Hogono, car tu as du cœur, même si tu fais dans tes culottes en pensant à Moscou! — Il vit Toumanow hésiter, comme s'il pesait intérieurement une décision. — Peut-être as-tu raison et tes pensées sont-elles justes, camarade... dit-il à voix basse, mais toi et moi nous nous comprenons... n'est-ce pas?

Toumanow répondit par une inclinaison de tête. Soudain il avait le gosier étreint, à tel point que sa respiration devint sifflante : « Hogono... pensait-il, serait-ce là que réside le mystère de sa disparition? » Il n'osait y songer davantage. Il monta dans le traîneau, les jambes raidies, à la suite de Natacha et se laissa recouvrir de fourrures par les puissantes mains de Louka.

Il était naturel que Louka prît les rênes du traîneau qu'il conduisit sans hésitation jusqu'au palais blanc, comme si tous les chemins lui étaient familiers.

Ainsi, tout recommençait comme jadis, à Saratow, sur le Don. Louka habita le palais où il sut se rendre utile. Toumanow établit son plan d'étude qui comprenait un roulement immuable : Natacha chantait tour à tour chaque opéra en allemand, français et italien.

Seuls les pêcheurs se déclarèrent mécontents. Certes, Louka avait creusé quarante-trois trous; en revanche, il avait mangé davantage que prévu : la moitié de la pêche! Depuis le départ de Louka, il fallait aussi constater, en plus du dommage porté à la table, un lit brisé et trois femmes qui rêvaient de Louka et soupiraient dans leur sommeil. La leçon à retirer de ces déboires était celle-ci : on a tort de se montrer trop accueillant!

Six mois passèrent.

Le lac Baïkal fut libéré de ses glaces. Cela arriva brusquement. La boue qui, habituellement, paralyse en Russie orientale toute activité à l'époque de la fonte des neiges, fut épargnée aux habitants de la région. La couche de neige s'amincit, un vent chaud souffla de Mongolie, des plaques d'herbe parurent qui se couvrirent presque aussitôt de fleurs, petites et grandes, à croire qu'elles avaient jailli au cours de la nuit, du sol humide et fertile. Sur le lac, les glaçons s'entre-heurtaient, se cognaient à la rive et s'émiettaient. Louka courut plusieurs fois, au cours de ces journées de printemps, jusqu'au trou où il avait enterré Hogono. Les pierres tenaient, même elles ne bougèrent pas lorsque le ciment, que formait la glace, eut fondu. Il boucha les fentes avec des touffes d'herbes et, bientôt, les pierres eurent l'air enfoncées dans la rive, à demi recouvertes d'herbes, comme de vieux galets du lac qui auraient toujours été placés là pour assurer la solidité du rivage.

Pendant quatre jours consécutifs, un vent chaud souffla du sud, effaçant les dernières traces de l'hiver et assurant la promotion de l'été, sans s'arrêter au printemps. Louka était étendu au soleil, la bouche ouverte, sa hache à côté de lui, suivant du regard les bateaux des pêcheurs qui s'en allaient loin sur le lac, jusqu'à l'instant où, devenus points infimes, ils se fondaient à l'horizon dans le bleu du ciel.

Une commission de la police secrète fut à nouveau envoyée d'Irkoutsk. On visita les rives du lac, dans l'espoir de trouver un indice, ne fut-ce qu'une chaussure du disparu. Les documents officiels en suspens sont, en Russie, la pire des hontes, camarade! Ça peut vous coûter votre situation, trois ans de camp de représailles, le déplacement dans une usine de fabrication de tracteurs, comme soudeur. Le commissaire, qui dirigeait les recherches, était blême, lorsque au bout d'une semaine, il dut s'avouer vaincu. Ulan Hogono serait donc *un document inachevé*. La police secrète d'Irkoutsk prit la chose au sérieux :
— Il nous faut avoir quelque chose à offrir à Moscou! déclara le commissaire en chef, préoccupé. — Si par exemple, nous prenions cinq saboteurs... ou des ennemis de Staline... Qu'en pensez-vous, camarades? Cela pourrait faire dévier...

On arrêta les recherches sur les rives du Lac Baïkal et l'on retourna en ville. En chemin, la colonne des voitures vertes de la police rencontra un homme seul qui abattait des arbres.
— Stoppez! s'écria le commissaire. N'est-ce pas une forêt d'État? Et en voilà un qui abat des arbres? C'est du sabotage, à l'égard des biens du peuple! Arrêtez-le!

C'est ainsi que Natacha et Waléri Toumanow eurent

à faire des démarches pour libérer Louka des geôles de la police secrète : la forêt faisait partie du palais et Louka y travaillait! Lorsque le commissaire l'eut reconnu, il se montra fort empressé et fit chercher Louka.

— Camarade, nous nous sommes mal compris! Mais vous avez eu tort de ne pas vous expliquer mieux!

Chacun savait qu'il n'en était rien, mais on ne dit mot, de part et d'autre. Une gaffe doit être oubliée au plus vite, autrement, elle devient une tragédie. A quoi bon?

Non, non, cela se passa en douceur, camarades. On déposa le rapport avec d'autres documents. Moscou ne dit mot. Il n'y eut qu'un feuillet de plus dans les dossiers rouges qui étaient l'objet d'une surveillance particulière. Le destin dormait encore et n'était qu'indiqué par quelques notes marginales que le ministre de l'Intérieur Béria jetait, de sa main, sur les pièces des dossiers.

Une autre pièce fut ajoutée par la suite au document, auquel elle fut épinglée après maints détours. Une demande d'autorisation pour un acte que des millions de citoyens soviétiques se permettaient sans demander la permission préalable de l'État : la chanteuse Natacha Tschougounowa Astachowa, lieutenante de l'Armée Rouge, décorée de la grande médaille du mérite de l'ordre de Lénine, héroïne de la Nation, demande l'autorisation d'épouser l'ingénieur Louka Nikolajewitsch Sedow résidant à Kolpachewo Tomskaja.

Moscou ne laissa pas trop longtemps cette demande sans réponse.

— Elle peut se marier, répondit un fonctionnaire du Ministère de l'Intérieur, répondant au téléphone au professeur Toumanow, — mais ses études passent avant! Nous accorderons à Sedow une semaine de vacances... pas davantage!

— Et si... si le mariage a des suites?

— Un enfant? Le fonctionnaire du Kremlin réfléchit quelques secondes. — Nous l'empêcherons, camarade Toumanow!

— Mais comment, camarade?

— On l'empêchera de naître.

— Comment voyez-vous cela?

— Pas de commentaires! Si l'on devait en arriver là, prévenez-nous!

Il y eut un craquement sur la ligne; la voix, distante de plus de mille kilomètres, s'était tue. Le Pr Toumanow replaça le récepteur. Il avait pâli soudain. « C'était Moscou, pensa-t-il, tandis qu'un frisson parcourait tout son être. On l'empêchera de naître!... Mon Dieu, qu'est-ce qu'un être humain dans ce beau pays? »

Le soir venu, Toumanow eut une conversation sérieuse avec Natacha.

Ils se trouvaient assis sur la grande terrasse du palais, ornée de caisses où l'on avait planté des agaves et des palmiers. Il y en avait même sur la balustrade de marbre, entre les piliers de laquelle le regard se perdait au loin sur le lac inondé de soleil. En cet instant, un reflet rouge le teintait : on eut dit une mer de sang. Toumanow resta silencieux un long moment à contempler ce spectacle. « Quand on est ici, se disait-il, on a peine à croire qu'une grande guerre est derrière nous et qu'il faudra des dizaines d'années pour fermer les blessures de notre petite mère Russie. Comme nous serions heureux si les idées ne gouvernaient pas les peuples, si la compréhension de la nature humaine était, au contraire, toute puissante! » — Waléri Toumanow s'arracha à la contemplation du lac Baïkal. « Quelle hérésie de ma part! se dit-il, voici vingt-huit ans que nous sommes des bolcheviks... C'est être impie que de se rappeler d'autres temps! »

— Natatschka, dit-il doucement, dans quelques semaines tu chanteras, pour la première fois, à l'opéra de Moscou, le rôle de Jaroslawna, dans le *Prince Igor*, de Borodine...

— A Moscou? s'écria Natacha, heureuse. — Nous quitterons Khouzhir?

— Peut-être, cela dépend de ce que tu offriras au public.

Il y aura dans la salle les plus grands critiques musicaux de Russie. S'ils disent : Natacha est bien ce que nous espérions... le monde nous sera ouvert. S'ils déclarent : il manque encore le point sur l'I, il nous faudra retourner à Khouzhir et répéter, répéter, répéter...

— Et mon mariage avec Louka Nikolajewitsch?

— C'est de cela qu'il s'agit aussi, ma colombe, de cette singulière vie conjugale qui vous attend. Il serait sage d'y réfléchir. Toi à Moscou, lui à Tomskaja... et, quand tu iras en tournée, vous ne vous verrez peut-être pas pendant un an!...

— Il pourrait voyager avec nous!

— En tant que... porteur de bagages? Natacha... — La voix de Toumanow se teinta de pitié. — Louka Sedow est un bon ingénieur, il appartient à l'Union Soviétique en tant que « spécialiste »... Tu seras toi-même une grande chanteuse, tu appartiendras au monde entier et d'abord à ton pays, dont tu porteras le nom partout où tu iras. Il en va ainsi, ma colombe : l'importance des moyens, dont on dispose, amoindrit d'autant la liberté personnelle qui est accordée. Nul ne s'inquiète d'un abruti tel que Louka; par contre, malheur à lui s'il devenait un boxeur remarquable : il ne disposerait plus d'une minute de liberté, car il deviendrait un sportif de l'État!

— Et quel sera le sort de Louka?

— La chose est réglée : il a la permission de porter tes bagages et de te suivre partout. Il veille sur toi, on l'a admis au Kremlin... Quant à Louka Nikolajewitsch Sedow... il faudrait l'oublier.

— Ne m'a-t-il pas sauvé la vie? On devrait lui être reconnaissant...

— On l'est, Natacha. Il sera envoyé en Sibérie, dans un institut de recherches atomiques. C'est un grand honneur!

— On veut l'enterrer vivant! s'écria Natacha.

Elle bondit, ayant retrouvé la sauvagerie des temps héroïques dans les marais. Saisissant l'une des caisses où se trouvait plantée une agave, elle la lança par-dessus la balustrade.

Toumanow regardait ses petites mains tremblantes. — C'est un pauvre être humain, remarqua-t-il tristement, la voix d'un ange, mais engluée comme le rossignol de l'empereur de Chine!

— Tu peux tout envoyer au diable, dit-il avec bonté, Moscou s'en soucie peu. On exigera l'obéissance... et on l'obtiendra. On se souviendra que tu es lieutenant et l'on te fera obéir comme un officier... c'est simple. Chante, partout en ce monde tu recevras des ordres, et tu sais ce que c'est que de manquer d'exécuter un ordre.

— Et... si je perds ma voix? demanda Natacha à voix basse, avec un petit visage têtu.

— On te placera dans une usine, c'est tout. Tu seras une goutte dans la masse grise... avec ta faim, ta nostalgie, la tête couverte d'un mouchoir, vêtue d'une jupe et d'une veste ouatées, ayant droit à un grabat dans le dortoir des femmes...

— Vous oubliez Louka Sedow! Je pourrais l'épouser et être enfin heureuse!

— Qu'est-ce que le bonheur, Natatschka? Toumanow se leva.

— Tu aimes ce Sedow?

— Oui.

— Mais c'est un amour défi, c'est de la révolte! Je vais leur montrer qui est le plus fort, penses-tu, on ne peut interdire d'aimer! C'est une erreur que de penser tant de choses. La guerre est finie, nous avons notre plan de reconstruction, tout est en devenir, mais... nos alliés deviennent lentement nos ennemis et le généralissime Staline a proclamé que les sacrifices commencent seulement. Un nouvel essor de la Russie s'accomplit... Petite Natacha, que signifie en regard de cela, le destin d'une fille de Krassnoje Mowona? Seule *sa voix* a de l'importance... elle fait partie du grand *plan* du Kremlin. Elle porte peut-être le n° 1682 : Tschougounowa Natacha... employée comme chanteuse pour les échanges culturels. C'est toute la mention que tu mérites, mais tu porteras ce numéro ta vie durant!

— J'épouserai Sedow! répliqua Natacha durement. Et tout de suite, Waléri Iwanowitsch!

— On ne peut rien y changer. — Toumanow haussa les épaules; soudain, il n'était plus qu'un vieil homme désemparé, qui ne sait s'il portera longtemps encore son fardeau. — Mais ce sera une vie conjugale remarquable... selon la formule...

— Nullement, si j'ai un enfant! lança Natacha presque triomphante.

Toumanow ne répondit pas. « On ne peut le lui dire, pensait-il, elle ne l'admettrait jamais. »

Natacha rejeta la tête en arrière : — J'épouserai Louka Sedow! Écrivez à Moscou que je persiste à épouser Louka Nikolajewitsch Sedow!

Toumanow répondit par un hochement de tête. Son effroi, à la pensée de ce qui devait arriver, lui coupait la voix.

Tel fut le cours que prit le destin, car elle l'avait provoqué, Natacha, la colombe...

**

Ensuite, tout se passa très vite. Si nonchalants qu'ils puissent être, il arrive aux fonctionnaires d'agir avec la rapidité de l'orage qui, en un rien de temps, anéantit toute une récolte.

Louka Sedow reçut son congé de Tomskaja et prit aussitôt le chemin de Khouzhir. On lui avait dit : — Partez immédiatement, mariez-vous et revenez dans huit jours. Mais faites vos malles à présent, car vous repartirez aussitôt pour Jessey.

Sedow entendait pour la première fois le nom de Jessey. Il le chercha sur une carte et le découvrit au cœur de la Sibérie, à Krasnojarsk, près d'un lac englouti dans une solitude absolue, avec des centaines de verstes à la ronde peuplées seulement de loups, de renards, d'oiseaux, peut-être d'ours.

— Nous construisons là-bas un Institut de recherches, camarade, lui dit-on, comme il exprimait quelques regrets concernant cette affectation lointaine. — C'est un grand honneur, on y accomplit la fission des atomes... Vous contribuerez à faire de notre nation la plus puissante de l'univers. Vous serez un pionnier du progrès.

C'étaient là de beaux discours, mais Sedow, n'étant pas sot, comprenait la menace qu'ils recouvraient. Aussi fut-il assez adroit pour ne pas les contredire. Il aimait Natacha comme la lumière de ses yeux et, à Kolpaschewo, sa photo était le seul objet qu'il contemplât, en dehors de la lecture de la *Prawda* et de la *Woprossy Ekonomiki* journal de l'Académie des Sciences de l'U. R. S. S. Il se ravageait du désir de la posséder au cours d'interminables nuits. Pourtant, à présent qu'il s'agissait de mariage, il reconnaissait à quel point tout cela était absurde... L'amour, le mariage, l'attente, peut-être longue de plusieurs mois, d'une brève réunion.

Mais il partit tout de même pour Khouzhir. « Nous nous consumerons l'un et l'autre dans l'attente, pensait-il, mais nous prouverons que l'amour peut avoir plus de force encore que la volonté d'un État. Nous sommes jeunes et il est vrai que les années passées ne reviennent pas... mais que sont les mois, les années, en Russie? On peut déjà se dire favorisé si l'on compte une seule année heureuse dans toute une vie. »

Le mariage fut aussi rapide que tout le reste. On se maria à Irkoutsk devant le commissaire du district; Toumanow et Louka furent les témoins. Les mariés passèrent leur nuit de noces dans une petite chambre de l'hôtel *Sowkaja*, ils burent deux bouteilles de champagne de Crimée, mangèrent du caviar, du pain blanc, du fromage de chèvre doux, un potage de légumes et du poisson séché pêché dans le lac Baïkal.

Puis, ils restèrent longuement appuyés contre la fenêtre, le regard rivé au loin, par-delà les eaux du lac, se tenant par la main comme deux enfants perdus, se disant l'un et l'autre qu'il serait bon d'être toujours ensemble.

— Je chanterai à Moscou en automne, dit Natacha.
— Peut-être l'apprendrai-je par la radio.
— Je ferai en sorte que tu viennes à Moscou, chéri.

Sedow ne répondit pas. « Elle est vraiment comme une enfant, parfois, se dit-il, heureux, il est incroyable qu'elle ait pu être chef de partisans ! »

Natacha tira le rideau devant la fenêtre. Dans la chambre régnaient le silence et l'obscurité.

— Viens, dit-elle doucement en mettant les bras autour du cou de Sedow. — Je t'aime Louka Nicolajewitsch et je voudrais avoir un enfant de toi !

« Quelle folie, pensa Sedow, c'est nous déchirer nous mêmes... » Mais il l'étreignit et sentit son abandon. Alors, ouvrant son cœur douloureux, il vacilla, ivre d'un bonheur, d'une félicité, dont il savait qu'ils n'étaient qu'un nuage doré, bientôt pâli, quand le soleil disparaîtrait.

Plus tard, lorsqu'ils se trouvèrent étendus l'un contre l'autre, la longue chevelure noire de Natacha recouvrait le corps de son époux.

— Un enfant les forcera à nous laisser ensemble, dit-elle d'une voix fluette.

Sedow ne répondit pas, les yeux rivés au rectangle plus clair de la fenêtre voilée de rideaux.

« Les forcer ! pensait-il, que sommes-nous donc ? En Russie, un être humain n'a jamais compté plus qu'une punaise. »

*
* *

Au bout d'une semaine, Louka Nicolajewitsch Sedow se remit en route. Natacha l'accompagna jusqu'à Irkoutsk, où il devait prendre le Transsibérien-Express qui, de

Wladiwostock, s'en retournait en ferraillant, jusqu'à Moscou. Leurs adieux furent brefs. Ils échangèrent à peine quelques paroles, puis se tinrent enlacés, silencieux, jusqu'à ce qu'un employé du chemin de fer, lui frappant l'épaule, s'adressa à Sedow : — Nous ne pouvons pas prendre de retard à cause de vous, camarade! Montez!

Sedow ne fit pas même un geste d'adieu. Lorsque le train se mit en marche, il était assis dans son compartiment, le visage enfoui dans ses mains. Ses compagnons de voyage ne surent pas s'il pleurait, car ils étaient fort occupés à déballer leurs paniers à provisions. Que serait un voyage en chemin de fer russe, sans provisions de bouche? Une fille au corsage vide, camarade, pour vous le dire tout bonnement!

Toumanow, assis devant son clavier, attendait Natacha dans l'après-midi. Les dernières pages du rôle de Jaroslawna étaient posées sur le porte-musique. Dès le lendemain, Natacha chanterait tout le rôle, accompagnée par l'orchestre d'Irkoutsk. On avait mis le hall des Congrès du Parti à la disposition des artistes en répétition.

— Je vais avoir un enfant, Waléri Iwanowitsch, dit Natacha avant de prendre sa partition sur le porte-musique, — vous pouvez l'annoncer à Moscou!

— Quatrième acte, scène I, répondit Toumanow sans bouger, la plainte de Jaroslawna... Et puis, plus doucement...
— J'estime que tu dois chanter cet air particulièrement bien!

Natacha releva la tête et on eut l'impression qu'elle regardait encore la fumée de la locomotive se dissiper dans le ciel bleu, et le long ruban luisant des rails, menant à l'infini et vibrant encore après le passage du train qui emmenait, loin d'elle, bonheur et espoir.

> *Ah! pleure, pauvre, pauvre cœur*
> *Mon époux! Ma plainte jamais*
> *Ne t'a rejoint.*
> *Comme un oiseau je voudrais voler*
> *Jusqu'à toi, en pays lointain.*

Toumanow laissa reposer ses mains sur le clavier, lorsque Natacha se tut. Des larmes brillaient dans ses yeux rayonnants de bonté.

— Nous partons pour Moscou la semaine prochaine, dit-il haletant.

Puis, il se leva brusquement, étreignit Natacha et l'embrassa comme un père qui bénit son enfant.

Cinq jours après, Natacha, Toumanow et Louka prirent le Transsibérien, en direction de Moscou.

— Nous voyagerons longtemps? demanda Louka.

— Si nous n'avons pas d'arrêts imprévus, quatre jours... répondit Toumanow qui considérait ses compagnons de voyage avec l'acuité d'analyse que donne le passage brusque d'un lieu à un autre. Soudain, la frêle et petite Natacha, le géant Louka prenaient à ses yeux une signification de plus. « Un tel contraste n'est possible qu'en Russie, pensa-t-il ému. Les roses et les séquoias y croissent de compagnie et le soleil les éclaire avec une égale mansuétude. »

— Éternelle Russie, si nous ne t'aimions tant, petite mère...

*
* *

Ils arrivèrent à Moscou par la gare de chemin de fer « Lénine » et Louka regarda autour de lui dans l'espoir de découvrir quelque porteur de bagages. Mais son espoir fut déçu, car un bon prolétaire porte lui-même ses paquets.

— Ils n'ont vraiment pas de nez! remarqua Louka. L'argent court les rues et ils ne savent pas le saisir! Quand j'aurai retrouvé mon petit cheval qui m'attend au sowkhose Maxime Gorki, je recommencerai à faire des transports!

— Voyons, ne perdons pas de temps, suis-nous! lança Natacha, impatientée et désireuse de se reposer.

Louka aussitôt baissa la tête, et ses yeux disparurent

presque sous ses sourcils en broussailles. « Elle est devenue une « dame » comme il faut, pensa-t-il, le diable emporte les bonnes manières... et on a la démarche d'une péronnelle qui sort d'un palais... et ça vous balance les fesses... Bon Dieu! Je l'aimais bien mieux telle que je l'ai connue dans le marais!... Quel bon temps! »

Une heure plus tard, à l'hôtel *Moskwa* où ils devaient habiter, Louka, l'air grave, l'œil critique, examinait son reflet dans une glace. On l'avait rasé, ses cheveux étaient coupés, son costume fait à Irkoutsk avait été repassé et, même, il portait une chemise avec col et cravate, cette dernière nouée par Natacha.

— N'est-ce pas mieux ainsi, mon ours? demanda-t-elle en souriant dans la glace, tandis qu'elle se tenait derrière lui.

— Bon, bon, ma colombe, on pourrait presque prétendre que je suis joli garçon?

Le rire de Natacha l'entraîna à rire aussi, tellement que le bouton du col de sa chemise céda. Louka, aussitôt inquiet, jeta un regard au miroir.

— On ne doit pas rire, lorsqu'on a de bonnes manières, n'est-ce pas, ma colombe? — Il remonta son nœud de cravate pour dissimuler la boutonnière vide du col de sa chemise, — Nous sommes en passe de devenir tout à fait « comme il faut » quoi, mon angelot? Ne va pas t'imaginer que Louka en est incapable!

— Il est interdit de mettre ses doigts dans son nez, comme de se moucher avec le pouce et l'index : il y a des mouchoirs pour cela; et puis, si l'on s'approche d'une table, où quelqu'un se trouve déjà assis, on demande poliment : « Les autres places sont-elles libres? »

— Mais ça se voit!

— On le demande tout de même.

— C'est de la peine inutile!

— On est poli.

Louka en conclut qu'une rude existence commençait. Dans la gigantesque salle de l'Opéra plongée dans une demi-obscurité et entièrement vide, se trouvaient assis Dorogouschin et Toumanow. L'orchestre accordait ses instruments. Même lorsque les mille places de ce vaste vaisseau étaient inoccupées, une atmosphère de tension angoissante oppressait les musiciens, comme à la veille d'une soirée à laquelle Staline serait présent. Pour la première fois, un orchestre jouait un opéra devant des fauteuils vides et pour une seule chanteuse dont personne ne savait le nom et qui venait des espaces sibériens, une fragile petite personne à la sombre chevelure, une « demi-portion », à faire pitié si l'on songe qu'elle devait paraître seule sur cette scène gigantesque. Oui, un moineau égaré qui piaille, à la recherche de son nid. Le timbre, placé au-dessus de la porte de la loge de Natacha, se mit à grésiller. Une veilleuse rouge jeta des feux clignotants. Cela signifiait : Natacha en scène!

Louka, assis contre la table à maquillage, baissa la tête. Natacha jeta un dernier regard à son visage qui, dans la glace, lui apparaissait celui d'une inconnue : celui de Jaroslawna, dans le *Prince Igor*.

« Encore quelques secondes jusqu'à la célébrité ou l'échec... » pensa-t-elle, en proie à un effroi paralysant. Elle regarda Louka d'un air presque suppliant.

La veilleuse clignota à nouveau, le timbre grésilla.

— Il faut entrer en scène, Natacha Tschougounowa, dit la maquilleuse qui venait de transformer le visage de Natacha.

Louka soupira comme un buffle des marécages :

— S'ils te renvoient, dit-il sourdement, s'ils ne te sautent pas au cou après que tu auras chanté, ma parole, je leur brise les os!

— Ça ne sera pas nécessaire, idiot! dit Natacha d'une voix assurée.

Puis, elle courut vers la porte de fer ouvrant sur la scène.

Anatoli Dorogouschin s'était laissé aller en arrière contre le dossier de son fauteuil. Le souvenir de la voix de Natacha lui revenait à la mémoire. Il l'avait dit alors :

cette fille peut devenir un astre! Mais il avait bien dit : *peut.* Trop souvent, certaines promesses, dans ce domaine, n'avaient pas été tenues! Et Dorogouschin, se penchant vers Toumanow, rompit le silence : — On nous rapporte des merveilles d'Irkoutsk, et elle compte de grands protecteurs au Kremlin... Staline a voulu entendre lui-même les disques d'essai que vous lui avez envoyé, camarade Waléri!

Iwanowitsch Dorogouschin leva légèrement la main au moment où Toumanow allait répondre. « Mais un disque n'est pas la voix elle-même. On peut, par certains moyens, transformer les voix enregistrées sur disques. »

— Elle ignore l'existence de ces disques que nous avons enregistrés dans une pièce voisine, alors qu'elle chantait. C'est sa voix même!

— Ce serait trop beau si la Russie, en plus de ses danseurs, joueurs d'échecs, artistes, produisait enfin une grande chanteuse : elle nous manque; ce sont toujours des Italiennes, des Allemandes, des Françaises... Si nous avions une étoile mondiale d'opéra, telle que le fut Chaliapine!

Le rideau de scène s'ouvrit dans un bruissement soyeux, le prince Golitzky chantait son air de bravoure empreint d'une frénétique joie de vivre...

Tel je suis : je hais l'ennui...

Dorogouschin fit un petit salut de la tête, d'un air satisfait : — Warsja Oserki, souffla-t-il à Toumanow, notre meilleure basse! Peut-être prendra-t-il un jour la place de Chaliapine... C'est d'ailleurs ma découverte...

— Bravo camarade! Quelle voix! On croit entendre un orgue... Mais Natacha est un ange.

Elle sut le prouver. Dès qu'elle parut sur la scène, Dorogouschin se sentit prisonnier de la magie qui émanait d'elle.

Lorsque l'invraisemblable se réalise, on dit que c'est un prodige. Dorogouschin qui niait les prodiges, selon les principes de la philosophie soviétique, dut s'avouer vaincu intérieurement, lorsqu'il entendit chanter Natacha. « Comment un être humain peut-il chanter ainsi? se disait-il, et pourtant, je me trouve au sein de ce réseau de sons magiques qui voguent, aériens, autour de moi. »

Waléri Toumanow était assis, les yeux clos, au côté de Dorogouschin. Il avait entendu la voix de Natacha pendant deux ans; elle lui était aussi familière que la sienne même... Pourtant, il était toujours surpris par l'invraisemblable voix qui s'échappait du gosier de cette frêle petite femme.

Pendant la pause qui suivait le second acte, Anatoli Dorogouschin se montra fort silencieux et replié sur lui-même. Sans un mot, il avait embrassé Toumanow sur les deux joues et c'était, de sa part, plus que des paroles. Que dire d'ailleurs? Quelle louange exprimer face à un tel prodige?

Finalement, Dorogouschin demanda à mi-voix :

— Elle a donc épousé cet ingénieur Sedow?

— Oui. — Toumanow hocha la tête : — Elle est aussi têtue qu'elle chante bien! Mais cela va ensemble. Que serait Natacha sans sa sauvagerie foncière?

— Et ils ont consommé... leur mariage?

— Oui. Ils ont vécu ensemble une semaine. Elle croit attendre un enfant...

— Croyez-vous que ce soit possible?

— Certainement, nous verrons bien.

— Et alors?

Toumanow haussa encore les épaules : — Je ne sais pas, je n'y puis rien : parfois, les ordres du Kremlin s'avèrent assez incompréhensibles, camarade. Il eut été préférable de laisser Sedow avec elle.

Dorogouschin avança une lippe dédaigneuse qui donna soudain à ce gros homme l'aspect d'un crapaud mélomane.

— Natacha n'appartient plus à un seul homme, elle est devenue le bien de tout un peuple, comprenez-vous, camarade Toumanow? De même, que les usines appartiennent au peuple, ainsi que les kolkhoses, les entreprises, Natacha appartient à tous! Et cette question d'enfant... est facile à régler. Je parlerai au commissaire du peuple à la Santé Publique. C'est un rien...

— Qu'avez-vous l'intention de faire, camarade? s'écria Toumanow en se levant d'un bond. Dorogouschin le saisit par un bras et le força à se rasseoir.

— Vous êtes nerveux, camarade, on ne va tout de même pas anéantir le joyau des voix russes...

— S'il arrivait quoi que ce soit à Sedow... Je ne crois pas...

— Sedow! Qui se soucie de lui? C'est un pou qui grouille dans quelque pelage étranger... Nous tenez-vous pour des imbéciles, camarade? Voyons... ce qui va arriver.

En fait, il n'arriva pas grand-chose. L'opéra prit fin. Dorogouschin courut sur la scène embrasser Natacha, comme un guerrier barbare au retour d'une longue guerre. Louka assista avec satisfaction à cette scène et comme, à compter de ce jour, il était un homme bien élevé, il ne serra pas Dorogouschin sur son cœur pour lui témoigner sa joie, mais crut le moment venu de lui demander, avec une bourrade dans les côtes : — Recevrons-nous enfin des cartes spéciales de ravitaillement, réservées aux artistes ?

Dorogouschin, la main comprimant son torse endolori, répondit par un signe de tête et s'en fut en clopinant jusqu'au foyer des artistes. Là, on avait disposé, sur une longue table, des verres emplis de champagne de Crimée, des coupes de gâteaux, des puddings aux fruits, des tartines de lard fumé. Dorogouschin avait donné l'ordre de préparer cet en-cas, au cours de la pause précédant le troisième acte. Mais il avait aussi donné un coup de téléphone au commissaire à la Santé Publique et le camarade du Kremlin était venu, accompagné de deux médecins, et tous trois, perdus dans l'assemblée des invités de Dorogouschin, paraissaient n'être que de simples artistes, tout juste débarassés de leur maquillage.

— Célébrons notre Tschougounowa! s'écria Dorogouschin, enthousiaste. Il éleva son verre et le choqua contre celui de Natacha, tout en regardant vers Louka. Le géant, debout contre le buffet, dévorait des tartines de lard fumé. « Le vieux dicton dit vrai, pensa Dorogouschin, on prend les souris avec du lard, même lorsqu'il s'agit d'un phénomène préhistorique tel que Louka... »

— Bravo! Bravo! criaient les invités. Louka brailla avec eux, en agitant une large tartine. Puis ils burent et Natacha se sentit heureuse. Elle but un second verre, puis un troisième, après les avoir choqués à ceux des autres; enfin, elle chanta une vieille chanson populaire de Kasan, qui datait du temps des derniers Tartares, avant que le tzar Ivan IV les eût chassés de Kasan.

Mais, au milieu de la chanson, sa voix se mit à vaciller. Toumanow pâlit et s'appuya à la table couverte de friandises, tandis qu'une sueur froide ruisselait de son front sur son visage et que son regard restait rivé à Natacha qui, les yeux démesurément ouverts, appuyait ses mains sur son ventre.

Louka faucha d'un geste un échafaudage de gâteaux, jeta de côté deux hommes qui lui barraient le chemin et se trouva à temps près de Natacha pour la recueillir dans ses bras, avant même que les invités aient pu comprendre ce qui se passait.

— Un médecin! hurla-t-il. Je vous lance tous contre le mur comme des chatons nouveau-nés, si vous ne me trouvez pas de médecin!

Dorogouschin jeta un regard au commissaire à la Santé. L'un des médecins inconnus s'avança et prit le pouls de Natacha.

— Il y a une ambulance, en bas... Nous partons immédiatement pour la clinique!

Personne ne s'étonna du fait qu'on n'avait pas eu à demander l'ambulance... Elle se trouvait là, comme s'il était naturel qu'elle attendît devant l'Opéra. Louka descendit l'escalier, portant Natacha évanouie et la déposa précautionneusement sur la civière, à l'intérieur de la voiture. Puis il s'engouffra lui-même dans l'ambulance, en se recroquevillant le plus possible, tel un singe pelant une banane, en tenant dans les siennes la main de Natacha, comme s'il tentait de retenir la vie en elle.

Pourtant, à la clinique, on lui enleva Natacha. On l'emporta sur une civière roulante, vers un couloir dont les portes aux vitres dépolies laissaient passer le jour. Louka savait qu'au bout se trouvaient les salles d'opération, il le savait depuis qu'on lui avait opéré la jambe. Il s'assit donc sur un escabeau devant la grande porte de verre, joignit les mains et se mit à prier d'une voix monotone.

Dorogouschin et Toumanow, le commissaire du peuple et un autre représentant du gouvernement, parurent un peu plus tard. Ceux-là aussi attendaient dans le couloir, fumaient des cigarettes en s'entretenant à voix basse. Toumanow restait à l'écart, adossé au mur laqué de blanc. Son vieux visage avait pris une teinte d'ivoire blême. Lorsque Dorogouschin se pencha vers lui, il se détourna et, sans un mot, regarda d'un autre côté. Dorogouschin haussa les épaules et ne s'occupa plus de lui.

Au bout d'une demi-heure, les médecins et deux infirmières parurent, poussant le chariot enrobé de couvertures, qu'ils sortaient de la salle d'opération. Natacha s'y trouvait, pâle, encore sous l'effet d'une narcose profonde.

— Qu'a-t-elle, avortons? hurla Louka en agrippant le chariot.

— C'était une appendicite, déclara le chirurgien qui marchait derrière le chariot et qui devait avoir procédé à l'opération, — rien que l'appendice, camarade commissaire du peuple! Dans dix jours, elle pourra chanter à nouveau. Nous n'avons eu qu'une petite incision à faire...

Dorogouschin, le commissaire du peuple et l'inconnu envoyé par le Kremlin répondirent par de petits signes de tête, des clins d'œil avertis.

Louka caressa le visage suant de Natacha.

— Rien que l'appendice! dit-il avec tendresse. Je resterai avec elle nuit et jour, jusqu'à sa sortie!

— Naturellement, naturellement! — Le commissaire du peuple adressa un petit signe aux médecins : — La camarade Tschougounowa verra désormais tous ses vœux satisfaits. Le camarade Staline veut connaître chaque jour son bulletin de santé...

Suivant le chariot, la petite délégation, Louka en tête, s'en fut jusqu'à la chambre de Natacha. Dorogouschin les suivit des yeux, avant de retourner vers Toumanow.

— Vous voyez, camarade, ça n'a rien été du tout! dit-il l'air serein. Dans dix jours, elle chantera et l'on n'a eu qu'à lui faire une petite incision dans l'abdomen... qui sera presque invisible.

— L'appendicite... murmura Toumanow mais sa voix vacilla. — Quels hommes vous êtes...

Dorogouschin pinça les lèvres : — Jamais plus la chanteuse Tschougounowa n'attendra un enfant... à compter de ce jour, elle appartient entièrement au peuple!

Toumanow ne répondit pas; il cracha seulement devant Dorogouschin et quitta rapidement la clinique.

— On devrait le surveiller, camarade, dit Dorogouschin aux autres, tandis que tout son visage s'empourprait, — un vieillard et un nourrisson ont cela de commun : ils sont incapables... de se contenir.

Louka resta cinq jours, comme un chien fidèle, au chevet de Natacha. Il goûtait les mets qu'on lui servait et, si le thé lui paraissait tiède et les gâteaux trop peu sucrés, il les jetait à la tête de l'infirmier ou menaçait l'infirmière, porteuse du plateau, de la violer.

Chaque jour, Toumanow et Dorogouschin venaient aux nouvelles. Ils ne se rencontraient jamais auprès de l'opérée et évitaient d'ailleurs de s'y retrouver.

— Une stupide crise d'appendicite s'annonce avec la

soudaineté de l'éclair! expliquait Dorogouschin qui apportait en cadeau des fruits et une bouteille d'un vin rouge léger. — Il s'agit en tel cas d'agir avec promptitude, avant que l'infection ne s'installe! Éprouvez-vous encore des malaises, camarade Tschougounowa?

Natacha secouait la tête : — Aucun, camarade, je sens seulement comme la douleur sourde d'une blessure interne.

— C'est normal! Et cela passera! Vous sortirez d'ici dans quelques jours... Puis vous partirez pour Sotchi, sur la mer Noire, afin de vous remettre parfaitement. Quand vous reviendrez, ce sera pour chanter à l'Opéra de Moscou!

Waléri Toumanow était moins loquace que Dorogouschin. Il lui arrivait de rester sans dire un mot au chevet de Natacha, se contentant de lui tenir la main, en la contemplant comme un père dont le cœur est déchiré. Plus tard, il apporta la partition de *Rigoletto* de Verdi dont Natacha devait chanter le rôle de Gilda lors de la représentation de gala.

— Peut-être est-ce le dernier rôle que nous étudions ensemble, dit Toumanow comme en proie à un pressentiment. L'hostilité de Dorogouschin était dangereuse, il le savait.

— Vous pensez me quitter, Waléri Toumanow? — Natacha se redressa, inquiète. Toumanow évita de rencontrer son regard.

— On a des obligations, ma colombe... Te voilà une grande artiste. A quoi pourrait te servir Waléri Toumanow? D'autres jeunes talents attendent mes conseils... Peut-être retournerai-je à Saratow ou à Khouzhir, qui sait?

C'était un mensonge. Toumanow savait qu'un autre destin l'attendait; il en ignorait seulement la date exacte. Cela se passerait peut-être tandis que Natacha se reposerait au soleil à Sotchi, sur la mer Noire, ou bien pendant une représentation quelque part dans le monde... On avait le temps : un vieil homme ne s'évade pas. Et Toumanow attendait patiemment. Somme toute, il avait

eu une belle vie. Une vie mouvementée, difficile, dure...
« Mais belle, parce que j'ai vécu en Russie. Qui donc
pourrait me comprendre, qui n'est pas né dans une hutte
en rondins, pour y grandir couché sur l'herbe de la steppe,
comme un renard? On ne nous comprendra jamais, car
ceux qui vivent en dehors de nos frontières n'ont pas de
Toundra, ni de Taïga, et, dans leur sang, l'espace ne bruit
pas qui, là-bas, à l'horizon, se heurte aux cieux, comme
si la terre et les nuées s'étreignaient dans une ardente
fusion. »

— Je ne cesserai pas de vous écrire, Toumanow, répondit Natacha. Elle s'empara de ses mains et les porta à ses
lèvres : — je voudrais vous appeler *petit père!*

Ce fut le bref instant pendant lequel Toumanow haït
sa patrie.

Le sixième jour après l'opération de Natacha, Louka
put se permettre de la laisser seule pendant quelques jours.
Il se rasa soigneusement, mit une cravate neuve et compta
son argent, tout en passant un peigne dans sa chevelure
rebelle.

— Où vas-tu? lui demanda Natacha.

Le visage de Louka rayonnait. On eût dit qu'il s'était
frotté le visage de graisse.

— Au sowkhose, ma colombe! s'écria-t-il, je vais
chercher mon petit cheval! Et je lui apporte un sac de
betteraves. — Il fit sonner des roubles en monnaie, dans
sa poche. — J'ai fait des économies, il aura une bonne
écurie et, si plus tard tu dois chanter, je reprendrai mes
transports de la gare avec lui!

C'était pour Louka un vrai jour de fête. Il acheta un
sac de carottes et de betteraves sucrières en payant trois fois
leur prix, car c'étaient des produits rationnés. Puis, il

prit une voiture de louage et se mit en route pour le sowkhose Maxime Gorki, à Molokowo.

L'apparition de Louka en ce lieu fut comme le premier coup de tonnerre du Jugement Dernier, pour Washa Igorowitsch, « natschalnik » de Maxime Gorki. Il était justement occupé à boire une tasse de lait mousseux, lorsque la porte s'ouvrit, presque arrachée de ses gonds, livrant passage à Louka qui, avec son sac de betteraves, pénétra pompeusement à l'intérieur de la grande salle.

— Vive la Révolution! s'écria-t-il en assénant son poing sur la table. — Camarade Washa Igorowitsch, me voici revenu! Quelles retrouvailles! Mais tu as bonne mine, petit frère? Pas étonnant, tu dois bien lécher les jambons avant de les livrer? Ha! Ha! Ha!

Washa eut alors comme le pressentiment que cette journée se terminerait très mal. Il crut bon de gagner du temps en contrefaisant l'étonné :

— Quoi camarade? Que voulez-vous? Avez-vous quelque chose à vendre dans ce sac?

Louka considéra le natschalnik, l'air déconcerté :

— Mais c'est qu'il ne me reconnaît pas! Punaise repue, va! C'est moi, Louka, et je veux que tu me mènes auprès de mon cheval! Tu verras... il me reconnaîtra, lui, tout de suite!

Washa Igorowitsch souffla bruyamment par les narines.

— Oui, dit-il enfin, oui, une bonne petite bête!

— Allons le trouver! jubila Louka en jetant sur son épaule le sac bourré de betteraves.

— Il n'est pas facile à trouver, dit Washa Igorowitsch avec le courage du désespoir, — car il est mort...

— Mort! répéta Louka dans un souffle...

« Oh! malheur à moi, pensa Washa, que ses yeux deviennent grands!... comme des assiettes, il est temps de s'éloigner au plus vite de ce géant! »

Aussitôt, se levant d'un bond, il prit son élan et, ayant passé en courant devant Louka, il franchit le seuil.

— Mort! rugit Louka, mon bien-aimé petit cheval!

Vous l'avez assassiné! Vous l'avez privé de nourriture! Ce n'est qu'un petit canasson à demi crevé, et puis Louka ne reviendra pas le chercher, pensiez-vous! Aussi, laissons-le périr et mettons l'avoine dans notre poche! Porcs pesteux! Avortons! Fils de catins!

Louka arracha la porte de ses gonds et s'élança à la poursuite de Washa Igorowitsch aussi rapidement que le lui permettait son pied paralysé.

— Je vais te mettre en pièces! hurlait-il.

« Je te piétinerai jusqu'à ce que tu sois transformé en galette! Arrête, camarade! »

Washa courait pour sauver sa peau. Son intestin se crispait, il appuyait ses deux mains sur son ventre. Il se retourna plusieurs fois en courant et vit le géant qui fonçait à sa suite, titubant sur ses jambes, mais celles-ci, en quelques bonds gigantesques, rattrapaient son avance et menaçaient de rejoindre le fuyard.

— Au secours, hurla Washa les bras levés, — au secours, camarades!

C'est une faute que de crier en s'enfuyant. Washa le reconnut trop tard. Il buta sur le timon d'un chariot qui se trouva sur son chemin et s'en fut en vol plané tomber, tête la première, dans la poussière, tandis que Louka l'atteignait. Aussitôt le soleil s'obscurcit devant ses yeux.

— Petit frère, geignit Washa, puis il avala sa salive comme pris d'une crampe et son intestin se vida, ce qui est une épreuve accablante pour tout individu, mes amis, surtout lorsqu'on porte le titre de natschalnik!

— Oh! hurla Washa Igorowitsch, ne me touche pas, petit frère! Ne va pas te salir les mains! Je te jure par la Sainte Mère de Kasan : ton cheval s'en est allé sans rien dire! Il n'a cessé de paraître las tout le temps! la tête pendante... Il avait le cœur gros, ce bon petit. Voilà, le grand Louka lui manquait, qui l'avait abandonné parmi des inconnus! Alors il s'est couché pour mourir, le cœur brisé de chagrin!

Au bout de ce discours, Washa s'effondra à nouveau en arrière, sur le sol où il se laissa aller comme un crapaud écrasé, puis il s'évanouit.

Louka resta la tête baissée, arrêté devant le natschalnik. Ces dernières paroles avaient touché et déchiré son cœur. « Évidemment, pensait-il, c'est cela même! Et cette constatation faisait bien mal! Pauvre petite bête, elle se languissait de moi! »

Une poignante tristesse s'emparait de Louka. Son visage se creusa, ses yeux semblaient noyés dans une mer trouble.

— La vie est cruelle, camarade! dit-il, en sanglotant, à Washa Igorowitsch évanoui, — il me restait deux amis, Natacha et mon cheval : il y a encore Natacha... — Du pied, Louka poussa Washa, mais celui-ci ne bougea pas. Il était bien loin.

— Pardonne-moi, Washa Igorowitsch, reprit Louka, je reviendrai et nous irons ensemble là où repose mon cheval, pour planter une fleurette en souvenir de lui : c'est promis, camarade!

Heureusement que Washa ne l'entendit pas, car il se serait effondré à nouveau. A peine le cheval était-il mort, Washa l'avait vendu à la fabrique de savon, à Moscou. C'étaient quelques roubles de profit inespérés. Qui lui en eût tenu rigueur?

Le soir seulement, Louka alla rejoindre Natacha à la clinique et s'assit à son chevet, silencieux, l'air absorbé dans ses pensées. Natacha le regarda, surprise.

— Comment cela s'est-il passé, mon ours? demanda-t-elle. Elle se sentait remise à présent, après cette opération de l'appendicite, ainsi qu'elle se l'imaginait. Dans trois jours, elle se retrouverait parmi ses semblables et puis leurs chambres étaient déjà retenues à Sotchi! Toumanow s'en était occupé lui-même. Le commissaire attaché au Kremlin s'était fait un plaisir d'en informer lui-même Toumanow.

— Le petit cheval est mort! dit Louka d'une voix sourde.

— Je m'en doutais. — Natacha se mit sur son séant et attira vers elle la tête de Louka, en lui saisissant la barbe des deux mains. Elle vit qu'il avait pleuré. Les yeux du géant étaient tout rouges. — C'était un vieux petit cheval squelettique, dit-elle d'une voix consolante. Un jour, nous aussi serons vieux et las, et nous nous coucherons en pensant : qu'il serait bon de ne plus se réveiller! On ne peut plus les supporter... ces humains, ces bêtes, le monde entier... — Elle laissa aller la tête de Louka et se rejeta en arrière, sur ses oreillers. — J'ai même déjà connu cela...

— Voyons, tu m'as, tout de même, Natatschka! dit Louka en s'essuyant les yeux du revers de la main. — Je suis là! Mais le petit cheval, qui donc avait-il?

— C'est juste, reconnut Natacha, ma situation est différente.

Une fois de plus, sans en dire davantage, ils se comprenaient parfaitement.

*
* *

Ils étaient depuis trois semaines à Sotchi, sur la mer Noire, occupés à prendre des bains de soleil, ou à nager vers la haute mer, spectacle qui faisait penser à quelque baleine, accompagnée d'une ablette. Parfois ils prenaient la file devant la caisse d'un cinéma, afin de voir un de ces nouveaux films américains, car alors l'amitié avec l'Occident existait encore, même si l'on savait que cette région du monde était décadente et pourrissait intérieurement, comme une pomme de terre atteinte du charbon. Tous les deux jours, Natacha écrivait une lettre à Louka Nicolajewitsch Sedow, bien qu'elle ne reçût jamais de réponse. D'ailleurs, ces pauvres lettres devaient faire un grand détour. Elles n'étaient pas expédiées directement en Sibérie, mais retournaient à Moscou, où un gros fonctionnaire assis derrière son bureau, ouvrait soigneusement l'enveloppe d'un coup de canif et prenait connaissance de ce que Natacha confiait à son mari. Puis, ayant roté, ainsi qu'il se doit pour rester dispos, il saisissait un gros crayon à encre et barbouillait les mots qui lui déplaisaient. Avant cela cependant, il avait fait photographier la lettre, dont le double s'en allait grossir un dossier parfaitement classé. Alors seulement, la lettre prenait le chemin interminable de la Sibérie, où se trouvait Sedow. Les lettres de celui-ci passaient également par le bureau du censeur aérophage, seulement, elles y restaient, et l'original s'en allait sur un rayon d'une armoire de fer encastrée dans la muraille.

Ce fut Anatoli Dorogouschin qui accueillit Natacha et Louka à la gare de Moscou, lorsqu'ils revinrent de la mer Noire.

— Une bonne nouvelle, camarade, s'écria-t-il avant même que Natacha eût descendu le dernier échelon du marchepied de son wagon. — Non! deux nouvelles plutôt! Vous êtes une enfant gâtée de la chance, Natacha Tschougounowa!

Il serra Natacha dans ses bras et celle-ci constata qu'il avait bu de la vodka et absorbé une soupe à l'ail.

— Où est Waléri Toumanow? demanda-t-elle en scrutant du regard le quai de la gare, — je lui avais écrit...

— Ce bon vieux Waléri!... s'écria Dorogouschin et son visage gras luisait comme une tête de porc bien enduite de beurre fondu. — C'est la troisième nouvelle : il va parfaitement bien!

Il prit Natacha par le bras et considéra Louka qui lançait les bagages par la fenêtre de leur compartiment, tandis qu'un homme de peine les recevait sur le quai pour les porter ensuite jusqu'à la voiture du gouvernement, rangée devant la gare.

— Mais la grande nouvelle la voici, Natacha, reprit Dorogouschin : vous avez une installation complète! Près du Théâtre Bolchoï, quatre grandes pièces dont les fenêtres donnent sur le Kremlin, le mausolée, la cathédrale St. Basile, sur la Place Rouge! — Dorogouschin se tut et attendit, mais comme Natacha semblait ne l'avoir pas écouté, le gros Anatoli toussota : — Savez-vous ce que cela signifie, camarade? De nos jours, avec ce manque de locaux d'habitation, quand les enfants, la nuit, dorment sur le ventre des parents, tout un appartement pour vous seule? La Oulanowa peut tout juste se vanter d'en avoir autant! Et vous ne vous en réjouissez pas?

— Où est Waléri Toumanow? répéta Natacha.

— Ce bon vieux gars... Ha! Ha! Vous verrez bien... et puis la nouvelle numéro deux : vous restez à Moscou! Vous y chanterez sur la scène de mon Opéra! Vous serez l'étoile de Moscou, pour parler comme en Occident! Vous dirais-je, Natacha, sans pour autant vous lécher les bottes : la Russie possède enfin un grand soprano, une voix digne de l'adoration des foules. On a daigné le reconnaître en haut lieu, en très haut lieu... mon oiselet! Le camarade Staline sera présent, *en personne*, lorsque vous ouvrirez la saison musicale, c'est-à-dire : lorsque vous ouvrirez les portes d'un paradis!...

Vraiment, l'enthousiasme qui flambait en Dorogouschin était frénétique, et il ne cessait de parler, tandis que la voiture les emportait à travers Moscou, puis stoppait devant une grande maison qui avait vue, en effet, sur tout ce que Moscou offre de beauté. Avec cela un ciel merveilleux, bleu, sans nuages, saturé de clarté solaire. Natacha et Louka, debout devant une fenêtre, contemplaient ce spectacle, tandis que Dorogouschin débouchait une bouteille de vodka.

— Vive notre paradis! lança-t-il avec emphase.

— Où est Toumanow? demanda Natacha.

Dorogouschin toussa. La vodka avait pris le chemin de ses poumons au lieu de descendre dans l'estomac, tant il se sentit saisi.

— Il vit comme un prince, Natacha, il est retourné à Khouzhir...

— A Khouzhir?

— Nouvelle mission! Natacha Tschougounowa est désormais parfaitement instruite dans son art : il nous a livré un ange! A présent, il fait travailler à Khouzhir un jeune ténor : Jouri Semenow, un grand espoir, une voix comparable à celle de Richard Tauber. Oui, oui, le camarade Toumanow est un maître expérimenté... presque irremplaçable... qui sait déceler les talents...

Natacha ne répondit pas. Elle était trop fatiguée pour poser d'autres questions. Le départ de Toumanow semblait aussi mystérieux que son apparition, jadis, dans l'usine Grande Volga, parmi le chœur des ouvriers. Pourtant Tomanow avait eu l'intention de lui écrire à Sotchi, mais aucune de ses missives, pas plus que celles de Sedow, ne lui était parvenue. Soudain, il semblait à Natacha que ces deux hommes n'avaient jamais existé dans sa vie... Seul, Louka restait fidèle comme son ombre même. Pouvait-il en être autrement? On ne sépare pas la lune du soleil.

— Je suis fatiguée, dit-elle une fois de plus, et Dorogouschin réagit immédiatement; il prit congé et disparut, content d'échapper à d'autres questions.

Louka verrouilla la porte. Natacha, retournée à la fenêtre, considérait Moscou. Elle se trouvait dans un véritable salon, avec fauteuils, guéridon, vitrine, sofa et même un tapis tissé à la main!

— Un vrai paradis, ma colombe! conclut Louka satisfait.

Natacha baissa sa petite tête : — Si ce n'est pas une cage dorée...

***

Les répétitions commencèrent à l'Opéra. Dorogouschin les présidait. On avait apporté quelques modifications au livret de *Rigoletto*. Ce n'était plus un drame d'amour, de haine et de désespoir paternel. Rigoletto devenait l'accusateur de l'esclavage imposé par la « caste princière », un rebelle opposé à ceux qui osent s'emparer de tout, même de l'enfant d'un pauvre infirme! On en avait fait un « drame social ».

Natacha Tschougounowa chanta le rôle de Gilda comme jamais encore l'Opéra de Moscou ne l'avait entendu. Cependant, si son art ne lui donnait pas de difficultés à vaincre, il en allait autrement dans ses tentatives pour entrer en communication avec Sedow. Elle avait tenté sa chance avec Dorogouschin, mais cette grosse punaise, qui avait promis de s'enquérir à ce sujet, n'en fit rien et s'empressa d'informer le commissaire du peuple des vœux déraisonnables de la Tschougounowa qui souhaitait revoir son mari!

— Il serait indiqué de se montrer généreux dans ce cas-ci, camarade commissaire, dit-il après la quatrième répétition, — oui, quelques jours de bonheur... et puis on l'escamotera de nouveau! Ce serait bon pour la voix... et que craignez-vous, camarade... après cette opération de l'appendicite?

Il eut un rire gras et se frotta les mains. C'était décidément un porc, ce camarade Dorogouschin. Mais il n'obtint rien. Au Kremlin, on avait une autre opinion à ce sujet et celle-ci ne changea pas non plus lorsque Natacha obtint, après de longues démarches, une audience de Béria, le petit homme au pince-nez qui avait, entre deux doigts seulement, autant de puissance que, dans d'autres pays, toute une génération de tyrans.

Il se montra fort poli, le camarade Béria, très cordial et accueillant. Il fit servir du vin doux de Crimée et parla avec ravissement d'une répétition à laquelle il avait assisté secrètement.

— Pendant des jours le son de votre voix est resté dans mon oreille, camarade Tschougounowa : vous êtes une grande artiste!

— Je voudrais revoir mon mari, répondit Natacha. Vous savez où il est, vous avez le pouvoir de l'envoyer en permission à Moscou, ou de m'envoyer auprès de lui : pourquoi nous sépare-t-on? J'ai appris à l'école du Komsomol que la Russie est un pays de liberté, que nous, camarades soviétiques, avons été libérés de tout esclavage et que, dans ce pays, l'être humain jouit vraiment de ses droits!

— On vous a enseigné la vérité, camarade, dit Béria tranquillement, car il en est ainsi.

— J'ai combattu pendant des années pour mon pays, dans les marais, j'y ai risqué ma vie...

— Je sais. — Béria sourit et versa encore du vin dans le verre de cristal taillé. — Vous avez été la femme la plus courageuse de la grande guerre nationale, camarade, bientôt votre nom sera gravé dans le marbre, pour les temps à venir...

— Et on m'empêche de voir mon mari! s'écria Natacha avec emportement.

— C'est autre chose, camarade : Louka Nicolajewitsch Sedow est un homme aussi important que vous, un génie. Il travaille en Sibérie à l'exécution d'immenses projets, vous le savez. Il s'agit de rattraper l'avance des U. S. A. et de faire de la Russie l'État le plus puissant de l'univers. Pas à lui tout seul, évidemment... mais il manquerait s'il quittait sa place.

— Pourquoi la quitterait-il? Si je restais avec lui.

— Perdrons-nous notre meilleure chanteuse? Notre patrie a besoin de l'un comme de l'autre... de Sedow le technicien et de la chanteuse Tschougounowa, comprenez-vous, camarade?

— Quelle nuit m'enveloppe... dit Natacha à voix basse.

Béria se pencha et saisit les mains de Natacha. Il s'adressa à elle sur un ton presque paternel, mais ses paroles étaient menaçantes.

— Je veux éclairer cette *nuit* camarade : votre union avec le camarade Sedow était une sottise de la pire sorte! L'un comme l'autre, vous ne vous appartenez pas... vous êtes la propriété de la Russie entière!

— Mais vous ne pouvez tout de même pas interdire l'amour! cria Natacha.

— Pas *interdire*, camarade, mais *guider*. Dans votre cas, il est déraisonnable de limiter l'amour à votre couple, car votre amour appartient à des millions de Russes, auxquels vous assurez une considération grandissante, bientôt dominante, dans le monde. On ne jette pas une semence dans la mer, mais sur un sol propice...

Comme assommée, Natacha quitta le Kremlin dans la voiture de Dorogouschin. Dès ce jour, elle ne prit plus part aux répétitions de l'Opéra et Dorogouschin, au comble du désespoir, téléphona à Béria pour lui demander si Natacha avait été punie de telle sorte qu'il lui était interdit de chanter?

— Ce fut un petit choc nécessaire, répliqua Béria sèchement. Elle ne demandera plus rien.

Natacha avait pleuré toute la nuit. Louka l'entendit et ne cessa de tourner en rond dans leur appartement, à bout de ressources, car il lui était impossible de lancer Béria contre le mur, comme une tomate pourrie.

— Ne pleure pas, ma colombe, dit-il d'une voix enrouée, en s'asseyant au chevet de Natacha, — il faut garder sa tête. Est-ce loin ce Jessey où vit ce Sedow?

— Beaucoup de milliers de verstes, Louka, plus loin que Khouzhir.

Louka se gratta le crâne. « Tiens, tiens, pensait-il, songeons au passé : qu'étaient mille verstes pour nous, ma colombe? Nous marchions vers le soleil, droit devant nous. Qu'est-ce qui nous empêche de recommencer? »

— A quoi penses-tu, Louka? demanda Natacha en sanglotant.

— Au bon temps, Natatschka. La steppe s'étendait devant nous, et toi, tu levais le bras en disant : allons là-bas! Moi je t'ai demandé : combien de verstes? Et tu m'as dit : combien, idiot? N'avons-nous pas le temps de courir au bout du monde? Je ne l'ai pas oublié, ma colombe, c'était le bon temps...

Natacha le comprit. Des deux mains, elle saisit la tête de Louka :

— Nous partons, idiot, dit-elle à mi-voix, oui, nous partons... comme autrefois, n'est-ce pas? Nous prouverons que nous sommes des êtres libres!

— Bravo! rugit Louka en élevant Natacha dans ses bras, comme un enfant malade. — Elle vit encore la Natacha de Krassnoje Mowona, le petit lieutenant noir! J'avais peur que mon oisillon ayant appris à chanter, ne sache plus voler!

Tout d'abord, rien ne se passa.

Natacha chanta comme d'habitude aux répétitions à l'Opéra et Anatoli Dorogouschin fut convaincu que Béria était un enchanteur : — Elle ne s'enquiert plus de Sedow et ne fait aucune réclamation...

Cependant, elle chantait comme un ange, tellement que le chef d'orchestre lui faisait répéter un air trois fois de suite.

Pendant cinq jours, — et nul ne le remarqua —, Louka erra dans la grande gare de marchandises, engageant la conversation avec des employés, des ouvriers, des hommes de peine. Il aida même au déchargement d'un wagon bourré de gros sacs, pour un pourboire de deux roubles.

Le sixième jour, il se trouva devant un train que l'on formait. Un mécanicien grognon allait d'un wagon à un autre et les accrochait.

— Un beau train, camarade! lança Louka.

Le camarade, de méchante humeur, se moucha bruyamment. — Comme n'importe quel train! Que cherches-tu ici?

— Les trains, ça me plaît, dit Louka en sortant d'un panier un flacon de vodka. — Où va celui-ci? dit-il en brandissant la bouteille dans la direction du train.

— Où? En Sibérie! pour en rapporter du bois, alors qu'il y apportera des tracteurs.

— A Jessey?

— Sais pas...

Louka, lui, en savait assez. Il lança le flacon au mécanicien, ce qui, camarade, était une erreur. Il ne faut jamais se laisser aller à des démonstrations de joie intempestives. Louka regretta son geste, lorsqu'il vit l'homme boire au goulot, tandis qu'il le considérait, le gosier sec.

— Quel fumier! Tu ne pouvais pas en trouver de plus éventé, dis? grogna l'autre.

Louka choisit de se taire et s'en fut, non sans avoir noté l'emplacement exact du train. Ensuite, en catimini, parvenu au bout du convoi, il traça un grand D sur l'un des wagons, comme point de repère, un *d* qui voulait peut-être dire : Doswidanija! Au revoir!

Dans la nuit, vers deux heures, Natacha et Louka se glissèrent dans un wagon contenant des pièces détachées de machines agricoles. Louka traînait un gros sac de nourriture, une barre de fer, à laquelle aucune tête un peu douée de curiosité eût survécu, et deux épaisses couvertures, car il faisait encore froid en Sibérie, surtout la nuit.

Au matin, le train quitta Moscou. Louka, regardant par le clapet d'aération supérieur du wagon, constata qu'il suivaient le cours de la Moscowa. Natacha dormait, roulée dans les couvertures.

— En route pour la Sibérie, pensait Louka. Puis il laissa retomber le clapet. — Le monde est fou, camarades. Les uns pleurnichent lorsqu'ils partent pour la Sibérie, et nous, nous y allons de notre plein gré!

L'être humain est une créature singulière.

*
* *

La répétition à l'Opéra n'eut pas lieu.

Dorogouschin, qui avait attendu pendant une heure la venue de Natacha, puis avait envoyée chez elle un émissaire, cria comme un possédé, lorsqu'on lui annonça que, l'appartement était vide, abandonné.

— Il faut qu'elle vienne! beuglait-il, il le faut!

Puis il s'arracha les cheveux, parce que personne ne savait où était Natacha et qu'il pensait au camarade Béria, lequel n'avait qu'à cocher un nom d'un trait de crayon, pour qu'aussitôt le fossoyeur eût à refermer un nouveau trou dans la terre.

— Pourquoi vous énerver, camarade? dit Béria lorsque Dorogouschin, pâle et suant de peur, lui conta l'incident. — Le camarade Toumanow a écrit de Khoushir une lettre « défaitiste » adressée à la Tschougounowa. Naturellement, elle ne l'a jamais reçue et même ce cher Sedow, à Jessey, s'est rendu coupable d'une missive pleine de doléances. On l'a jointe à ses « dossiers ». Tout cela concorde, n'est-ce pas votre opinion? Savons-nous si Toumanow n'a pas eu l'occasion d'envoyer des nouvelles par quelque voyageur? La Russie est vaste, certes, mais lorsque deux êtres comme Natacha et Sedow veulent se retrouver, elle n'est pas plus grande qu'une assiette!

Béria saisit son téléphone, un geste qui alertait les fonctionnaires, l'océan Glacial au Caucase, du cap Deschnew à Wladiwostok. — Occupons-nous de la Sibérie, dit-il, il y a là-bas les plus belles zibelines, camarades...

— Mais par quel moyen se déplacent-ils? Cela se remarque lorsque deux voyageurs...

— Vous connaissez Louka, camarade Dorogouschin? Alors pourquoi vous étonner? — Béria eut même un éclat de rire, tant la chose l'amusait. — Il n'y a qu'à penser comme lui et l'on sait aussitôt quelle direction ils ont prise...

Puis, il éleva le récepteur à son oreille. Ce geste, accompli en un clin d'œil, mettait fin, en fait, au voyage de Natacha et de Louka. Ils auraient aussi bien pu descendre de leur wagon au premier arrêt. Il n'y avait plus de train pour la Sibérie qui n'eût à s'arrêter pour être soumis à une perquisition rigoureuse.

A Krepyschewka, un trou de l'Oural, le train chargé

de tracteurs et de machines agricoles dut stopper également. Un officier alla d'une voiture à une autre, frappant contre leurs parois de bois, en criant : — S'il vous plaît, camarade Tschougounowa, veuillez descendre !... Louka, qui glissait un regard de biais par le clapet d'aération, se frotta le front.

— Quel fumier que cette belle organisation ! dit-il, le cœur étreint. Comment pourrait-on avoir une pensée personnelle quand tout est organisé d'avance ?

Natacha plia les couvertures. Puis, elle se coiffa, releva ses longs cheveux noirs et s'assit sur une chaise : — Ouvre, Louka, dit-elle, pourrions-nous y changer quelque chose ?

— Je lui défonce le crâne !

— Pourquoi ? Il n'a fait qu'exécuter un ordre !

Il advint ainsi que Louka, calmement, ouvrit la porte coulissante du wagon et fit signe à l'officier comme à un bon et vieil ami.

— Tu seras décoré, petit frère, lui dit-il, car tu es un soldat consciencieux !

Celui-ci s'approcha du wagon, il salua même, à croire qu'un général allait en descendre.

— Natacha Tschougounowa ?

Natacha répondit : — Oui, vous avez ordre de m'arrêter, n'est-ce pas ?

L'officier considéra avec surprise cette petite femme frêle. « Ce n'est pas croyable, pensa-t-il, mais ce n'est pas forcément la taille qui fait le héros ! »

— J'ai ordre de vous renvoyer à Moscou, camarade, dit-il poliment, puis-je vous aider à descendre de ce wagon ?

Il tendit la main à Natacha et elle sauta sur le caillebotis du ballast. Louka la suivit : d'abord les jambes, puis les cuisses, puis le reste du corps. « Il ne finira donc jamais ? » se disait l'officier, puis il leva les yeux vers la tête de Louka et sursauta à sa vue.

— Je vous prie de ne pas faire de difficultés, camarades, dit-il doucement. Vous retournez à Moscou par le premier train et j'ai mission de vous accompagner.

Le lendemain matin, ils étaient de retour à Moscou et Dorogouschin, un bouquet de fleurs à la main, les accueillit sur le quai de la gare, comme au retour d'une tournée à grand succès.

— Soyez la bienvenue, mon ange! jubilait-il. Vous ne vous êtes pas refroidie, j'espère?

— Sûrement pas la gorge, dit Natacha en remettant le bouquet à Louka qui le jeta aussitôt sous le wagon, entre les rails.

— Que nous sommes heureux! lança Dorogouschin en se frottant les mains, — mais si ce n'est pas la gorge, qu'est-ce donc qui, en vous, s'est refroidi?

— Le cœur.

Dorogouschin prit soudain une expression grave. — Nous le réchaufferons, camarade! Après la saison de Moscou, vous voyagerez, les contrats sont signés : d'abord Budapest, puis Varsovie. Constatez que nous offrons à votre cœur refroidi, les rayons d'un soleil universel!

Natacha regarda autour d'elle. Deux yeux l'épiaient à distance respectueuse. Elle portait une vieille robe sale et tachée, de hautes bottes, une veste de laine, elle avait l'air de venir de la Toundra. Le visage de Louka s'embroussaillait à nouveau d'une barbe luxuriante.

— J'irai retrouver mon mari! dit Natacha à mi-voix. Je ne me laisserai pas intimider!

— Certainement pas, camarade... — Dorogouschin se pencha vers elle : — Songez que vos succès à l'étranger vous assureront un passeport pour la Sibérie. Il faut absolument passer cette période transitoire...

Natacha ne répondit pas. « Budapest, Varsovie, pensait-elle, partout où j'irai, je parlerai de la liberté dont jouissent les humains en Russie! »

— Je désirerais être accompagnée à l'étranger par Waléri Toumanow, dit-elle, tandis qu'ils se dirigeaient vers la sortie de la gare. Dorogouschin prit une mine douloureuse, comme s'il marchait sur des épines.

— Ce bon vieux Waléri, dit-il d'une voix brisée, camarade, vous l'ignorez encore, aujourd'hui un télégramme nous est parvenu de Khouzhir... Toumanow est mort.

Natacha s'arrêta net : — Non! cria-t-elle.

— Si, Natacha, il s'est noyé, ce bon...

— Noyé? Toumanow?

— Il voulait voir les pêcheurs retirer leurs filets, ce brave vieux, et il est parti en barque, pas bien loin pourtant, car on pouvait parfaitement l'observer de la rive. Soudain, la barque s'est retournée... il ne savait pas nager, ce n'était pas un sportif. Aussi, s'est-il noyé notre grand Toumanow... une perte pour la Russie... il y aurait de quoi pleurer...

Natacha serra les lèvres. « Oh! pensa Louka, effrayé, Oh!... Natacha avait eu la même expression lorsqu'elle avait couché le sergent allemand sur la fourmilière. Mes amis, priez en silence pour l'âme de Dorogouschin! »

— Existe-t-il un opéra où figure un assassin hypocrite?

— Non, camarade.

— Ce serait à écrire, Dorogouschin, en tant que thème d'une brûlante actualité.

*
* *

Lorsqu'ils se retrouvèrent seuls, l'oiselet encagé et l'ours enchaîné, ils se mirent à nouveau à la fenêtre de leur prison dorée et contemplèrent les tours du Kremlin, la Place Rouge et le Théâtre Bolchoï.

— Il vaut mieux ne penser à rien, dit Louka, la tête appuyée sur les mains. — Mon petit cheval mort... Toumanow mort... Fedja mort... Sommes-nous dans la maison des morts, ma colombe? Que la vie était bonne, dans les marais... Mieux vaut n'y pas penser!

— Je ne devrais plus chanter, murmura Natacha.

Louka secoua la tête :

— A présent, ils t'y forceront!

Natacha se leva d'un bond et se mit à tourner dans

la pièce d'un pas précipité, telle une panthère noire aux yeux de flamme.

— Qui donc me forcera à chanter ne fut-ce qu'une note? cria-t-elle.

— Dorogouschin, ma colombe, et cet avorton de commissaire. Ils parleront de « sabotage », un beau mot! bon à tout... et puis ils te tueront. Tu n'as de valeur que par ton chant... on tord le col à un oisillon muet...

C'était vrai. Natacha en convint. Mais il n'était pas dans son caractère de céder sans lutte.

— Je les forcerai tous! Tous! cria-t-elle pleine de défi, en frappant le sol du pied.

Louka balançait sa grosse tête : — Mais comment, mon petit aigle?

— N'avons-nous pas le temps, Louka? Qu'est-ce qu'un jour en Russie? Une semaine? Un an? On peut attendre toute une vie pour se venger! Et ce jour, venu enfin, sera le seul qui rende vraiment heureux!

— Tu es terrifiante, dit Louka d'une voix sourde.

— Je ne suis qu'une femme pleine de haine!

— C'est la même chose, ma colombe.

Le soir, ils s'en furent se promener sur la Place Rouge, le long de la Moscowa, vers la colline où d'énormes foreuses ouvraient le sol en vue de la construction d'une Université sans pareille dans le monde.

Derrière eux, à distance respectueuse, un adolescent marchait d'un pas nonchalant. Il avait l'aspect d'un jeune paysan affamé après une récolte déficitaire. Il fumait une pipe de machorka, mâchait des graines de tournesol et en crachait les coques dans le fleuve.

Qui prête attention à un pauvre diable de cette sorte alors qu'il en court par milliers?

L'adolescent ne s'éloigna d'eux que lorsqu'ils furent rentrés et que la lumière eut été allumée dans leur appartement. Il fut aussitôt remplacé par un petit homme trapu, qui s'installa pour la nuit dans l'embrasure d'une porte située dans la maison, en face de leur demeure.

Il s'agissait de surveiller un gros diamant récemment taillé et poli et l'on s'y employait consciencieusement, car on ne saurait se tromper en agissant de la sorte.

**

La grande soirée à l'Opéra avait eu lieu, enfin. C'était bien dommage, car elle avait fait oublier que la faim régnait dans le pays, que chaque jour des transports partaient pour les rivages de la mer Glaciale et Karaganda. Ils emportaient des citoyens soviétiques, ceux-là mêmes qui avaient vécu comme prisonniers en Allemagne et qui, libérés, étaient rentrés chez eux. Pourquoi aussi, avaient-ils ouvert le bec pour chuchoter : « Camarades, vous vivez comme des porcs! En Allemagne, il y a un canapé dans chaque maison et puis un lit avec un fond moelleux... C'est un matelas, idiot... et puis, ils ont la radio et un réduit... Sainte Mère de Kasan... on tire une chaînette et rrrr... l'eau jaillit de toutes parts pour emmener ça à jamais, dans un trou sous terre! Et dans chaque maison, Piotr, ils font la cuisine sur un petit feu qui sort d'un tuyau, ou sur une plaque d'acier qui, quand on tourne un bouton, est chaude instantanément. Pas de feu qu'on puisse voir, Piotr... pas de bois qui fume et vous éreinte les yeux. As-tu jamais vu ça à Pjoltorenko ou Wjasnokrensky? Alors, je te demande, camarade, qu'est-ce que la culture chez nous? »

Comment s'étonner que de tels propos fussent jugés sévèrement? Des imbéciles revenus de l'Occident décadent! Ils avaient perdu leur naturel, il était donc juste qu'ils fussent envoyés sur la mer Glaciale, où leur caractère originel leur reviendrait. N'allez pas prétendre qu'au Kremlin on manquât de fortes têtes!

Tout cela s'oublia le soir de gala à l'Opéra. Soirée des plus brillantes, à laquelle parut Staline en tenue de généralissime, la poitrine couverte de décorations, ainsi que Boulganine, Boudienny, Kaganowitsch et Béria, Molotow et Khrouchtchev, Malenkow et Kalinin, Rokossowski et Joukow... Quelle merveille que de les voir tous dans les loges, de pouvoir les applaudir tout en criant à en perdre le souffle : La paix! victoire! victoire!

Dorogouschin avait revêtu un habit paré de quelques décorations. Il salua Staline qui lui serra la main, lui sourit avec bienveillance et lui frappa même l'épaule, ce qui eut pour effet de plonger Dorogouschin dans une félicité que trahissaient ses regards étincelants. Un peu plus, il en aurait chialé de ravissement.

Puis Natacha Tschougounowa fut présentée. Elle attendait, femme délicate et jolie, ayant déjà revêtu le costume de Gilda, dans le salon précédant la loge réservée à Staline, Dorogouschin avait demandé qu'il lui fut permis d'arborer la décoration de l'ordre de Lénine, qui brillait sur sa poitrine, comme si elle faisait partie du décor de *Rigoletto*.

Louka se trouvait à l'arrière-plan. Natacha avait été intraitable sur ce point, en dépit de Dorogouschin qui gémissait, affalé sur une chaise : — Je ne peux pas installer un fossile dans la loge d'honneur! Impossible d'imposer la vue de Louka à Staline! Rigoletto sur la scène est déjà suffisamment vilain, et le camarade Staline est un fervent de la beauté!

Mais il en fut ainsi. Louka, bourré dans un habit noir trop étroit, bien qu'emprunté au plus bel homme de Moscou, attendait rasé, coiffé, lavé même.

Oui, et Staline parut et serra la main de la Tschougounowa.

— Ainsi, tel est l'aspect d'une héroïne? dit-il avec bonté, de sa voix profonde. — Vous porterez le nom de notre peuple dans le monde, camarade, j'en suis heureux pour vous!

Avant même que Natacha eut pu lui répondre, le regard de Staline tomba sur l'énorme silhouette de Louka, colonne puissante, plaquée au mur du fond de la pièce. Il leva ses sourcils touffus, jeta un regard de côté à Dorogouschin pâlissant, puis à Béria et Malenkow.

— Qu'est-ce que cela? demanda-t-il.

— C'est Louka, camarade, répondit Béria pour Dorogouschin qui était soudain sans voix, — il est adjoint à Natacha comme le fumier l'est au sillon...

Cette aimable plaisanterie fit franchement rire Staline et Louka grimaça un large sourire. — C'est donc un homme? dit le maître de la Russie presque admiratif, — on a de la peine à le croire!

Et Staline pénétra dans sa loge. Dans la salle, deux mille spectateurs enthousiastes l'accueillirent par des applaudissements, tandis que Natacha suivait en courant les couloirs menant derrière la scène.

Est-il nécessaire de dire, mes amis, que la représentation fut un succès? Voyons, ce fut un triomphe! La révélation d'une voix prodigieuse, d'une *prima donna assoluta*. On en parlait encore au bout d'une semaine, alors que les sujets de conversation ne manquaient pas à Moscou, comme, par exemple, les chicanes avec les Américains au sujet de Berlin. Voyez-vous, c'est une nation d'artistes, ce peuple russe!

Un télégramme parvint même à Natacha. Non, ce n'est pas un conte de fées... Louka Nicolajewitsch Sedow, le mari travaillant à Jessey, en Sibérie, avait envoyé ses vœux à cette occasion et Béria le laissa passer, ce message adressé à Natacha : « Il convient de se montrer aimable, pensa-t-il. Il faut qu'on sache que nous avons du cœur. »

« Tout le bonheur du monde pour toi, ma chérie » avait télégraphié Sedow. Pas davantage. L'ingénieur chef de Jessey avait recommandé de bloquer le moins possible la ligne suchargée, car chaque seconde comptait à présent dans le plan d'expansion générale.

Pour Natacha, cela suffit cependant. Dorogouschin lui avait remis le télégramme, tout juste avant la représentation, avec un grand geste, comme on salue avec un bouquet de roses. Était-ce la raison qui la fit chanter plus divinement que jamais? Exprimait-elle sa nostalgie, sa joie, son bonheur, avec un cœur moins étreint? A nouveau, Dorogouschin suait de bonheur et courait derrière la scène, la chemise de son habit plaquée au dos par la sueur.

Après la représentation, un banquet eut lieu dans la grande salle du Kremlin. Tous les diplomates étaient présents, la poitrine barrée de décorations ou en habits brodés. Il y avait aussi des officiers américains, anglais, français, les chefs de l'armée soviétique, tous les commissaires du peuple du Soviet Suprême. On servit du caviar, du champagne de Crimée, de la vodka douce et du vin muscat noir de Massandra. On apporta des plats de saumon et de grasses poulardes... O amis! Quelles délices pour Louka qui ingurgita, à lui seul, tout un plat de chaud-froid qu'il sut garder à sa portée, après quoi il rota consciencieusement afin de proclamer le plaisir qu'il en éprouvait, camarades!

Certes, ce repas couronna dignement une soirée mémorable.

Sur le chemin du retour vers la demeure de Natacha, Dorogouschin fredonnait de joyeuses chansons de la Volga, son pays. — Je puis vous révéler une chose, Natacha, le camarade Staline nous l'a laissé entendre et Béria l'a confirmé : après les représentations à Budapest et à Varsovie, il se pourrait, mais ce n'est qu'une supposition que vous receviez le titre de « chanteuse éméritée de la nation »... Voici qui est un honneur, mon trésor, qu'en dites-vous?

Natacha restait silencieuse. Sa main était posée sur une petite pochette renfermant le télégramme venu de Jessey.

« Louka Nicolajewitsch, pensait-elle. Tu as écrit... car tu penses à moi. Quel est ton visage, au fait? Fermons les yeux... » Natacha fut alors saisie de surprise, bouleversée. Elle ne parvenait pas à retrouver le visage

de Sedow! « C'est impossible! » se dit-elle. Mais il en était
ainsi et quelque effort qu'elle fît, ce visage s'était effacé
dans sa mémoire. Il n'était plus là... Il n'en restait qu'une
ombre pâle, un brouillard dansant, le reflet d'un soleil
englouti.

« Qu'est-ce que c'est? pensa Natacha, frappée d'un
coup de poignard au cœur. Pourquoi n'est-il plus là?
Je l'ai pourtant aimé, je l'ai épousé, ou était-ce après tout
une bravade de ma part, ce mariage? »

*
* *

Trois mois plus tard, Dorogouschin présenta une
jeune femme à Natacha : Polina Jelzowa. Elle avait fait
des études de piano, de chant.

— Elle travaillera désormais avec toi, dit-il, et te servira
de répétitrice. Une « star » a besoin d'avoir son état-
major personnel, surtout pendant ses voyages à l'étranger.

La camarade Polina Jelzowa se révéla modeste, bonne
musicienne, consciencieuse. Il ne fut point révélé que le
camarade Béria avait déposé dans le nid de Natacha
cet œuf de pie, qui devait y jouer, en fait, le rôle « d'œil
du Kremlin ». — Vous ne sauriez être partout à la fois,
Dorogouschin! avait-il dit, — surtout à l'étranger, où
elle aura des tentations : il serait donc souhaitable qu'une
femme entoure Natacha...

— Est-ce bien nécessaire, camarade? avait dit Dorogouschin.

— Très. — Béria jouait avec un ouvre-lettre mongol
qui ressemblait à un poignard. — J'attends encore quelques
tours de la part de notre Tschougounowa.

C'était une tête bien organisée, ce camarade Béria.
Seulement, cela devait lui porter malheur : les sots n'appré-
cient guère l'intelligence.

Ainsi, l'espionne Polina, au visage de blonde madone,

s'installa chez Natacha, où elle se plut, car le travail avait été plus dur à Karaganda, à la direction du grand camp de prisonniers. Là, il fallait avoir des nerfs solides et il ne convient pas à n'importe quelle femme de compter les cadavres et de veiller à leur disparition. Tout eût donc été facile pour Polina, si Louka ne s'était avisé de la considérer d'un œil favorable et n'eut parfois poussé la licence jusqu'à lui pincer les fesses. Le camarade Béria ne lui fut d'aucun secours dans cette épreuve et répondit à ses doléances par un grand rire accompagné de cette remarque :

— Une bonne « agente » doit savoir tout supporter, camarade Polina, même un Louka! Reste à savoir s'il serait tellement mauvais d'en faire l'expérience?

Des mois passèrent encore avant que les représentations à Budapest et Varsovie fussent organisées. Le printemps revint à Moscou; on dut faire sauter les blocs de glace sur la Moskowa, pour dégager les piliers des ponts. Cependant, la voix, le nom de la Tschougounowa devenaient célèbres par le monde. La radio, les disques portaient les sons purs et magiques s'envolant de son gosier. Certains experts en musique de New York avaient même insinué : il n'est pas de voix humaine qui chante ainsi... voulant faire allusion à quelque subterfuge musical dont ils avaient le soupçon.

L'étranger voulait en avoir le cœur net. A Moscou, on recevait des propositions venues de toutes parts qui s'accumulaient sur le bureau de Dorogouschin : Paris, Londres, Buenos Aires, New York, Athènes, Rome, Milan, Naples!... Dorogouschin les apportait toutes à Béria.

— Encore trop tôt! répondait celui-ci. La camarade Tschougounowa n'a pas atteint le stade où elle pourrait chanter devant d'autres que nos amis!

— Quel stade? demandait Dorogouschin désarçonné.
— Il ne faut pas compter sur un perfectionnement de sa voix, c'est impossible!

— Il ne s'agit pas de sa voix... mais de la confiance

politique que l'on peut mettre en elle. D'ailleurs, nous répondrons à toutes les invitations, camarade : nous avons tant de choses devant nous...

On s'en fut donc d'abord à Budapest, où Natacha chanta la *Roussalska* de Dvorak, parmi l'enivrement, l'enthousiasme général d'un public digne de goûter son art. Cependant, Dorogouschin la surveillait comme un démon, une âme vendue et Polina s'avéra la plus sûre des accompagnatrices.

Après la représentation d'*Othello* à Varsovie, on regagna Moscou. Le but était atteint. Les grands opéras de l'étranger avaient envoyé leurs émissaires qui reconnaissaient le prodige de cette voix exceptionnelle.

— Quand la Tschougounowa chantera-t-elle chez nous? demandait un journal de New York.

— Nous avons le temps, répondait Béria qui lisait les critiques. — Faire ce qu'il faut, au bon moment, voilà, ce qu'ils ont désappris en Occident. Nous leur en donnerons l'exemple!

La vie quotidienne se rétablit au rythme d'une existence pleine de réussites. Natacha remplissait sa « norme » de travail, comme un mécanicien des usines « Octobre Rouge ». De temps à autre, on voyageait : Kiew, Kharkow, Leningrad, même Ulan Bator et Irkoutsk. Il fut permis à Natacha de se recueillir sur la tombe du bon vieux Toumanow... dans le parc du palais de Khouzhir, on avait couché sur lui une lourde pierre tombale.

— Mon pauvre et honorable petit père! soupira Natacha, expression que Polina transmit fidèlement à Moscou.

Louka aussi accomplit son pèlerinage secret, sur la rive du lac, où il s'assura que la muraille de pierre tenait bon, en contrebas de la berge et gardait jalousement ce qui pouvait subsister de Ulan Hogono. Il rencontra même les pêcheurs et leur offrit une bouteille de vodka.

— Quel bon temps, camarades! Vive la liberté!

Ainsi s'envolait le temps, au rythme précipité comme la tempête au printemps, sur la Toundra. Il balayait les pensées, l'attente, qui avaient pour objet Louka Nicolajewitsch Sedow. Parfois, Natacha sentait tout cela loin derrière elle, comme une obscure enfance... Krassnoje Mowona, les Allemands, la vie dans les marais, l'attente de la paix, la marche vers Moscou, la maison blanche de Saratow... Le cher Fedja n'était plus qu'une image dans une longue galerie de souvenirs, où figurait aussi la silhouette de l'officier allemand qu'elle appelait Ilja et, chose étrange, Sedow, bien qu'il vécût et écrivît... quatre fois l'an, des missives pleines de propos anodins, comme chacun peut en écrire, concernant le temps, la nuit, sa nostalgie, l'amour... Seul Louka était encore présent, inchangé, tel qu'il lui était apparu au temps où il s'introduisait à travers la neige, dans la datscha, pour dévorer le lard que mamaschka faisait frire.

Le 5 mars 1953, Dorogouschin fit irruption chez elle et s'affala dans un fauteuil.

— Il est mort! gémit-il. Tout juste... au Kremlin, quelques-uns seulement le savent... Et alors? Ils vont se mettre en pièces comme des coqs de combat!

Louka vint de la cuisine où il tournait une bouillie de lard :

— Qui est mort, camarade? demanda-t-il.

— Staline, imbécile!

Le silence s'établit. Ils se regardaient tous, mais sans tristesse, d'un air interrogateur, profondément absorbés.

— Beaucoup de choses changeront, dit Natacha.

— On prétend que Malenkow lui succèdera... cela se murmure... ce serait un régime adouci... Mais il y a encore Khrouchtchew et Molotow et n'oubliez pas Béria : à qui doit-on se tenir? C'est à mourir d'incertitude!

Natacha haussa ses étroites épaules : — Je chanterai comme auparavant, que m'importe?

— Oui, vous, camarade, vous êtes millionnaire, artiste émérite de la nation, une figurine de porcelaine que nul n'a le droit d'effleurer... Mais moi? Je suis un ami de Béria! A l'arrière-plan, les envieux attendent! — Dorogouschin gémit bruyamment et leva ses mains dans un geste suppliant : — Me viendrez-vous en aide, camarade? Ne vous ai-je pas toujours soignée mieux qu'un père son enfant?

— Il fait dans sa culotte! lança Louka, ce grand et puissant Dorogouschin, voyez-vous, qui nous a mis ce pou de Polina dans le poil...

— Pas moi! Béria! hurla Dorogouschin, — et puis il a gardé les lettres...

— Quelles lettres?

— Celles de Sedow et les vôtres, Natacha. Elles sont dans ses dossiers, je les ai vues! Il ne laissait passer qu'une lettre quatre fois l'an...

— Quel porc! rugit Louka qui déposa la cuiller de bois qu'il tenait à la main, pour s'essuyer les paumes à son pantalon. — Et il le savait, ma colombe! L'as-tu entendu? Pendant des années, il nous a espionnés...

— Tout va changer, Louka, — cria Dorogouschin, — croyez-moi, camarades... un régime adouci viendra, vous reverrez Sedow... si vous vous y prêtez...

Il n'alla pas plus loin. Louka le saisit au collet comme un rat et, sortant de la pièce, alla le lancer dans la cage de l'escalier, où il roula sur les marches à grand bruit.

Deux jours plus tard, Dorogouschin fut arrêté et incarcéré à la Loubianka, dans une cellule qui n'était qu'un trou à trois étages sous terre, où un homme des plus silencieux, armé d'une lance d'arrosage, arrosa Dorogouschin jusqu'à le noyer, presque. Alors, on le poussa nu dans une autre cellule, où l'on mit en marche une machine frigorifique.

— Camarades! Frères! hurlait le prisonnier. Je dirai tout! Tout! Oui, il a fait mourir Toumanow... et j'en dirai plus encore...

— Il sait joliment bien chanter, remarqua un jeune commissaire, aux cheveux noirs, à la taille svelte, qui prenait des notes sur un calepin.

Natacha apprit, à l'Opéra, l'arrestation de Dorogouschin. On ne savait où il était, et qui donc s'en serait enquis, je vous prie?

— On devrait aller au Kremlin, dit Natacha à Louka. Il n'y eut plus de représentations à l'Opéra. Le peuple soviétique se plongea dans le deuil pour Staline. On disait qu'on allait l'embaumer pour le mettre dans le mausolée, à côté de Lénine... deux hommes qui avaient bouleversé le monde. Une garde d'honneur entourait son cadavre : Boulganine, Malenkow, Khrouchtchew, Kaganowitsch, quadrige endeuillé, aux cœurs de Caïn.

— Pourquoi veux-tu aller au Kremlin? demanda Louka. A cause de Dorogouschin?

— Je veux savoir si, maintenant, on me laissera voir Sedow : voilà six ans que nous sommes séparés!

— Rien ne changera, ma colombe. Il n'y a que les idiots pour voir aussi clair, tu verras; ils feront de belles promesses et pour finir : « Nous étudierons la question, camarade! »

— Je réclamerai quand même!

Aussitôt après le transport de la dépouille de Staline au mausolée, au cours duquel quarante mille personnes pleurèrent sur la Place Rouge, Natacha réussit à pénétrer jusqu'à Béria. Il avait mauvais visage, le camarade ministre de l'Intérieur! Les yeux bordés de rouge derrière son lorgnon, la bouche pincée, les doigts agités de crispations nerveuses. Mais il sourit en accueillant Natacha et se montra galant au point de lui offrir un verre de vin de Crimée.

— Vous désirez quelque chose, camarade?

— Depuis longtemps, camarade Béria : il se peut que l'oubli devienne une habitude invétérée parmi nous, cependant une femme n'oublie pas, camarade, le saviez-vous?

— Qui n'en serait pas convaincu en vous voyant, Natacha Tschougounowa? — Béria replaça nerveusement son lorgnon. Il parlait avec précipitation, le souffle court

Certes, il était énervé, le petit frère. — Vous désirez rendre visite à votre mari?

— Vous savez lire dans la pensée? demanda Natacha, moqueuse.

— Cela pourra se faire, dit Béria. Nous vivons un grand bouleversement, à Jessey aussi de grandes choses ont lieu. Si tout se passe bien, je puis mettre à votre disposition un compartiment, au mois de juin.

— En juin?

— C'est une grande faveur, camarade, aucune femme, aucun étranger au « Centre » ne foula jamais le sol de Jessey! A moins d'y rester!

— N'est-il pas étonnant que ce soit possible, tout à coup, camarade?

Béria replaça encore son lorgnon. Il avait le nez congestionné : — Staline, dit-il avec embarras, était un grand homme, le plus grand après Lénine... mais il avait des opinions très personnelles. Croyez-moi, camarade Tschougounowa, que je n'ai moi-même jamais...

— Un mort est bien ce qu'il y a de plus lourd, camarade... on lui met sur le dos les péchés des survivants, il ne s'en défendra pas... ce qui le rend commode à tous... Il en fut toujours ainsi. Pourquoi y aurait-il une exception parmi nous? C'est une comédie vieille comme le monde.

A Louka qui l'attendait près du mausolée, devant le Kremlin, Natacha annonça leur départ pour Jessey, en juin.

Louka ne répondit pas. « En juin, pensait-il, c'est loin... Il y a tant d'obstacles à franchir jusque-là. Pas seulement quelques milliers de verstes. »

En même temps que Dorogouschin, Polina Jelzow avait disparu. Soudainement... oubliant même un manteau, des partitions sur le piano, son nécessaire de toilette. Ce mystère irrita Louka.

— Mal vivre est une sottise, déclara-t-il, mais le savoir par-dessus le marché, cela mérite une bonne rossée!

※
※ ※

Juin, à Moscou, vit les Moscovites se promener en chemise blanche. Louka suait tellement qu'à chacun de ses pas le cuir de ses chaussures jetait une note piaillante de grenouille écrasée. Le camarade Georgi Malenkow, successeur de Staline, s'était maintenu à la place de président du Conseil des ministres, formé par les grands du Kremlin, qui se montraient modestes, sages et ne s'envoyaient des crocs en jambe que secrètement, si l'on peut dire. On n'avait plus entendu parler de Dorogouschin, ni de Polina.

Au sein de cette touffeur oppressante, le courrier apporta une épaisse enveloppe émanant du ministère de l'Intérieur. C'était l'autorisation de partir pour Jessey, accompagnée d'une foule de papiers, passeports, feuilles de contrôle, permis de séjour, etc., qui devaient être tamponnés. Il semblait difficile de pénétrer jusqu'à Jessey. Par contre, c'était un jeu d'enfant de parler à Malenkow.

— Nous devons partir après-demain, dit Natacha lorsqu'elle eut lu les papiers. Soudain, la peur la prenait, non pas à la pensée du voyage, mais en songeant à Sedow qu'elle allait retrouver. Son image avait mieux que pâli... Ce n'était plus qu'un nom sur une feuille de papier où se trouvait écrit qu'il était le mari de Natacha Sedowa, veuve Astachowa, née Tschougounowa. Cela suffisait-il pour aller aussi loin que Jessey? Le passé était-il si proche, qu'on pouvait l'attirer dans le présent et l'avenir?

Natacha ne put trouver le sommeil au cours des deux nuits qui précédèrent son départ. Plus elle s'approuvait d'avoir pris cette décision, plus aussi, elle redoutait d'avoir à étreindre, à Jessey, un inconnu qui s'appelait Sedow.

Enfin, ils se mirent en route avec six valises et un sac de provisions rassemblées par Louka, envers lequel les différents commerçants, que ce fut le bazar d'État ou le moujik de Moskwarenkow vendant ses produits au marché noir s'étaient montrés généreux, tant ils se réjouissaient de voir s'éloigner un client aussi ombrageux et habituellement menaçant.

Ils roulèrent près d'une semaine pour atteindre Jessey. Leur wagon fut décroché, et on le raccrocha à une locomotive plus petite, et il s'enfonça dans les solitudes sauvages. Terre qui semblait immaculée, pure comme une vierge. Mais on se trompe parfois : bientôt les rails se multiplièrent et même un aérodrome parut, avec ses avions militaires étincelants, des chasseurs Mig rapides, avec leur nez en forme d'aiguillon d'abeille. La promenade se terminait là. On mit pied à terre et l'on se présenta pour se soumettre au premier rigoureux contrôle, devant un portail ouvrant dans une enceinte faite de fils où passait un courant à haute tension. Un officier de l'Armée Rouge contrôla les papiers et salua poliment en voyant Natacha.

— La grande artiste! dit-il galamment, nous vous avons entendue par la radio, camarade, je vous admire. Vos papiers sont en règle, vous pouvez passer.

Derrière le poste de garde, une voiture militaire les attendait. Un sergent-major vint à leur rencontre, lorsque l'officier lui fit signe.

— Oh! Oh! lança-t-il en voyant Louka, — faut-il l'envoyer dans la lune? Avec quel plaisir elle accueillera ce taureau!

C'était dit sur un ton de rudesse que Louka connaissait. Il fit une grimace de profonde satisfaction et ouvrit toutes grandes ses mains énormes.

— Je lui écrase le crâne comme un œuf! grogna-t-il en s'adressant à Natacha. Il y a assez de sergents-majors parmi nous!

— Montez, camarade! jeta le sergent-major. On repartit en passant par quatre souricières, plus sévères les unes que les autres, la dernière étant la pire de toutes... Là, il fallut pénétrer dans une pièce exiguë, où un invisible appareil à rayonx X les transperça de ses rayons, à la recherche de quelque arme ou « matériel de sabotage » dissimulés sur eux. Au bout du couloir de sortie, deux soldats de l'Armée Rouge retinrent Louka, en lui braquant sur l'estomac le canon de leurs pistolets mitrailleurs. — Suis-nous, camarade, dirent-ils aimablement, il y a dans ton estomac quelque chose qui ressemble à une bombe miniature! Viens, petit frère!

— Vous vous trompez, mes amis! s'écria Louka décontenancé, je me porte bien et je n'ai pas pour habitude d'avaler des bombes!

— Suis nous!

— Que faire? Il faut démontrer une erreur. Il fut inutile que Natacha se mit en colère. A qui faire confiance de nos jours? répondaient les soldats. Votre propre mère peut être anarchiste! La vie est dure...

Seule la menace d'être fusillé fit consentir Louka à un lavage d'estomac rapidement mené par deux médecins qui aspirèrent ainsi la « bombe » qu'il recélait intérieurement : un pépin de poire. Louka expliqua plaintif : — Je sais! Ça s'est passé juste avant d'arriver à Jessey; un choc dans le wagon m'a fait avaler de travers!

Après ce dernier et vraiment *sérieux* contrôle, la voiture s'en fut jusqu'à un petit village nouvellement construit : des groupes de maisons basses, au-delà desquelles de hauts bâtiments, l'usine, des cheminées blanches, des enchevêtrements de conduites recourbées, des coupoles mystérieuses, se dressaient, impressionnants. Sur la route, un homme marchait à leur rencontre, un homme à la haute stature, portant un manteau de lin blanc. Il fit signe des deux bras.

— Sedow, dit Natacha à voix basse, c'est Sedow...

Elle éprouva un choc au cœur en le voyant s'élancer vers elle. Il riait, heureux comme un enfant... joyeux, et, en fait, c'était un inconnu qui se trouvait là, aidait Natacha à descendre de voiture et, l'attirant à lui, l'embrassait.

— Ma chérie! dit-il la voix tremblante de bonheur,

puis, entourant Natacha de ses bras, il la serra contre lui — mon célèbre petit oiseau...

On se trouvait donc à Jessey, au cœur de la Sibérie. On avait lutté six ans pour y parvenir, Waléri Toumanow avait été noyé à cause de cela. Mais le but atteint en valait-il la peine? Car Natacha n'était pas heureuse de sa victoire sur la machine administrative, elle cherchait en vain les mots qui effaceraient six années de séparation.

« Il est vraiment heureux, pensait-elle. Ses yeux sont si joyeux! Il m'aime encore. Il n'a pensé à rien qu'à moi, au cours des longues nuits sibériennes. Il nage dans le bonheur... »

Et plus elle pensait ainsi, plus elle se sentait glacée intérieurement. C'était terrible, incompréhensible, elle jeta un regard en biais vers Louka... Le colosse riait de tout son cœur en échangeant des souvenirs de la grande guerre avec le sergent-major.

— Combien de temps t'autorise-t-on à rester? demanda Sedow tandis qu'ils s'arrêtaient devant une petite habitation blanche que Sedow partageait avec un autre ingénieur. On avait déplacé celui-ci dans la maison voisine, afin de faire de la place pour Natacha et Louka.

— Je ne sais pas, on nous ramènera quand ce sera nécessaire...

Sedow ne répondit pas. — Quelques jours en six ans... que nos joies prennent peu de place...

— Viens, Natacha, dit-il d'une voix hésitante, j'habite ici : certes, ce n'est pas aussi élégant que l'appartement de l' « artiste émérite de la nation » à Moscou! Tu es devenue si célèbre!

Le soir venu, ils se trouvèrent assis dans la salle de séjour. Ils n'avaient pas allumé et Sedow se mit à parler de son travail : nous construisons des fusées géantes, à têtes atomiques et une capsule dans laquelle on peut envoyer un chien dans l'espace... ce sera d'abord un animal, puis un homme qui tournera autour de la terre. Il y a ici plus de cent chiens qui sont soumis à un entraînement particulier. Autre part, on entraîne les officiers qui seront propulsés dans la lune. De temps à autre, ils viennent ici pour se soumettre à diverses épreuves dans des chambres de compression, dans lesquelles on fait le vide et où ils flottent sans poids, comme une plume dans le vent.

— Et tu travailles à réaliser ces projets, Loukashka?

— Pas moi seulement : nous sommes ici plus de quatre cents ingénieurs et ouvriers. Bientôt, nous aurons rattrapé l'avance de l'Occident. Oui, nous distancerons l'Occident!

Natacha répondit par un signe de tête. — Nous avons attendu six ans... pour parler astronautes... — et une peur s'emparait d'elle, la peur de la nuit, des caresses qui devaient combler ce gouffre : six ans de séparation.

Louka ronflait déjà dans sa chambre. Il parlait et jurait dans son sommeil. Peut-être rêvait-il d'une poire bourrée de pépins... ou de Polina Jelzowa qui l'avait fait languir pendant six ans... cher vieux Louka...

— Tu es fatiguée? dit Sedow en entourant d'un bras le cou de Natacha.

« Était-ce une erreur d'aller à Jessey? » pensait-elle.

— Viens, dit Sedow à voix basse. Même en Sibérie, les nuits d'été sont brèves.

***

Ils restèrent réunis huit jours à Jessey, là-bas, dans le village mystérieux, au fond de la forêt, entouré de cinq « barrages », surveillé par des avions tournoyant au-dessus des sombres frondaisons. On était en juin et Louka se promenait nu jusqu'à la ceinture, n'ayant pour tout vêtement qu'un caleçon taillé dans les ateliers des fournitures du centre. Sans doute, on regardait ce singe géant avec quelque étonnement, mais il ne rassemblait pas les foules sur son passage, comme à Moscou.

Natacha chanta deux fois dans la stolowaja du village, des chansons du Don et de la Volga. Sedow, assis au premier rang, faisait la roue comme un paon, follement orgueilleux de son épouse.

Le neuvième jour, Sedow se trouvait à nouveau dans un centre de recherches et Natacha était occupée à faire la cuisine, lorsqu'il y eut une visite des plus inattendues. Louka, qui était vautré sur son lit, suant, accablé par la chaleur, se redressa pour crier : — Dire que même en Sibérie on n'est pas débarrassé de la « punaise »!

Ce n'était pas un rêve, il avait surgi, mes amis, tout gras, suant, le sourire avantageux, brandissant un bouquet de fleurs : Anatoli Dorogouschin en personne!

Natacha, d'abord figée sur place, s'élança dans les bras du gros homme, qu'elle étreignit comme un petit père en jubilant, tandis que Louka, accouru, avait les yeux humides. On oubliait le vilain jeu auquel s'était livré Dorogouschin : il n'était plus qu'un ange sauveur, le libérateur, le reflet brillant d'un autre monde...

— Anatoli! s'écria Natacha lorsqu'elle l'eut suffisamment cajolé. D'où venez-vous? Êtes-vous libre? Que vous a-t-on fait?

— J'ai mission de vous ramener, Natacha Tschougounowa, tout de suite! — Dorogouschin s'assit pour boire un grand verre d'eau fraîche. — Beaucoup de choses ont changé, camarade : ne vous l'a-t-on pas dit?

— Non.

— Béria est arrêté, peut-être l'a-t-on déjà fusillé. On « purge », ma colombe. Beaucoup de choses sont sens dessus dessous dans la politique, les plans quinquennaux, les projets « culturels ». Un esprit nouveau s'impose : le visage de la Russie moderne. Vous devez donc retournez tout de suite... dans une heure, le train quitte Jessey...

Natacha regardait par la fenêtre, elle apercevait à quelque distance, le bâtiment blanc dans lequel travaillait Sedow. « Il ne se doute de rien, pensait-elle, il surveille ses machines étincelantes... heureux à la pensée du soir qui l'attend... »

— Je veux faire mes adieux à mon mari, dit-elle. Louka bouclera mes valises...

— Pas le temps pour cela, Natacha! Écris-lui un mot, un gentil petit mot que tu poseras sur la table... Ça ne durera plus *six ans*... certainement pas!

Natacha restait clouée sur place, songeuse. — Oh, ça va mal! pensa Dorogouschin. Ces yeux, cette bouche ce front têtu... ça va recommencer de plus belle!

— Vous prétendez que tout est changé? La *contrainte* reste, il me semble!

Dorogouschin leva les mains dans un geste de regret : — Les *réformes* ont leurs limites, ma colombe. Dis-moi franchement : que serait le Russe sans contrainte? Il se sentirait perdu comme un oiseau tombé du nid!

— Je veux parler une dernière fois à Sedow! s'écria-t-elle.

— Pourquoi? Tu peux lui écrire tout ce que tu voudras. Le train n'attendra pas... et à Moscou on nous attend! Un festival Nataschka... devant tous les diplomates occidentaux! C'est de la politique. Cela donnera des « difficultés » si nous ne sommes pas exacts au rendez-vous et puis, allons-nous compliquer les choses alors que Béria est parti?

— Rien n'a changé! clama Natacha.

— Croyons-le, croyons-le, ma colombe! Dorogouschin se tamponna le front. Il est bon qu'un être humain croie en quelque chose...

Tandis que Louka emplissait les valises, Natacha écrivit une longue lettre à Sedow, puis elle s'approcha de la fenêtre et regarda le long bâtiment blanc où bêtes et humains étaient soumis à l'entraînement qui leur permettrait d'être lancés vivants dans l'espace.

— Tu le reverras, reprit Dorogouschin. Bientôt, je t'assure; tu l'aimes donc toujours?

Natacha baissa la tête : — Cela recommençait... dit-elle à mi-voix, — à présent ce sera comme une nuit sans fin... il me fait de la peine, le pauvre Louka Nicolajewitsch...

La sirène de l'auto garée devant la maison retentit.

— Viens, dit Dorogouschin. J'ai l'impression que tu te mens à toi-même, Natacha.

Elle évita de regarder par la fenêtre du compartiment, lorsque le train de marchandises, auquel on avait accroché un wagon de voyageurs, s'élança vers l'immensité sibérienne. « Je laisse mon passé derrière moi, pensait-elle, il demeurera enseveli dans la forêt, près de Jessey. Pauvre, pauvre Sedow... nous n'avons pas voulu croire qu'il est possible de relier l'âme d'un être humain aux cordons tirés par les doigts d'un montreur de marionnettes. Pourtant, cela s'est réalisé et nous dansons, mûs par d'invisibles fils... Chose étrange, même dans ces conditions, il nous arrive d'être heureux... Faut-il être Russe pour cela ? Qui en répondra ? »

**

Natacha chanta à Moscou, à Prague, à Budapest. On se la passait comme un joyau unique. On l'affichait, l'admirait, l'adulait; on la couvrait de fleurs et de louanges. A quatre reprises, Louka avait précipité, dans la cage d'escalier de l'hôtel, certains admirateurs enflammés et quarante-neuf fois le portier de l'hôtel lui remit un bouquet immense, recélant une demande de mariage.

Dorogouschin se montrait fort satisfait. Jamais plus Natacha ne lui parlait de Sedow. Sans doute, elle lui écrivait, mais la vieille comédie avait repris : ses lettres restaient au Kremlin. Le courrier venant de Jessey disparaissait de même. Pendant deux jours, Sedow avait tempêté après avoir trouvé sa maison vide et la lettre de Natacha. Il fit la grève de la faim et se mit au lit. Mais cela ne dura pas longtemps, car un détachement de soldats pénétra chez lui, le tira du lit, l'emmena dans la forêt et le plaça contre un arbre.

— Vous êtes un homme de grande capacité, camarade, dit l'officier qui commandait le peloton. La Russie renoncerait à vous avec regret, mais s'il le faut... ne serait-ce que par souci de conserver aux masses un moral élevé... comprenez-vous, camarade? Dans la course engagée contre l'Occident, nul n'a le droit de se permettre le moindre « sabotage »... Cependant, si vous préférez travailler comme auparavant...

Sedow préféra cette solution. Qui jouera au héros contre une force immense, insaisissable? On le ramena donc dans la ville blanche, il retourna à son travail et reprit la construction d'appareils destinés à la mensuration des ondes dans l'espace interplanétaire.

Mais il devint silencieux. On ne le vit plus rire. Il n'alla plus au cinéma, ni à la cantine de la stolowaja, où le soir, on jouait aux cartes et aux échecs. Il restait chez lui et son visage se ridait.

— L'amour le consume, plaisantaient ses collègues. Il les laissait rire. Mais c'était autre chose qui le ravageait : une folie, un désir devenu idée fixe : — il faudrait aller en Occident... en Occident...

Sedow se mit à détester la Russie. C'est ce qui peut arriver de plus terrible à un Russe. Seul, celui qui l'a aimée possède la mesure d'un tel malheur.

Et le temps passait. On ne savait où s'envolaient les jours... Il neigeait, le printemps fleurissait, les récoltes mûrissaient... puis le vent de glace soufflait à nouveau, la Volga gelait et Louka sortait les fourrures de leur caisse bourrée de camphre.

Au Kremlin, un nouveau changement eut lieu. Malenkow rentra dans l'ombre et soudain Khrouchtchew, petit et replet, prit le gouvernement. Boulganine s'empara de la Présidence. Ils se mirent à voyager dans le pays, souriants, serrant les mains de tous les politiciens, offrant de la sorte un casse-tête insoluble aux chancelleries étrangères de Londres à Pékin, de Tokio à New York. On ne s'y retrouvait plus en ce qui concernait les Soviets. A commencer par ce discours de Khrouchtchew maudissant Staline comme ne le fut aucun humain, l'arrachant de son cercueil à la compagnie de Lénine, l'enterrant contre le mur du Kremlin, sous une pierre, sans une fioriture. Sept mille six cent soixante-dix-neuf personnes furent réhabilitées. La plupart étaient mortes, Waléri Toumanow était du nombre en tant que victime d'un tyran, A l'Académie de musique, on érigea son buste et Natacha chanta le jour de l'inauguration, avec des larmes aux yeux, la chanson préférée de Toumanow. Vraiment, on assistait à un nettoyage général. Comme si l'on avait découvert une cuisine gigantesque, pleine de vaisselle sale. Enfin, on parla de Sedow, lorsque le camarade Gagarine fut envoyé dans l'espace. Sedow avait collaboré à la construction de sa capsule. On grava même son nom sur un marbre réservé aux gloires astronautiques.

Un soir de printemps 1961, Anatoli Dorogouschin, devenu un peu plus gras, les cheveux blanchis, accompagna Natacha au Kremlin, où les attendait un haut fonctionnaire du ministère de l'Intérieur. Celui-ci accueillit Natacha par un baisemain. Camarades, à ce geste on mesure combien les temps étaient changés! Où aurait-on vu jadis un camarade se permettre ces manières bourgeoises? On aurait envoyé ce gars-là dans un asile d'aliénés.

Le fonctionnaire en question s'écria aussitôt : — Enfin, nous y sommes! Nous pouvons accepter les offres des Opéras étrangers pour les galas à venir! Nous avons envoyé par le monde le cirque de Moscou : ce fut un grand succès! Nous avons remporté des palmes aux Olympiades. A présent, vient l'heure de faire connaître ce que nous avons de mieux : Natacha Tschougounowa. N'est-ce pas un grand jour, camarade?

— Une véritable aurore, s'écria Dorogouschin poétique.

— Mais il reste une question sérieuse à considérer, reprit le fonctionnaire : la politique.

— Je chante des opéras, et non pas les chants du Parti, répondit Natacha.

— Nous y voici. — Le fonctionnaire prit un air préoccupé. — Votre seule réponse s'insurge contre notre politique. C'est la raison pour laquelle je vous ai fait venir. Car vous n'êtes pas seulement une chanteuse, mais la représentante de tout le peuple. Une ambassadrice de l'art en quelque sorte. Aussi convient-il de vous donner certaines instructions avant votre départ pour l'Occident. Vous devrez être immunisée d'avance contre toutes les tentatives de vous attirer dans le camp ennemi : certains camarades n'ont pas su y résister... mais les voici à jamais bannis à New York, à Paris, ou à Londres et le mal du pays les ronge! Évitez cela, Natacha Tschougounowa, d'autant plus... — Le fonctionnaire toussota en jetant un regard à l'image de Lénine, comme s'il la voyait pour la première fois, — que le camarade ingénieur Sedow nous est particulièrement cher, il nous a aidés à envoyer Gagarine dans l'espace et compte parmi ceux qui nous ont permis de distancer de beaucoup les Américains : c'est un génie, ce Sedow, mais il se trouverait, certes, en grand péril, si sa femme révélait des *tendances pro-occidentales*...

Natacha se mordit les lèvres. — Je comprends, camarade, dit-elle durement, pourquoi tant de formules de politesse, dites donc simplement : œil pour œil, dent pour dent...

— Nous ne sommes pas inhumains, camarade. — Le fonctionnaire passa une main sur sa chevelure soignée.

— Je suis lieutenant de l'Armée Rouge, répliqua Natacha d'un ton rogue, je porte la décoration de Lénine, j'ai combattu pour ma patrie, je considère de tels propos comme une insulte...

Dorogouschin roulait des yeux effarés : — Dire que l'on a survécu à Staline, à Malenkow, et qu'elle vous dégoise ça, cette nigaude! Qu'elle dise *oui*, toujours *oui!*

Le fonctionnaire hocha la tête : — Nous nous comprenons, camarade, et vous m'en voyez enchanté. Aussi suis-je particulièrement heureux de vous révéler que le camarade Khrouchtchew ne veut pas vous laisser voyager en Occident, sans que vous n'ayiez été revêtue d'une distinction particulière. Bref, vous recevrez le grand prix national, Natacha Tschougounowa !

Dorogouschin émerveillé, applaudit : « Le grand prix national ! Quelle joie, quel honneur ! »

Natacha ne se joignit pas à ces démonstrations enthousiastes. Le visage grave, elle restait immobile. Dorogouschin éprouvait des démangeaisons à la racine des cheveux. « Qu'elle est bête : elle ne comprendra jamais qu'elle n'est plus la louve venue des marais. »

— Quand dois-je chanter ? demanda Natacha. Le fonctionnaire consulta une longue liste.

— Cela commencera en janvier 1962 à Rome, puis Vienne, puis Milan, Naples, en mars, New York et San Francisco, en avril Londres et Paris. —Le fonctionnaire tendit à Natacha une page couverte d'une écriture serrée. — Voici vos rôles : *La Tosca*, *Madame Butterfly*, Léonore dans le *Troubadour*, Senta dans le *Vaisseau fantôme*, Desdémone dans *Othello*, enfin *Aïda*.

— Quel programme ! s'extasia Dorogouschin.

Natacha plia la feuille de papier et la glissa dans son sac à main : — Est-ce tout, camarade ?

— Presque. Il reste cependant à vous exprimer un vœu personnel du chef de la G. R. U. (organisation militaire d'espionnage). Le camarade général est l'un de vos plus fervents admirateurs...

— Et ?

— Il s'arrangera pour que, lors des banquets de gala, les attachés militaires occidentaux demandent à souper en votre compagnie. Montrez-vous généreuse, Natacha Tschougounowa, et n'empêchez pas ces messieurs de vous entretenir de leurs difficultés, de leurs soucis. Une oreille féminine complaisante fut toujours le meilleur remède à de tels maux...

— Je comprends, répliqua Natacha d'un ton raide.

— Bonne chance et mes vœux de succès, camarade!

Sans un mot de remerciement, Natacha quitta le Kremlin, accompagnée de Dorogouschin.

— On va vous surveiller désormais! gémit celui-ci. Comment manquer à ce point de jugement? Qu'avez-vous contre le gouvernement, Natacha? Jamais encore la Russie n'a été aussi heureuse qu'à présent! Nous sommes à la tête du monde! Comment peut-on vous comprendre?

— J'aspire à la liberté, répondit Natacha rudement. J'ai combattu pour elle, je lui ai sacrifié deux hommes que j'aimais... La liberté, Dorogouschin, savez-vous ce que c'est?

Dorogouschin baissa la tête et répondit à voix basse :
— J'ai oublié... et l'on vit plus facilement ainsi.

Il n'en fut plus question.

Les préparatifs, en vue du voyage en Occident, commencèrent. Il n'en pouvait être autrement avec Louka inquiet d'une longue absence loin du cher Moscou. Il se mit en devoir de battre le rappel parmi ses fournisseurs afin de réunir tout ce dont Natacha et lui auraient besoin dans les régions déshéritées du monde.

Ayant rassemblé de nombreuses provisions, Louka traîna à la maison un sac bien bourré. Dorogouschin s'y trouvait.

— Qu'est-ce que cela signifie? s'écria-t-il à la vue de Louka chargé de vivres.

— Tout ce qu'on peut souhaiter se mettre sous la dent, camarade! lança Louka.

— Que dit-il? gémit Dorogouschin. Il va nous ridiculiser à l'étranger! Dis-lui, Natacha, qu'il y a assez à manger en Occident!

— Écoutez cet idiot! rugit Louka en lançant à Dorogouschin un gros pain dur cuit dans une isba par des paysans, — il ne lit pas le journal, ce communiste à l'eau tiède! On y raconte que de longues queues stationnent devant les magasins et qu'il nous faut livrer nos légumes, engraisser nos porcs, pour que les petits enfants ne tombent pas d'inanition là-bas...

Dorogouschin haletait :

— Dis-le lui, Natacha.

— C'est faux, Louka. On raconte cela dans les journaux parce que nos paysans ont faim, car, vois-tu, si l'on sait qu'un autre a plus faim encore que soi-même, on souffre moins...

Louka la regardait désemparé : — Ce n'est pas vrai, dis-tu? Ils ne sont pas affamés?

— Ils ont tout ce qu'on peut désirer, Louka, expliqua Dorogouschin à voix basse : leurs greniers sont pleins à craquer... mais nous ne le savons pas... comprends-tu?

— Quelle pitié... conclut Louka, mais on ne dira pas que je suis injuste!

Il remit ses provisions dans son sac et disparut pour aller rendre au boucher son lard, à l'épicier toutes ses précieuses boîtes de conserves, au marchand de légumes son chou aigre...

— Reprenez, camarade, je ne peux supporter la pensée que vos estomacs crient famine...

Qui l'eut compris? « Il est devenu fou! » murmurait-on, et le boucher fut assez grossier pour émettre cette supposition : « Il a bouffé à s'en crever la cervelle! »

Aussi, c'en était presque angoissant. Où diable en Russie rapporte-t-on la nourriture que l'on a obtenue? Cela n'existe pas, même dans un conte de fées.

***

Le grand voyage était commencé. A Rome, Natacha chanta *La Tosca*. Le Président de la République italienne se trouvait présent dans sa loge. Tous les ministres étaient venus, les diplomates et l'ambassadeur des Soviets. Le scintillement des bijoux s'étendait jusqu'à la scène. Au foyer de l'Opéra, un buffet fut servi, avec une foule de mets que Natacha n'avait jamais vus. Louka aussi rôdait autour. Il était en habit et, bien que cette tenue lui conférât un semblant d'humanité, les serveurs n'osaient pas lui disputer les plats dont il s'emparait, tel cet aspic de canard sur un plat d'argent...

De Rome, on s'en fut à Athènes. Louka visita l'Acropole en hochant la tête, puis il considéra la frise du temple et resta rêveur devant les statues des dieux et des déesses nus.

— Le monde est plein de mystères, Natacha, dit-il ensuite. Ces gens-là se promènent tout nus et sont trop paresseux pour déblayer leurs ruines! Quelle organisation!

Ils retournèrent à l'hôtel.

Les revenants existent-ils, mes amis? Voyons, ne riez pas... Il arrive que l'on se dise : que diable, il y en a tout de même! Ainsi Natacha, Louka et Dorogouschin eurent ce sentiment en pénétrant dans le hall de l'hôtel pour demander leurs clefs.

Une voix s'éleva derrière eux, un cri vibrant de joie :
— Natacha chérie!

Devant eux se tenait Louka Nicolajewitsch Sedow. Louka ouvrit la bouche comme un four, Natacha pâlit, Dorogouschin osa dire ce que pensaient les autres : — Un revenant!

Cependant, c'était bien Sedow, ce bon, ce cher, ce pauvre Sedow, de Jessey, en Sibérie. Il attira Natacha contre sa poitrine et la couvrit de baisers devant tout le monde, puis il pleura de joie, ce grand homme solide. Assis dans un fauteuil, il pleura comme une femme qui va accoucher de son quatorzième enfant.

— D'où viens-tu? demanda Natacha en serrant dans les siennes les mains de Sedow. « Qu'il est devenu vieux », pensait-elle tristement. Il avait des cheveux blancs et des rides au front et autour des yeux. Elle leva la main et lui caressa le visage. De ses doigts, émanait une tendresse dont Sedow avait rêvé pendant des années.

— Il y a à Vienne un Congrès d'astronautique. Je m'y suis rendu avec la délégation russe. Alors j'ai lu dans les journaux que tu chantais à Athènes. Vienne, Athènes, ai-je pensé... jamais tu ne te retrouveras aussi près de ta Natacha. C'est ainsi que j'ai décidé de prendre mon vol pour te revoir... un seul jour... Je t'aime, Natacha.

Dorogouschin se mordillait la lèvre inférieure. — C'est bien ça, pensait-il, Sedow s'est envolé, simplement, comme un jeune aigle attiré par l'azur... A présent, *ils* ne savent pas où il est... Diable, on va faire des difficultés à ce bon Louka Nicolajewitsch.

— Sait-on où vous êtes? demanda-t-il fort inutilement.

— Non, camarade Dorogouschin.

— On vous cherchera!

— Certainement!

— Vous n'avez pas réfléchi à cela?

— Ici, c'est un monde libre, camarade! Je sens cette liberté en moi! Demain, je serai de retour et des années passeront avant que la Sibérie me libère. On peut bien m'accorder cette journée! Un seul jour de liberté et de bonheur!

Dorogouschin ne répondit pas.

« Un pauvre type, pensait-il. Lorsqu'un tigre apprivoisé s'évade parce qu'il a senti la liberté, on l'abat, car jamais plus on ne le fera sauter à travers un cerceau tendu de papier. N'en va-t-il pas exactement de même avec les humains? Sedow mangera un pain amer. »

Cependant, il n'en dit rien et se contenta de téléphoner à Vienne pour rassurer les camarades de l'Astronautique qui, déjà, avaient annoncé en tremblant, à Moscou : le camarade Sedow s'est enfui : trahison!

Le même soir, Natacha chanta à l'Opéra d'Athènes le rôle de la Léonore du *Troubadour* de Verdi. « Que c'est significatif, pensait Dorogouschin debout derrière la scène. Un amoureux, la lutte contre le tyran, la scène du cachot, la mort donnée par une main fraternelle... Écoute, camarade Sedow... Les temps nouveaux n'auraient guère de compréhension à l'égard d'un nouveau troubadour. »

Sedow s'envola pour Vienne dans la nuit même. Natacha et Louka l'accompagnèrent à l'aérodrome et, à la clarté des projecteurs, ils le virent leur adressant des signes par l'un des hublots de l'appareil : sans s'arrêter, des deux mains, pauvre être perdu, qui avait un instant ravi au destin un peu de bonheur.

— Je t'aime, avait-il dit en se séparant d'elle comme s'il lui avouait son amour pour la dernière fois. Je t'aimerai toujours, Natacha... plus que la vie.

Il retournait donc à Vienne et Natacha fit longtemps des signes de la main, même lorsque l'avion eut disparu, depuis longtemps, dans la nuit.

*
* *

Louka s'était imaginé Paris différemment. Qui n'a commis la même erreur avant de s'être trouvé soi-même à Paris? « A chaque coin de rue, une chaude diablesse », lui avait-on assuré avec un clin d'œil. — Car ce sont des démons, ces Parisiennes, prends garde, camarade, elles auront aussi raison de toi!

Et qu'y avait-il, je vous le demande? Une circulation intense comme dans toutes les villes, des immeubles élevés, des places, des rues, des parcs, tout comme à Moscou. Oui, il y avait bien là de jolies filles sur les Champs-Élysées, sur le boulevard Haussmann, ou place de la Concorde, mais aucune d'elles ne regardait Louka et, lorsqu'il claquait de la langue pour attirer leur attention, elles filaient comme des couleuvres, l'air plutôt revêche.

Déçu, Louka retourna à l'hôtel où il rencontra Dorogouschin assis dans le hall, en train de boire un cognac. Mais le gros était pâle comme un linge et tremblant. Deux hommes lui tenaient compagnie et lui parlaient sans interruption. Lorsque ceux-ci virent venir Louka, ils s'élancèrent vers lui.

— C'est affreux! bramait Dorogouschin comme un cerf aux abois. Louka... monte, fais-la descendre! Raisonne-la, c'est une sottise ce qu'elle fait! Un scandale! C'est une insulte à la Russie! Attends qu'on t'explique : voici le camarade Alexei Igorowitsch Galjanow et le camarade Fjodor Victoriowitsch Pleskow, de l'ambassade! Et elle ne veut pas les recevoir! Elle s'est enfermée! Elle a téléphoné au préfet de police et au ministre français des Affaires étrangères, elle est folle, totalement folle!

Louka ne le comprenait pas et regardait alternativement Galjanow, Pleskow, puis Dorogouschin, adossé, tremblant à une colonne.

— Natacha? dit-il, que s'est-il passé?

Galjanow coupa d'un geste la parole à Dorogouschin.

— Laissez-moi vous expliquer la chose, Louka, dit-il tranquillement. La camarade Natacha Tschougounowa souffre d'une petite dépression nerveuse. Elle est malade et a besoin d'une surveillance médicale. Notre voiture attend devant l'hôtel. Nous l'emmènerons à l'ambassade où elle recevra les soins du meilleur médecin. Aidez-nous à la convaincre de nous suivre!

— Natacha? Ma colombe? La voix de Louka enfla :
— Elle est malade, mon oisillon?

Telle une avalanche, il bondit par-dessus tout ce qui se trouvait sur son chemin, tables, chaises, trois paisibles touristes; il s'élança dans l'ascenseur en braillant au liftier : — Chez Natacha! Mauviette! Chez Natacha!

Arrivé à la porte de Natacha, il la martela du poing en criant : « Ouvre, mon trésor, personne ne te fera rien, ouvre! »

Puis il se trouva à l'intérieur de la chambre. Natacha n'avait pas l'air malade, seuls ses yeux étaient immenses et Louka comprit qu'ils exprimaient une horreur sans bornes qui brûlait au fond d'elle-même. Et puis, elle avait peur, une peur si farouche qu'il attira Natacha contre lui, l'entoura des ses bras et dit :

— Louka est là, mon oisillon, Louka est là, il faudrait briser l'univers en deux pour te prendre!

— Ils l'ont tué, dit Natacha dans un souffle, — tué, simplement, fusillé. Pour espionnage!

— Qui?

— Sedow. — Elle serra son visage contre la vaste poitrine et cria contre cette montagne de chair et d'os : — Ils l'ont fusillé, seulement parce qu'il est venu me voir... pour quelques heures... Je l'ai tué, moi, Louka, moi! Il est mort de m'avoir aimée, on l'a assassiné!

— Comment le sais-tu? demanda Louka d'une voix enrouée.

— C'est là... lis! — Natacha courut jusqu'à une table où se trouvait étalé un journal publié par les émigrés russes à Paris, — lis! lis!

— « Voici une semaine, ainsi que des amis nous l'ont appris, l'ingénieur L. N. Sedow, soupçonné d'espionnage au profit d'une puissance occidentale, a été fusillé. Jusqu'au dernier instant, il a protesté de son innocence. Encore une victime de la tyrannie qui règne dans notre malheureuse patrie... »

La grosse tête de Louka s'abaissa et se mit à osciller comme un pendule.

— C'est vrai, ils l'ont fusillé... Que veux-tu faire, Natacha?

— Je l'ai déjà fait! Jamais, jamais, jamais, je ne retournerai en Russie! Je resterai ici, à Paris, à Londres, à New York, n'importe où... partout, je serai mieux qu'en Russie... Je ne peux plus, Louka... je ne peux plus...

Louka la considéra tandis qu'elle pleurait effondrée sur son lit. — Jamais plus en Russie? dit-il d'une voix sourde, ma colombe, ce n'est pas possible... nous ne tiendrons pas le coup... nous crèverons du mal du pays!

— Pas moi! cria Natacha sauvagement. J'ai aimé trois

fois et chacun de ces amours, la Russie me l'a pris. Je déteste ce pays! Je le déteste!

— Nous l'aimons, Natacha. C'est tout de même petite mère...

— Plus jamais, Louka, plus jamais! Nous restons ici!
— Natacha se redressa en pleurant : — J'ai demandé à bénéficier du droit d'asile : ils vont tout de suite venir me chercher, toi aussi. Nous vivrons dans un monde meilleur...

Louka fut pris d'un tremblement, un râle s'échappa de sa poitrine, il lança les bras en avant et tomba lourdement à genoux.

— Nous ne reverrons plus petite mère?
— Jamais plus, Louka.
— Et la steppe? La forêt? Les tournesols? Le Kremlin? Les petits chevaux et les loups?
— Plus rien, Louka. Nous n'avons plus de patrie.

Un frémissement parcourut l'énorme corps agenouillé, puis il se traîna en avant, sur les genoux, ses grosses mains jointes, comme les paysans à l'église... au temps où ils imploraient la venue de la pluie ou du soleil et se traînaient sur les genoux vers le pope... et il pleurait, le géant, il hurlait, comme un chien piétiné. Élevant les mains vers Natacha, Louka rugit :

— Ne fais pas cela, ma colombe... ne le fais pas... ne le fais pas... Nous ne pouvons tout de même pas vivre sans petite mère... Que serions-nous?.. Nous pleurerons, le cœur déchiré... Ne le fais pas... ne le fais pas... je t'en prie...

Il se traîna jusqu'à son lit et posa sa tête sur ses genoux. Là, il continua de pleurer, cramponné à Natacha, la caressant, la suppliant comme un enfant, avec des sursauts convulsifs, comme un chien mourant.

— Il nous faudra le supporter, Louka, murmura Natacha. Qu'est-ce qu'une mère qui dévore ses enfants?

Au bout d'une heure, Louka reparut dans le hall de l'hôtel. Dorogouschin, Galjanow, Pleskow s'élancèrent à sa rencontre.

— Elle vient? s'écria Dorogouschin.

— Rentrez chez vous! dit Louka d'une voix enrouée.

— Camarade Louka, dit Galjanow, réfléchissez à ce que cela signifierait si la Russie...

— Qu'est-ce que la Russie, petit frère? — Louka saisit Galjanow au collet, le retourna et lui envoya son pied au bas du dos si énergiquement que celui-ci vola à travers le hall et s'abattit contre une table.

— Ça, c'est la Russie, rugit-il, — un coup de pied dans notre cœur!

— Es-tu fou? piailla Dorogouschin. C'est un conseiller d'ambassade! Que se passe-t-il pour Natacha?

— Elle reste en France, moi aussi!

Ce fut l'instant où le gros Anatoli Dorogouschin soupira et se coucha sur le tapis, au beau milieu du hall. Galjanow s'était assis dans un fauteuil, il saignait de la bouche et du nez. Seul, Pleskow était encore épargné, mais il avait trouvé refuge à quelque distance, où il restait à l'affût.

Dans la rue, les sirènes des voitures de police retentirent. Le préfet de police, accompagné de deux officiers et de vingt policiers, pénétra dans l'hôtel.

— Suivez-moi, petit ami, dit Louka. Puis la voix lui manqua, il regarda Dorogouschin en pleurant et fit un geste à l'adresse de cet homme qui avait perdu connaissance.

— Adieu, petit frère, sanglota-t-il, et embrasse pour moi petite mère...

Puis il s'en fut en courant, car le hall s'emplissait de reporters avides et de photographes en chasse.

Deux heures plus tard, le monde entier savait que Natacha Tschougounowa ne retournerait pas en Russie.

L'ambassadeur soviétique éleva une protestation.

On emmena Natacha et Louka hors de Paris, dans deux voitures blindées, jusqu'à un coin perdu de la vallée de la Seine, où les accueillit une villa solitaire, étroitement surveillée par la police.

Anatoli Dorogouschin écrivit une lettre pendant ce temps-là. Son testament, dans lequel il exprimait les doléances d'un homme qui n'avait cessé de ramper dans la poussière en évitant tous les coups de pied qui pouvaient l'écraser.

Puis, à son tour, Dorogouschin se sentit calme, comme libéré. Il avala deux petites pastilles, et se mit au lit.

Le lendemain matin, on le trouva mort.

Mais il souriait.

*
* *

Par un soir d'été, la Seine charriait des feuilles dorées et ses eaux murmuraient sur les galets, comme celles de la Volga, du Don ou de l'Iénisseï.

Louka était étendu dans l'herbe, Natacha assise auprès de lui. Elle portait des collants filetés d'or et avait l'air d'un page.

— Je chanterai de nouveau, mon ours, dit-elle. L'as-tu deviné?

— Oui, ma colombe, répondit Louka en écrasant une mouche insolente.

— *Aïda*, à l'Opéra de Paris. — Natacha se pencha vers Louka et tira en riant sa chevelure hirsute : — N'est-ce pas merveilleux, mon ours, je chanterai dans un monde libre! Nous pourrons aller où bon nous semblera, nous pourrons *vouloir*, Louka, n'est-ce pas beau?

Louka resta longtemps silencieux, puis il dit à voix basse : — Peux-tu oublier la steppe, ma colombe?

— Pourquoi me demandes-tu cela? — Natacha retira ses mains des cheveux de Louka, le regard rivé à l'eau bruissante.

— La Volga... Natacha?

— Tais-toi! dit-elle durement.

— Le petit Krassnoje Mowona... nous nous sommes

frayés un chemin à travers la neige, Fedja et moi...
— Tu vas te taire!
— Peut-on oublier, ma colombe? — Il se leva et lança un caillou dans le fleuve. Des ondes se propagèrent en rond, et le caillou sombra. — C'est comme ça, dit Louka en entourant d'un bras les épaules de Natacha, nous sommes comme ce caillou lancé dans un grand fleuve et l'eau nous polit, détachant un peu de nous et l'entraînant vers la mer qui le porte plus loin... peut-être jusqu'en Russie.
— Jamais, Louka, jamais! Elle est trop loin de nous!
— Mais un navire peut passer et ce que la mer a emporté de nous peut rester attaché à sa coque et le navire peut voguer jusqu'à la Volga... C'est tout de même possible! — Louka respirait profondément, laborieusement : — Je veux dire : un peu de nous retournera tout de même à notre petite mère.
— Pourquoi y tiens-tu autant?
— Par reconnaissance, ma colombe... Petite mère ne t'a-t-elle pas donnée à nous?
— Décidément, tu es idiot, lança Natacha gaiement.
Puis, debout sur la rive, ils jetèrent dans le fleuve des cailloux par poignées, comme s'ils lui confiaient des pensées promises à un long voyage.

FIN

IMPRIMÉ EN FRANCE PAR BRODARD ET TAUPIN
7, bd Romain-Rolland - Montrouge.
Usine de La Flèche, le 01-02-1983.
1942-5 - N° d'Éditeur 0251, 2ᵉ trimestre 1956.

PARUS DANS LA COLLECTION
PRESSES POCKET

1867	La planète des singes	**Pierre BOULLE**
1868	Jouvence	**Aldous HUXLEY**
1869	La seconde victoire	**Morris WEST**
1871	L'amour n'est qu'un slogan	**Marie Louise FISCHER**
1872	Le tour du doigt	**Jean ANGLADE**
1873	Les mensonges	**Françoise MALLET-JORIS**
1874	Tout m'est bonheur	**Comtesse de Paris**
1875	Le grand exterminateur	**Constant-Virgil GHEORGHIU**
1876	La revanche de l'amour	**Dorothy EDEN**
1877	Au rendez-vous des illusions	**Margaret SUMMERTON**
1878	Sacrés gendarmes	**JEAN-CHARLES**
1879	La plaine des tombeaux	**Agnès CHABRIER**
1880	Sara Dane	**Catherine GASKIN**
1881	Dossiers secrets de l'histoire	**Alain DECAUX**
1882	Nouveaux dossiers secrets de l'histoire	**Alain DECAUX**
1884	Liés par le sang	**Sidney SHELDON**
1885	Un été pas comme les autres	**Heinz G. KONSALIK**
1886	Un été pour Sébastien	**Cécile AUBRY**
1887	La fontaine aux chimères	**Mary HOWARD**
1888	Le message chinois	**Catherine GASKIN**
1889	Les portes de l'aventure	**Jean HOUGRON**
1891	Les confessions de l'ange noir	**SAN-ANTONIO**
1893	Claudia Orlini	**Marie Louise FISCHER**
1894	La vipère aux yeux d'or	**ANNE-MARIEL**

DÉJÀ PARUS (suite) :

1895 Tara **Michel del CASTILLO**
1896 Dossiers très spéciaux de la brigade des mœurs
 André BURNAT
1897 La course au flan **Laurence JYL**
1898 Le jour le plus c.. **Pierre DAC**
1899 Les aigles aveugles **Alistair MACLEAN**
1900 Le tendre ennemi **Magda CONTINO**
1902 Dossiers mystérieux de la brigade mondaine
 Maurice VINCENT
1903 Le mystère Otto Rahn **Christian BERNADAC**
1905 Le maître de la parole **Camara LAYE**
1906 Alarme **Heinz G. KONSALIK**
1907 Ginny **Catherine GASKIN**
1908 Ce rêve que tu pleures **Suzanne CLAUSSE**
1909 Un été anglais **Raymond CHANDLER**
1910 Le pavillon des cancéreux
 Alexandre SOLJENITSYNE
1911 Alain Decaux raconte (1) **Alain DECAUX**
1912 Alain Decaux raconte (2) **Alain DECAUX**
1913 Alain Decaux raconte (3) **Alain DECAUX**
1915 Le sous-marin allemand de la Royal Navy
 Douglas REEMAN
1916 L'attaque vient de la mer **Douglas REEMAN**
1917 Destination Mourmansk **Douglas REEMAN**
1918 La composition d'histoire **Pierre DANINOS**
1920 Poèmes saturniens - Fêtes galantes **Paul VERLAINE**
1921 Mystiques et magiciens du Tibet **Alexandra DAVID-NEEL**

DÉJÀ PARUS (suite) :

1922	La mutinerie du cuirassé Potemkine	**Richard HOUGH**
1923	Envolée la trentaine	**Marie Louise FISCHER**
1924	L'intrigante	**MAGALI**
1925	Les possédés du cœur	**Antoine MALOROSO**
1926	Phama, Prix Goncourt	**JEAN-CHARLES**
1927	Contrepoint	**Aldous HUXLEY**
1928	Toute la vérité	**Morris WEST**
1929	L'affaire des généraux	**H.H. KIRST**
1930	L'inconnue de Mallow-Hall	**Eden DOROTHY**
1931	Avenue des îles d'or	**Magda CONTINO**
1933	Il était une fois Marcel Pagnol	**Raymond CASTANS**
1934	La vie en chantant	**Pierre DELANOË**
1935	Gens de Dublin	**James JOYCE**
1936	Histoire du service secret nazi : Les agents de Lucifer	**André BRISSAUD**
1937	Secrétaire du patron	**Marie Louise FISCHER**
1938	Le manoir aux grives	**Elisabeth OGILVIE**
1939	Et la femme qui ment...	**Daniel GRAY**
1940	Un heureux mariage	**Heinz G. KONSALIK**
1941	La fugitive	**Marie Louise FISCHER**
1942	Les îles de la miséricorde	**Henri QUEFFÉLEC**
1943	La vallée des cœurs perdus	**Magda CONTINO**
1944	Les nuits secrètes de Sissi	**ANNE-MARIEL**
1945	Si « Queue d'âne » m'était conté	**SAN-ANTONIO**
1946	Aux sources de la rivière Kwai	**Pierre BOULLE**
1947	Le chien des Baskerville	**CONAN DOYLE**
1948	La vallée de la peur	**CONAN DOYLE**

DÉJÀ PARUS (suite) :

1949	Les aventures de Sherlock Holmes	**CONAN DOYLE**
1950	Amande	**Henri EVANS**
1951	Le destin tragique du Dr. Berg	**Marie Louise FISCHER**
1952	L'Os à moëlle : Carnets mondains et autres loufoqueries	**Pierre DAC**
1953	La dame aux émeraudes	**Victoria HOLT**
1954	La passagère de l'aube	**Suzanne CLAUSSE**
1955	Jusqu'à mon dernier souffle	**Nadia de SOESTER**
1956	Le bal des maudits T. 1	**Irwin SHAW**
1957	Le bal des maudits T. 2	**Irwin SHAW**
1958	Civilisations extra-terrestres	**Isaac ASIMOV**
1959	OVNI : L'armée parle	**Jean-Claude BOURRET**
1960	Les ventres jaunes	**Jean ANGLADE**
1961	Dieu ne reçoit que le dimanche	**Constant-Virgil GHEORGHIU**
1962	Terlamen des brumes	**Daniel GRAY**
1963	Traquenard en la mineur	**ANNE-MARIEL**
1964	Deux et la folie	**Claude et Barbara YELNICK**
1965	Conseil de guerre	**Sven HASSEL**
1967	La chamade	**Françoise SAGAN**
1968	Tout le reste est folie	**Catherine GASKIN**
1969	Le destin frappe à Berlin	**Evelyn ANTHONY**
1970	Dossiers extraordinaires de la Brigade Mondaine	**Maurice VINCENT**
1971	22 Les flics	**JEAN-CHARLES**
1972	Les plumes des paons	**Jean PIAT**
1973	Jeunes femmes	**Marie Louise FISCHER**

DÉJÀ PARUS (suite) :

1974	Les filles de madame Claude	**Anne FLORENTIN et Elizabeth ANTÉBI**
1975	Un lourd secret	**Magda CONTINO**
1976	Sous la voûte étoilée	**Utta DANELLA**
1977	Moby Dick	**Herman MELVILLE**
1978	Le cœur triomphant	**Heinz G. KONSALIK**
1979	L'été des amours heureuses	**Utta DANELLA**
1980	L'ombre du passé	**Utta DANELLA**
1981	Maritza	**Frank G. SLAUGHTER**
1982	Dossiers émoustillants de la Brigade des Mœurs	**André BURNAT**
1983	Maman je t'aime	**Frédéric STEWARD**
1984	La grande bastide	**Cécile AUBRY**
1985	Haute tension à Palmetto	**Erskine CALDWELL**
1986	Les enterrés vivants	**Dr. PÉRON-AUTRET**
1987	Le défi de la médecine par les plantes	**Jean-Claude BOURRET**
1988	Les pédicures de l'âme	**Pierre DAC**
1989	Secrets de famille	**Dorothy EDEN**
1990	Si loin pour mourir	**Maurice PASQUELOT**
1992	La clinique des cœurs perdus	**Heinz G. KONSALIK**
1994	L'ennemi de la mort	**Eugène LE ROY**
1995	Essais, maximes et conférences	**Pierre DAC**
1996	J'ai choisi la terre	**Claude MICHELET**
2000	L'appel (1940-1942)	**Charles de GAULLE**
2001	L'unité (1942-1944)	**Charles de GAULLE**
2002	Le salut (1944-1946)	**Charles de GAULLE**

DÉJÀ PARUS (suite) :

2003	Le renouveau (1958-1962) L'effort (1962-...)	**Charles de GAULLE**
2004	Le destin des Mallen	**Catherine COOKSON**
2005	Cissie	**Catherine COOKSON**
2006	Le fil invisible	**Catherine COOKSON**
2009	Le retournement	**Vladimir VOLKOFF**
2017	Les évadés	**Daniel BILALIAN**
2018	Le bon Léviathan	**Pierre BOULLE**
2019	La femme aux deux visages	**Frank G. SLAUGHTER**
2020	Chères Sibériennes	**Daniel GRAY**
2021	Romances sans paroles, Jadis et naguère, Parallèlement	**Paul VERLAINE**
2022	Ils ne sont pas nés délinquants	**Dr. ROUMAJON**
2023	Réflexions sur la conduite de la vie	**Alexis CARREL**
2024	Poésies, Une saison en enfer, Illuminations, Œuvres diverses	**Arthur RIMBAUD**
2025	Comment épouser son patron	**Marie Louise FISCHER**
2026	L'amour amer	**ULLA**
2027	La puissance du néant	**Alexandra DAVID-NEEL**
2029	SDECE-Service 7	**Philippe BERNERT**
2030	Les fleurs du mal	**Charles BAUDELAIRE**
2032	Une vie de femme	**Utta DANELLA**
2033	Les masques de l'amour	**Heinz G. KONSALIK**
2034	Destin de reine	**Victoria HOLT**
2035	L'empire céleste	**Françoise MALLET-JORIS**
2037	La belle meunière	**Marcel PAGNOL**
2039	Toutes à tuer	**Patricia HIGHSMITH**

DÉJÀ PARUS (suite) :

2040	L'homme à l'œillet blanc	**Marie Louise FISCHER**
2041	Anthologie de l'humour belge	**XXX**
2042	Cathleen	**Dorothy EDEN**
2043	La femme du voisin	**Gay TALESE**
2044	Pensées	**Pierre PERRET**
2045	Une beauté russe	**Vladimir NABOKOV**
2046	Un tueur	**SAN-ANTONIO**
2047	Le rouge-gorge	**Christian BERNADAC**
2048	Le camp de la goutte d'eau	**Daniel BILALIAN**
2049	Les Sardou de père en fils	**Jackie SARDOU**
2050	Jusqu'au bout de l'amour	**Heinz G. KONSALIK**
2051	L'amour baroque	**René FALLET**
2052	Le lama aux cinq sagesses	**Alexandra DAVID-NEEL**
2053	Un poignard dans ce jardin	**Vahé KATCHA**
2054	L'ombre de l'aigle	**Utta DANELLA**
2055	Le rempart des béguines	**Françoise MALLET-JORIS**
2056	La dernière tentation	**Nikos KAZANTZAKI**
2057	Drôle de justice	**JEAN-CHARLES**
2058	S comme Sophie	**Daniel GRAY**
2059	Les ambitions déçues	**Alberto MORAVIA**
2060	Des grives aux loups	**Claude MICHELET**
2061	La ménopause effacée	**Dr. DENARD-TOULET**
2062	L'étincelle de vie	**E. Maria REMARQUE**
2063	Le passé ne meurt jamais	**Marie Louise FISCHER**
2064	Paris sur fric	**Roger LE TAILLANTER**
2065	Le sacrilège malais	**Pierre BOULLE**
2066	Ils était dix	**Heinz G. KONSALIK**

DÉJÀ PARUS (suite) :

2067	Les sacrifiés du Danube	**Virgil GHEORGHIU**
2068	Le syndicat du crime	**Jean MARCILLY et Jean-Michel CHARLIER**
2069	Le diable au corps	**Raymond RADIGUET**
2070	Zebra, station polaire	**Alistair McLEAN**
2071	Écrire, parler : Les 100 difficultés du français	**Robert SCTRICK**
2072	L'opale mystérieuse	**Suzanne CLAUSSE**
2073	Les pensées	**Pierre DAC**
2074	Le joueur de dames	**Maurice PASQUELOT**
2075	Les dossiers Europe du sexe de la Brigade des Mœurs	**Pierre LUCAS**
2076	Georges Brassens — « La marguerite et le chrysanthème »	**Pierre BERRUER**
2077	Nostradamus historien et prophète	**Jean-Charles de FONTBRUNE**
2078	Le voile de l'amour	**Marie Louise FISCHER**
2081	Une rose au paradis	**René BARJAVEL**
2082	La volupté et la haine	**Robert GAILLARD**
2083	La luxure du matin	**Robert GAILLARD**
2084	Désir et liberté	**Robert GAILLARD**
2085	La chair et la cendre	**Robert GAILLARD**